二見文庫

眩　暈

キャサリン・コールター／林 啓恵＝訳

Tail Spin
by
Catherine Coulter

比類なき伴侶、アントンへ。
あなたは最愛の人です。
CC

デューク大学医療センターで精神医学と薬学の教授をつとめ、
保健科学修士でもある甥のデビッド・ステファン医師、
説得力のある助言をありがとう。
それをうまく生かせていますように。

眩　暈

登　場　人　物　紹　介

レイチェル・ジェーンズ・アボット	インテリアデザイナー
ジャクソン（ジャック）・クラウン	FBI特別捜査官
ディロン・サビッチ	FBI特別捜査官、犯罪分析課チーフ
レーシー・シャーロック	FBI特別捜査官
ジレット・ジェーンズ	レイチェルの伯父
ジョン（ジミー）・ジェームズ・アボット	メリーランド州選出の上院議員
ローレル・アボット・コスタス	ジミーの妹
ステファノス・コスタス	ローレルの夫
クインシー・アボット	ジミーの弟
ブレーディ・カリファー	ジミーの弁護士
グレッグ・ニコルズ	ジミーの首席補佐官
ティモシー・マクリーン	精神分析医。ジャックの友人
アーサー・ドーラン	ティモシーの友人
ドローレス・マクマナス	ティモシーの患者。ジョージア州選出の下院議員
ピエール・バーボー	フランス国家警察署員
エステル・バーボー	ピエールの妻
ジャン・デビッド・バーボー	ピエールの息子。CIAの戦略情報アナリスト
ローマス・クラップマン	ティモシーの患者。資産家
ジミー・メートランド	ディロンの上司。FBIの副長官
ドーギー・ホリーフィールド	ケンタッキー州パーロウの保安官

1

ブラックロック湖　メリーランド州オラナック
金曜日の夜

　なにかを飲みこんだのだ、と彼女は思った。強い酸でもかけられたように喉がひりひりする。けれど、頭がはっきりしないので、確かなことはわからない。頭のなかがまっ黒に塗りこめられたようで、鎖のようにずしりと重い。それでも、目の前に危機が迫っていることだけはわかった。刺激臭が鼻をついた。うっすらと腐敗臭をまとった油のにおい。これはなんのにおいなの？　どういうこと？　頭はいまだ朦朧《もうろう》として答えが見つからない。けれど、なんとかして、なんとかしてあらがわないと――どうなるだろう？　死ぬ、それが答え。しゃんとして、目を覚まさないと、わたしは死んでしまう。

　においが強くなって、吐き気がしてきた。目を覚まさないと、窒息死するのがわかる。体を動かして、目を覚まさなければ。

　そしてまたなにかを飲みこんだ。喉を通る酸と不快なにおいが混じりあって、吐き気が込みあげる。浅い呼吸を心がけながら、全エネルギーを集中して、目を開き、体の感覚を取り戻そうとした。黒い屍衣《しい》に包まれたように身動きできず、声も出せない状態から脱けださなければならない。頭が重く、喉が焼け、意識は――意識はどこにあるの？　あった。脳の端のほうからじりじりと、混乱を押しのけ、痺《しび》れを突き破りながら、鋭い痛みと恐怖が近づいてくる。

声がした。ミスター・カリファー？　いいえ、彼は濡れた砂利を踏みしめるような、もっと独特の声をしている。声の主も、話の内容も、男なのか女なのかもわからない。それでも、その声がよくないことを――自分にとってよくないことを話しているのがわかった。

においが強烈すぎて、目と鼻がひりひりする。さあ、吸いこんで。吸いこんで、落ち着くのよ。吐き気を無視して深々と息を吸いこむと、ようやく脳がじわりと動きだし、意識の片《へん》鱗《りん》が闇を切り裂いて頭をもたげた。

さっきから嗅いでいたのは、あたりに充満する死んだ魚のにおいと、船のにおい、そしてじっとりとまとわりつくようなディーゼルエンジンの煙のにおいだった。

彼女は持ちあげられ――持ちあげたこの人たちは誰なの？――両足、両腕を持たれて、運ばれていた。あのいやなにおいがする。でも、このまま呼吸を続けなければ。木の厚板がきしむ音、そして夜の音がした。コオロギ、フクロウ、ひたひたと打ち寄せる水。

体が宙に浮くと同時に、ぱっと目を開いた。背中が激しく水面を打ち、平手打ちにされたような痛みが背中から脳へ、脳から体へと伝わった。顔に水しぶきがかかる前にとっさに大きく息を吸いこんだけれど、頭が水に包まれ、ゆっくりと深みへ引きずりこまれていく。動くのよ、動かなければ。でも、動けない。両手は縛られていないけれど、胸のまわりに巻かれたロープで腕が固定されているし、両足は縛られて、重たいなにかにくくりつけられている。セメントブロックだ、と彼女は直感した。マフィア映画はたくさん見てきた。この人たちはただ自分を溺れさせたいだけでなく、永遠に葬《ほうむ》りたがっている。もともと存在せず、彼らにはかかわりあいのない人間として。

彼女は死にたくなかった。こんなところで死ねない。

セメントは足首をきつく縛りつけているのと同じ太いロープでくくりつけてあった。これならなんとかなる、大丈夫。胸に巻かれたロープを素早く揺すってほどくと、手が使えるようになった。うまく動かないけれど、贅沢《ぜいたく》は言えない。死にたくない一念で、必死に取り組んだ。意外にも水中でも目が見えた。頭上に月明かりを感じるから、あまり深くないのだろう。その明かりでじゅうぶん。両足を縛るロープの結び目の下に爪をねじこみ、一心にゆるめた。やがて胸が焼けるほど苦しくなってきたが、気づかぬふりをして、作業に没頭した。

大学時代は水泳部のキャプテンで、呼吸を最大限効率よくコントロールする方法は知っているから、時間切れが迫っているのがわかった。しかも、薬まで盛られている。もう長くは持ちこたえられない。口を閉じて息を止めているのが、きつい。目がかすんできて、水がちらつき、肺の圧迫感が強まってきた。いまにも破裂しそうになっている。

このままでは溺れてしまう。そのとき、結び目がほどけた。セメントブロックを蹴りやって、急浮上した。水上に顔が出た。がつがつと空気を吸いこみたかったけれど、鼻を使って短く静かに息をした。ここはじっとして、さざ波ひとつ立てないように気をつけなければならない。まだ彼らが近くにいて、もう生きているはずがないとわかるまで、さっき投げこんだあたりの水面に泡が出ていないかどうか目を凝らしているかもしれないからだ。連中はすぐには立ち去らない。そう、もう生きてはいないと確信できるまで、じっと待つだろう。

思考力は完璧に戻っている。木製の桟橋の杭《くい》に波が打ち寄せる静かな音がする。彼らは桟橋を歩いてきて、自分を投げ入れた。じゅうぶんな深さがあると思いこんでいたからだ。彼女はふたたび水に潜ると、泳いで桟橋の下まで行き、杭の陰に身を隠した。

ごくゆっくりと静かに浮かびあがった。二度と酸欠にならずにすむくらい大量の空気を吸いこみたいけれど、水面から顔だけを出して浅い呼吸を心がけた。わたしは生きている。少しずつ、呼吸が深さを増していく。肺いっぱいに空気を吸いこむ。なんていい気分だろう。

また声が聞こえたけれど、内容までは聞き取れない。遠ざかっていくからだ。男女の別さえはっきりしないが、ふたりいることはわかった。木の桟橋に重い足音が響き、エンジン音がして、車が走り去る音がした。彼女は桟橋の下から出て、遠くに車のテールランプを見た。

これでいい。あの連中はわたしを殺したつもりでいる。

いつ薬を盛られたのだろう？　一瞬、頭が動かなくなり、考えることも、思い出すことも、飲んだり食べたりしたものを思い返すこともできなかった。夕食はひとり、キッチンで食べた。あのワイン——テーブルに置いてあった赤ワインのボトルの栓を抜いた。あのワインはどこから来たのだろう？　知らないのに、気にすることなく飲んでしまった。

彼女はふとほほ笑んだ。けれど彼らは、あのワインがほんの少ししか飲まれなかったことに気づいていなかった。もう少し多く飲んでいたら、いまごろ死体となって湖底に横たわっていただろう。誰にも気づかれることなく。人知れず、永遠に消されていた。

水から上がると、震えながら両手で腕を叩いて、あたりを見まわした。人家も、細い桟橋にボートを係留した湖畔のコテージもなく、頼りなげな二車線道路が一本、くねくねと遠くの闇に消えているだけだった。寒さとショックで震えるけれど、かまうものか。生きているのだから。

そのとき標識を見つけた。〈ブラックロック湖〉。どこだろう？

どこだろうとかまわない。自分にはよく動く二本の脚があるのだから。彼女は車が走り去ったほうに向かって歩きだした。

延々と歩いているようだったけれど、ほんの十五分ほどだったかもしれない。小さな町の明かりが見えた。〈メリーランド州オラナック〉と、小さな白黒の標識が告げていた。

夜更けだった。水中で時計が止まったので、どれくらい遅いかはわからない。ひとけのない町を歩いていると、明るいオレンジに輝くネオンサインが目に留まった。〈メルズ・ダイナー〉。ガラス張りなので、店の奥のキッチンへ続くスイングドアまで見える。

窓際のボックス席に客がふたりいて、やる気のなさそうなウェイトレスがその横でメモ帳を構えていた。彼女は店の外に停まる一台のタクシーと、カウンターでコーヒーを飲む運転手を見て、笑みを浮かべた。


タクシーがジミーの家のドライブウェイに入ると、彼女は運転手を待たせておいて、彼らがバッグを持ち去っていないことを祈った。さいわい警報装置はセットしておらず、彼女の寝室の窓は少し開けてあった。バッグはさっき置いて出たまま、一階のキッチンのカウンターにあった。ほんとうについ三、四時間前のことなの？　遠い昔のことのようだ。

三十分後、最後にもう一度、ジミーの大きな赤レンガの家を見た。三〇年代に建てられたジョージ王朝風の家は、瀟洒《しょうしゃ》なこの界隈《かいわい》でも中心的な存在で、オークの巨木に囲まれてピンチョン・レーンに立っていた。彼のことを父親と思う機会も、〝お父さん〟と呼ぶ機会も、ついぞなかった。このままずっとジミーのままなのかしら、とふと思った。

いっしょに過ごせたのは、ほんの六週間だった。

彼女は愛車の白いチャージャーで静かな通りを抜けて、環状道路《ベルトウェイ》に出た。目的地はわかっているし、震えるほど疲れきった体で夜どおし運転しようとする無謀さもわかっていた。けれども、ほかに手がない。チョコレートバーを二本食べると、つかの間、活力が湧いた。頭を使って、計画を練らなければならない。身を隠す必要がある。そのまま無理を押して、熱いブラックコーヒーと五、六本のチョコレートバーで命をつなぎつつ運転を続け、午前八時、リッチモンドのハイウェイ沿いの〈コージー・ボーイ・モーテル〉で車を止めた。

目覚めたのは十四時間後だった。最初は意識が混濁して、全身のあらゆる筋肉が悲鳴をあげていたものの、やがて力が戻ってきた。恐怖ほど、よく効く活力剤はない。

母親の家には向かうつもりも、電話をかけるつもりもなかった。こんな危険なことに母たちを巻きこむわけにはいかない。そして電話をかけて大丈夫だから心配しないでと伝える親しい友だちがひとりもいないことに気づいたとき、彼女は気落ちしつつも安堵《あんど》した。リッチモンド時代の友人たちとは連絡をとっていなかった。そして彼女が知るかぎり、自分の居場所を知りたがる人物は思いつかなかった。長年ジミーの家で家政婦をしていたミセス・リフィンにしても、ジミーが死んだ翌週に引退してしまった。誰ひとりとして、自分の不在を案じたり、疑問に思ったりする人はいないのだ。ジミーの弁護士なら情報として居場所を知りたがるかもしれないが、どうしてもというわけではないだろう。そしてジミーの弟と妹なら、彼女がコンクリートにくくりつけられて湖の底に沈んでいるとあれば、口をつぐんでいるに決まっている。

クインシーとローレルが関与しているのだろうか？　ジミーの弟と妹——なんと彼女にと

って叔父と叔母――は、彼女を嫌って、追い払いたがっていた。けれど、そのために命まで奪おうとするだろうか？　いや、あのふたりなら手段を選ばない。ほかにも自分を遠ざけたい人たちはいるかもしれないが、殺人となると、クインシーとローレルに戻ってしまう。

　バージニア州の曲がりくねった田舎道を走り、翌朝にはウェーンズバラの小さなモーテルにたどり着いた。目的地はわかっているけれど、そのあとどうしたらいいのだろう？　テレビのローカルニュースや地元のラジオ番組を見たり聞いたりしながら、考えた。全米ネットのPBSでジミーの政治人生をふり返る番組をやっていた。彼はリベラル派ではなかったけれど、評価はおおむね好意的だった。はからずも、ジミーは実物以上の偉人扱いされ、公共事業に身を捧げたカリスマに祭りあげられていた。ただ、ほんとうのジミーがそれよりもはるかにすばらしい人だったことを彼らは知らない。それに、もうひとつのことも。いや、いまは考えずにおこう。まだ考えられない。あとでいい。

　テレビで副大統領がジミーの前妻とふたりの娘たちについて語っている。だが自分のこと、ジミーのもうひとりの娘、彼が死の六週間前まで存在すら知らなかった娘に関する論評はない。

　彼女は身をかがめて、ロープできつく縛られていた足首をさすった。一瞬、息が詰まった。手のひらをハンドルに打ちつけて気持ちを鎮め、窓の外に広がるバージニアの暗い平原に目をやり、夜の番人のようにじっと動かない並木を眺めながら考えた。わたしを殺そうとしたのがあなたたちふたりならせいぜいいい気になって、あなたたちの人生をひどく不愉快なものにしかねないわたしという人間を排除できたと、祝杯でも上げるがいい。さあ、ぐっと飲み干して。

それも、あなたたちを追いつめる準備が整うまでのこと。

2

ワシントンDCジョージタウン
月曜日の朝

シャーロックがジミー・メートランドの電話を受けたのは七時三十二分、ショーンの絵入りシリアルボウルにチェリオを入れるところだった。アストロがショーンの椅子の脇に座り、分け前をもらおうと舌と尻尾を振っていた。このテリアは、チェリオが好物なのだ。

「ジャクソン・クラウンの件なんだが」メートランドは言った。「いい話じゃない」

「なにがあったんですか、副長官？」

シャーロックが首を振り、しだいに青ざめていく。サビッチはぱっと顔を上げた。チェリオにミルクをかけてショーンの気をそらしながらも、妻の表情の変化を追っている。サビッチはアストロの餌入れにもチェリオをひとつかみ入れてやった。

「でも、まだ確定ではないんですね？」シャーロックが声をひそめた。

「ああ、確定じゃないが、見通しはよくないぞ、シャーロック。ドクター・マクリーンがからんでいるとなるとなおさら、みんながどれだけ心配しているかわかるだろう。クワンティコにヘリを待機させてあるから、至急サビッチと飛んでくれ。捜索救難隊はまだ派遣しない。マスコミに伝わって、ドクター・マクリーンの情報がまずい相手に筒抜けになるのは避けたいからな。きみたちが捜索しても見つからなければ、応援要請するしかないが。皮肉にも、ジャックが操縦していたのは捜索救難用のセスナだ。事情はわかるな。おまえたちふたりが頼りだ」

事情はよくわかったが、シャーロックには承服しがたいやり方だった。自分ならマスコミなどおかまいなしに、ドクター・マクリーンの身の安全を第一に考え、十分後には最大規模の捜索救難隊を派遣するだろう。だが、メートランド副長官の判断は正しいのかもしれない。もしもこれが誤動作、つまり事故でなかったら、妨害行為ということになる。シャーロックはキッチンの電話をそっと置くと、無心にシリアルを口に運んでいるショーンを見つめた。気持ちを落ち着け、穏やかな声で言った。「ジャックのことよ。飛行機がケンタッキー南東部で墜落して、アパラチア山脈にあるパーロウという小さな町から救難信号《メーデー》が発信されたらしいの。バージニアとの州境から一時間くらいの場所よ。知ってのとおり、ドクター・マクリーンもいっしょだった。それで、メートランド副長官がわたしたちふたりで至急現場に飛んで、状況を確認してほしいって。いまのところ、捜索救難隊は出てないわ。あの話しぶりだと……」唾を呑みこみ、もう一度ショーンを見た。声が割れていた。

ショーンのスプーンが途中で止まっている。そして顔を上げ、その父親ともども、じっとシャーロックを見た。「ママ、どうしたの？」

「ママたちの仲間の捜査官がね、ショーン、いま困ってるかもしれないの。これからパパとママとでその人を捜しにいって、おうちに連れて帰ってあげないと」

ショーンはうなずいた。「いいよ。その人、見つけたげてね、ママ。ここに連れてきたら、ぼくと『パジャマサム』をやってくれるかも」

「きっと見つけるわ」シャーロックは音をたててショーンにキスし、父親ゆずりの黒髪をなでた。たまらずにもう一度、今度はもっと大きな音をたててキスすると、ショーンもキスの音をたて、ついにアストロが吠《ほ》えた。「アストロもだって、ママ」ショーンが大声で言った。

シャーロックは黙ってアストロに頬のパウダーを舐《な》め取られた。

「ママはパパを横に乗せてくれるかもな」サビッチは息子を抱きしめてキスすると、ショーンの子守りのガブリエラにうなずきかけた。「状況がわかったら電話するよ、ガビー」

十分後、ふたりを玄関まで見送ったガブリエラは、シャーロックの肩にそっと手をかけた。

「わたしも、ジャック・クラウンとは一度会ったことがあります。あなたのオフィスに書類を届けたときです。ショーンと同じくらいフットボールが好きなのかって訊《き》かれて、わたしのパスはトム・ブラディ並みですよって答えたら、笑ってました。見つかるように祈ってます。もうひとりの人、ドクター・マクリーンって、そんなに重要人物なんですか？」

「わたしに言わせれば雷を集める避雷針よ」シャーロックは言った。「かならずジャックを見つけるわ」宣言はしたものの、ジャックにとっても同乗者にとっても厳しい状況であることは、シャーロックにもわかっていた。

3

月曜日の朝

レイチェルは標識を見た。白地にくっきりとした鮮やかな赤い文字で書かれている——〈パーロウ——アメリカオオカミ発祥の地〉。

もうすぐ故郷に帰れる。そんなことを思った自分に、レイチェルは声をたてて笑った。故郷？　ケンタッキー州パーロウ。あの小さな町を最後に訪れたのは、棒切れのように痩せっぽちだった十二歳のころ。歯列矯正具をつけ、髪は絶対に切るなというジレット伯父さんのたっての願いでお尻のあたりまで伸ばしていた。当時は、いまでは壮大となったスリッパー・ホローのジレット伯父さんの家によく来ていた。パーロウから北東へ八キロほどの距離にあり、通りからかなり外れているため、地元でも知らない人が多い。ジレット伯父さんは隠遁《いんとん》生活を好んだ。九〇年代初頭に湾岸戦争から帰ってからは、とくにその傾向が強かった。

あともう少しなのに、ここから先は徒歩に切り替えなければならないようだ。レイチェルは、腹立ちまぎれに愛車のダッジ・チャージャーを蹴飛ばすような真似《まね》はしなかった。自分をここまで運んでくれたのだ。汚れた白い車体に泥まみれのナンバープレートのついた車は、どういう意味だか知らないが昔から言われるように〝鋲釘《びょうくぎ》のように死んで〟いて、路肩にじっとうずくまって動かない。

よりによって、人の寄りつかない奥地へさしかかったところだった。さいわい荷物は古ぼけたダッフルバッグがひとつ。なかにはチェビー・チェイスにあるジミーの家を出た晩に詰めこんだ衣類が入っている。朝の七時十五分、ふたたび徹夜で運転した疲れが出はじめていた。真夜中にバージニア州をゆっくりと横断するあいだ、誰かに尾行されている気配はなかった。レイチェルはいま一度、忠実なチャージャーをふり返った。三年前に買って以来、一度もトラブルを起こさなかった――いまのいままで。

大丈夫よ、あと少しでジレット伯父さんの住むスリッパー・ホローだから。あそこは見渡すかぎり鬱蒼《うつそう》と木々が茂る山々に囲まれている。山頂は朝霧の冠をいただき、日が出れば溶けてしまいそうな雪にうっすらとおおわれた。山を見ると心が落ち着く。子どものころは、オークの古木の枝に茂る緑の葉陰に隠れて、広大な山並みやいくつもの小さな丘、そびえたつ巨大な岩を眺めては、その向こうになにがあるのだろうと想像したものだ。きっと巨人だけが住む国があるのだと、四歳のころは信じていた。もしかしたら、その国には犬や猫もいるかもしれないと。

あの夏の日のことは、いまでもはっきり覚えている。〝そろそろ自分たちでやっていかなければね〟と、母が言ったのだ。それで決まりだった。母親と、気の進まなそうなジレット伯父さんを手伝って、大事な持ち物だけを古いクライスラーに積みこみ、夜明けとともに出発した。スリッパー・ホローとジレット伯父さんが恋しくてたまらず、つぎに訪ねる日を指折り数えた。最初のころは、そんなことが何度もあった。

最後にジレット伯父さんに会ってから、かれこれ一年になるが、あそこへ行けば会えることだけはわかっている。ジレット伯父さんは絶対にスリッパー・ホローを離れない。

そろそろ出発しなければ。昼までには着きたい――早々に車を修理できればの話だけれど。おなかが鳴り、ミセス・ジャージーの顔が頭に浮かんだ。ケンタッキー一の料理人だと母が褒めていた〈モンクス・カフェ〉のオーナーだ。十二歳の少女にはかなりの年寄りに見えたけれど、まだいるだろうか。ああ、彼女がつくるあの熱々のブルーベリースコーンときたら。その味と、舌を火傷《やけど》しそうなほどのブルーベリーの熱さはまだ覚えている。当時、〈モンクス・カフェ〉はトラック運転手たちのために早くから店を開けていたが、いまもそうだろうか。ミセス・ジャージーがいたとしても自分に気づきませんように、とレイチェルは祈った。パーロウの住人たちには、誰ひとりとして、大人になった女のなかに十二歳の少女の面影を見いだしてほしくない。レイチェルと気づくことなく電話を貸し――僻地《へきち》すぎて携帯電話が使えない――パーロウでいちばん腕のいい整備士を教えてもらいたい。ジレット伯父さんに電話をかけるつもりはなかった。いまは用心の上に用心を重ねなければならない。いかなる痕跡も残せない。たとえ、相手がレイチェルは死んだと思いこんでいたとしても、そしてレイチェルが知るかぎり、彼らがケンタッキー州パーロウという名も、スリッパー・ホローという名も耳にしたことがないとしてもだ。

わたしには害が及ばない。だって、死んでいるもの。

レイチェルは身震いした。体を打った冷たい水を思い出し、革のジャケットの襟をかきあわせた。六月なかばとはいえ、ここの早朝がどれほど寒いか忘れていた。霧に包まれ、早朝の光で灰色がかった青に見える山々をいま一度見渡したが、今朝はなぜか、大自然のとてつもない美しさに感動するより、ただうちにたどり着きたかった。いまはとにかく計画を立てたい。ジレット伯父さんが知恵を貸してくれるだろう。伯父さんは海兵隊の大尉で、頭が切れる。伯父さんが前に一度、海兵隊員に〝元〟などいないと、きつい調子で言ったのを、レイチェルはけっして忘れなかった。

それにしても、あともう一歩というところで、チャージャーに裏切られた。

レイチェルはダッフルバッグを肩にかけると、パーロウのほうに目をやり、木々や丘や曲がりくねった細い道に囲まれて、ぽつぽつと小さく見える家々を眺めた。

そして三歩ほど歩いて、ぴたりと足を止めた。エンジンがくすぶっているような音が遠くに聞こえたのだ。その音がしだいに近づいてくる。

空を見あげたが、なにも見えなかった。別の道をやってくる車かもしれない、きっと……いいえ、そんなはずはない。深呼吸をして、もう一度、空全体を見渡した。違う、さっきの音は……レイチェルには、なんの音だかわからなかった。

それでもまだ歩きださなかった。細長い形をしたカドロー渓谷の端が、山に突き刺さるナイフのように見える地点をじっと見つめた。その場に立ったまま、目の上に手をかざし、霧を通して差しこもうとするわずかな日の光をさえぎった。

すると、渓谷のはるか端のほうに、低い山並みを越えて飛んでくる単発小型機が見えた。機体を激しく揺らしながら、尾翼のあたりから黒い煙を噴きだしている。トラブルが起きて墜落しそうになりながらも、パイロットは制御のきかなくなった飛行機を細長い渓谷の向こう端まで飛ばそうとしているのだ。炎が煙を突き抜けるようにして翼のほうに迫っているのが見えた。これではパイロットもお手上げだろう。レイチェルは飛行機から目を離すことなく、そちらに向かって駆けだした。

カドロー渓谷に飛行機が着陸できるだけの平地があるだろうか？　飛行機の操縦など学んだことがないから、見当もつかない。まっすぐに伸びた翼を見つめながら、機体を傾けて徐々に高度を下げようとしているパイロットの姿を思い描き、息を詰めて祈った。

そのとき爆発が起きた。揺さぶられた小さな機体が、制御を失って錐揉《きりも》みしはじめた。

4

信じられないことに、パイロットはどうにか体勢を立てなおした。だがつぎの瞬間にエンジンが止まり、単発小型機は石のように落下した。パイロットが死ぬところを目撃しなければならない。もはや制御を取り戻せるはずはないのだから。ところがどういうわけか、パイロットは空気の流れをとらえると、停止しかけた飛行機を前方へと滑空させて、最後には車輪を着地させた。機体はバウンドしてガクンと揺れ、いったんフロント部分が浮きあがってから、ふたたび地面に叩きつけられた。がたがたと揺れながら転がり、レイチェルがいる渓谷のいちばん端から十五メートルも離れていない地点で止まった。激しく煙が噴きだし、炎があがった。

レイチェルがそちらへ向かって駆けだしたとき、パイロットがドアを蹴り開けて、反対側の座席にいる意識のない男を狭いドアから引っぱりだそうと必死になっているのが見えた。そしてパイロットはどうにかそれをやってのけた。男を肩にかつぎあげ、走って飛行機から遠ざかった。

パイロットがつまずいて、倒れた。その頭越しに意識のない男が飛びだし、地面に激突して石で頭を強打した。それでも男は動かなかった。そして飛行機がふたたび爆発した。まばゆいオレンジ色のボールと化した機体から、四方八方に破片がまき散らされ、炎は空高く燃えあがった。レイチェルが見ていると、パイロットが起きあがって、意識のない男のほうへよろよろと近づいた。そのとき尾翼の破片らしきものが脚にあたり、さすがのパイロットも今度はもう動かなかった。

なんて恐ろしいのだろう、とレイチェルは思った。わずか二分足らずのうちに生死が決してしまう。自分にもあと一分くらいは与えられているかもしれない。

レイチェルはまず意識のない男に近づいて膝をついた。男は仰向けに倒れ、目を閉じたまま、ぴくりとも動かない。痩せ形で年配。五十近いだろうか。頭から出血し、胸のあたりが血まみれになっている。喉に指をあててみた。命はあるが、脈が弱い。軽く揺さぶって、声をかけた。「目を開けられますか?」

男は動かなかった。レイチェルはしゃがむと、とっさに革のジャケットを脱いで、できるかぎり男の体をおおった。

パイロットのうめき声がした。レイチェルはぱっと顔を上げ、すぐに駆け寄って、煙で真っ黒になった顔を見おろした。血で黒髪が側頭部に張りつき、曲がりくねった太い血の筋が一本、左の耳から流れ落ちて、尾翼の破片が突き刺さったズボンの裂け目から血がにじんでいる。彼は動いていなかった。

死なないで、お願いだから死なないで。これ以上、人が死ぬのを見たくない。

そっと肩を揺すってみたけれど、動かなかった。それで両腕と、両脚をなぞった。折れている箇所はないようだけれど、ひどく内臓をやられていても、おかしくない。こちらはもうひとりよりもだいぶ若く、レイチェルと同じくらい。体格がよく、引き締まった体つきをしている。白いシャツにタイを締め、レイチェルのと似た黒い革のジャケットを着て、黒いパンツに短い黒のブーツをはいていた。レイチェルはそっとパイロットの顔を叩いた。「お願い、目を覚まして」

男がうめいて、体をびくりとさせた。レイチェルはさらに顔を近づけ、もう一度頬を叩いた。「さあ、起きて。きっと起きられるわ。わたしひとりじゃあなたを運べないし、ほかには誰もいないの。もうひとりの人は意識がないから、あなたに手を貸してもらわないとね。起きて、お願いだから」さっきよりも強く頬を叩いた。

と、手首をつかまれた。

レイチェルが悲鳴をあげても、男は手を放そうとしなかった。

ジャックは目を開けた。長いストレートの髪が頬をかすめた。茶色から金色までの色が交じった、太陽の光のような髪。手を持ちあげて、片側に垂れた一本の細い三つ編みに触れようとしたけれど、そこまで腕が上がらなかった。「その三つ編み、いいな。そんなのはじめて見たよ。きみのパンチは強烈だ」

「ええ、そうね、ごめんなさい。でも、起きてもらわないと困るの。あなたとお仲間をお医者さんに診せなきゃならないから。どこを怪我《けが》したの？　いったいなにが起きたの？」

驚いたことに、彼はほほ笑んだ。「おれは死んだのか？　で、きみは天使か？　いや、天使じゃないいな。髪がすてきすぎるし、その三つ編み——天使は三つ編みなんかしない。それに、鼻に泥がついている」

「天使だったら嬉しいけど、そうなると、わたしはあなたの幻想ってことになるわ。でも、ありがたいことに、そうじゃないの。わたしはレイチェル」鼻をごしごしとこすった。「左のこめかみのところが切れて出血してる。もう止まりかけてるけど。尾翼の破片があたって、あなたが倒れるのを見たの。右太腿の出血がひどいから、圧迫しないと」

「おれのネクタイを使ってくれ」

レイチェルは、こまかくてうねうねとしてカラフルな模様がついた真っ赤なタイをほどき、彼の脚の下に置いた。「いい具合に圧がかかったら言って」タイを引いた。

「それでいい。しっかり結んでくれ。どこか折れてるかな？」

「わたしの見立てでは大丈夫そうだけど、医者じゃないから」

「骨折はだいたいすぐにわかる」

「内臓も調べないと。体のなかでなにが起きてるかわからないわ」

彼は一瞬、押し黙った。どうやら自分の内臓と語りあっているらしい。「いまのとこ、大丈夫そうだ」

「よかった。あなたが着陸させるのを見たわ。わたしはパイロットではないからどうしたか見当もつかないけれど、うまくやったわね。みごとだったわ。あんなに怖い思いをしたのははじめて。いえ、一回だけある」それも、つい先週の金曜の夜に。不謹慎にも、レイチェルは笑いだしたくなった。

彼が顔を上げて、笑顔をつくった。「まあ、ちゃんと歩いて——いや、走って、だな——逃げたんだから墜落とは呼びたくないが、不時着ではある」苦しげに歪んだ表情から、彼がかろうじて意識を保っているのがわかった。「この渓谷を見たときは、目を疑ったよ。山に激突して、二百年後くらいに考古学者に発見されることになるかと思った」

「もう二度とこんな幸運には恵まれないわよ。気の毒だけど、飛行機は大破。それに、すてきなネクタイも血だらけ」

手首をつかんでいた手が落ちた。「爆弾が」消え入りそうな声だった。

「だめよ、もう気を失わないで。ちゃんと起きて、手を貸してくれなきゃ」レイチェルは顔をぐっと近づけた。「わたしを見て。あなたの名前は？　そう、名前に意識を集中して。さあ、あなたにならできる」爆弾？　爆弾があったってこと？　だとしたら、おおごとではないか。

「おれはジャック」

「その調子よ、ジャック。がんばって。わたしの車まで行きましょう。そのほうが少なくとも安全だし、ここよりは暖かいわ」

ジャック・クラウンは頭が爆発しそうだと思った。あまりにもひどい痛みだ。脚のほうもずきずきして疼《うず》くが、こちらはどうにか我慢できる。幸運だった点をもうひとつ挙げるとしたら、尾翼の破片がそれほど深く突き刺さらなかったことだろう。「ザ・マローダー――あいつはいい飛行機だ」そう言ったあと、小声で毒づいた。「いい飛行機だった」

やっと思考の焦点が合った。「おれの仲間がどうとか言わなかったか？　もうひとりの男を見つけたのか？　おれより年上で、小柄で、ピンクとブルーのばかげた蝶ネクタイをした男か？」

レイチェルは彼の肩にそっと触れた。「ええ、彼はあちらよ。意識はないけれど、生きてるわ。胸と頭が血だらけよ。骨折は調べてない。悪いけど、わたしひとりしかいないの。あなたを車まで連れてったら、彼を助けにいくから」

「いや、いい、おれなら大丈夫だ。いますぐ彼のところへ行かないと。おれの携帯、携帯を取ってくれないか、助けを呼ぼう」

「残念だけど、それは無理。ここは携帯が通じないの。電波塔がひとつもないから。彼のことはどうにかするから、心配しないで。さあ、目を閉じないでね。とてもあなたを持ちあげられないから。いっしょにお仲間を助けにいきましょう」

ジャックは歯を食いしばり、ティモシーのことを考えた。いままさにこの場所で、人里離れたなにもない渓谷のまっただなかで死にかけているかもしれない男のことを。レイチェルの手を借りて、どうにか両肘をついて体を起こすと、あたりを見まわした。「ここはまだケンタッキー州なのか？」

「ええ、バージニアとの州境よ。あなたはカドロー渓谷に飛行機を不時着させたの。何キロも延々と続く山脈が途切れる唯一の場所だから、ここに着陸できなかったら、どうなってたか……でも、関係ないわね、着陸できたんだから。いまはあれこれ考えないほうがいい。幸運と操縦技術、あなたはその両方に恵まれてた。さあ、お仲間を――」

「彼のところまで連れてってくれたら、おれがきみの車まで運ぶ」

ジャックが他人を救助できるような状態とは思えなかったけれど、レイチェルは彼の胸にしっかり腕をまわして引っぱりあげた。ジャックが膝立ちになり、ぴったりと身を寄せてきた。レイチェルはそのまま少し待った。彼が肩に頭をあずけている。「大丈夫？」

「世界がぐるぐるまわって吐きそうだが、ああ、大丈夫だ。しばらく待ってくれ」ジャックはゆっくりと浅い呼吸をした。おかげで吐き気がおさまった。頭が重く、ずきずきするが、意識を失うほどではない。「いいぞ、行こう。ティモシーを助けてやらないと」

たっぷり五分ほどかかったが、ジャックはやっとのことで立ちあがって、歩きだした。レイチェルは自分が倒れてしまわないように注意しつつ、彼の体重を支えた。「ティモシーはあそこよ。さっきから動いてないわ」

ジャックはレイチェルの手を借りて、ドクター・ティモシー・マクリーンのそばにひざまずいた。脈を見て、頭を調べ、腕と脚をなぞる。彼はレイチェルに革のジャケットを返した。「胸の血——ひどい裂傷《れつしょう》だが、ありがたいことに心臓よりもだいぶ下だ。それほど深くはなさそうだし、出血は止まってる。あばらも二、三本折れてるようだ。頭のほうは、おれが飛行機から運びだした時点ですでに意識がなかった」

「石に頭をぶつけるのを見たわ」

「おれのせいだ。おれがつまずいたせいで、投げだしてしまった」

「ええ、そう。たしかにあなたのせいかも」

彼はレイチェルに向けた目を細めて、さらに何度か深呼吸をした。真剣な面持ちで深く息を吸いこみ、腰をかがめると、よいしょと男を引っぱりあげて肩にかついだ。ふらつきながらも、どうにか転ばずに持ちこたえた。「小柄で助かったよ」荒い息をしながらジャックが言った。「さて、レイチェル、きみに左腕を下からそっと支えてもらって、歩いてみよう」

彼の足取りはさほどしっかりしていなかったものの、ふたりでどうにか一歩踏みだし、さらに一歩、また一歩と進んだ。「わたしの車が道端にあるの。あっちよ。急に止まってしまって。車には詳しくないから」

「おれが詳しい」またもや込みあげてきた吐き気に、ジャックは歯を食いしばって耐えた。ティモシーは重くないとはいえ、七十キロ近くあり、しかも意識を失っている。ジャックは立ち止まった。ありがたいことに、どうやら吐き気がおさまった。「オーケイ、どれくらいかな？　あと五、六メートルか。なんとかなるな」

そしてやってのけた。レイチェルが後部ドアを開けると、ジャックは友人を後部座席におろした。それから身を揺すって革のジャケットを脱ぎ、レイチェルに手渡した。二枚のジャケットで、ティモシーの体をほぼおおいつくすことができた。ジャックは車に寄りかかり、目を閉じた。顔の左半分についた血はすでに固まっている。「いま何時だ？」

「もうすぐ八時よ」

目を閉じたままジャックが言った。「脚のネクタイをゆるめてくれないか」

レイチェルは言われたとおりにした。「よかった、血が止まってるわ」

ジャックは頭を傾け、体を起こした。「さて、きみの車を見せてくれ。簡単に直せるかもしれない」

たぶん無理、とレイチェルは思った。これまでの人生で簡単にいったことなど、ただのひとつもなかった。

5

ジャックは起きあがった拍子に開いたボンネットに軽く頭をぶつけて、気絶しそうになった。汚れたフェンダーにつかまり、ぎゅっと目をつぶった。世界が回転している。このままでは頭が破裂してしまうから、もう一度倒れたほうがいいかもしれない。レイチェルが胸に腕をまわして支えてくれた。「しばらくじっとしてて。そうよ、わたしが押さえてる」

ようやく揺れがおさまると、ジャックは離れた。レイチェルが尋ねた。「大丈夫？」

「絶好調とは言えないけど、ありがとう」

レイチェルが彼を見あげてほほ笑んだ。お互いさまよ。「わたしの車、どこが悪いかわかった？　直せそう？」

「ガス欠の可能性は？」

「ゼロよ。ハミルトンで満タンにしたもの」

「配管には問題がなさそうだ。エンジンをかけてみて」

イグニッションキーをまわしたが、反応しなかった。もう一度――やはりだめだ。

「そうか、燃料パイプからガソリンが出てないんだな。燃料ポンプがいかれてるから、交換しなきゃならない。あいにく、おれには応急処置ができない。あそこの標識によると、パーロウという町に向かってるみたいだけど、まともな整備士がいる程度の規模はあるのか？」

レイチェルはうなずいた。「ええ、人口三千人くらいかしら。あと二キロほどよ。燃料ポンプって大きいの？」

「いや、それに値段もたいしたことない」

「パーロウまで歩きだそうとしていたときに、あなたの飛行機がおかしな音をたてるのが聞こえたの。爆弾って言ってたけど、どういうこと？」

まったく、そんなことまで口走ったのか。「たぶんおれの勘違いだ。いいから、気にしないでくれ」すでに何度も試してだめだったのだから、いまさら奇跡的にアンテナが立つはずがないと知りつつ、ジャックはもう一度、携帯を試してみた。

案のじょう、電波は届かなかった。

「わかったわよ。だったらそのことでこのかわいいおつむを悩ませるのはやめさせてもらうわ、唐変木《とうへんぼく》」

激しい頭痛に耐えながらも、ジャックはなんとか笑った。「人から唐変木呼ばわりされたのは、コンドームを忘れてルイーズ・ドレイパーに見捨てられたとき以来だ」

「またやってる。携帯は無理よ。ここは山だらけで電波塔がないんだから」

「わかったよ。ケンタッキー州パーロウか、やれやれ」ジャックはもう一度ティモシーを見た。後部座席で意識を失ったまま、幽霊のように青ざめた顔をしている。それでも、ありがたいことに命はあり、このまま生かしておかなければならない。自分自身いまにもアスファルトに顔から倒れそうなのに、悪い冗談のようだ。

面倒なことになった、とレイチェルは思っていた。けれど、ほかにどうできただろう。まさか、自分でどうにかしなさいと、この男を置き去りにするわけにはいかない。スリッパー・ホローへ着くのがよけいに遅くなるけれど、それはいい。行くと告げていないのだから、ジレット伯父さんも心配しない。「パーロウへ行って、助けを呼ぶしかないと思うんだけど」

「きみは、ここへ来たことがあるのか？」

ほんの一瞬、彼女の顔がこわばった。「ううん、ないけど」

ジャックは痛みにかすむ目で彼女を観察した。うつむいた顔を前髪がカーテンのようにおおい、三つ編みが頬に沿って垂れている。そして、ゆっくりとうなずいた。「そうか、おれもないよ」ジャックとてばかではないので、さっき彼女の目に動揺が走ったのも、嘘を言ったのも、わかった。だが、どうにも腑《ふ》に落ちない。彼女がケンタッキーのちっぽけな町に来たことがあるかどうかなど、誰が気にするというのだろう。ジャックは指で黒髪をかきあげた。「パーロウにも、医療施設や救急車の一台くらいはあるさ」

「でしょうね」その口ぶり——あまりにも慎重な口ぶり——これも嘘だ。

パーロウにも警察署長か保安官がいるだろう。地元の警察を巻きこむのは気が進まないが、自分とティモシーの状態を考えたら、ほかに選択肢があるとは思えなかった。

二車線道路の脇をのろのろと進んだ。ジャックは体格がよく、体を起こして歩くには、レイチェルがかなりの体重を支えてやらなければならなかった。二十歩ほど歩いたところで、息を切らしながらレイチェルは言った。「ちょっと休みましょう」ジャックを道端にある一本のオークの木に寄りかからせた。「この休憩は、あなたのためっていうより、わたしのため。大丈夫よ、心配しないで、あといくらもないんだから、どうにかなるわ」

「悪い、なんて名前だっけ?」

「レイチェル――名字なんてべつにいいわよね?」

悪魔に頭にガンガン釘を打ちこまれながらも、ジャックの警官としてのアンテナにふたたび赤信号が灯った。脚の痛みが多少おさまった分、脳の働きがよくなっている。きみは何者で、なにを恐れているんだ? そう尋ねたかったけれど、こう答えた。「それは、きみが名字を教えたくない理由しだいだな。おれに言い寄られて、家までついてこられちゃ迷惑だからか?」

言い寄る? わたしに? 「頭を怪我したせいで、目が見えなくなってるんじゃないの?」

「まさか。こと女に関しては、男は目がきくもんさ。もっとも、死ねば別だけどね」

レイチェルは笑ってかぶりを振り、髪を後ろに払った。三つ編みが前に落ちて、ふたたび頬の脇に垂れる。ジャックに勇気さえあれば、セクシーな髪だと告げるだろうに。「危ないところを救ってあげたんだから――勘弁してよ。まあ、正直言えば、あなたは自力で危機を脱して、そのあとまた危なくなったところをわたしが救ったわけだけど。とにかく、あなたには貸しがあると思うんだけど」

「はい、マダム、ごもっとも。ところで、パーロウに病院はあるんだろうか」

「まさか――さあ、どうかしら？　そう遠くないところに、診療所くらいはあると思うけど。そのうちわかるんじゃない？」

ほら、やっぱりな、お嬢さん。

「あなたが危険な人じゃないといいんだけど」レイチェルはまっすぐ前を見つめて言った。ジャックの体重の大半を支えているせいで、両肩と背中が痛くなってきた。顔を上げると、彼が愉快がっているような顔でこちらを見ていた。「酔っぱらいみたいにわたしにもたれかかっていなければ、顔は夜間作戦展開中の兵士みたいに顔がまっ黒だし、危険そうに見えるんだけど」

「よしてくれよ」ジャックは苦い液を飲みこんだ。このまま道端のやわらかそうな草むらに倒れこめたらどんなにいいか。だが、ティモシーのために助けを呼ばなければならない。そうは思っても、しつこい痛みに呑みこまれそうになる。脳震盪《のうしんとう》だ。大学のフットボールの試合で、頭を強打して脳が麻痺《まひ》しそうになったときのことは、はっきり覚えている。気分はよくないが、どうにか乗りきれるはずだ。

「ほら、家が見えたわ。もう少しよ、ジャック。そういえば、あなたも名字を教えてくれる気はないみたいね」

「ああ。あと十五メートル、手を貸してくれるか？」

レイチェルは肩で息をしていた。「もちろん。これでもハイスクールのときはレスリングチームにいたのよ」

ジャックは笑ったが、頭に激痛が走った。ここまで来て挫折しそうだ、と思った。

ふたりはようやく白い小さな家にたどり着いた。レイチェルのよく見知った家だった。雑草のはびこる道をぎこちなく歩いてくるふたりを、二匹のヤギが興味なさそうにふり返った。太陽の下でのんびり寝転がっている五、六匹の雑種犬にも見覚えがある。「ありがたい、電話線がつながってるぞ」ジャックが言った。

レイチェルは、期待するのは早いと忠告したかった。彼女が子どものころ、ミスター・ガートは取り立て屋に玄関先に居座られるまで料金を払わないことで有名だったからだ。

ミスター・ガートが顔を覚えていて、うっかり名前を漏らすことなど、ありえない。それより問題は、レイチェルが嘘をつくのが下手なことだ。ジャックの反応からして、そうとう下手くそらしい。せっかくここまで順調にきたんだから、嘘っぽくないように、なにごとも慎重に考えてから口にしなければならない。大丈夫、できる。そうするしかないのだから。

わたしが生きていて、目撃されたという情報が伝わったら、また彼らに追いかけられる。可能性は高くないだろうけれど、絶大なパワーと莫大《ばくだい》な資金を持つ彼らを相手に危険を冒したくなかった。そうだ、彼らと闘う準備ができるまでは、死んだままでいたい。まずはクインシーとローレルのしわざだと突きとめ、彼らの尻尾をつかむのはそのあとだ。とりあえずいまは心配いらない。死んでいるのがいちばん安全なのだ。

ドアをノックすると、ミスター・ガートが現われた。かなり老いたけれど、あいかわらず古びたジーンズをはき、擦り減ったアーミーブーツにすそを入れている。昔と同じもの？彼は開いた戸口に立ち、見知らぬ来客をいぶかしげに見ているが、レイチェルに気づいた気配はなかった。よかった、神さま、ありがとう。

でも、なぜ向こうはこちらに気づかないのだろう？　彼のほうは、皺だらけの顔に浮かぶ不機嫌そうな表情にいたるまで、ちっとも変わっていないように見えるのに。老人のしょぼついた目をのぞきこむと、相手がまったく気づいていないのが確認できた。

「はあ？　なんの用だ？」

見たらわかるでしょう、クソジジイ。レイチェルはそう思ったが、ジャックがいまにも崩れ落ちそうな状態なので、顔にかかった髪を払って言った。「事故に遭ったんです。お電話をお借りできませんか？　意識を失った友人を車に残してきました。大怪我をしてます」

「あんたんとこの旦那はなにをやらかしたんだ、奥さん？　酔っぱらい運転で道から外れたのか?」

「いえ、この人がわたしの足もとに空から降ってきたんです。お電話、お借りできますか?」

ミスター・ガートはむすっとした顔で、なかに入れと手で示した。画期的だ。子どものころ、レイチェルはたった一度しか彼の家に入ったことがなかった。母親といっしょに、クリスマスのクッキーを届けにきたときだ。

暗い室内に入ると、オートミールとバニラのにおいがした。引きずるような音が聞こえたときは心臓が早鐘を打ったが、見ると、太りすぎのパグが綱をしっかり口にくわえて革のストラップを床に引きずりながら、とことこと駆けてくるところだった。

「おろおろするな、マリーゴールド、床に粗相《そそう》するんじゃないぞ。この人たちに電話を貸したら、外に連れてってやるからな」彼はふたりを新鮮なレモンの香りが漂うリビングへ案内した。あらゆるものの上に、年月を経て黄ばんでしまった古めかしいレースの敷物や椅子カバーがかけてある。「マリーゴールドは外が大嫌いでな。こんな犬は見たことがない。用を足しにいくだけでビクビクするもんだから、そばについててやらなきゃならん。オズワルドとルビーにまで脅されおって」

「オズワルドとルビー?」レイチェルが訊いた。

「ヤギが二匹、前の庭でなにやらもぐもぐと嚙んでたろう? 電話はこっちだ。料金を払ってから六週間もたっとらんから、まだ止められちゃおらんだろう。最新型の携帯電話でも持ってこいと脅してやったんだが、電話会社の小娘は笑って、このあたりに電波が届くようになるには今世紀のなかばまでかかるかもしれませんよとぬかしおった。そのころには、わしなぞとうにくたばっとる。いいな、長距離はなしだぞ。マリーゴールド、いま行くから漏すなよ」

ジャックはレイチェルの手から電話を奪い取った。「悪いが、まっ先にかけなきゃならないとこがある」彼はサビッチの携帯の番号をダイヤルした。

「はい、サビッチ」

「サビッチ、ジャックだ」

一瞬、間があった。「ジャックか、よかった、声が聞けて。無事なのか？」

「ちょっと怪我してるが、命に別条はないよ」

「ドクター・マクリーンは？」

「倒れたときに頭を強く打って、意識不明だ。胸に深い裂傷があるし、あばらも二、三本折れてるようだ。やむをえず、レイチェルの車の後部座席に残してきた。おれたちはいま、ケンタッキー州パーロウにいる。バージニアとの州境だ」

「レイチェルというのは？」

「おれが飛行機で不時着するのを見て、手を貸してくれた女性だ」ジャックが目を向けると、彼女は細い三つ編みをねじっていた。

「そうか。おれたちはいまパーロウに向かってる。きみからの救難信号《メーデー》が確認された地点だ」

「ヘリコプターの回転翼の音が聞こえるぞ。いまどのへんだ？」

「クワンティコを出たのが十五分前だから、そこまで二時間くらいかかるだろう。ボビーがいま、国道七二号線の外れにある、ハーデスティ判事の私設飛行場へ向かってる。パーロウの近くだ。おれたちがすぐに移動できるように、そこに車を待機させる。それはそうと、電話をもぎ取られる前にシャーロックに代わるよ」

「ジャック？　シャーロックよ。メートランド副長官から朝の七時ごろに電話があって、あなたが墜落したって――ねえ、ほんとうに大丈夫なの？」

　ジャックは笑った。「ああ、天使が助けてくれたんだ。ただ……」

「ただ、どうしたの？」

「ティモシーがかなり重傷かもしれない。サビッチにも言ったが、彼は意識を失ってレイチェルの車にいる。車が道端で故障したんで、やむなくそのまま置いて助けを呼びにきた」

「了解。わたしのほうで、彼を最寄りの外傷センターに搬送するように手配しておくわ。また連絡するわね。それで、ジャック、機械の誤動作が原因だったのよね？」

　レイチェルがじっと顔を見ているのがわかった。一語一句に耳をそばだてている。ジャックはただこう答えた。「そうじゃない可能性が濃厚だ」

またサビッチが出た。「よし、なんとかなりそうだな。おれからメートランド副長官に電話をしておこう。彼が専門家を派遣して飛行機を調べさせるだろう。きみのほうも医者が必要なんだろう？　ちょっと待って、シャーロックが救急隊と連絡がついた。ドクター・マクリーンの正確な居場所が知りたいらしい。ジャック、聞こえるか？」

ジャックは痛みで脳が吹き飛びそうな気がした。さらに悪いことに、そうなってありがたいと感じる。「シャーロックか？　レイチェルから話してもらったほうがよさそうだ」

レイチェルはジャックから電話を受け取り、彼が古くてでこぼこしたグレーの安楽椅子に倒れこむのを見た。電話の女性の話を聞き、車が置いてある場所を告げ、こう言い添えた。「あなた方が来てくださると聞いて、安心しました。ジャックは助けを必要としてます。さっき彼が言ったように、わたしの車が故障したので、わたしたちは徒歩で移動して、パーロウにある医療機関でお待ちします。ジャックは脳震盪に加えて、飛行機の破片で脚を怪我してます。あなた方が来られるまで、わたしがついてます」

「彼を助けてくださって、ありがとう。そちらに着くまで、あと二時間ほどかかりそうなの。あなたのお名前は？」

だがレイチェルは早くも電話を切り、ジャックはかろうじて意識を保っていた。

6

パーロウ診療所　ロージー・ビル・アベニュー
月曜日の朝

ハーモン看護師の案内で一組の男女が狭い診療室に入ってくると、ドクター・ポストは姿勢を正した。

シャーロックは戸口に立ち、仰向けに横たわるジャックを見つめた。腰のあたりまでシーツでおおわれ、シャツの前をはだけている。長い髪に隠れて横顔は見えないが、若い女が彼の上にかがんで、顔の汚れをそっと拭き取っていた。その顔の横には、三つ編みが一本垂れていた。

「ジャック?」シャーロックは急いで歩み寄った。

「シャーロック、きみか?　その黒い革のジャケット、似合うよ。悪いな、今日はぼうっとしてて」そう言うと、彼は目を閉じた。

ポストが言った。「心配はいらない。また眠ってしまったが、おもに薬の影響によるものだ。ゆっくり休ませてやるとしよう」

シャーロックは深く息を吸い、医者に向かってほほ笑んだ。「わたしはFBI捜査官のシャーロックです。こちらがサビッチ捜査官、そして、こちらはジャクソン・クラウン捜査官です」

「知ってるよ。玄関先に現われたときにはまだ意識があったんで、本人に聞いた」

ジャックにおおいかぶさるようにして立っていた女が体を起こした。「わたしはレイチェルです。ジャックに付き添ってました」

レイチェルはそれきり黙りこんだ。ジャックが医者に自己紹介するのを聞いたときは、まずいことになったと思った。まさかこんなことになろうとは。しかもそれでは足りないとでもいうように、今度はこの狭い部屋で捜査官三人といっしょになった。

シャーロックがポストに尋ねた。「彼の状態はどうなんでしょう」

「脳震盪《しんとう》を起こしているから、しばらくは気分がすぐれないだろう。この町にはMRIはないが、CTスキャンの画像を見るかぎり、とくに異常は見あたらない。

脚にかなり深い裂傷があるものの、さいわい命にかかわる位置ではなかったから、わたしがきれいに縫っておいた。薬は抗生物質と鎮痛剤を少々。しばらく休ませなければならないが、それで元気になるはずだ。念のため、今夜は入院させてもらいたい。

ずいぶん時間をかけて念入りに手当てをしたんでね。ここを出たとたんにばったり倒れて、わたしのみごとな処置を台なしにされるのはかなわん」

ポストは、安堵のあまり彼にハイタッチでもしかねないＦＢＩ捜査官ふたりをしげしげと見つめた。

「患者の仕事仲間かね？　ここへは事件の捜査に？」

「はい」と、サビッチ。

ポストはレイチェルを指さした。「こちらは患者の奥さんじゃないそうだな」

シャーロックが答える。「そうなんです。でも、目覚めたら、彼はわたしのことを母親だと思うんじゃないかしら。死ぬほど心配させた罰として、お尻に嚙みついてやります」

ポストは笑った。「ところで、なにが起きているのか教えてもらえないか？　なんでこんなことを訊くかというと、こちらのふたりが倒れそうになりながらわたしの診療所へやってきたあと、サイレンを鳴らしながら救急車が町のほうへ向かう音が聞こえてね。ほかにも怪我人が出たのか？」

「ええ、そうなんです。ジャックがたいへんお世話になりました」

「どういたしまして」

サビッチはレイチェルを見た。「で、きみがジャックの救世主だね」

レイチェルはいまだに信じられなかった。三人そろってＦＢＩの捜査官とは。さっきレイチェルとジャックが診療所の階段をよろめきながらのぼりきったとき、ポストが空いているほうの手でコーヒーカップのバランスを取りながら玄関のドアを開けてくれた。ジャックは身分証明書を引っぱりだして、啞然とするドクターに提示した。

ジャックがすてきな雇われパイロットだったらよかったのに、とレイチェルはあらためて思った。よりによってＦＢＩの捜査官だということは、その上司がクインシーとローレルと昵懇《じっこん》かもしれず、そうなると買収されたり影響を受けたり、権力を持つ彼らの言いなりになるかもしれない――いいえ、そうはさせない。ふたりはわたしが死んだと信じこんでいる。そう信じさせておかなければ。

ここにいる三人の捜査官にフルネームを知られさえしなければ、心配はいらない。無事でいられる。死んだままの状態が続くからだ。

どんな官僚機構だろうと、ザルのように情報が漏れるのを、レイチェルは知っていた。ＦＢＩとて例外ではない。でも大丈夫、よく用心し、上手に嘘をつくから。はじめての経験だけれど。彼女はにっこりした。「レイチェルです」

「クラウン捜査官の飛行機が降りてくるのを見て、ジャックとドクター・マクリーンを助けてくれたと聞きました」サビッチが一歩前に出て、片手を差しだした。「ふたりがお世話になりました、ミズ……」

わたしは世界一嘘がうまくて、冷静で、口達者な女。「レイチェル・アバクロンビーです」

嘘だ、とサビッチは思った。それに、おかしな名前じゃないか？　彼は笑顔で言った。

「そうですか、ありがとう、ミズ・アバクロンビー。二十分ほど前に、救急隊がドクター・

マクリーンをフランクリン郡病院に運びました。容体ははっきりしませんが、あなた方の保安官にも電話しておきました」

「いえ、わたしの保安官ではありません、サビッチ捜査官。パーロウに来るのははじめてなので。ただ通りかかっただけです」

サビッチはうなずいたものの、小首をかしげて彼女の顔をまじまじと見た。きれいに編んだ細い三つ編みを見て、シャーロックもそんなふうにしたらとてもセクシーだろうと思った。

「となると、われわれ全員がよそ者ですね。保安官が早く来てくれるといいが」

大柄で見るからに屈強な男が、よりによってミッキーマウスの腕時計に視線を落とすのを見て、ポストは顔をしかめた。

「大きな借りができました、ミズ・アバクロンビー」シャーロックが言った。

「いいえ、そんな」と、レイチェル。「ふたりの命を救ったのはジャックです。飛行機が爆発する前に、彼がドクター・マクリーンを外に運びだしたんですから。わたしはたいしたことはしてません——荷物を運んだラバってとこかしら」

ポストが言った。「デライア——ハーモン看護師が言うには、ドーギー——ホリーフィールド保安官のことだが——は、今朝は浄化槽の問題で少し遅くなってるそうだ。だが、いつものように、いずれここに立ち寄る」全員をじっくりと見まわした。「FBIの捜査官に会うのは生まれてはじめてだ」

「彼は朝食には息子のショーンといっしょにチェリオを食べます」シャーロックはほほ笑んだ。「わたしは全粒パンのトーストに粒入りのピーナッツバターですけど」

ドクター・ポストが笑い声をあげた。「一般人と変わらないってことか？　だとしても、わたしにはそうは思えんな。きみたちは夫婦そろってＦＢＩの捜査官で、いっしょに働いているのかね？」

「そうです」サビッチが答えた。

ポストは、汚れて破れたズボンとならべてカウンターに置いてあったジャックの銃を手に取った。「わたしの父はキンバーゴールドマッチⅡを持っていた。いい銃だ」

「クラウン捜査官も使いやすいと言ってます」サビッチはなにげなく言って、手を差しだした。ポストが彼に握りのほうを向けて銃を渡した。

「十連発弾倉かね？」

「はい」と、シャーロック。「薬室にもひとつ入ってるんで、十一発撃てます」

レイチェルは頭から会話を閉めだして、サビッチ捜査官の手のなかにある銃を食い入るように見つめていた。ポストがジャックのベルトからそれを外すのを見た瞬間から盗みたかったけれど、いまさら遅い。なぜもっと早く気づかなかったのだろう。彼の体重を支えて歩いていたときに、その存在を感じなかったことが不思議だ。午前中はてんてこ舞いだった。銃などいらない。大切なのは冷静さを保つことだ。ここにいる捜査官たちは、レイチェルがどこの誰かも、ジャックを見つけたときになにをしていたのかも知らず、レイチェルも話すつもりはなかった。このまま名前を明かさず、死んだままでいなければならない。少なくとも、捜査官ふたりの注目はジャックに向いている。

それでも、サビッチ捜査官の目つきが気に入らなかった。嘘だと見抜きつつ、そのことを咎《とが》めるつもりはないと言わんばかりの目つき。咎められる筋合いはない。そもそも彼には関係のないこと、誰にも関係のないことだ。燃料ポンプを交換したらさっさとパーロウを出て、アコーディオンのように重なっているケンタッキーの丘陵を縁取る森の深くへ分け入って、スリッパー・ホローへ隠れなければならない。

そろそろ主導権を握って、動きださなければ。レイチェルはふたりの捜査官にほほ笑みかけ、明るい声で告げた。「あなた方もいらしたことだし、わたしはそろそろ失礼します。車を修理したら、出かけないと。待ちあわせの時間があるんです。さっき言ったとおり、わたしはここの住人じゃありません。パーロウでしたっけ？　たまたま車が故障したとき、ジャックがカドロー渓谷に着陸するのを見かけただけで。楽しい見世物ではなかったけれど、切り抜けられてよかったわ」

調子に乗りすぎた。よけいなことを言ってはいけない。

シャーロックは小首をかしげたが、なにも言わなかった。

そのとき、ハーモン看護師がドアから顔を出した。「先生、患者さんたちが外で大勢お待ちです。それから、ライマー先生から電話がありました。坊やが吐いてて、いつ来られるかわからないそうです。ジミー・バントが父親のトラクターから落ちて脚を傷めました。骨折らしいんですけど、彼が大騒ぎして眠れないせいで、ミセス・メーソンが産気づきそうだとわめいてるそうです。そんなはずないんですけどね、あと三週間は」

ポストはドアを出ると、顔だけふり返って言った。「まだ二十年は引退できそうにないよ」

シャーロックが見ていると、レイチェルがもう一度ジャックをしげしげと眺め、髪の毛に血がついているのを見て顔をしかめた。タオルを手に取り、ていねいに血を拭き取りはじめる。命を救った相手をきれいにしてやりたいと思うのは、自然なことかもしれない。

レイチェルという名前は、シャーロックも以前から好きだった。けれど、アバクロンビー？〈アバクロンビー＆フィッチ〉と同じアバクロンビーだろうか？ レイチェルの顔には、鼻を横切るようにうっすらとそばかすがならんでいる。きれいな髪。癖のない長い髪で、とてもきれいにハイライトの筋が入っている。それに、顔の脇にはきれいに編んだ三つ編み。シャーロックはディロンに三つ編みの感想を聞いてみたくなった。目は濃いブルーで――あれはなに？ 恐れ。そう、彼女は恐れている。嚙んでぼろぼろになった爪を見て、納得がいった。でも、なにを恐れているの？ わたしたちがＦＢＩの捜査官だから？ 暴力をふるう夫から逃げてきたの？ いま自分たちに余裕がないのはわかっている。それでも、この女性はジャックを救ってくれた。どんな事情であれ、力になりたい。

シャーロックはレイチェルに言った。「あのね、ジャックはこれまでに一度しか怪我をしたことがなかったのよ。正気を失ったヘロイン中毒者に脇腹を刺されたの。FBIの精鋭捜査班に四年もいたにしては、驚くべきことよ。彼はすでに一般の捜査官が一生のうちに経験する以上の、数々の恐ろしい状況に直面してきた。疲れ果ててしまったのも無理ないんだけど、FBIを辞めて弁護士の道に進む代わりに、ディロンが自分の部署、つまり犯罪分析課に異動するよう説得したの」

「そうですか、興味深いですね」レイチェルは言い、タオルをシンクに置いた。ドアを見てから、ふたりに笑いかけた。「お会いできてよかった。わたしはこれで失礼します。さようなら」彼女はふたりを避けるようにして歩きはじめた。

シャーロックはレイチェルの腕にそっと手を置いた。「ジャックはとても優秀な捜査官だし、すごくいい人よ」レイチェルは白いオックスフォード生地のブラウスの上に、やわらかいベージュのカシミアのVネックセーターを着ていた。かなり高価なものだ、とシャーロックは思った。はいているブーツの革は見るからにやわらかそうだ。それなのに、なぜか本人は疲れ果てて見える。シャーロックはほほ笑んだ。

レイチェルはシャーロックの手もとに視線を落とし、長い指と磨いた爪、結婚指輪を見た。

「ええ、ジャックなら優秀でしょうね」

「車を修理する前に、あなたが飛行機を見た瞬間になにが起きたのかを詳しく教えてもらえないかしら？」

レイチェルは、ドアノブに手が届きそうなところまで来ていた。寒いのに気づいて、ドクター・マクリーンにかけてやった革のジャケットを思った。もう戻ってこないのだろうか。

サビッチが愛想よく言った。「ほんとうにそうしてもらえると助かるんだ、レイチェル。ジャックはしばらく眠ったままだろうから、おれはそのへんをぶらついて、保安官が来たら話をしてみるつもりだ。ドクター・マクリーンの無事も確認しなきゃならない。そのあと、きみの車をパーロウの整備士のところへ牽引《けんいん》する手配をしておくから、そのあいだにきみとシャーロックはコーヒーでも飲んでなにか食べてくるといい。腹が減ってるはずだ」

「ほら、見て」自分の時計を見ながらシャーロックが言った。「もうこんな時間。行きましょう、レイチェル。少なくともわたしはおなかがぺこぺこ。ディロン、用事が全部すんだら、通りの向こうのあのカフェで落ちあいましょう」シャーロックはレイチェルのほうをふり向き、笑顔で言った。「ごめんなさい、名字を忘れてしまって」

「アバクロンビー」答えるレイチェルの声は固かった。

「すてきな名前ね。とてもイギリス風で、お店の名前みたい」シャーロックは言いつつ、腹のなかではこう思っていた。あなたって、とんでもない大嘘つきね。「さあ、スクランブルエッグでも食べにいきましょう」

ていよく罠にかけられてしまった。レイチェルはふり返り、ジャック・クラウン捜査官の静かな寝顔を見た。真っ黒な煤《すす》と血をすっかりぬぐい去ると、浅黒い肌をしたハンサムな顔が現われた。くっきりとして、整った顔立ちをしている。きっと頑固ね。そして、顎には窪みがある。元ＦＢＩの精鋭捜査班？　具体的にどんな仕事なのかはわからないけれど、なんだか怖そう。薬物依存症者に殺されかけた？　ドクター・マクリーンという人も犯罪者で、ワシントンへ連れ戻すところだったのだろうか。それとも、なにかトラブルにみまわれた友だち？　そんなことは知りたくないし、巻きこまれたくなかった。欲しいのは、自分の死を楽しむための時間とプライバシーだけ。いま以上に状況が複雑になるのだけはごめんだ。

シャーロック捜査官は、まだほほ笑みかけている。逃げられない。レイチェルはサビッチ捜査官に言った。「カフェに来られるとき、わたしのダッフルバッグを持ってきてもらえますか？」

「喜んで」

「ありがとうございます、サビッチ捜査官」レイチェルはシャーロックとならんで歩きだし、診療所を出た。待合室にいる五、六人の患者が、ある者は物珍しそうに、ある者はさんざん待たされたせいで険悪な目でふたりを見ていた。

サビッチはしばらくのあいだジャックに付き添い、彼が呼吸するのを見守り、安心するために脈を確かめたりした。待合室のドアのほうへ後ずさったとき、細身で姿勢のいい四十代なかばの男が現われた。胸当てつきのオーバーオールに長袖の真っ赤なフランネルのシャツを着て、腰に巻いた幅広のベルトには、三八口径の入ったホルスターがついている。絵に描いたような田舎警官の姿に、サビッチは顔にこそ出さなかったものの、内心ため息をつきたくなった。面倒なことになるのが目に見えていたからだ。

7

「保安官のホリーフィールドです」男は言い、硬いたこのできた細い手を差しだした。サビッチはその手を握り、相手への信頼を示すために自己紹介をした。

「お会いできてよかった、サビッチ捜査官。遅くなってすみませんね。ミセス・ジャドのクソいまいましい浄化槽がまたあふれたもんだから。最初のときは、その家のクソ犬が落っこちて、救出してやらなきゃならなかった。外へ出ますか。そのほうが静かに話ができる」

「レッカー車を手配してもらえますか？　墜落現場からレイチェルの車を取ってこなければならないんです」

「自分のトラックに牽引ロープがある。さあ、行きましょう、話は道すがら」

サビッチはうなずき、オーバーオールのあとから外に出た。

いい具合に気温が上がり、朝の空に太陽がまぶしく輝いていた。「来ていただいて助かりました、保安官」サビッチは大型の白いシボレー・シルバラードの助手席に乗りこんだ。

薄い眉が片方だけ髪の生え際あたりまで吊りあがる。「よもやこんな辺鄙《へんぴ》なところへＦＢ

Iがやってくるとは。ベニーに聞いた話だと——いや、墜落現場で救急ヘリの隊員と会った救命士ですがね——男性のひとりはかなりひどい状態だったとか。サビッチ捜査官、いったいなにが起きてるんですか？」

「喜んでお話ししますから、その男性を飛行機でワシントンへ運ぶ途中だったうちの捜査官が目覚めるのを待ってください。脳震盪を起こして、脚に傷を負ってるんです」

「なにがあったんです？」

「クラウン捜査官は不時着して、かろうじて飛行機から脱出したようです。申し訳ないが、現時点でわかっているのはそれだけでして。もうひとりについては、まだまったく状況がつかめません」

「まさか地元の警官には内緒ってわけじゃないでしょうね？」

「かもしれませんよ。いえ、実際は、わたしにも飛行機がなぜ、どんなふうに墜落したのかわからないんですが」

「なるほど。自分が思うに、クラウン捜査官の肩には天使がとまってたんでしょう。なにしろ、カドロー渓谷はこのあたり一帯で唯一の平らな土地でしてね。このへんじゃ二車線道路すら曲がりくねってて、滑走路にならない。山中に落ちてたら、彼もお連れさんも一巻の終わりでしたよ。

ついでに言っときますが、自分は以前、ボストン警察で刑事をしてました。自分のケツと小指の区別もつかない田舎者だという考えは捨ててもらってかまいません」

サビッチは、オーバーオールの上に三八口径をぶら下げて浄化槽の世話をする、このドーギーという名の保安官をていよく脇へ追いやるつもりだった。だが、考えなおしたほうがよさそうだ。「ボストン警察じゃ、職務内容に浄化槽の世話までは入ってなかったでしょうに。ケンタッキーにはどれくらい？」

「約十年、パーロウの保安官になって九年になります。かみさんがここの出身で、故郷に戻りたいって言うんで、引っ越してきたんです。おたくはじつに口がうまい、サビッチ捜査官。見えすいたお世辞などけっこう。表敬訪問をうまく切り抜けて、わたしを追っぱらってから捜査に取りかかるつもりだったんでしょう。だがわたしは保安官で、ばかじゃない。そしてありがたいことに、刻み煙草《たばこ》を吐き散らして、家の裏庭で蒸留酒をつくるような、お決まりのぽんこつでもない」自分の姿を見おろして笑う。「いまはこんな格好をさらしてますが、これでなかなか脳みそは捨てたもんじゃない。そのうちわかってもらえるかもしれませんね。わたしの管轄区域内に不審な状況下で飛行機が不時着したとなれば、この脳みそをいつでもお役に立てますよ。おたくが全部話してくれないとなると——自分で調べるしかないかもしれないが。フランクリン郡病院にいる男性は誰なんです？」

サビッチにはわかった。この男は立派な脳みそを持っているだけでなく、執念深い。本人が言うとおり、自力で調べあげるだろう。それに、この男はこのあたりの住人や地理に詳しい。サビッチは、ドーギー・ホリーフィールドをしばらく見つめてから、こう言った。「オーバーオールに三八口径も悪くないですね」

ドーギー・ホリーフィールドは苦笑した。「かみさんは、笑いすぎて感想も言えなかった。さぁて、正直に話してくれますか？　全力を尽くして協力させてもらえますかね？」

「はい」サビッチは言った。「そのつもりです。フランクリン郡病院にいるのはドクター・ティモシー・マクリーン、ケンタッキー州レキシントンの出身です。彼の一家はマクリーン厩舎《きゅうしゃ》を所有している。あなたもお聞きになったことがあるかもしれませんね」

ホリーフィールド保安官はうなずいた。

「彼の家族がクラウン捜査官とその家族と知り合いで、協力を求めたんです。なんでも、ドクター・マクリーンはワシントンで誰かに命を狙われていると思いこんでいるとか。彼は著名人たち相手にワシントンで精神分析医をしています。奥さんは彼をレキシントンの家族のもとへ呼び戻しました。ところが、そこでまた命を狙われたので、クラウン捜査官がレキシントンへ飛び、ドクター・マクリーンをワシントンへ連れ帰って保護し、事件の真相を探ろうとしてたんです」

薄い眉が吊りあがり、オーバーオールの上の幅広のベルトに指がかかる。「思いのほか率直に打ち明けてくれましたね。ただ、ＦＢＩはわざわざ飛行機を飛ばして犯罪者でもない市民をワシントンに連れ戻したりしないでしょうが、サビッチ捜査官」

「クラウン捜査官は一家と知り合いなので、個人としてです」

「FBIがこの件にかかわっているおもな理由は、かなりの大物、そうとう名の知れた人物がからんでいるからだと付け加えたらどうですかな？　そのドクター・マクリーンとやらは、著名なクライアントの誰かをそれほど怒らせるようななにをしでかしたんですか？」

「それについては、まだお話しできません」

「いいでしょう、当面それでよしとします。じゃ、おあいこってことで言いますが、ドットが——彼女はパーロウのもうひとりの救命士でしてね——落ちた捜索救難機について話してくれたんだが、彼女はパイロットが法執行機関の人間だと踏んでましてね。あの手の飛行機を使うのはたいていそうだから。彼は腕のいいパイロットで、飛行機をうまいこと渓谷に着陸させた。彼女は詳しいんですよ——ドットは、救命士のほかにパイロットもやってるんで。そして事故があったとは聞いていないのに、クラウン捜査官がなぜ捜索救難機を操縦していたのか、疑問に思った」

「たまたま、あれしかなかったんでしょう」

「そこで、救急ヘリでドクター・マクリーンを搬送したあと、ドットは飛行機を調べた」

サビッチは黙って待った。地上で爆発したので、たいしたものが残っていなかったのはわかっている。また、保安官が告げようとしていることが、いい内容でないこともわかった。

「ドットには、徹底的に調べるだけの時間も専門知識もなかったが、機体の胴体部分の残骸から、荷物室がなんらかの爆発物、おそらく爆弾で外側に吹き飛んだように見えた。飛行機が空中で爆発しなかったところを見ると、大成功とはいかなかったようですがね。そういうわけで、サビッチ捜査官、墜落の原因を操縦ミスなんぞのせいにしないでもらえるとありがたい」ホリーフィールド保安官は、つま先立ちで体を前後に揺すりながら言った。ゴムのオーバーシューズをはいているが、ありがたいことに、ホースで水をかけて洗ったのか、きれいなものだった。

「わかりました」サビッチは言った。「クラウン捜査官も同じ考えで、専門家が検証することになってます。できれば、うちのスタッフが到着するまで、保安官助手ひとりを墜落現場の警備につけてもらえませんか」

ホリーフィールド保安官はうなずいた。「いいでしょう。わたしも捜査に交ぜてもらえるんですね、サビッチ捜査官?」

サビッチはうなずいた。保安官と握手しながら、いつどこでいい警官に出会えるかわからないものだと思った。ありがたいことに、保安官の手はオーバーシューズと同じくらい清潔だった。

サビッチが飛び散った残骸をざっと調べているあいだに、ホリーフィールド保安官はレイチェルのチャージャーに牽引ロープを取りつけた。「あいつを切り抜けたとは、とても信じられんな」保安官は背筋をぴんと伸ばし、目の上に手をかざして強い朝の日差しをさえぎりながら、カドロー渓谷を見渡した。

「まったくです。われわれも感謝してます」

レイチェルのダッフルバッグを持って、〈モンクス・カフェ〉の前で保安官の車から降りるとき、サビッチは言った。「あとで事務所に寄って、フランクリン郡病院へ電話をかけさせてもらえますか？　ドクター・マクリーンの具合が知りたい」

ホリーフィールド保安官はうなずいた。

だがサビッチとしては、その前にまずシャーロックと話をして、レイチェル・アバクロンビーをどう扱っているか知りたかった。携帯電話を取りだしてみたが、電話はかからなかった。山岳地帯であることに加えて僻地となると、テクノロジーもまるで用をなさない。

〈モンクス・カフェ〉は、オールド・スクワー・レーンに立つ小さくて間口の狭い白い建物だった。二階はアパートメントになっており、〈メイのクリーニング店〉と〈クライドの二十四時間ストア〉にはさまれている。ロージー・ビル・アベニューにあるパーロウ診療所のちょうどはす向かいだった。

サビッチはレイチェルの席の横にダッフルバッグを置いた。

「ありがとう、サビッチ捜査官。車はどこへ運んでくださったんですか？」

「おいおい話すよ」サビッチはメニューを手に取った。「なにがおいしいのかな？」

異様なほど黒い髪をスプレーで固めて円錐状《えんすいじょう》に結いあげたウェイトレスが、きびきびとテーブルへやってきた。派手な黄色のハイトップ・スニーカーで擦り減ったリノリウムの床を踏み鳴らし、ジーンズと白い男もののドレスシャツの上に巨大なエプロンをかけている。

ウェイトレスは立ち止まってサビッチを一瞥《いちべつ》し、ドレスシャツと同じくらい真っ白な歯を見せて笑った。「さっきデライアが――あたしの妹で、クリニックの看護師なんだけど――電話してきて、いまFBIの捜査官が来てるんだけど、そのうちひとりは診察室にいて、血だらけになって死にかけてるって言ってたわ。でも、ありがたいことに、あなたじゃないわね」ひと息つくと、エンピツで顎をトントンと叩き、サビッチを見た。「もしかして、デライアが言ってたイケてる人って、あなたのことじゃない？　もうひとりのほうは、無残な状態でわかんなかったって。あなたってすごく危険な感じで、どこもかしこもぎちぎち。きっと本物のバッドボーイなのね。もちろん、そういうところが女にはぐっとくるんだけど――あたしの妹もそのひとり。あの子、すれ違うまで自分の亭主にも気づかないのよ。でもあなたなんて、ほら――ふたりの美女がこうして待機しちゃってる」

シャーロックは鼻を鳴らしたが、スゼットという名のウェイトレスは彼女を無視した。

母親と言ってもいいくらいの年だと思いながら、サビッチはスゼットに笑いかけた。「いや、おれが危険になるのは、朝食にチェリオが食べられなかったときくらいなもんだよ。熱々の紅茶をもらえるかな……スゼット？」

「スズって呼んで」彼女はエンピツの先を舐めてから注文を書き留めた。「ティーバッグしかないけど、いい？」

サビッチはうなずいた。早くも、生ぬるいお湯に浮かぶティーバッグが目に浮かぶ。

「まだ朝早いけど、トニーがちょうどミートローフをオーブンから出したとこなの。もしヘルシーなのが好みなら、フィッシュスティックもあるわ。こんがり揚がっておいしいわよ」

サビッチは結局、スクランブルエッグと、スズが絶品だと請けあったスグリのジャムを塗った全粒パンを頼んだ。スゼットはシャーロックとレイチェルに向かってうなずいた。「きれいなお姉さんたちも、絶品だと思ったはずだけど」

サビッチが顔を上げると、レイチェルがにっこり笑いかけた。「なんとなく、あなたはこんがり揚げたフィッシュスティックはあまり食べないような気がするわ、サビッチ捜査官」

「ああ。でもうちの息子なら、おれたちが許せば、毎日でも食べたがるだろうな。タコスとホットドッグの合間に」

レイチェルはふたりにちらりと視線を投げた。「お子さんの名前、なんでしたっけ？」

「ショーンだよ。テレビゲームとフットボールにはまってて、レッドスキンズが王朝を打ち立てるのにひと役買いたいらしい。王朝の意味もよくわかってないみたいだけどね」

「夫婦でFBI捜査官なんて、想像したこともないわ。シャーロックに聞いたけど、ふたりは部署もいっしょなんでしょ？」

サビッチはうなずいた。

シャーロックは彼のほうを向いた。「ねえディロン、あなたが入ってきたとき、レイチェルは自分の身の上話を拒んでたのよ。おいしいブランチをご馳走《ちそう》してあげるんだから、少しは心を許してくれてもいいと思わない？」

「人を信用するのはむずかしいもんだよ、シャーロック」サビッチはさとすように言った。「なにかに心底怯えているときにはとくに。だが、ひとつだけ言っておくと、レイチェルを行かせるわけにはいかない。重要参考人であることは確かだからね」

シャーロックは、レイチェルを直視した。「彼女がジャックの飛行機の墜落事故に直接かかわってなかったなんて、誰にわかるの？　地上の見張り役だったかもしれないのよ」

レイチェルがテーブルに拳を打ちつけると、スプーンが跳ねあがった。いつの間にトラブルに巻きこまれていることを見抜かれたんだろう？　そんなのずるい、死んでからまだたったの二日半なのに。もっと用心しないと、週末まで死んだままでいられないかもしれない。

「なんなの？　わたしが重要参考人？　墜落事故についてなにかを知ってるって言うの？　ねえ、わたしは拘束できないのよ。ただの目撃者なんだから――」

シャーロックは身を乗りだし、レイチェルの薬指に触れた。「もしかして、ご主人から逃げてるの？」

ご主人？　レイチェルはヒステリックな笑いをこらえながら、全身を恐怖が駆け抜けるのを感じた。ハンドバッグとダッフルバッグをつかみ、ボックス席をすべりでて、五秒とかけずに店の外へ出ていた。

サビッチが注文した熱々のスクランブルエッグの皿を運んできたスゼットは、立ち止まってレイチェルの後ろ姿を見つめた。「やっぱりね――セクシーな男に女がふたり――この赤毛さんが、かわいいお下げのブロンドさんをこてんぱんにやっつけてやるって脅したんでしょ？」

「きみはじつに観察眼が鋭いね、スズ」サビッチが言った。

シャーロックは目をむき、皿に一枚だけ残っている冷えたベーコンの上にナプキンをほうり投げると、レイチェルのあとを追った。

「女同士の喧嘩なら店の外でやって。トニーがいやがるのよ。姑《しゅうとめ》を思い出すからって」

8

シャーロックはオールド・スクワー・レーンにある〈コメクイドリ・ベーカリー〉の前でレイチェルに追いついた。レイチェルはショーウインドウにもたれ、古いダッフルバッグを横に置いて、擦り減ったブーツを見おろしていた。

シャーロックがそっと肩に触れても、動かなかった。「いい?」シャーロックは声をかけた。「つらいとき、ひとりで全部抱えることないの。わたしは捜査官だから、そりゃあ頼りになるわよ。ディロンとジャックもそう。つまり、今日はあなたにとってラッキーデーってわけ。わたしたち全員が、あなたに借りがあるんだもの」

「頼りになる人も助けもいらない。ここから出ていけるように、修理の終わった車を取り戻せればいいの。もう行かないと――人を待たせてるの。車をどこに運んだのかサビッチ捜査官に教えてもらわないと」

シャーロックはほほ笑んだ。「じゃあ、カフェに戻って訊きましょう」

「あなたたちから逃げられないってこと? 殴り倒せばいいの?」

「たぶん無理ね。ディロンは女性に手加減するけど、わたしはしないし」

「交通手段がないから、あなたといっしょに戻るしかないわね」いざとなればスリッパー・ホローまで歩けないわけではないけれど、万が一の場合の逃走手段を投げだすのは愚かだ。願わくば、サビッチ捜査官がナンバープレートの汚れを拭き取っていませんように。サビッチ捜査官なら、ものの一分もかけずにナンバーから身元を洗いだせるだろう。レイチェルがそのことを気に病んでいると、シャーロックが尋ねた。「車が故障したときは、どこへ向かってたの、レイチェル？」

「クリーブランド」レイチェルは明るく答えた。「はるかクリーブランドまで」

またまた大嘘、とシャーロックは思った。

〈モンクス・カフェ〉は、早めのランチ客で満席になりつつあった。ふたりが入っていくと、会話がぴたりとやんだ。シャーロックには、連邦捜査官の来店によってカフェにゴシップの風が吹きこまれたのがはっきりとわかった。

ふたりが向かいの席に座ると、サビッチが言った。「フランクリン郡病院のドクター・ハリックと話をしたが、ドクター・マクリーンはまだ意識が戻らないそうだ。もういくつか検査をして、それでようやく多少の診断がつくらしい。FBIが到着するまで、ホリーフィールド保安官に頼んで、保安官助手数人にドクター・マクリーンの身辺警護を頼んだ」

レイチェルはその言葉に顔を上げた。いますぐサビッチを押さえつけて、車はどこにあるのかと問いつめたかったのに、口から出たのは「ジャック――クラウン捜査官は、爆弾のことをなにか言いかけて、そのあと口をつぐんでしまったわ」という言葉だった。

「ありうるな。今日じゅうに専門家がこっちへやってきて墜落の原因を調べることになってる。もし爆弾なら、爆発したときにセスナが火だるまにならなかった理由を、彼が説明してくれるだろう。地形が地形だから、それどころじゃなかったかもしれないが」

「そのドクター・マクリーンという人は、なぜ命を狙われたんですか？」

狙われて当然だから、とシャーロックは思った。そしてそれは国家機密でもなかった。詰まるところ、信用されたければ、こちらも信用していることを示すしかない。「そうね、これだけは言えるかも。ドクター・ティモシー・マクリーンは精神分析医で、彼に自分のことを口外されるのを恐れる著名人がたくさんいるの」

「つまり、彼が患者との守秘義務を破ったってこと？　精神分析医が？」

「そうらしい」と、サビッチ。

レイチェルは座ったまま身を乗りだした。「サビッチ捜査官、あなたとシャーロック捜査官にお会いできてよかったと思ってます。でも、わたしはもう行かないと。車をどこへ運んだか教えてください」

「話がすんだら、ガレージまで送るよ。ただ、われわれにはきみの助けが必要になりそうなんだ。きみはジャックが不時着したとき、その一部始終を見ていた唯一の目撃者だ。もっとこまかい点を思い出せるはずだ。しばらくいっしょにいてくれないか?」

レイチェルは、ダッフルバッグからふたりの捜査官に視線を移した。さしあたり、あのポンコツ車の修理が済むまではパーロウから脱けだせないのであれば、誰にも気づかれないよう祈るしかない。どんなに辺鄙な場所でも、秘密はいずれあばかれる。だが少なくとも、FBI捜査官に囲まれていれば身の安全だけは確保できるだろう。「ほんとならもう目的地に着いてるはずだったのに。あまり時間がないんです。お金も」

「どこへ行かなきゃいけないんだ?」

「シャーロック捜査官に言ったとおり、クリーブランドです。仕事の面接とか、家族のこととか、いろいろあって」

なるほど。サビッチはさりげなく言った。「じゃあ、きみさえよければ一日か二日時間をもらえないかな? スズによると、向こうのキャンバスバック・レーンにすてきなB&Bがあるらしい。勘定はFBIが持つ」

勘定書きを持ってきたスゼットにシャーロックが訊いた。「どうしてパーロウにはおかしな名前の通りが多いの?」

レイチェルは開きかけた口を急いで閉じた。パーロウへははじめて来たことになっている。

スゼットが答えた。「ホーラス・ベンチっていう、三〇年代にこの町をつくった金持ちの男が、いろんな種類のカモやアヒルを繁殖させて育ててね。フックビル、ルーアン、ラナー、コール——コールっていうのはすごくちっちゃくて、まるでオモチャみたいなんだって。そういう名前はなかなか覚えてもらえないのに気づいて、キャンバスバックとかロージービルとかオールド・スクワーとか、なじみのある名前を加えたみたい。彼自身はラナーズ・ロードに、娘さんは——彼はその娘さんのことがあまり好きじゃなかったらしいけど——オールド・フックノーズ・レーンに住んでたわ」

シャーロックの眉が吊りあがる。「鉤鼻《フックノーズ》？　鳥の名前はフックビルじゃなかった？」

「ええ、そうなんだけどね」スゼットは歯を見せて笑った。

「パーロウという名前の由来は？」シャーロックは尋ねた。

「パーロウは十八世紀のネイティブアメリカンの酋長《しゅうちょう》で、入植者を見つけだしては、自分や部族の仲間たちといっしょに毎年感謝祭のお祝いをした人よ（インディアンにとって、感謝祭は入植者に土地を奪われた悲しみの日）。彼はいつも、ご馳走にマスを持ってきたんだって。なんだかすごい話でしょ？」

「保安官事務所はどこかな？」サビッチが訊いた。

「えっと、それなら中心街のファースト・ストリート、ここから一ブロック先よ。ホリーフィールド保安官って、彼のマットレスの下にお金を置いても大丈夫なくらい信頼できる男よ。頭もいいし」

「カモの名前ね」サビッチがレイチェルのダッフルバッグを持ち、三人で〈モンクス・カフェ〉を出たとき、シャーロックが言った。「いつも思うんだけど、人って意外なものに魅了されるものよね」

三人はチェックインした。さいわい、支配人のミセス・フリントは昔からの住民ではなく、レイチェルの顔を知らなかった。ミセス・フリントは、〈グリーブズ・ポンド〉はパーロウでいちばん立派な宿泊施設だと三人に説明した。この宿にもまた、現在のオーナーの祖父がかわいがっていたカモの名前がつけられていた。

壁紙から鉤編《かぎあ》みの敷物、ベッドカバーにいたるまで、装飾はカモのモチーフで統一され、壁には小さなカモの頭の剝製《はくせい》が三つ飾られていた。「わたしには、マガモしかわからない」と、シャーロックは首を振った。「カモの頭に詰め物をする場面を想像してみて。小さくて、オモチャみたい。なんていう種類だっけ——コール？　目覚まし時計がクワックワッっていう声で起こしてくれるほうになにを賭ける？」

シャーロックはレイチェルから目を離すつもりがなかったので、いっしょにパーロウ診療所に戻った。五、六人の患者たちのあいだを通り抜けて受付に行き、そこでシャーロックは先だけ黒いショートの赤毛をつんつんと立たせ、派手にガムを嚙んでいる若い受付係にFBIの盾のバッジをちらりと見せた。受付係は、さっき眠っているジャックを残して出た小さな部屋のほうを手で示した。シャーロックはドアの前で立ち止まり、もう一度携帯電話を試した。やはりだめか。部屋に入ると、レイチェルがジャックに話しかけていた。「顔色がいいわ、クラウン捜査官。よかった。まだ目覚めてないいんじゃないかと思ってた」

ジャックはほほ笑んだ。疲弊するほどひどかった頭痛も、ドクター・ポストの魔法の鎮痛剤のおかげで、いまでは鈍い拍動程度におさまっている。「たっぷり一時間眠って、そのあとまだ朦朧としているときに、ティーンエイジャーがガムをくちゃくちゃ嚙みながらやってきて血を採ってったよ――病院みたいに。考えてたんだけど、レイチェル、きみもしばらくここに残る必要があるんじゃないか？　少なくとも、いろいろ片づくまで。どうだろう？」

レイチェルはかたくなに黙りこくっていた。

「さて、そろそろ行くか。シャーロック、サビッチはどこにいるんだい？」

「ここにいるわよ」シャーロックは、診察室に入ってくる夫にほほ笑みかけた。

サビッチはジャックと握手しながら言った。「やあ、顔色はそれほど悪くないな。脚と頭はどうだ？」

「大丈夫だ」

「なによりだ」

「サビッチ捜査官、わたしの車はどこにあるんですか？」

「きみの車は、パーロウでいちばん腕がよくて信頼できる整備士のところへ運ばれた。ほかはさっぱりあてにならないとモートが――ホリーフィールド保安官の通信指令係が言ってたんだ。ともかく、その優秀な整備士は、あと二日はきみの車に取りかかれないそうだ。かなり立てこんでてね」

「そうでしょうとも」と、レイチェル。「あなたが彼を脅しつけて、無理やりそう言わせたのね」

「かもね」シャーロックがレイチェルに笑いかけた。「彼はなんだってできるのよ」

「彼女はときどき、上司におべっかを使いたがるんだ」サビッチが言った。「さっき言ったように、パーロウにはほかにも整備士がいて、たいていはガソリンスタンドに所属してるんだが、保安官にやめたほうがいいと強硬に反対されたんだよ。通信係も同じ意見だった。彼らの意見を聞かないわけにはいかないだろ、レイチェル」

「信頼できる整備士がもうひとりくらいいるはずよ」

「うん、まあ、ひとりいることはいるんだが、ひどい腰痛でダウンしてた」レイチェルは、肩をすくめるサビッチ捜査官を見た。いやなやつ。サビッチは続いてジャックに話しかけた。「ドクター・マクリーンの意識が戻らないんで、状態がつかめない。追って連絡してくれることになってる。

トミー・ジャーキンスが、飛行機を調べにそろそろ到着するはずだ。さて、シャーロック、保安官事務所でまだ何本か電話をかけるから、きみも来てくれないか。身辺警護にあたる保安官助手たちが病院に来たかどうかも確かめたい。ほんとうに体調はいいんだな?」彼はジャックに尋ねた。

ジャックが答えた。「もううめきたくなくなってるから、だいぶいいんだろう」

「うん、ならいい。きみからレイチェルに質問して、墜落のときの記憶をもっと拾いだしてみろ。いいかい、レイチェル。きみがなにかを思い出してくれれば、どれだけ助かるかわからないんだ。じゃあ、またあとで」

サビッチが求めているのはレイチェルから目を離さずにいることだ、とジャックは思った。ふたりきりになると、彼は言った。「名字を教える気になったか?」

9

「アバクロンビーよ」なんでよりによって、こんなくだらない名前が思い浮かんでしまったのだろう。「脚の具合はどう？」

「心配してくれてありがとう、じきによくなるさ。一週間はジムに行けないから、しばらくのんびりやるよ」ジャックはシャツのボタンをかけ、ボクサーパンツ一枚しか身につけていないのに気づいたときには、すでにシーツをはいでいた。あわててシーツを腰まで引き寄せた。「頭が爆発することはなさそうだから、もう起きられる。ポスト先生が、マラソンでもしないかぎり大丈夫だと言ってくれたよ」ジャックはにっこりと笑った。「ズボンをとってくれないか、レイチェル。ドアの奥のフックにかけてある」

彼女は汚れて破れたズボンを手渡し、部屋の外に出ると、肩越しに言った。「それじゃまるで薬物戦争の生き残りみたいよ」

「ぴったりのイメージだ」

脳みそが筋肉でできたマッチョと看護師にぶつくさ文句を言われながら、ジャックは鎮痛剤の処方箋をわしづかみにすると、レイチェルとともにパーロウ診療所をあとにした。

レイチェルが処方箋を見て言った。「まず薬局に行きましょう」

「いいや、痛み止めはもういらない」

「すぐに必要になるわ」

「いや、たぶん――」

「つべこべ言わないで、ジャック」言われたとおりジャックは黙り、逃げられたら困るとばかりに彼女の肘をつかんだ。いま逃げられたら、追いつけない。

「たぶんサビッチ捜査官が、今晩わたしたちが泊まるB&Bにあなたの部屋もとってくれてるはずよ。念のため言っておくけど、このあたりはなにもかもがカモがらみなの。向こうのあの通りはオールド・スクワー・レーンっていうんだけど、〝老いぼれかかあ通り〟なんて下品で失礼な名前だと思ったら、カモの名前なんですって」

「そうか、なるほど」ジャックはレイチェルの体を薬局のほうへ向けた。瓶入りの鎮痛剤《バイコデイン》をポケットに一本、もう一本の中身を口におさめると、ふたりでファースト・ストリートのいちばん奥、消防署の隣にある保安官事務所まで歩いた。「消防士は大忙しだろうな。見ろよ、昔の木造建築の多いこと」

「ねえ、あなたが救援用セスナの残骸のパイロットなの？」

ジャックがほほ笑みかけた相手は、白髪交じりの髪を短く刈りこみ、鬼軍曹のような声を持つ、長身ではつらつとした五十がらみの女だった。彼女は保安官事務所の大きなガラス窓の横の歩道でふたりの前に立っていた。「ええ」ジャックは答えて、片方の眉を吊りあげた。

「あたしはドット――ドロシー・マローンよ。両親もばかな名前をつけてくれたもんよ。父が彼女の大ファンでね。知ってるでしょ、あの女優。飛行機はざっと見ただけだけど、爆弾じゃないかしら。でも、ありがたいことに、うまくいかなかった」

「ほんとうに」レイチェルが相づちを打った。「カドロー渓谷のおかげです」

ドットはうなずいた。「それはそうだけど、それにしたって、あなたの操縦の腕がすごかったんだと思うわ」

「ありがとう」

「ホリーフィールド保安官が、保安官助手に残骸を見張らせてるわ」

「賢明な方針だ」ジャックはドット・マローンと握手し、保安官事務所のドアを開けた。彼女の言ったとおりだった。爆弾が計画どおりに爆発していれば、自分もティモシーも過去の人になっていただろう。さいわい、救難信号《メーデー》を発信して、恐ろしく入り組んだ山岳地帯のあいだにまっすぐ伸びたカドロー渓谷を見つけるだけの時間があった。

誰も受付にいなかったので、ふたりで大きな部屋へ入った。そこにはパーティションで仕切ったスペースが十個ほどあり、そのうち三つを制服を着た保安官助手が占め、ふたりの動きをずっと目で追っていた。ジャックは男たち――女はいなかった――ひとりひとりに会釈し、サビッチの声をたどって、ホリーフィールド保安官の離れたオフィスへ歩いていった。開いたドアから、サビッチが電話をかけているのが見えた。

オフィスに着くと、レイチェルはジャックを無理やり椅子に押しこんで、顔を凝視した。

「ここまで歩いてこられるくらい快復したと思ったけど、まだまだみたいね。痛みがぶり返したんでしょう？　じっとしてて。動きまわってたんじゃ、鎮痛剤もきかないわ」

「大丈夫だ、おれは――」

「黙って。あなたにほんとうに必要なのは、しばらくベッドに潜りこんで眠ることよ。頭を後ろに倒して、目を閉じ、口をつぐんでおくこと」

サビッチが電話を切るとすぐ、トミー・ジャーキンスがひょっこり現われた。

ことはとんとん拍子に運んだ。サビッチとシャーロック、ホリーフィールド保安官は、トミーとともに墜落現場へ向かった。そして十分ほどして鎮痛剤が調子よく血流に乗ってめぐりはじめると、ジャックの目に力が戻ったので、ふたりはパーロウでいちばん立派な宿泊施設という触れこみの〈グリーブズ・ポンド〉まで歩いた。

ミセス・フリントが最後のひと部屋にジャックを泊める手続きをしているあいだ、レイチェルは彼を支えていた。

ミセス・フリントが言った。「飛行機を撃ち落とされてハイウェイに着陸した連邦捜査官というのは、お客さんですか？」

「まあ、そんなところです」ジャックは答えた。

レイチェルは彼を支えて階段をのぼり、二階の右側の二番めのドアまで連れていった。天井の高いかわいらしい部屋で、窓からはキャンバスバック・レーンが見おろせた。

部屋がクロゼット並みに狭いことも、いまのジャックには気にならなかった。「またカモだ」カモの縁取りがついた壁紙を眺め、ベッドに腰をおろした。「だいぶ気分がよくなったよ、レイチェル。飛行機を見にいける。ああ、このベッドはなんて寝心地がいいんだ――」

レイチェルがジャックを仰向けに倒すと、彼は三秒と待たずに意識を失った。

レイチェルはコップに注《つ》いだ水と薬瓶をベッドの脇のナイトテーブルに置いた。それからジャックにカモ柄の毛布をかけて、自分の部屋へ戻った。

十分後に部屋を出たときには、ダッフルバッグに入っていたものですっかり身支度を調えていた。

玄関を出る前に、ミセス・フリントから声をかけられた。「お嬢さん、あなたも連邦捜査官でらして？　まだ名字をうかがっていませんでしたね」

「アバクロンビーです、ミセス・フリント。わたしは捜査官じゃないんです。クラウン捜査官はいま眠ってます。それと、〈ティップトップ・オーバーホール〉ってどこだかご存じですか？」

彼女はその足でロング・ネック・レーンを二ブロックほど行ったところにある整備工場へ

向かった。ぽつんと立った工場の裏手には、高い金網塀で囲われた広い土地があった。人はひとりしかいない。安っぽいTシャツにジーンズ、黒いスニーカーをはいた若そうな男が、ひとつしかないガレージで壁を背にして折りたたみ椅子に腰かけ、ガムを噛みながら、ぼろぼろになった古い『プレイボーイ』のページをめくっていた。

『プレイボーイ』を読む男。これはいい、かなり見こみがある。レイチェルは古めかしいラジエーターをまたいで薄暗い空間へ足を踏み入れた。男が顔を上げると、くるりと背を向けて駆けだしそうになった。誰だかすぐにわかった——ロイ・ボブ・ランサーだ。レイチェルが十二歳のときに最上級生だったロイは、フットボールチームのキャプテンだった。彼が目を上げてこちらを見た。助かった、気づいた気配はない。彼が歯の矯正具をつけた痩せっぽちの十二歳の少女を覚えていないのは明らかだった。

レイチェルは男の下半身に響くような笑みを浮かべ、あとはタイトなセーターの神さまに助けを求めた。「わたしの車を牽引してくださったのはあなたかしら、ミスター……」

彼がぱっと立ちあがった。「ランサー、ロイ・ボブ・ランサーです。ああ、おたくがあのチャージャーの？」

「ええ、でも見あたらないわね」もう一度、男の目をくらませるような笑顔になった。

「おたくの車なら裏に、ちゃんと安全に保管してあります」

「レイチェルと呼んで。あなたのことはロイ・ボブって呼ばせてもらうから」こぼれるような笑み。「燃料ポンプのことが少しでもわかればいいんだけど、わたしにはちっともわからなくて。あなたに修理か交換をしてもらわないとだめそうなの」とろけるような笑みを浮かべながら、肩を引いて胸を突きだす。「あなたはエキスパートだって、みんなが言ってたわ。それに信頼できるって。保安官も、通信指令係もよ。それで、どんな具合なのかしら？」

「それが、まだ拝見していないんです。じつは、だいぶ立てこんでるもんだから」ロイ・ボブはあわてて『プレイボーイ』を下に置き、開けたままの道具箱の下につま先で押しこんだ。そしてエリーが去ってから間近で見たなかでもっとも美しい女性を見つめ返した。エリーはかれこれ四カ月前、いとこが住む大都会ウェーンズバラへ行くと言って、小さく手を振って出ていった。レイチェルの困り果てた表情を見ると、なんでも叶えてやりたくなる。だが、なにをしてやれるのだろう？　ＦＢＩの特別捜査官であるサビッチから固く禁じられたのだ――

「ねえ、ロイ・ボブ、修理代のほかに、わたしからのお礼として〈モンクス・カフェ〉でコーヒーをご馳走したいんだけど。なんなら、どこかで一杯どう？――人目につかない落ち着ける場所で」

彼は顔を輝かせたが、やがて首を振った。「もちろん、いや、やっぱりだめだ、くそっ――汚い言葉を使ってすみません――ぜひそうしたいところですけど、つまり、ぜひビールを一杯。でも、いまはとんでもなく忙しくて」彼は手をくるりとまわした。

なるほど、そういうこと。サビッチにそうとう脅されたらしい。別の整備士を見つけたほうがよさそうだ。だが、最後にもうひと押ししてみよう。

「あのね、ロイ・ボブ、クリーブランドでどうしても外せない大事な用事があって、すぐにでも出発しなきゃならないの。あなたとわたしとで、なんとかできるかも、たぶん――」

バンという大きな音が彼女の肩のあたりの空を突っ切った。一本のタイヤに当たって跳ね返り、オイル缶に当たって中身が噴水のように噴きだす。もう一度、バンという鋭い音がして、今度はふたりの頭上三十センチほどの壁に穴が開いた。

10

「おい——いまのはなんだ？」

レイチェルはロイ・ボブの腕をつかんで、彼を古タイヤの山の陰にしゃがませた。「弾よ。しゃがんでて。誰かがわたしたちを狙ってる」

「まさかそんな、だって誰が——」

ふたりの頭の後ろの壁に、さらに二発の銃弾が撃ちこまれた。

「くそっ——汚い言葉でごめん——おたくの言うとおりだ。だけどなんで？　いったい誰がこんなことするんだ？」

「わからない」しかし、レイチェルにはもちろんわかっていた。死んでいなかったことが、彼らにばれたのだ。でも、どうして？　「ロイ・ボブ、オフィスに電話はある？」

「ああ、あるけど」

「動かないでね」

レイチェルは、タイヤの山の脇から顔を出し、ガラス越しに小さなオフィスをのぞいた。

傷だらけの机に黒電話が載っている。ドアまでは二メートルもないが、それでも念のために、まず携帯電話を取りだして911にかけてみた。

つながらない。

「なあ、レイチェル――」

一発の銃弾が、ロイ・ボブの頭の脇の壁にかけてある古い車のシートにめりこんだ。彼はとっさにしゃがんだ。「くそっ、いったいなんなんだよ？　レイチェル、あんたもＦＢＩで、誰かに追われてるのか？」

「ロイ・ボブ、あなたの電話まで行かなくちゃならないわ」

「いや、おれが行くよ」彼は周囲が見える程度に首を伸ばした。

つぎの銃弾が彼の頭から五十センチほど離れた柱に当たり、コンクリートのかけらと砂利の交じったほこりが飛び散った。尖《とが》ったコンクリートの破片に二の腕を切り裂かれて、ロイ・ボブが悲鳴をあげた。

「しゃがんでて、ロイ・ボブ。銃なんてないわよね？」

「あるよ、おやじの古いレミントンが。おれの机の後ろの壁に立てかけてある。おやじの好きなカレンダーの真下に。待て、よせって！　おれが行くから。おれがあいつの頭をぶち抜いてやる――」

青ざめたロイ・ボブは、二の腕を押さえると、うめきながら横ざまに倒れた。

「弾は入ってるのよね」

「入ってる、二発」

時間がない、とレイチェルは思った。時間がない。誰かが銃声を聞きつけて保安官に通報したとしても――とにかく時間がない。ふたりともとうに死んでいておかしくなかった。まだ生きているのは、たんに敵がなかへ入ってきて撃ち殺そうとしていないからだ。なぜか。おそらくレイチェルが銃を持っているかもしれないと警告されているのだろう。そこで、あらためて疑問が湧いてきた。彼らはセメントブロックを調べて、レイチェルがブラックロック湖の底に沈んでいないのに気づいたのだろうか。いや、たぶん誰かに目撃されていたのだろう。だとしても、どうやってここがわかったのだろう？　しかも、こんなに早く。さあ、しゃんとして、向こうはわたしがここにいるのを承知で、殺したがっている。急がなければ。

「あなたはここにいて、ロイ・ボブ。腕を強く圧迫して、しゃがんでるのよ。狙われないように気をつけて」

早急に手を打たないと、ふたりとも撃ち殺されてしまう。レイチェルは気が変わらないうちに古いモップバケツとオイルフィルターの山の陰まで這っていった。あともう少し。開いたドアからオフィスに転がりこんだ。三十センチと離れていない位置で音がして、ドア枠の破片が飛び散った。相手は真後ろから撃ってきている。つまりガレージの入口のちょうど真ん中あたり、目と鼻の先だ。激しい怒りが恐怖を押しのけた。レイチェルは壁とロイ・ボブの机のあいだに転がりこみ、膝立ちになってレミントンをつかんだ。ジレット伯父さんのと同じだから、扱い方はわかっている。汚れたリノリウムの床に腹這いになったとき、二発の銃弾が頭上にほこりと石膏《せっこう》ボードの塊を撒《ま》き散らした。レイチェルはぱっと起きあがるや、レミントンのボルトをもう一度操作して、ガレージの入口めがけて発砲した。男の悲鳴と悪態が聞こえた。

命中した。力がみなぎり、その瞬間、恐れが消えた。「銃を置いて、わたしから見えるところに出てきなさい。さもないと頭をぶち抜くわよ！」

重い足音が聞こえた。レイチェルはさっと立ちあがってガレージの入口のほうへ駆けだした。角を曲がる男の後ろ姿に再度発砲したが、惜しいところで外してしまった。遠ざかる足音を追っていくと、男がフォードの黒いピックアップトラックに乗りこみ、タイヤを軋《きし》らせながら通りへ出るのが見えた。走って追おうとしたが、もうレミントンには弾が残っていないし、バックミラーでこちらの姿を見た男が、車を止めてまた攻撃しようとするかもしれない。レイチェルはライフルを下げ、満面の笑みを浮かべた。力で人を圧倒する感覚がどんなものか、すっかり忘れていた。

彼らはどうやってわたしを見つけたんだろう？

「びっくりしたよ、すごかった、ほんとにすごかったよ。おたく、あのくそ野郎を――汚い言葉でごめん――撃ったんだよ。あいつが哀れな腕を抱えて一目散に逃げていくのがちらっと見えた」

「レイチェルと呼んで」言いながら電話のほうへ引き返し、９１１をダイヤルした。通信指令係のモートから緊急事態の内容を訊かれたときは、笑いだしそうになった。それをこらえてサビッチ捜査官を出してくれるよう頼んだ。通信指令係が言った。「出かけています……いえ、ちょっと待って、保安官といっしょに戻ってこられました」

「もしもし、サビッチだが」

レイチェルは電話に叫んだ。「男に殺されかけたわ！　ロイ・ボブのところよ、急いで！」

走るホリーフィールド保安官、サビッチ、シャーロックの三人のあとから、パーロウの保安官助手がひとり残らずついてきた。レイチェルは叫んだ。「男はフォードの黒いピックアップトラックに乗ってる――あっちよ！　ナンバープレートの最初の三文字はＦＴＥ！」レイチェルもついていきたかったけれど、弾の入っていないレミントンを持った民間人は足手まといにしかならない。断腸の思いで踏みとどまり、男を追って駆けだす彼らを見送った。

ホリーフィールド保安官が叫んだ。「おたくが乗ってきたへっぽこ車を見ましたよ。わたしのシボレーを使ってください。どこへでもすいすい行ける」彼はサビッチに車の鍵を投げた。ふたりを見送ると、保安官はため息をついて、ロイ・ボブとレイチェルのほうに向きなおった。ロイ・ボブは腕を押さえて白目をむきそうになっているが、痛いからというより、興奮のせいだった。レイチェルのほうもいきり立っているようだ。保安官は言った。「ロイ・ボブ、たいしたもんだな。男の腕を撃ったって?」

「いや」ロイ・ボブは否定した。「おれじゃないよ」

保安官は左の眉を吊りあげてレイチェルを見た。「すまない、さっきのはわたしのオーバーオールが言わせたんだ。そうか、きみが撃ったんだな。なにが起きたのか、詳しく聞かせてもらおうか」

レイチェルはこらえきれずに笑った。「いまのはおもしろかったです」

「ああ、そうだな」

女を見くびったことを恥じているようすの保安官を見て、気持ちがやわらぎ、多少笑みさえ浮かんだ。「いつならわたしの車を直してもらえるかロイ・ボブと話してたら、頭のそばを銃弾がよぎったんです。ほんとならロイ・ボブが男を撃ってたんでしょうけど、ごらんのとおり怪我をしてしまったんで、わたしがライフルのある彼のオフィスまで這って、男を撃ちました。じつは、保安官、男が突入してきてわたしたちふたりを撃ち殺してもおかしくなかったんです。ロイ・ボブが銃を置いている場合に備えて、念のためにガレージのドアのところから撃ったのかもしれません」

「銃弾だってことに——」ロイ・ボブが言った。まだ多量に出たアドレナリンのせいでじっとしていられないばかりか、指のあいだから血が滴って、腕を伝っていることにも気づいていない。「おれは気づかなかった。そのうちもう一発撃ってきたんで、彼女がおれを引っぱってタイヤの陰にしゃがませてくれたんだ。向こうさんはまた撃ってきた。で、おれの腕にコンクリートの破片が当たったんで、レイチェルがオフィスまで這って、おやじのレミントンを取ってきた。すごいよ、彼女はライフルが使えるんだ。うちのじいさんに負けないくらいうまくて、さっと立ちあがって撃ったら、あのくそ野郎に——ごめん、汚い言葉で——最初の一発が当たったんだ。彼女はもう一度撃ったけど、あいつの動きが速くて今度は当たらなかった」ひと息つき、満面の笑みを浮かべる。「おれと結婚してくれないか、レイチェル？　エリーなんかもういい、あいつは銃が撃てないし」そこで言葉を切り、視線を下げて青ざめた。「なんだよ、これ、腕から血が出てる」

レイチェルは、ロイ・ボブのシャツの袖を裂いて腕に巻きつけた。「もう止まりかけてるから、心配いらないわ」レイチェルの頭のなかには、チャージャーのことがあった。これで望みは失《う》せた。ここに置いていくしかなさそうだ。

「きみはどうだ、ミス・アバクロンビー？　大丈夫かね？」

「わたしは大丈夫、なんともありません」勝利感に酔って、ネオンサインのように顔を輝かせた。「あの男を撃ったんですよ、保安官。このわたしが」

「きみはよくライフルを撃つのかな、ミス・アバクロンビー？」

「久しぶりです。まだ忘れてなくてよかった。すごく自然な感じで——わかります？」

「ああ、わかるよ。つまり、きみは銃のある環境で育ったんだな？」

「わたしが育ったところでは、みんな銃の使い方を心得てたし、上手に撃ってました」

「なるほど。それはどこだろう?」

彼女が信憑性《しんぴようせい》のありそうな答えを思いつく前に、ロイ・ボブが爆笑した。「あのレミントンは、おれのおやじとおんなじくらい古いんだ。あいつをあんなに楽々と扱える人なんて、今世紀になる前に死んだじいさん以来見たことがない」彼はレイチエルににっこりほほ笑みかけた。どこか誇らしげで、男らしさを傷つけられたいらだちなど微塵《みじん》も表われていない。「それにほら、こんなに美人なんだ、保安官。おれたちに子どもができたらどれだけ射撃がうまくて、その姿がどれだけかっこいいか、想像できるかい?」

保安官は笑いたくなったが、代わりにロイ・ボブをにらみつけた。「つまり、誰かがここにふらりとやってきて、銃を撃ちはじめたと。またギャンブルをはじめたんじゃないだろうな、ロイ・ボブ? まさかプラットじいさんと勝負するなんぞという、無謀な真似をしてるんじゃないだろうな? 去年の秋、さんざんな目に遭わされただろう? やつが癇癪玉《かんしやくだま》みたいにすぐ爆発するのはわかってるだろう?」

ロイ・ボブは、すっと立ちあがった。「してないよ、保安官。エリーが出てってから、ギャンブルは一度もしてない。ものすごく落ちこんで、ずっと家にいて、楽しみはビールと野球だけだ」

保安官はため息をついた。「ならいいんだ、ロイ・ボブ、グレンダ保安官助手がきみを診療所まで連れてく」

「いや、保安官、グレンダ保安官助手はだめだ。彼女はいま、おれと会いたくないはずだ。それに、おれは女々しいやつじゃないんだから自分で行ける。なあ、レイチェル、きみとははじめて会った気がしないよ」

「わたしの銃の腕がよかったからじゃない？」レイチェルはロイ・ボブの怪我をしてないほうの腕をつついた。

保安官はため息をついた。「いいだろう、ロイ・ボブ、ちゃんとポスト先生に診てもらえよ。それとミス・アバクロンビー、きみはわたしといっしょに事務所まで来てくれ。今回の件について詳しく話を聞いて供述を取らせてもらうよ。サビッチ捜査官とシャーロック捜査官が、こいつを乗せてってくれるだろう」

「ロイ・ボブ、わたしの車のことだけど――」

「すぐに燃料ポンプを修理しないと、きみにもう一本の腕をやられちゃうんだよな、レイチェル？」

レイチェルは手を銃の形にして彼に向けた。「かもね。そうなったら、わたしがお母さんに見えるかもよ」

ロイ・ボブが大笑いした。その拍子に腕が動いて、痛みにうめく。「さっそく取りかかるよ」

いまさら遅いわ。さて、今度はどうやってホリーフィールド保安官から逃げようか？

保安官がふり向いた。いちばん若くて未熟な保安官助手がガレージに駆けこんできたのだ。セオドア・オズグッド保安官助手は、前歯の一本が半分欠けているため、トゥースと呼ばれていた。まだ二十一歳になったばかりのこの助手は、体格がよくてでっぷりしているせいで、息を切らしている。彼ははあはあいいながら言った。「例の黒いトラックに乗った男ですけど――ミセス・クランプを轢《ひ》きそうになって、当たりはしなかったんですけど、あの婆さん、びっくりして給水栓にぶつかっちゃって、いま診療所へ運んでます」

レイチェルは話を聞くより、考えるのに忙しかった。あの男が逃げてしまう、モンスターはいつだって逃げてしまう。彼らにコンクリートブロックにくくりつけられ、ブラックロック湖に投げこまれてから二日と半日。ここにいることをどうやって嗅ぎつけられたにしろ、とにもかくにも、見つかってしまい、危機的な状況に追いこまれている。いますぐパーロウから脱出して、スリッパー・ホローへ行かなければならない。

でも、どうやって？

11

保安官は正しかった。サビッチはそう思いながら、ハーデスティ判事の飛行場へ向かって馬力のあるシボレーを飛ばしていた。パイロットのボビーは松の根元に腰をおろして、パイプをふかしながら、ファン・カブリヨの冒険物語を読んでいた。

それから五分もたたないうちに、彼はサビッチたちを乗せて飛んでいた。

シャーロックが自分のヘッドホンに向かって言った。「犯人は主要幹線道路に戻るはずよ、ボビー。交通量の多いところで車の流れにまぎれる必要があるから」

サビッチが同意した。「同感だ。フォードの黒いピックアップトラックを捜してる。ナンバープレートの最初の三文字はFTE」

ボビーは小さな円を描いてヘリコプターを旋回させ、七二号線と七五号線が交差する地点へ向かった。

眼下のハイウェイに目を配りながらシャーロックが言った。「犯人は腕を撃たれて、負傷してるわ。傷の深さにもよるけど、車がふらついたり、気を失ったりするかもしれない。でも、絶対に止まらないでしょうね」

ボビーはハイウェイの九十メートル上空を飛行した。サビッチが言った。「まだ高度は下げるなよ。みんな映画で戦闘ヘリを見すぎてるから、興奮して事故でも起こされちゃかなわない。よーし、交通量が増えてきたぞ」

五分後にシャーロックが言った。「いた、あそこよ。いま七五号線を外れて、並行して走っているアクセス道路に入ったわ。道路に木がおおいかぶさってて見え隠れしてるけど、道が悪くてかなりのろのろ運転になってる」

「間違いないのか?」サビッチが念を押した。

「ええ、ナンバーがFTEではじまってるもの」シャーロックが叫んだ。

「このまま八キロほど飛んで、そのあと下降してくれ、ボビー。シャーロック、やつがアクセス道路を外れないかどうか見張ってろよ」

シャーロックは笑顔を返して、両手の親指を立てた。

鬱蒼としたカシや松の茂みが点在し、高い山々のあいだになだらかな丘陵地帯が横たわっていた。そのまま十キロほど行くと、ボビーはアクセス道路から十五メートルの地点で高度を下げた。サビッチとシャーロックはヘリコプターから飛び降り、身をかがめて道路のほうへ走った。

わずか七分後、フォードが近づいてくる音がした。シグを取りだし、ふたりは細い三本の松の木陰に立った。

トラックが横に来たとき、サビッチが助手席側の前輪に三発を撃ちこみ、シャーロックが後輪をパンクさせた。トラックが急に進路をそれて止まると、サビッチが叫んだ。「連邦捜査官だ！　降りろ、ゆっくりだぞ！」

運転席側のドアがじわじわと開き、男のわめき声がした。「いま出るから、撃たないでくれ！」

「両手を首の後で組め」サビッチが叫ぶ。はっきりとは見えないが、男が片手を首のほうに持ちあげるのが見えた。それでいい、もう一方の腕はレイチェルに撃たれている。そのとき――あまりのスピードに、サビッチは反応するのがやっとだった――男が拳銃を持ちあげ、ボンネット越しに素早く六発放った。サビッチは反撃すると同時に地面に転がった。

男はドアの陰に身を沈め、サビッチはシグに新しい弾倉を押しこんで、カエデの巨木の陰で膝立ちになった。視界の隅にトラックの後ろにまわりこむシャーロックが映った。シャーロックは一度ふり返ってサビッチの無事を確かめると、身をかがめて駆けだした。

やつの注意をこちらに引きつけなければ。そう考えたサビッチは大声で言った。「そうか、おれに挑んでみたわけか。だが失敗だったな。一分もしたらパトカーが六台やってくるぞ。ここで死にたいのか？　なら、願いを叶えてやるから、もっと撃ってこい。死にたくないなら、銃をおれから見えるところに捨てろ。いますぐだ！」

無限の時が流れたころ——実際には十秒ほどだったろう——ようやく男の大声が聞こえた。

「わかった、出ていく。撃たないでくれ！」

シャーロックが男の首の後ろにシグを押しあてた。

「さあ銃を捨てなさい。少しでも動いたら、命はないわよ」

男は驚いてびくっとし、彼女の足もとに銃を投げた。

「救いようのないばかじゃないとわかってよかったわ。ディロン、つかまえたわよ」

サビッチはトラックの前からまわりこみ、シグを男の胸に向けた。

シャーロックが男のサングラスを外した。

ふたりして痛みに青ざめた男の目をじっとのぞきこんだ。「レイチェルもたいした腕よね？」と、シャーロックが言った。

男の動きは素早かった。小型のデリンジャーを手に、シャーロックをつかんだ。ところが、サビッチはもっと素早かった。すかさず男が銃を持っているほうの腕を撃った。

悲鳴があがり、デリンジャーが飛んで、男が石のようにどさりとシャーロックの足もとに倒れた。気絶してはいないが、呼吸が荒く、息が詰まりそうになっている。男は肘の下を押さえながらうめき、もう一方の腕には汚れた油布が巻きつけてあった。サビッチはデリンジャーを拾いあげた。「素早かったな」

「でも、素早さが足りなかったわ」シャーロックが男のあばらを蹴った。

「この売女《ばいた》」男がつぶやく。

「ええ、あんたみたいな負け犬はみんなそう言うわ」シャーロックは両膝をつき、男の体の前で手首に手錠をかけ、ハンカチを差しだした。「ほら、腕に押しつけておきなさい。あなたは大丈夫なの、ディロン？」

「なんともない」デリンジャーを見たときに心臓が止まりかけたのは内緒だ。

「このばかが何者なのか、早く知りたくてたまらないわ。ねえ、なんて名前なの？」

男がなにやらつぶやいた。怒りと悪意がこもっている。

「解剖学的に無理そうね」シャーロックは言い、ブーツのつま先でもう一度軽く男を蹴った。

今度はサビッチが尋ねた。「誰に仕込まれた？　素人のやり口じゃない。殺し屋だな？」

男はなにも答えず、うめき声を漏らしながらハンカチを腕に押しつけた。サビッチが男のポケットを探ったが、出てきたのはシュガーレスガムが半パックと、スイスアーミーナイフが一本だけだった。

シャーロックが言った。「つかまったらまずいと思って、財布を捨てたのね？　今日とった行動のなかで、うまくいったのはそれだけみたいよ。どうせこのトラックも盗んだんでしょ？　だけど、あんたにはきっと前科があるから、データベースに情報があるはず。あんたのことは、あっという間に全部わかるのよ」

四十五分後、男はフランクリン郡病院の手術室にいた。二階上では、ドクター・ティモシー・マクリーンが意識を失ったまま横たわっていた。

シャーロックはホリーフィールド保安官のオフィスに電話をかけ、レイチェルから目を離さないようにとジャックに言った。彼女とサビッチは、マクリーンの病室でドクター・ハリックと会った。

サビッチもシャーロックもティモシー・マクリーンとは面識がなく、写真でしか見たことがなかったが、ジャックから彼のやさしさや才覚、特異な洞察力、情の厚さについて聞いていた。マクリーンとジャックの父親は古くからの友だちで、長年家族ぐるみでつきあってきた。以前のマクリーンはテニスがうまく、二番めの娘が産んだ孫がひとりいた。サビッチとシャーロックは、蠟《ろう》のように白い顔を黙って見おろした。何本ものチューブで命をつなぎとめられているのを見ていると、助かる見こみがあるのかどうか疑問になる。衰弱しているせいで、四十九歳という実際の年齢よりも十歳は老けて見えた。

ドクター・ハリックはマクリーンの心音を聞き、脈を診てから体を起こした。「呼吸が乱れてきているので、そろそろ人工呼吸装置をつけなければならないでしょう。不思議なのは、MRIの画像だと、やや浮腫《むくみ》が見られる以外、脳に明らかな外傷が認められない点です。正直なところ、ドクター・マクリーンがなぜ目覚めないのかわかりません。実際、脳というのはまだまだ謎に包まれていますからね。

われわれが気づいたのは、脳の前頭葉の部分が萎縮――つまり小さくなっていることです。

あなた方のお仲間のクラウン捜査官が電話をして、デューク大学のドクターたちと話ができるよう手配してくれました。ドクター・マクリーンにはお気の毒ですが、今回の事故が起きる前から、彼は前頭葉型認知症を患っていたというのが彼らの診断です。ドクター・マクリーンのように優秀な方がこんなに早くに患われるとは、なんと残酷な」

「ええ、わたしたちもそのことは知ってました。目が覚めないのは前頭葉型認知症のせいかもしれないんですか？」シャーロックが訊いた。

「その可能性は低いと思いますが、うちの神経科のドクター・ケリーによると、いまのご質問に関してはこちらとしても経験がほとんどないのです」彼は肩をすくめた。「見守る以外にできることはありません。肋骨《ろっこつ》が二本折れていまして、胸の裂傷は縫合しました。経過を見る必要があります」

狙撃犯のほうはまだ手術室にいた。手術室に運ばれる前に指紋を採り、まもなく身元が判明した。サビッチもシャーロックも、データベースに彼の情報があると信じて疑っていなかった。

マクリーンの病室から出たとき、ホリーフィールド保安官が反対側の壁にもたれているのが見えた。胸当てつきのオーバーオールから黒いスラックスと白いシャツ、ウールのジャケットに着替え、ブーツをはいている。すらりと引き締まった体に、感じのいい顔立ち。黒っぽい瞳には、警官の大半に共通する知性と強靭《きょうじん》さがあった。「ドクター・マクリーンについて、医者はなんて言ってた？　よくなるんですか？」

「それが、ちょっと混み入ってて」と、サビッチ。「なんだ、さっきの服もよかったのに」

「ああ、ジャックにも言われましたよ。いいですか、サビッチ捜査官、わたしは混み入ってるのが得意でね。わたしのことは、ドーギーって呼んでもらっていいですよ」

サビッチは彼を見た。「それはできかねます」

ホリーフィールド保安官は、にやりと笑った。「そうですか、わかりました」

「だけど、ドーギーってあのオーバーオール姿にぴったりの名前ね」シャーロックが言った。「そうでしょう。ちょっと食堂でコーヒーでも飲みながら、その人がどうなってるのか聞かせてもらえますか。ジャックもレイチェルも無事だから、彼らのことは心配ありません。ジャックがまだ調子がよくなさそうなんで、ふたりともパーロウに残してきました。ただ、どうもジャックは彼女から目を離すまいとしているようで。ふたりで、B&Bに戻りましたよ」

紅茶を飲むサビッチを前にして、保安官が言った。「わたしがジャック、レイチェルと別れてここに来る前に、FBIの専門家のトミー・ジャーキンスが報告に来ましてね。爆薬の残留物が見つかったそうです。おそらくセムテックスだろうってことですが、起爆装置の誤動作でセムテックス全部は爆発しなかったようだ。

車輪が着地してから、燃料で残りのセムテックスが爆発した。ジャックはじつにラッキーな男だとトミーが言ってましたよ。爆弾が破裂しなくても、セスナが故障して山岳地帯に真っ逆さまに墜落してもおかしくない状況だったんですからね。とても人が近づける山じゃないし、もし空中で木っ端微塵にされてたら、捜索救難隊を出したところで、人や機体の残骸もほとんど見つけられず、原因が特定できないまま、パイロットの操作ミスということで片付けられたでしょう。ジャックは飛行機がなくなって寂しがってました」

保安官はさらに続けた。「あの飛行機に何度か窮地を救われたようですね。花輪でも供えろと言ってやりましたよ」

シャーロックが言った。「この殺人未遂事件の裏にいる人物は、またドクター・マクリーンを狙うわ。今回で三回めだもの。ここで手を引くとは思えない。それにドクター・マクリーンから患者の不正行為やその証拠のありかを聞かされたと思われて、ジャックまで狙われるかもしれない」

サビッチが言った。「研究所で爆弾の残留物とセムテックスを調べて、入手ルートを探らせよう。レキシントンにいる捜査官は、空港の個人部門に出向いて、片っぱしから聞きこみをしている。誰かがなにかを目撃してるはずだ」

「ジャックによると」保安官が言った。「ドクター・マクリーンはその手の具体的な話はなにもしなかったそうです。ジャックがドクターからは話が聞けないと言うんで、そんなはずはないだろうと反論したら、ドクターはなにも覚えていないとジャックに言われましたよ」

そこでふいに険しい顔になった。「この件について、説明してくれる気のある人は？」

鋭利にして明晰《めいせき》。それがホリーフィールド保安官の頭脳だ、とサビッチは思った。シャーロックがうなずくのを確認して、口を開いた。「ドクター・マクリーンは前頭葉型認知症といって、徐々に進行する脳の病気に冒されてましてね。不運にも、この病気にかかった人の予後は望ましくない」

「認知症？　だがそこまで年はいってないでしょうが？」

「ええ、そうよ」と、シャーロック。「前頭葉型認知症は中年でもかかることがあるの」

「どんな症状が出てるんです？」

サビッチが答えた。「病気のせいで抑制がきかなくなって、彼らしくないことをしたり、言ったり――たとえば、教会で礼拝のあとに牧師に向かっておまえは信心家ぶった気取り屋だと言ったり、女性に向かって太っていると言ったり、妻をじろじろ見たといってよその男性に襲いかかったり――そういったたぐいの、無礼な行為です。自分の言動も覚えていたりいなかったりで、覚えていたとしても軽視して、悪いことを言ったという認識がない。

そして病気が進むにつれて、患者である著名人の秘密を、自分のテニス仲間にまで漏らすようになった。医者と患者とのあいだの、守秘義務が課される情報をです。その場合も、暴露した内容を忘れることがあるし、覚えていたとしても、それほど深刻にはとらえてない。

ご想像どおり、ホリーフィールド保安官、彼の患者の大半はかなりの著名人や権力者なんで、これはまずい。しかも彼が診察してるのはワシントンだから、政治家や企業の重鎮がごろごろしてる」

「ドクター・マクリーンはとても評判がよくて、ひじょうに思慮深い人物として知られてたの——病気にかかるまでは」シャーロックが補足した。

食堂の隅っこの壁に立てかけられたちりとりに眉をひそめながら、ホリーフィールド保安官が言った。「おかげで隙間が埋まりましたよ。これですっきりと話の筋道が通った。誰かが保身のために彼を排除しようとしたんだな」

サビッチがうなずいた。「ドクター・マクリーンが暴露した秘密の内容と明かした相手によっては、患者は名声やキャリアを失ったり、場合によっては刑務所行きにもなりかねない。秘密の暴露先としてすでにはっきりしてるのが、さっきも言った、彼の長年のテニス仲間のアーサー・ドーランです。彼は先々週の金曜日、ニュージャージー州モリスタウン付近で、運転中に崖から転落して死亡した。まだ捜査が続いてはいるものの、地元警察は事故で片づけたがってる。その一方で、FBIはマクリーンの家族や友人たちへの事情聴取をはじめた。実際彼は、何人かの友人に際どい情報を断片的に漏らしてるんですが、その人たちに患者の名前までは明かしていない」

シャーロックが続いた。「ところがこの事件の陰にいる人物は、いずれアーサー・ドーランの口からぽろりと名前が漏れるのを恐れて、彼を殺したんです」

「先制攻撃か」保安官が言った。「それは、強力な動機になるなあ」

「わたしもそう思います」

保安官が言った。「テニス仲間の身を危険にさらすほどのどんな情報を漏らしたのか、ドクター・マクリーンは覚えてるんですか？」

サビッチが答えた。「いえ。ですがドクター・マクリーンの奥さんのモリーは、あれが事故だったとはこれっぽっちも信じてません。彼女は夫がなにをしたかを知り、あわてふためいて、レキシントンにいる家族に電話をかけて状況を伝えた。そうこうするうちに、ワシントンの自宅のそばで、彼が何者かに轢《ひ》き殺されそうになった。それで家族は彼を飛行機でレキシントンに連れて帰り、それからダーラムへ行ってデューク大学の医師の診察を受けさせた。レキシントンでふたたび命を狙われたあと、奥さんのモリーはジャックに電話をかけて助けを求めた。ＦＢＩは関与せず、ジャックが飛行機で彼を迎えにいったところで、今回の事件が起きたわけです」

ホリーフィールド保安官が言った。「ドクター・マクリーンはいま、薬物治療を受けてるのか？　なにか症状を抑える薬でも？」

「残念ながら、この病気に治療法はないの。だんだん症状が進行して、やがて死に至る」

そのとき、保安官のポケットベルが鳴った。彼はナンバーを確認すると、ちょっと失礼と言って、院内の電話を探しにいった。

彼は五分後に戻ってきた。「ジャックだった。レイチェルがロイ・ボブのところへ行って車を盗むかもしれないと言ってきた。彼女をつかまえて椅子に縛りつけておく自信がないんで、戻ってきて、ほんとうのことを話すよう彼女を説得してほしいとさ」

ホリーフィールド保安官は、ふたりの顔を順に見た。「あなた方も、まだしばらくは寝られそうにないね。パーロウへ戻って、レイチェルに、何者かがロイ・ボブのガレージに侵入して彼女を撃った理由を語ってもらうとしますか」一瞬口をつぐむ。「彼女はなぜ、あなた方に打ち明けようとしないのかね？　彼女、ジャックの恋人なんだろう？」

12

ジャックは保安官事務所に入ってきたシャーロックに言った。彼女のあとにサビッチと保安官が続く。「レイチェルは点火装置をショートさせてエンジンをかけるつもりだ。牢屋《ろうや》にぶちこむと脅したんだが、おれとしては命の恩人にそんなことはしたくない。応援を頼む」

「もし彼女が車をショートさせたら、それで彼女を逮捕できる」サビッチが言った。

ホリーフィールド保安官はデスクにつき、みんなも座るようにと手で勧めた。彼はひとりひとりを見て首を振った。「連邦捜査官がこれほどおもしろいとは知らなかったなあ」

レイチェルは両手を握りしめていたことに気づき、自分自身に腹を立てた。どうしてこんな窮地に立たされてしまったんだろう？ 周囲にならぶ期待に満ちた面々を見た。「車の点火装置をショートさせる方法なんて知らないわ」

保安官が言った。「わたしはパーロウの保安官だ、ミス・アバクロンビー。いまフランクリン郡病院にいるあの乱暴者がなぜきみを殺そうとしたのか聞かせてもらえないか」

この部屋にいる誰もがナンバープレートから自分の身元を割りだせる。レイチェルにはそれがわかっていた。発砲事件が起きた以上、彼らに打ち明けなければ、間違いなく調べられる。どうせクインシーとローレルはこちらが生きているのを知っている。ふたたび命を狙ってきたのだから。

誰かを信用しなければならないなら、このＦＢＩ捜査官三人と保安官がいい。

レイチェルはゆっくりうなずき、一同の顔を順繰りに見た。「もう黙っている理由がないわ。あなたたちになにができるかわからないけど、力になってもらえるかもしれない。もしＦＢＩから情報が漏れるとしても、いまさら関係ないもの。彼らは、わたしが死んでいないのを知ってる。言ってみれば、わたしもドクター・マクリーンのようなものなの。わたしを追っている人たちは、わたしが死ぬまであきらめないでしょうから」

「さあ、レイチェルなんとかさん、おれたちに洗いざらい話してくれ」ジャックがうながした。

「先週の金曜の夜、家に帰るとキッチンのテーブルに赤ワインが一本あったの。正直に言うと、憂鬱で、疲れていて、ひどい頭痛さえなかったら一本丸ごと空けてたかも。だから一杯しか飲めなくて運がよかった。そのワインには毒が入ってたからよ。

薬の効果が切れかかったとき、わたしは桟橋の上を運ばれてた。相手はふたりで、ひとりがわたしの脇の下に手をかけて、もうひとりが足を持って。手首は縛られてなかったけど、腕は体の両脇に固定されてて、足首は縛られてた。たぶん、湖に投げこまれる直前にコンクリートブロックにくくりつけられたんだろうけど、そこはよくわからないわ。

彼らは力いっぱいわたしを遠くへ投げ入れた。ブロックが水面を打って、わたしは水の底へ引きずりこまれた」声がうわずり、体全体が震えだした。「ごめんなさい」

シャーロックが水の入ったコップを持たせてくれた。「飲んで。深呼吸するのよ」

レイチェルは水を飲んだ。「大丈夫よ、ごめんなさい。意識があるのを悟られないように、わたしは黙ってた。水中に沈む前に思いきり空気を吸いこんだのは、本能のなせるわざね。死にたくなかったんだと思う。彼らはわたしが大学時代に水泳をしてて、呼吸をコントロールするのがとてもうまいのを知らなかったみたい。なんとか腕の自由を取り戻すと、足首のロープをほどいて水面に浮上したわ」

ジャックが悪態をついたので、レイチェルは彼を見た。これまでむきだしの怒りなど見たことがなかったけれど、いまは違う。それがなにに対する怒りかに気づいて、胸がじんわりと熱くなり、心が鎮まった。

サビッチが淡々と言った。「たいしたもんだ、レイチェル。きみにその自覚があるといいんだが。パニックで溺れることなく、自力で脱出して、生き延びたんだ」

「正直言って怖かったけど、死にたくなかったの。ええ、わたしは浮上して、少しだけ水面から顔を出した。彼らがまだ桟橋から、わたしが生きている証《あかし》が――あぶくが――出てこないかどうか見ているのがわかったからよ。水に潜って桟橋の杭のところに隠れたわ。彼らの声が聞こえたけど、男なのか女なのか、よくわからなかった。彼らが立ち去る音がして、遠ざかるテールライトが見えた。そのあとメリーランド州オラナックの小さなダイナーまで歩いて、そこでタクシーを拾って家に戻ったの。

家には立ち寄っただけよ。急いで家を出ると、夜のうちに運転して、二日半かけてここへ来たの。そうね……正直言って、怖かったから。田舎道にまぎれこんでしまいたかった。もう終わったと、心の底から安心したかった。彼らはわたしが死んだと信じていて、お化けみたいにいきなりわたしを殺しにきたりしないと感じたかったの。でも、違ったのよね。彼らにばれてしまった。なぜかわからないけど」

シャーロックがこともなげに言った。「誰かに見られたのよ。家に戻ったときか出たときに、人に会わなかった？」

レイチェルは首を振った。「いいえ、でも、荷物をまとめて出ていくことで頭がいっぱいだったから。あなたの言うとおりね、シャーロック。わたしがまだブロックにつながれているかどうか湖に潜って確認したなんていう話より、そっちのほうが納得いくもの。なにが起きたにせよ、彼らはわたしがまだ生きてるのを知って、向かう先を突き止めた。彼らの動きは素早かった」

レイチェルはいったん黙り、ひとりひとりを見た。「わたしの話を信じてくれる？」

「ええ、もちろん」と、シャーロック。「もちろんよ」

サビッチが言った。「きみが行方不明になったことを通報しそうな人はいないのか?」

レイチェルはかぶりを振った。「ロイ・ボブのガレージでわたしを殺そうとした男の身元はわかったの?」

シャーロックがジャケットのポケットから手帳を取りだし、ちらりと見て答えた。「犯人の名前はロデリック・ロイド、三十九歳、自称フリーランス・ジャーナリスト——はっ、笑っちゃうわね——独身、フォールズ・チャーチのアパートに居住。幼いころから非行に走って、少年犯罪歴は、えーと……暴行に、自動車泥棒が数回、コンビニ強盗、とまあこんな感じよ。母親は彼が十六歳のときに絶縁、再婚してオレゴンへ引っ越した。賢い女性だわ。手入れ中の麻薬取締局捜査官に対する殺人未遂でついに逮捕。デトロイト郊外にあるわれわれのすてきな別荘でわずか八年間過ごし——じゅうぶんじゃないけど、検察官が彼と取引きして、大物の麻薬密売人をふたり逮捕した。

こうして話しているあいだにも、メートランド副長官が逮捕状を取って、捜査官たちがピンセットを手に彼のアパートへ向かうわ。彼を雇った可能性のある人物や固定資産税の記録、海外口座などについては、ディロンがいまMAXに調べさせてる。

フランクリン郡病院のスタッフによると、回復室を出てからはひたすらうめいて、弁護士を呼べと要求してたそうよ。いまのところ、こんなとこ。
二、三日もすれば退院するから、そしたらわたしたちの仲間がワシントンへ連れて帰る。

保安官、彼の写真がまもなくこちらのファックスに届くはずです」

ホリーフィールド保安官はうなずいた。「いい仕事ぶりだ。それはそうと、わたしのほうでロイ・ボブを調べてみた。ギャンブルの問題があるんだが、なにも見つからなかった。腕はポスト先生が縫ってくれて、心配いらない。おっと、ロデリック・ロイドの写真が届いたぞ」保安官はそれをレイチェルに手渡した。

レイチェルが言った。「このロデリック・ロイドっていう男、いったい何者かしら。聞いたことのない名前だけど」かぶりを振る。「顔も見たことないわ。ねえ、ジャック、頼むから倒れないうちに座って。ほんとならベッドにいなきゃいけないのに、おばかさんね」

「おれが？　おばかさん？」

「そうよ、あなたよ。また頭が痛いんでしょう、わかるんだから。痛み止めをもう一錠飲んだほうがいいわ」シャーロックから腕を叩かれてコップの水を手渡された。気持ちはありがたいが、これ以上鎮痛剤を飲みたくない。頭がぼんやりしてしまう。

「ちゃんと言うことをきいて、ジャック」レイチェルが言った。「痛みは快復を遅らせるんだから、そんなにマッチョぶるのはやめて」

「そうよ、ジャック」と、シャーロック。「さあ、ぐっと飲んで」

彼はレイチェルを見つめながら錠剤を飲みこんだ。「おれたちになにもしゃべらなかったのは、情報がどこかから漏れて、その男か女か誰かが、きみが生きていると知ってまた追ってくるといけないからなのか？　だが、きみが口をつぐんでても、彼らはきみを見つけた。おれもシャーロックと同感だ。誰かに目撃されたという線のほうが納得がいく。きみの命を狙ってる連中のひとりが家にいたか、きみが出かける間際に来たんだろう」

「あるいは」と、サビッチ。「きみの家から持ちだしたい物があったのに、きみの姿を見てぎょっとしたか」

「でも、タクシーで家に戻ったときには誰にも会ってないのよ。それに、家には一瞬立ち寄っただけだし」

ホリーフィールド保安官が言った。「連中はきみがこっち方面に向かうと知ってたようだ。このあたりの住人じゃないと言ったな。うちはどこにあるんだね？」

「あれは嘘。わたしはここで育ったの——もっとも、この町じゃないけど。彼らはケンタッキー州パーロウのことは知ってたでしょうけど、わたしの最終目的地はここじゃなかった。彼らに復讐する方法が見つかるまで、スリッパー・ホローに身を隠すつもりだったの」

ホリーフィールド保安官は椅子に深くかけなおし、腕組みをした。「そうか、ここらの住人でもスリッパー・ホローのことはほとんどなにも知らない。わたしでさえ、どこにあるのかよくわからないくらいだ。あそこへは一度も呼びだされたことがない」

「スリッパー・ホロー？」サビッチが眉を吊りあげた。

「わたしはそこで育ったの。人里離れた場所で、伯父のジレットがひとりでぽつんと暮らしてるわ。伯父もいるし、あそこでなら安心して今後のことを考えられると思って」

その言葉を、ジャックは聞き逃さなかった。「きみは復讐するつもりなのか?」

「ええ、そうよ。彼らをつかまえたいの。ただ、やり方を考えないと。また状況ががらりと変わったし」

「さっきから〝彼ら〟と言ってるが、きみを殺そうとした相手がわかってるのかい?」サビッチが訊いた。

「ええ、もちろん」

「誰なんだ?」

レイチェルは深く息を吸い、かぶりを振ろうとした。が、そのあとふと笑顔になった。

「いまさら隠してもはじまらないわね。たぶんアボット一族よ」

「アボット一族?」ジャックはオウム返しに訊き、いぶかしげに眉を上げた。

シャーロックが重ねて尋ねた。「メリーランド州のジョン・ジェームズ・アボット上院議員のこと? アボット・ファミリーのことを言ってるの?」

「ええ」

「きみは何者なんだ、レイチェル?」ジャックが椅子に腰かけたまま身を乗りだした。

「じつは、わたしは婚外子なの」

保安官室のドアの外から、通信指令係のモートが笑いを呑みこむ声が聞こえた。ホリーフイールド保安官はドアに向かって眉をひそめつつ、黙っていた。

シャーロックが言った。「それで、ジョン・ジェームズ・アボットはあなたのなんなの？」

「わたしの父親よ」

驚愕《きょうがく》のあまり絶句したあと、ジャックが言った。「おれとしては、父親がマフィアのドンかなにかじゃなくて嬉しいよ。それじゃあ、あまりに陳腐だ。あるいは過激なテロリストとかさ。ジハードも嬉しくないね。もしそうだったら、ティモシーとおれを救ってくれたのが、なぜ地元のサッカーママじゃなかったんだろうと悔やむところだった。きみが上院議員の婚外子？」

「そうよ。父親のことは誰で、どんな人なのか知らなかったんだけど、二カ月くらい前に母がやっと話してくれたの」

サビッチが言った。「で、きみは、アボット上院議員の一族に命を狙われてると言うんだな？」

13

「ええ、そうよ」

「ちょっと待って」シャーロックが口をはさんだ。「話はちょっと戻るけど、あなたのお母さまはどこにいらっしゃるの？」

「母はリッチモンドで夫とわたしの異父弟のベンと暮らしてるわ。さっきも言ったとおり、いまスリッパー・ホローに住んでるのは、伯父のジレットひとりよ。わたしは十二のときに母とリッチモンドに引っ越すまで、あそこで育った。パーロウがいちばん近い町だった」

ジャックが言った。「レイチェル、きみはもう三十近い。お母さんはなぜ、そんなになるまでジョン・ジェームズ・アボットが父親だと教えなかったんだ？　二カ月前にはじめて聞いたんだろ？」

「母が言うには、彼の父親、つまりカーター・ブレーン・アボットが死ぬのを待ってたそうよ。そしてその男が四カ月前についに亡くなったの」

「あのカーター・ブレーン・アボットか？」ホリーフィールド保安官は、口をあんぐりと開けた。「そうか、アボット上院議員が彼の息子だったのを忘れてたよ」

サビッチはレイチェルの顔から目を離すことなく、ゆっくりと言った。「あの男はまさに語り草だった。聞くところによると、実業界と政界の両方で、多くの世界的リーダーの首根っこを押さえつけてたらしい。あの悪徳資本家がついに往生したときは、大統領も安堵のため息をついたんじゃないか」

シャーロックがうなずいた。「彼は一国の王さながらに一族を支配したっていう話をなにかで読んだわ。彼の方針に背いた者は潰されるって」

「彼はジミーを——わたしの父を潰さなかった」

「ええ、そうだったわね。どうして？」

「ジミーが言うには、彼の父親は、長男であるジミーがいずれすばらしい大統領になると信じるようになったんですって。ただしそれは父親、つまりカーター・ブレーン・アボットがまだ生きていて、物事のやりかたを教えてやれるあいだだけだって。父親が方針を曲げたのは、記憶にあるかぎりこの件に関してだけだと、ジミーは言ってたわ」

「おい、レイチェル」ジャックが言った。「鳥肌が立ってきたよ。きみはほんとうにあの一族と血縁関係にあるのか？　あの血がきみにも流れてるのか？」

「残念ながら、そうなの」

シャーロックが言った。「お母さまは、おじいさまが亡くなるまであなたに教えたくなかったとおっしゃったのね。それはなぜ？」

「母は、認めたくないけどまだ怖かった、と言ってたわ。もう朽ちて死んでいくだけの人間だと頭ではわかってても、まだ彼の悪意を感じて怖い夢を見たって」

「なにがあったのか話してくれないか」サビッチが言った。

レイチェルは、朝食に釘でも食べていそうな体格のいいタフな連邦捜査官を見つめた。まじまじと見られると、かなりの圧迫感がある。彼が身を乗りだして、レイチェルの手を軽く叩いた。「心配いらない。すべてうまくいくよ」

そのひと言に背中を押された。レイチェルは壁にもたれ、三人を順繰りに見たが、視線がジャックの顔に留《とど》まる時間だけがわずかに長かった。顔色がとても悪い、と彼女は思った。

「言うまでもないでしょうけど、母はカーター・ブレーン・アボットを恐れてた。ミスター・アボットは長男が――彼が不朽の名声を手に入れるための道具が――わたしの母のような家柄もお金もない田舎娘とつきあっていると知ったとき、苦々しく思ったの。血筋にかなりのこだわりを持ってたから」

「ところで、あなたのお父さまはここでなにをしてらしたの？」シャーロックが訊いた。

「母が言うにはジミーが、地元の工場主の息子と親友で、当時はここに工場があったそうなの。ミスター・アボットはいきなり町に乗りこんできて、ふたりをスペインへ休暇に行かせた。当然ながら、工場主の一家はそれに反対しなかった」

ジャックはうなずいた。「なるほど。そのときお母さんは妊娠してた。きみのお父さんには言ってなかったのか？」

「ええ、誰にも言わなかったの。もちろん、兄であるジレット伯父さんには言うしかなかったけど。そのころにはもう母の両親、つまりわたしの祖父母はともに亡くなってたから。母は苦しんだ。長いあいだ、苦しみと激しい怒りを抱えてきた。そして怯えてもいた。五カ月くらいたってカーター・ブレーン・アボットから手紙が届き、母はショックを受けた。そこには、きみが妊娠していると聞いたが、それを息子のせいにすることも、自分の一族を巻きこむことも絶対に許さない、と書いてあった。ひと言でも口外したり、息子に連絡をとろうとしたりしたら、きみにも子どもにもしかるべき処置をすると。どういう意味だったのかしら？」レイチェルは肩をすくめた。「母はそれを自分たちを殺すという意味だと受け取った。手紙には五千ドルの小切手が同封されてたけど、母はそれを破り捨ててわたしを産んだの。小さいころのわたしは両親のどちらにも似てなかったけど、十八歳になるころには上院議員のジョン・ジェームズ・アボットに瓜二つになってた。もっとも、誰も似ていることに気づかなかったみたいだけど。いきさつを聞かなかったら、あなた方だって気づかないでしょう。でも、母は父親のほうのアボットが死んで二カ月たつまで、彼が怖かったんだと思う。

　そういうわけで、わたしが連邦議会議事堂にある彼のオフィスの戸口に現われるまで、ジミーはわたしのことをまったく知らなかった。母がついに話をしてくれてから、二週間ほどたったころのことよ。

正直言うと、最初は行きたくなかった。母から彼はわたしの存在をまったく知らなかったと聞かされてたけど、わたしは彼にも腹を立ててたのかもしれない。たしか五歳くらいのころ、母に父親のことを尋ねたことがあったの。お父さんは死んだのか、それともわたしたちを捨てて出ていったのかって。母はなにも教えてくれなかったけど、自分の部屋で泣いているのを見て、わたしは二度とその話を持ちださなかった。

そんなわたしを母が説得したの。彼にチャンスを与えてあげてって。どんな扱いを受けるかわからないけれど、やってみる価値はあるって。

そのとおりだと思った。自分の父親に会っておくべきときだと。彼がどこに住んでいるかなんてさっぱりわからなかったし、母も知らなかったから、さっきも言ったように、上院議員室を訪ねた。彼は補佐官のグレッグ・ニコルズといっしょに昼食から戻ってくると、そこに立ってたわたしを見た。わたしは彼を見つめたわ。彼はいわゆる二度見すると、満面の笑みを浮かべ、母の名を呼んだの。アンジェラって。それから返事も待たず、スタッフや彼との面会を待つ人たちなどおかまいなしに、大急ぎでわたしをオフィスへ引き入れたわ。

あのときの輝くばかりの笑顔は、いまでも目に浮かぶ。彼はわたしの両手を握りしめて、オフィスのなかをぐるぐると踊りまわって、それから肋骨が折れてしまいそうなほどきつく抱きしめてくれた」彼女は声を震わせ、首をすくめた。「わたしが実の娘なのかどうか疑う言葉なんか、ひと言も口にしなかった。いくらわたしが彼にそっくりだといっても、思いもよらない扱いだった。あれは……あれはほんとうに嬉しかった」

一瞬の沈黙をはさんで、ジャックが訊いた。「アボット上院議員には、ほかにも子どもがいたよな？」

「ええ、わたしには突如として腹違いの妹がふたりできた。ジミーは十年ほど前に離婚してた。別れた奥さんはコロラド州ベールにいて、娘たちはふたりとも結婚してる。なんとなくだけど、ジミーとジャクリーン――彼の前妻よ――のあいだには、それほど愛情がなかったみたい。ジミーはその後再婚しなかったし、したいと思ったこともないと言ってた。娘たちとは年に二度会って、たいていはどこかでスキーを楽しみ、感謝祭には弟のクインシーならびに妹のローレルの家族といっしょに過ごしてた。場所はメリーランド州ヘイルストーン郊外にあるコスタスの自宅なんだけど、これが、とてつもない豪邸なの。高い石塀に囲まれた広大な敷地に門番小屋があって、夜警までひとりいるのよ。感謝祭はとてもなごやかだけど、とても悲しいとジミーは言ってたわ。

わたしはジミーに、スリッパー・ホローのこと、ジレット伯父さんのこと、そして伯父さんが第一次湾岸戦争で任務についていた期間を除けば、わたしが十二歳になってリッチモンドへ引っ越すまで、ずっとそこでいっしょに暮らしていたことも、すべて話したわ。

ジミーはその窪地《ホロー》のことは聞いたことがなかったみたい。たぶん、母は気後れしたんでしょうね。ジミーのように優雅なお金持ちにはスリッパー・ホローがとんでもなく田舎に思えそうで。ジミーは母がパーロウかその近辺に住んでいたのは知ってたけれど、一度も家に連れていってもらったことはなかったと言ってた。

彼はわたしの母アンジェラのことをなんでも知りたがった。でも、訪ねたり生活をかき乱したりするようなことは避けてたし、わたしもそれに賛成だった。継父はとてもいい人だけど、金持ちの上院議員がいきなり首を突っこんできたら、いい気持ちはしなかったはずよ。母もそのあたりは心得てて、自分は父娘《おやこ》の再会を外から見守りたいと言ってた。ジミーならきっと異父弟のベンのことも気に入ったでしょうけど、会うチャンスはなかったわ」

シャーロックが言った。「それで、あなたを殺そうとしたのは、クインシー・アボットとローレル・アボット・コスタスだと思うのね？」

「そうよ。そこにローレルの夫のステファノスが加わってたとしても、わたしは驚かないわ」

ジャックが言った。「きみのお父さんは、三週間前に交通事故で亡くなったんだろう？」

「ええ」

ジャックが言った。「たしか飲酒運転じゃなかったか？」

レイチェルの声がこわばった。「世間の人はそう思ってる。警察は彼が酒を飲んでひとりで車に乗り、運転をあやまったと言ってるけど、そんなはずないの。あれは断じて事故じゃないわ。

殺されたのよ。わたしにはすぐにわかった。警察や連邦捜査官、それに官庁から来た人たちが全員引きあげたあと、広々とした玄関ホールに立って考えたの。わたしはそれまで、魂まで冷たい悪魔のような存在など、信じたことがなかった。彼らがジミーを殺したのはわかってる。それについては間違いないの。でも証拠がなかった。だから彼らに溺死させられそうになったあとも、警察へ行かずに逃げたの。ジミーが非業《ひごう》の死を遂げてショックだったせいもあったんだと思う。真相を突き止めたかったんだけど、時間がなかった」

「つまり、ローレル・コスタスとクインシー・アボットがきみの父親を殺し、今度はきみを殺そうとしてるってことだな?」ホリーフィールド保安官が言った。「正味のとこ、レイチエル、きみの頭を調べたくなるような突飛な話だが、なんとまあ、ここパーロウでもあんなことが起きたところだ。たしかにきみが言うとおり、悪魔めいている。この部屋にいる者はみな、直接、間近に悪魔と接した経験があるはずだ」

誰も異を唱えなかった。

シャーロックが言った。「ディロンとわたしは、ジョージタウンの〈ベントリー・ギャラリー〉で開かれたチャリティであなたのお父さまにお目にかかったのよ。それほど前じゃないけど、あなたはいなかった。ディロンもわたしも、あなたの存在すら知らなかったわ」

「覚えてない——あっ、あのときは、急に予定が変わって、ジミーの女友だちのひとりにニューヨークまで買い物に連れてってもらったの。ジミーがわたしのためにパーティを開いてくれることになって。彼はみんなにわたしを紹介したがってたわ。わたしに近づくためなら殴りあいでもしかねないハンサムな若い殿方たちを含めて」笑みを浮かべて、肩をすくめた。「でも、結局パーティは開かれなかった。彼は翌週亡くなったの」

シャーロックが言った。「あなたのお父さまが、ディロンの上司のジミー・メートランドと親しかったのは知ってた？　彼もお父さまの葬儀で棺《ひつぎ》をかついだのよ。ミスター・メートランドはたしか、あなたのお父さまのことをいつもジョンと呼んで、けっしてジミーとは呼ばなかった。どちらもジミーだから、名前がごっちゃになるのがいやだったのね、きっと」

「知らなかった。あの日は、わたしも異母妹ふたりも、アボット家の人たちといっしょに出迎え側の列にいて、葬儀に参列してくださった方たちに挨拶をしてたんだけど、ミスター・メートランドという人のことは思い出せない。あの日のことは靄《もや》がかかってるみたいで」

「葬儀のあと」サビッチだった。「きみは雲隠れした。葬儀はかれこれ三週間前だ。彼らはなぜいまになってきみを殺そうとする？　なぜ、別の事故に仕立ててすぐに殺してしまわなかったんだ？　きみはどう説明する、レイチェル？」

「じつは、わたしは彼らのレーダーに引っかかる間がなかったのよ。ジミーといられたのは、彼が亡くなる前のわずか六週間ほどだった」レイチェルは言葉を切って、うつむいた。ジャックが見ると、彼女は膝の上で指をねじりあわせていた。と、顔を上げて、乱れのない声で話しはじめた。「彼らにはわたしを殺すチャンスがなかったの。ジミーの葬儀が終わったあと、その日のうちにわたしがワシントンを離れたからよ。つぎに狙われるのがわたしなのは、わかってた。誰にも、母にすら、行き先を告げなかった。ジミーの家に戻ったのは、先週の火曜よ。ジミーがわたしに遺してくれたから、いまではわたしの家だけど。それからたった三日で、彼らは行動を起こした」

「その間、どこへ?」ジャックが訊いた。

「シチリア島の、まだ観光客に知られていない小さな港町。潜伏っていうのかしら。考えることがどっさりあったけど、ワシントンに戻らなきゃいけないのはわかってた。彼の財産や家族——それに殺人——と、片づけなきゃならないことが色々あったから、葬儀から二週間足らずで帰ってきた。それから一週間もしないうちに、彼らに湖に投げこまれた」

「少し話を戻しましょう」シャーロックが言った。「あなたはお父さまが殺されたと思ってるけど、彼の死は事故として処理されてる。入念に捜査されて、誰もが事故と納得してるのよ。そうじゃないと証明できる証拠があなたにあるの?」

「物的証拠っていう意味では、ないけど」

「どんな証拠ならあるか、教えてくれ」ジャックがうながした。

「わかったわ。シチリア島から戻ってきて二日後に、ジミーの弁護士のブレーディ・カリファーから電話があったの。わたしが連絡先も告げずに旅立ったんで、かなり怒ってたわ。ジミーの新しい遺書が見つかって、財産のうちわたしには屋敷を、あとは娘三人で均等に分けることになったと教えてくれた。弁護士は、ローレル・コスタスとクインシー・アボットにはもう遺書の内容とジミーが彼らにはなにも遺さなかったことを伝えたと言ってたわ。そう、言うのを忘れてたけど、わたしはジミーの養子になってたの。成立したのが死のわずか数日前だったから、わたしは間違いなく法的に彼の娘だとのことだった」

「お父さまは、離婚のときにだいぶ揉めたの？」シャーロックが訊いた。

「前妻が彼を殺したのかもしれないってこと？　それはないと思う。葬儀の席で、ジャクリーンにも、わたしの異母妹にあたるエレインとカーラにも、その夫たちにも会ったけど、みんな親切でお行儀のいい人たちだった。ジャクリーンはひどくよそよそしくて始終退屈そうだったし、娘たちはショックを受けてずっと押し黙っていたけれど、ワシントンを離れるのが待ち遠しいようすで、実際、翌朝には帰っていったわ。そしてわたしもその三時間後にはワシントンを離れた。

イタリアからは先週の火曜の夜、帰ってきた。金曜の夜に少しだけ赤ワインを飲んだんだけど、どうやらそれに薬物が混ぜてあったみたい。その夜遅くに家に引き返したときには、もうワインはなかった」

ジャックが言った。「その弁護士、ブレーディ・カリファーも一枚嚙んでたのか？」

「それも考えたわ、十秒くらい。でも、つじつまが合わないの。長年ジミーの弁護士だった人だし、わたしを痛めつける理由もないし。やっぱりローレルとクインシーが毒入りワインをそこに置いたのよ」

サビッチが言った。「よし、根本に立ち返ってみよう。きみがいま語ったのは、お父さんを殺したのは彼の弟と妹だと信じる理由だ。先を続けてくれ、レイチェル。われわれを納得させてみろ」

「話せば長いし、わたしのことでもないの。だから父が亡くなった直後にも、言えなくて」

彼女がつらそうに眉をひそめた。「どうしよう、やっぱり……」

「いまさら遅いよ」ジャックが言った。「さあ、レイチェル、洗いざらいぶちまけたほうがいい。きみのお父さんに関すること、そうなんだろう？」

彼女はうなずいた。

「彼の弟妹《きょうだい》と意見が対立してるんだろ？」

彼女はまたうなずいた。

「あなたは、お父さまをジミーと呼ぶのね」シャーロックは言い、少しだけ身を引いた。

「ええ。お父さんと呼ぶのも、まだしっくりこなかったから。あの、さっきの話の続きだけど、わからないの、もし……」

「なにを語ろうと、この部屋の外には漏れない」ジャックが言った。「みんな、それでいいだろ？」

レイチェルがひとりひとりの顔を見ると、彼らはうなずいた。

それでもまだレイチェルは決心がつかなかった。起きたことを考えるだけでもつらいのに、それを大っぴらに口に出すことができるだろうか？　だが、考えた末に、話すしかないと腹をくくった。「わかったわ。誰かを信用しなければならないんなら、あなたたちに賭けてみる。でも、秘密は守ってもらわないと困るの。さっき同意してくれたわね？」

全員がうなずいた。ジャックは小首をかしげて、眉をひそめた。「どんなにすごい秘密なんだ、レイチェル？　アボット上院議員はスパイかなにかだったのか？」

「違うわ、でも……そうね。あなたたちを信用できないんなら、誰も信用できないわね」

14

「さっき、ジミーがびっくりするほど諸手《もろて》を挙げて大歓迎してくれたと言ったでしょう？彼は気さくで、愛情深くて、わたしの成長の過程をつぶさに聞きたがったわ」レイチェルの顔に笑みが広がる。「ところが、そのうち彼がふとしたおりに黙りこみ、なにかに悩んで苦しんでいるらしいと気づくようになったの。しつこく尋ねたら、ようやく自分のしたことを打ち明けてくれた。たぶん、わたしに話したかったんだと思う。わたしの登場は奇跡のようなものだから、わたしに話せば、自分がしてしまったことをほんの少しでも償えると思ったんじゃないかしら。彼はどうしようもなく孤独で、とてつもなく怯えていた。

一年半ほど前、ジミーが車でデランシー・パークを通って家に帰る途中のことよ。もう遅い時間だったから日は落ちていて、同僚たちとマティーニを二杯ほど飲んだあとだった。しかも携帯で話をしていて、前をよく見ていなかった。そのとき、小さい女の子が自転車で車の前に飛びだし、彼はその子を撥《は》ね殺してしまったの。パニックを起こしたジミーは、その場を車で走り去って、首席補佐官のグレッグ・ニコルズに電話をかけた。グレッグはすぐに飛んできた。

補佐官のグレッグについて説明しておかないとね。彼はたぶん三十代後半で、たいへんな切れ者よ。直観力があるっていうのかしら。それに意欲的な人。彼の野望はジミーをホワイトハウスに送ること。ジミーはそんなグレッグを信頼し、その頭脳と熱意と忠誠心を買ってた。そのグレッグが黙っていろとジミーに言ったの。事故であれなんであれ、子どもを死なせたのが公になれば、政治家としてのキャリアも、生活も、家族もすべてだめになり、轢《ひ》き逃げの罪で、下手をすると刑務所送りになるかもしれないと言って。

わたしもジミーがしたことを弁解するつもりはないけど、グレッグの説得力は並大抵じゃないわ。彼にかかったら、ローマ教皇もイスラム教に改宗させられそう。それに、小さな女の子を死なせたことをジミーが告白すれば、グレッグ自身も失脚して、彼もワシントンでは生きていけなくなる。だから、グレッグとしても必死になって、いちばんいいのは口を閉ざして、女の子をいまのままにしておくこと。それが最良かつ賢明、そして唯一の合理的なやり方だとジミーを説き伏せたの。ジミーはわたしに、結局は説得されたかった、だから説得に応じたんだと、言ってたわ。それにもちろん、グレッグが利己的なことを言っているのを承知してた。でも、ジミー自身、自分の将来が心配でたまらなかったのよ。

ジミーはけんめいに自己弁護しようとしたと言ってた。少女の両親が親の義務を果たしてちゃんと子どもから目を離さずにいれば、事故は起きなかったはずだとか、公園でたったひとりで自転車に乗るのを許す親が悪いとか、公園には危険がいっぱいひそんでるのに、親はいったいなにをやってたんだとか。でも、どれほど自分に都合のいい言い訳をしても、心は楽にならなかった。

それでどうなったか、彼は話してくれた。たえず罪悪感がつきまとい、少女を撥ねたときの悪夢がくり返しよみがえり、日に日に議会や同僚議員や家族やスタッフから気持ちが離れていって、セラピーを受けても抜けだせなかったって。そんな状態が延々と続いて、内側から蝕《むしば》まれていったのよ。そして、とうとう耐えられなくなった。警察へ行き、自分がしたことを世間に公表しようかと思っていると言って、わたしの意見を聞きたがった。

彼が自分のしたことのせいでぼろぼろになって、衰弱しているのがわかったけれど、せっかく出会えた彼を失うのはいやだったし、自分からスキャンダルの渦に飛びこんでほしくなかった。でも、それが彼を追いつめるのがわかったから、正しいと信じることをするべきだ、どちらに決めてもわたしは百パーセント味方するし、いつでもそばにいるわと答えた。世間からつまはじきにされようともよ。でも、彼が決めるしかなかった。彼の人生なんだから、それしかない」

レイチェルが言葉を切った。目がうつろになっている。そして唾を呑みこんで、ふたたび話しはじめた。「あのときの沈痛な笑顔を忘れられないわ。彼は言ったの、かかりつけの精神分析医は、自白のことなどおくびにも出さず、不運なあやまちを犯した自分を赦《ゆる》しなさいの一点張りだって。不運なあやまち、少女のことは不運なあやまちにすぎないって、何度もくり返したそうよ」

シャーロックの眉がくいと上がった。「精神分析医？」

「ええ、ジミーは半年ぐらい前から精神分析医にかかってた。グレッグはワシントンで精神分析医にかかるのは反対だったみたい。そういう診療所のまわりには、有名人狙いのゴシップ屋が三人くらいうろついてるから、情報が漏れるかもしれないって」

レイチェルは深呼吸し、まわりの全員を見た。「それでジミーはついに、記者会見を開く決心をした。自分がしたことを告白して、その足で警察へ行くつもりだったの。ただ、そのチャンスは訪れなかったけれど。死んでしまったから」

シャーロックが尋ねた。「アボット家の人たちが彼を殺したと思ってるってことは、彼が自分の計画を弟妹《きょうだい》に話したってことね？」

「ええ、そうよ」

「前妻と娘たちにも電話で知らせたの？」

「さあ、どうかしら。たぶん知らせたでしょうね、彼女たちにも火の粉がかかるから。彼のことだから、身近な人たち全員に予告をして、理解と赦しを求めたと思う。まわりの人たちも、結果を引き受けることになるから。たしか彼の弟のクインシーは、少女の鎮魂のために、デランシー・パークの事故現場に木を一本植えたらどうかと勧めたはずよ」

サビッチがMAXの画面から顔を上げた。「少女の名前はメリッサ・パークス。未解決の轢き逃げ事件になってる」

「ほかに、その子のことで知っておくべきことは？」と、シャーロック。

「一年前、メリッサ・パークスの家族のもとに、追跡できない小額紙幣で十万ドルが入った封筒が送り届けられた。〝申し訳ありません〟とだけ書かれたメモが添えられてたそうだ。それでふたたび捜査に拍車がかかったが、紙幣もメモも追跡できないまま、また未解決状態になった」

「ジミーはなにも言ってなかった」レイチェルが言った。「事故のことを話してくれた二日後くらいだったと思うんだけど、わたしが書斎に入っていくと、電話を見つめてた。メリッサのご両親に電話をかけ、警察に通報して、すぐにでも決着をつけたいんだとわかったわ。残念ながら、あと二、三日待って、打撃を受けそうな人たちに予告しているうちに、死んでしまったけれど」

シャーロックが確認した。「レイチェル、お父さまが家族とグレッグ・ニコルズに話したのは確かなのね？」

「ええ」

「そう。正直言って、わたしにはその告白が彼を殺したくなるほど家族を怒らせたとは思えないんだけど」

「それだけじゃないわ。事故死と断定されたのは、ふたりのパトロール警官が崖の底でジミーのBMWを見つけたとき、彼がひとりで運転席にいたからなの。警官たちはアルコールのにおいがしたと証言した。それで、彼が大量飲酒してコントロールを失い、環状道路のすぐそばにあるベセスダ海軍医療センター付近の切り立った崖を猛スピードで落下したんだと言うの」

「ええ、そうだったわね」シャーロックが相づちを打った。

「わたしはジミーから、少女を撥ねてからハンドルを握れなくなったと聞かされてた。実際、運転をやめてたの。運転手がいたから、困らなかったのよ。それだけじゃないわ、少女を殺してしまった晩以来、彼は一度もお酒を飲んでなかった。本人はそう言っていたし、わたしも信じた」

「だったら、なぜ警察にほんとうのことを言わなかった？」ジャックが訊いた。

「言えなかった」と、レイチェル。「なぜ彼が飲酒をやめ、一年半のあいだ運転してなかったか、その理由を語らなければならないから。わたしはそんな気になれなかった。すべてが明るみに出たら、彼の足跡が台なしになってしまいそうで」深々と息を吸った。「わたしがシチリア島へ発《た》ったおもな理由は、それだったの。どうするか決めたかった。二週間のあいだ、あらゆる角度から検討して、決心した。わたしはワシントンへ戻って真実を話すことにした。もちろん母に相談するつもりだったけど、賛成してくれるのはわかってたし、ジミーはそうするつもりで準備を進めていたわけだから、せめて遺志を尊重してあげたかった。クインシーとローレルの尻尾をつかんだら、そしたらジミーの望みを果たすわ。良心の呵責《かしやく》を取り除いてあげたい」

ホリーフィールド保安官は、事件記録簿をペンで小刻みに叩いていた。彼は思いやりを込めて言った。「きみのお父さんは亡くなったんだから、もう良心も罪悪感もないぞ。わたしは彼の補佐官と同意見だね。なぜアボット上院議員の名を汚す必要がある？　なぜ彼の思い出を台なしにする？　彼が象徴するものを、生涯の大半を通じて築いてきた人間性を、なぜドブに投げ捨てなければならない？　そうなるんだぞ。彼の生きざまは忘れ去られて、公園で少女を轢き殺し、それを隠蔽《いんぺい》した人物としてのみ、人びとに記憶されてしまう」彼は両手を握りしめ、身を乗りだして続けた。「レイチェル、きみは最後の一年半によって、お父さんの人生を決めつけさせたいのか？　飲酒運転で少女を殺した金持ちとして後世に名を遺させたいのか？」

レイチェルはさっと立ちあがり、狭い部屋をうろつきだした。「わたしもまったく同じ問いを自分に投げかけたけれど、彼なら悩んだりしないわ！　彼が告白したがっていたことを伝えれば、どれほど高潔で正直な人間だったかわかってもらえるはずよ」

ジャックがとびきり穏やかに言った。「おれは二十歳のころから、人間の心はそんなふうには働かないのを知ってる。ホリーフィールド保安官の言うとおりだ。きみのおやじさんはこきおろされ、個人として、あるいは政治家として成してきたあらゆる善行までが歪曲《わいきょく》され、疑問視され、もみ消されてしまう。きみだって、たんに彼の遺志を継いでいるとは思ってもらえないぞ。世間はきみのことを父親の名声をずたずたにした不肖の娘と見るだろう」

「あなたが善意で言ってくれてるのはわかってる。でも、とことん考えて決めたことなの。人がわたしをどう思おうと、なにを言おうと関係ない。あなたが言うようなことにはならないわ、ジャック。絶対に」レイチェルは首を振り、長い髪を耳にかけた。

サビッチがMAXから顔を上げた。「お父さんに代わって告白するつもりだと、シチリア島から戻ってから誰かに話したかい？」

「ジミーの弁護士のミスター・カリファーに話したわ。もしかするとジミーから計画を聞いてるかもしれないと思ったけど、知らなかった。彼はまったく動じることなく、どうもジミーのようすがおかしいと思ってた、指紋や目撃者などの証拠はあるのかと尋ねた。もちろん、ないわ。そしたら、もしジミーに代わって告白すれば、わたしがひどい目に遭うって言うの。ずっと前にジミーが母親を捨てたのを恨んで、彼が弁明できないのをいいことに、わたしが復讐のために嘘をついていると非難されるって。その点についてはわたしも考えないわけじゃなかったんだけど、彼があまりにも自信たっぷりだったから、あやうく決心をくつがえされそうになった。そんなとき、ジミーの日記を見つけたの。そこには苦悩、罪悪感、自己嫌悪が連綿と綴《つづ》られてた。それを読んで、どんな結果になろうとやってみよう、わたしがやらなければと腹が決まったの。

わたしはそれをグレッグ・ニコルズに伝えた。彼は話を聞き終わると、アボット上院議員の名を汚し、一族の顔に泥を塗る行為に加担するつもりはないと言った。当然、彼自身も泥にまみれ、刑務所に入ることになるかもしれないけど、どちらもそのことには触れなかった。

ローレル・コスタスとクインシー・アボットには話す気になれなかった。だって、ジミーを殺したのはふたりに決まってるし、理由も明らかだから。たぶん、心の奥深くで、彼らの悪意を感じ取ってたんだと思う。わたしのことを口を封じておかなければならないもの、頭がおかしい人間か、彼らの申し分のない美しい生活に入りこんできたネズミかなにかのように思っているんだって」

ジャックが両手を両脚にはさんだまま、身を乗りだした。「その場合、点と点を結ぶのはむずかしくない。アボット一族といったら、デュポン家やバーリントン家、ジェティ＝スミス家に匹敵する資産家だ。マスコミから、スキャンダルや疑念や一族の倫理観を探られるのを嫌うのはわかる。もちろん、少女の家族から訴訟を起こされることも。たしかに、彼らは超一流のステータスを失うかもしれないが、どんなスキャンダルもいずれは消えるし、それで多くの財産を失うとは思えない。結局のところ、長男は負け犬野郎なんかじゃなくて、アメリカ合衆国の上院議員だったんだからな。

きみには悪いが、レイチェル、一族の全員または誰かが口封じのために彼を殺すとは思えないんだ。そこには動機がない」

レイチェルが言った。「よそ者だからこそ、わたしにははっきり見えたの。あの人たちのプライドの高さは半端じゃないわ。特権意識も、自尊心も、傲慢さも――それはもう桁外れよ。一族の名前と血筋を溺愛し、アボット王朝の創始者である父親を崇拝してる。ローレル・コスタスの子どもたちは格式の高い私立のハイスクールに通ってて、いずれは超一流大学に入り、権力を握り、名門出の人と結婚する運命にある。ジミーの娘たちふたりもそれを立証してるわ。ふたりとも結婚相手は恵まれた家柄の人なの。

あの人たちにしてみれば、一族の名を汚すこの手のスキャンダルは、とうてい受け入れられない。そしてその脅威を取り除くことは正当であるばかりか、当然だと考える。だからこそ彼らはジミーを殺し、わたしを殺そうとしたのよ」

15

「それから三日後」ジャックが言った。「きみは薬物を飲まされてブラックロック湖に投げ入れられた」

「そうよ」

サビッチが補足した。「だが詰まるところ、レイチェル、きみのお父さんが殺されたと証明する材料は、彼が運転も飲酒もやめたはずだという、きみの信念しかない」

「たしかな証拠があれば、ホワイトハウスの門の前で野宿して〈ワシントンポスト〉に電話してたし、彼らに殺されかけたあとも、ウサギみたいに逃げださなかったわ。逃げたところで、すぐに見つかってしまったんだけど」

シャーロックが立ちあがった。伸びをして、夫の肩をつついた。「ねえ、ボス、どうする？」

サビッチは彼女の手をぎゅっと握った。「ありのままに公表するのがいちばんいいかもしれないな。そうすれば、もう誰もきみの命を狙わなくなる」

レイチェルは首を振った。「いいえ、まだ公表したくない」

「どうして？　追いまわされるのが好きなのか？」ジャックが言った。

レイチェルが答えた。「皮肉なら間に合ってるわ、クラウン捜査官。あの湖から上がったとき、全体像がはっきり見えたの。たしかに公表すれば向こうの動きを封じこめられるかもしれないけど、彼らは実の兄であるジミーを殺しておきながら、その罪を逃れてしまう。だから、わたしは証拠を見つけるしかない。彼らを破滅させてやりたいの。それでこの首を危険にさらすことになるんなら、それはそれでしかたないわ」一同の顔を見た。「あなたたちが力になってくれるにしろ、くれないにしろ、いまはそれしか考えてないの。そのあとすべてを公表して、ジミーがどういう人間だったかを世間の人たちに伝えるつもり。高潔な人でなければ、子どもを事故死させてしまったことで、あれほどの打撃は受けないわ。あなたたちが反動を心配してくるのはわかるけど、きっと世間も許してくれる。

さあ、これで洗いざらい話したから、車を修理してもらって、スリッパー・ホローへ行くわ。考えたり、計画したりしなきゃならないことが、山ほどあるの」

「レイチェル、きみの経済状態はどうなんだい？」サビッチが尋ねた。

彼女は目をぱちくりさせた。「少なくとも書類上は大金持ちのはずよ。ジミーが財産の三分の一を遺してくれたから。でもいま手もとにあるのは、金曜の夜、逃げだす前にジミーの小口現金箱から引き抜いてきたお金だけ。ダッフルバッグに入ってる。数えてないけど、二千ドルくらいかしら。残りの財産については、どうしたらいいか、まったくわからない。来週ミスター・カリファーに電話して、今後の相談をするつもりだったから」

サビッチはMAXになにやら打ちこんでいたが、やがて顔を上げた。「しばらくスリッパー・ホローに身を隠すのは悪くないな。ジャック、彼女に同行してくれないか。周辺の環境を調べて、彼女が安全に過ごせるようにしてくれ」

「ちょっと待ってくれ、サビッチ。ティモシーはどうなる？　おれは――」

「彼はまだ意識が戻ってない。明日、おれたちがワシントンへ移送する。そのほうが保護しやすいからな。きみにもうひとつ頼みたいのは、レイチェルといっしょに知恵を絞って、彼女が詳細な情報を入手できるようにすることだ。こっちも証拠を探ってみる。二、三日だ。いいな？」

「二、三日なら」ジャックが言った。「レイチェル、きみは？」

「二、三日なら」彼女もくり返した。「そのあとは、戻ってきて彼らをやっつけないと」

「すばらしいプランだ」サビッチは立ちあがり、ホリーフィールド保安官と握手した。「多岐にわたるご協力に感謝します。ケンタッキー州パーロウが気に入りましたよ。バージニア州マエストロ――ここから三、四時間ほどの場所なんですが――そこの保安官のディックス・ノーブルとは親友なんです。あなたと話が合いそうだ。彼も田舎に引っこむ前に、ニューヨーク市警察本部で刑事をしてました。彼には内緒ですが、あなたの頭脳も彼とならんでトップレベルです。

また連絡します。シャーロック、おれたちは病院の近くで一泊しよう。ドクター・マクリーンに会って、それからわれらが銃撃犯ロデリック・ロイドがまだ弁護士を要求しているのかどうか確認しないとな」

「グリーブのB&Bに泊まれると思ってたのに」シャーロックが言った。「カモの頭の剝製に見つめられながら眠るのを楽しみにしてたのよ」

傷ついたロイ・ボブは、パーロウのヒーローだった。腕を吊って診療所から出てきたころには、彼もレイチェルも、そしてガレージを銃撃した犯人までが超有名人になっていた。みなこぞってガレージでの一件を聞きたがった。不格好な三角巾で痛々しく腕を吊ったロイ・ボブが、彼の強さとスタミナに感心しきりの五、六人の住民から見守られるなか、ふんぞり返って歩きながらレイチェルのチャージャーを修理しているところへ、ジャックとレイチェルは乗りこんだ。

「やあ」痛み止めでハイになったロイ・ボブが、上機嫌で挨拶した。「あともう少しだよ、レイチェル。さっさと仕上げないときみに撃たれるって、みんなに話してたところさ。そうそう、テッドがただで洗車してくれるって」

「時間がないわ。一時間後には出発したいの。間に合わせてくれる、ロイ・ボブ？」

「任せとけって」

「ほんとに、あんたがあの殺し屋を撃ったの？」住民のひとりが言った。

「ええ、そうよ。彼は病院にいるけど、思ったほどばかじゃないらしくて、全然口を割らないの」

全員がふと口をつぐみ、頭上を飛んでいくヘリコプターの音に耳をすました。

「ＦＢＩの捜査官たちが帰るのかしら？」別の住民が尋ねた。

ロイ・ボブがうなずいた。「ああ、ふたりだよ。こちらのクラウン捜査官は、レイチェルを保護するために残る」言葉を切り、顔をしかめた。「保護が必要とは思えないけどね。さっきから言ってるように、おやじのレミントンをそりゃみごとに使いこなしたんだぜ」

ジャックは、ボンネットの下の作業の進み具合を確かめた。「順調そうだな、ロイ・ボブ。レイチェル、〈モンクス・カフェ〉でトニーのミートローフでも食べてこないか？　で、一時間後くらいに戻ってこよう」

「それがいい」ロイ・ボブが男と猟犬の歌を口ずさみはじめ、聴衆がうっとりと聴き入った。

一時間後、レイチェルの運転でふたりはパーロウを発った。ジャックは助手席でシートベルトを締め、頭に鈍痛を感じていた。「日没まであと一時間くらいね。それだけあれば、余裕でスリッパー・ホローのジレット伯父さんの家に着けるわ」

ジャックは空中で燃えあがる飛行機から見たときより、地上で見る山々のほうがずっと美しいと思った。スリッパー・ホローへの道は、整備が行き届いた二車線のアスファルト道路だった。のぼり坂はらせん状に曲がり、巨岩や崖を縁取りながら、高度が増すにつれて山の中心へ近づいていく。急カーブにつぐ急カーブと険しい崖のせいで、のろのろと進んだ。

「ここで道は行き止まりよ」レイチェルはチャージャーを路肩に寄せ、慎重にハコヤナギの茂みの奥へ入っていった。「よく見ないと、車が隠してあるなんてわからないでしょう? きれいに隠れたわ。だからチャージャーを汚れたままにしておきたかったの――カムフラージュのために」

ジャックはうなった。車から降りると、落ちている枝や葉っぱを拾って、精いっぱい車をおおい、ふり向いてレイチェルに笑いかけた。「悪いやつらがスリッパー・ホローのことを知っても、すぐに見つけられるとは思えないな。じきに日が沈む。先を急ごう」

ふたりは百メートルほど歩き、森の奥へ分け入って木々のあいだを縫い、坂をのぼって平らな場所に出た。ふいに視界が開け、気がつくと幅十五メートル、奥行き二十メートルはあろうかという真っ平らな開拓地にいた。土地の中央には、丸太とガラスだけでできた宝石のような二階家が立っていた。急勾配の屋根に二本の煙突。家をぐるりと囲む広いポーチがあり、小さな円卓のまわりには四脚のロッキングチェアーが置かれている。

「まさかこんなとは」ジャックが言った。

レイチェルはにっこりほほ笑んだ。「でしょう?」

ジャックが思い描いていたのは、庭先に車の部品が散らばり、ぼろぼろの煙突から煙がもくもくと出ている掘っ立て小屋のような家だったのだろう。「芸術作品だよ」彼は言った。「庭と家が深い森に囲まれて、まるで絵葉書みたいだ。それにあの花壇。あとひと月もしたら、色とりどりの花が咲き乱れる」家の脇に少し離れて立つ二軒の建物を見た。「冬用の食品庫か？」

「ええ、ほかの生活用品も入ってるわ。ジレット伯父さんは町に出るのが嫌いだから、一度に半年分買いだめするの」

「おれたちが来るのは知ってるのか？」

「知ってるわよ。パーロウを出るときに電話して、お客さんを連れていくと伝えておいたから。でもやっぱり、白いスカーフを振ったほうがいいかも。撃たれずにすむように」ジャックの腕をつついて笑った。「ほら、真に受けた！」

背の高い男が出てきて、家の前のポーチに立った。男はふたりに手を振り、五、六段ある木の階段を急いでおりてきた。

レイチェルが彼のもとへ駆け寄った。ジャックが見ていると、男は彼女をぎゅっと抱き寄せ、ふたりの頭が触れあった。

ジャックはふたりに近づいた。男が顔を上げてにっこりした。「スリッパー・ホローへようこそ。ジレット・ジェーンズだ」

「ＦＢＩ捜査官のジャクソン・クラウンです。ジャックと呼んでください。レイチェルを警護してます」ジレットはレイチェルを抱いたまま、手だけ差しだした。有能な手だ。ジャックは握手しながら思った。まるで音楽家のように指が長いのに、強くて皮膚が硬い。それもそのはず、どうやらこの隠れ家に必要なものはすべて彼のお手製らしい。

ジャックは、勝手な思いこみをした自分にあきれて首を振るしかなかった。正直に言うと、太鼓腹にフランネルのシャツを着た、典型的な田舎者を想像していた。なんと愚かなのか。

「美しい家ですね」彼は本心からそう言った。

「ありがとう。レイチェルがドリルで穴を開けたり、ハンマーで打ったり、鎌で草を刈ったり、いろいろやったんだよ。無事にここまでたどり着けてよかった。すぐに暗くなるからね。さあ、なかへ入って。まずは食事をして、そのあと事情を説明してもらうとしよう」

「裏に蒸留器のひとつくらいはあるんですか？」ジャックが期待を込めて訊いた。

ジレット・ジェーンズは笑った。「いや、祖母のころはあったらしいがね」

16

スリッパー・ホロー
月曜日の夜

「なぜスリッパー・ホローと呼ばれてるんですか？」ベジタリアンシチューの最後のひと口をスプーンですくいながら、ジャックが訊いた。この世に存在するありとあらゆる野菜がたっぷり入ったシチューは、サビッチのためにレシピをもらっていきたいくらい美味だった。

ジレット・ジェーンズは、塩味のクラッカーを嚙みながら、しばらく考えていた。「夏の盛りに、若い恋人たちがこの場所で密会していた。そのころからこの窪地《ホロー》では木が一本も育たず、野の花々が地面を絨毯《じゅうたん》のようにおおっていた。ところがある日、娘の父親がふたりを見つけて、男を撃ち殺した。死んだ恋人のもとへ戻ると泣いて暴れる娘を連れ戻す途中、もがいているうちに娘のスリッパの片方が脱げた。

それから何年かすると、なくなったスリッパを求めて——死んだ不運な恋人ではなく——娘の泣き声がするという話が伝わり、それがこの土地の名前になったというわけだ」

「その物語を裏付けるものはなにかあるの、ジレット伯父さん？」

「なにもないね、わたしが知るかぎり」ジレットが言った。「生まれてこの方、ほぼここにいるが、娘がスリッパを求めて泣く声を聞いたことは一度もない」

レイチェルは、クリスタルのワイングラスを手でもてあそんだ。「ここにいれば安全よ。パーロウ周辺に昔から住んでいるほんの数人を除けば、誰もスリッパー・ホローを知らないの。知ってる人たちも、知らない人に行き方を教えたりしないし」

「この場所を秘密にしておいてよかった」ジレットは立ちあがり、シチューのボウルを食洗機のなかに重ねた。「おまえとおまえの母親がリッチモンドへ引っ越したあと、買い物はほとんど、ここから車で北に一時間ほど行った先にある〈ハイセンズ・ドーム〉でするようになった。顔見知りはいるし、わたしの名前を知っている人もいるかもしれないが、どこに住んでいるかは誰も知らない。

ジャック、この子を追っているという連中だが、この子はもうずっとこのあたりに住んでいないから、見つかるとは思えない。ところでレイチェル、おまえはアボット上院議員の弟《きょう》妹《だい》が彼を殺し、おまえを二度も殺そうとしたと、本気で信じているのかい？」

レイチェルはさらりと答えた。「ほかにいないもの」

「彼らの行動は、じつに素早いんだな。ふたりについて教えてくれ」

「わたしが知ってるのは、ほとんどがジミーから聞いたことよ。彼が亡くなる前に、三度会っただけなの。名前はローレルとクインシー。かなり評判の悪い妹弟で、ジミーによると、彼がはじめて上院議員になった直後、ローレルは無理やりクインシーを一族企業のCEOの座から追放したらしいわ。ふたりともかなり手広く事業を展開してて、なかでも収益が高いのは、ショッピングモールや高層ビルといった、世界各地で行なう商業不動産開発なの。ジミーによると、ローレルとクインシーとのあいだの競争は熾烈《しれつ》だった。ところが、彼らの父親のカーター・ブレーン・アボットがローレルの味方についたものだから、五年前にカーター・アボットが第一線を退いてからは、彼女がすべてを仕切るようになった。

たぶん実際はふたりとも同じくらい強欲で、威張り屋で、傲慢なんだと思う。ふたりがより大きな脅威を、そう、自分たちの兄を排除するために手を組むのが、目に浮かぶようよ。たぶんジミーがメリッサ・パークスを殺してしまったことをふたりに打ち明け、上院議員をやめて警察とマスコミにほんとうのことを話すつもりだと語った直後から」

「ローレル・アボット」ジレットはゆっくりとくり返した。「彼女は、ギリシャの海運王と結婚したんじゃないか？　あの男はなんという名前だったかな？」

「ステファノス・コスタス。彼ならいまうぬぼれ病にかかってるわ。彼は自分のことをとびきりハンサムで、おしゃれで、女には絶大な人気があると思ってるの。ジミーが言うには、ローレルにプロポーズしたあとも女遊びをやめなかったそうよ。彼が女を——わたしも含めて——見るときの目つきときたら、思わずシャワーで洗い流したくなるくらい」

「彼の写真を見たことがあるが」と、ジレット。「じつにおしゃれで、甘さとタフさを絶妙に兼ね備えていたぞ。おまえはいいと思わなかったのか、ん?」

　レイチェルは身震いした。「もしシャワーがなければ、ホースを探すわ。彼らには息子がふたりいて、どちらもスタンドバー――バーモント州にある超一流の私立のハイスクールの学生よ。ステファノスはギリシャにスコルピオスという島を所有してるけど、ほとんどはこっちにいるわ」

「クインシーについて教えてくれ」ジャックは言い、ジレットがいるカウンターに移動した。「いや、レイチェル、きみはそこにいて。頭は痛くないし、脚も大丈夫だ。おれが淹《い》れるコーヒーはうまいぞ。あまりうまいんで、神のお恵みだと言われてる」

　レイチェルは笑った。「わかった、クインシーね。最新流行のファッションに目がないクインシーは、一年のうち二カ月くらいはミラノで過ごして、最新の糸を特注したり、いい気になってスカラ座通いをしたりしてる。三度離婚して、いつだったかローレルに、あなたが払っている扶養手当は小さな国を一週間養えるくらいの額だって皮肉を言われてたわ。彼もローレルに負けず劣らず自己中心的で傲慢で、不動産王のドナルド・トランプみたいな滑稽なかつらをかぶってるのよ。あれがかつらじゃなければ、かつらってなにって言いたくなっちゃう。ある晩、かつらがずれてマッシュルーム添えステーキの上に落っこちそうになったときは、みんな言葉を失ってたわ」

「父親がアボット帝国の運営をローレルに任せたがったってことは、クインシーのほうがおつむのできが悪かったのか？」

レイチェルもそのことは考えた。「問題は頭脳じゃないの。ふたりとも頭はいいけど、クインシーは決断力に欠けるから、性格の問題ね。彼は姉に言われたとおりに動くだけ。なかなか頸静脈《けいじょうみゃく》を見つけられないクインシーに対して、ローレルのほうは楽々とそこから血を吸い取ってるって感じよ」

「つまり、クインシーは出陣のダンスは踊れても、手柄は立てられないってことか？」ジャックが尋ねた。

「そういうこと。それともうひとつ。彼は異常なまでの女性差別主義者で、ジミーが言うには、姉に出し抜かれてからは、ますます女性を敵視するようになったって。いつだったか、彼がジミーに、女はひざまずいて口いっぱいにくわえこんでるときが最高だって言うのを聞いたことがある」

「おいおい」と、ジャック。

「ローレルのことをもっと教えてくれ」ジレットが言った。

「彼女はどこに秘密が埋まっていて、なにをどうすれば思いどおりになるかを知ってる。欲しいものを手に入れることにかけては抜群の嗅覚の持ち主よ。おいしいところをさらって、どんなことでも平気でやる。もちろん、すべてジミーから聞かされたことよ」

「あまり愛情が感じられない言葉だな」ジレットが感想を述べた。

「実際ないのよ。そのことについてジミーに尋ねたら、丁寧な言葉の裏で相手をこきおろしたり、仲がいいふりをしたり、長いあいだずっとそんな状態だったから、そうじゃなかった時代があったかどうかすら思い出せないと言ってたわ」

ジレットが続ける。「このあいだ読んだ〈ウォールストリート・ジャーナル〉の記事によれば、アボット家所有の企業は彼女の指揮のもと、国内外で富と名声を集め、存在感を強めているそうじゃないか」

「ジミーもそう言ってた。クインシーはさぞ悔しいでしょうね」レイチェルはため息をつくと、クラッカーを食べ、袋の口をひねって閉じた。「証拠、証拠、証拠。どこで証拠を見つければいいのかしら」

「見つかるさ」ジャックがなんのためらいもなく言った。

レイチェルは彼に笑顔を向けた。「ジレット伯父さんって、コンピュータが大好きなのよ。サビッチ捜査官に負けないかも。彼もすごいんでしょう、ジャック？」

ジレットが尋ね返した。「サビッチ？　ＦＢＩのディロン・サビッチ特別捜査官か？」

ジャックがうなずく。

「なにかで読んだことがある、彼がＦＢＩのために開発したいくつかのプログラムのことだ。かのスコットランド・ヤードの人相認識プログラムを改造したとあった。実際に使っているところをぜひ見てみたいものだ」

ジャックは笑った。「ひょっとすると、あなたもパソコンに名前をつけてる口ですか？」

「名前？　いや、そいつは考えたことがなかった。なにしろ三台もあるんでね」

「検討に値する問題だと思いますよ」と、ジャック。「サビッチが持ってるのはノートパソコン一台で——ＭＡＸまたはＭＡＸＩＮＥというんですが——トランスジェンダーで、約半年ごとに性別が変わるんです」

ジレットは笑いすぎてコーヒーを床にこぼしてしまった。なんと美しい床だろう、とジャックは思った。うちの床よりもきれいだ。イタリア製のタイルを選んで自分で張っただけに、なんとなく悔しかった。彼は床を見おろし、色合いの異なるグレーと、四角い大理石をうねうねと走る乳白色のラインを見つめた。

「ＭＡＸについて一度も読んだことがないとは、不思議だな」ジレットはひとつしゃっくりをすると、身をかがめて、床にこぼれたコーヒーを拭いた。「またの名をＭＡＸＩＮＥか」

「あなたをサビッチに引きあわせたいですね、せめてサイバースペースのなかででも。お宅はすばらしいですね。ぼくもそろそろ自宅の改装を進めないといけないと思ってたんです」

「きみはもう自分の家を持っているのかい？　その若さで？」

「それほど若くはありません、もうすぐ三十二ですから」

「なら三十一だな。若いさ」

「じゅうぶんに若いわ」彼女の名前が入った大きなマグカップにジレットが注いでくれたば

かりのコーヒーに息を吹きかけながら、レイチェルが言った。「わたしよりも三十六カ月年上なだけだもの」

「おれには三十六カ月プラスゆゆしき経験がある」ジャックが言った。

レイチェルが鼻で笑った。「あらそう？　湖の底でコンクリートの塊とふたりきりで貴重な時間を過ごしたことがある？」

「わかったよ、おれもはしょりすぎたが、さっきのひと言に含蓄があったのは認めてくれるだろ？」

レイチェルはたまらず、彼の腕をつついて笑った。「はいはい、あなたはうんと過酷な体験をしてきたわけね。ねえ、あなたの家のことを聞かせて」

「古いし、手を入れなきゃならない箇所がたくさんあるけれど、おれのものなんだ。大がかりな作業がたくさん残ってるから、いまはまだアパートに住んでる。家族が手付金を貸してくれて、おれは十パーセントの利子を払う。おやじはゆっくり時間をかけて返してくれと言ってるよ、利率がすごく気に入ってるから。あなたはこの家をご自分で建てられたんですか、ジレット？」

ジレットはうなずき、銀色に輝くサブゼロ社の冷蔵庫のほうへ歩いていった。「海兵隊から帰ってきたあと――」

「ちょっと待ってください」ジャックは、従者を待たせてポロの試合でもしていそうに見える男を見つめた。「あなたは海兵隊員だったんですか?」

ジレットはうなずいた。「ああ、十年いて、除隊した。わたしはここスリッパー・ホローで育ち、パーロウの学校へ行ったから、外の広い世界に出たくてたまらなかった。故郷は遺伝子にまで深く組みこまれているらしく、隊を出てまたここへ戻った。レイチェルも母親といっしょにここに同居してたんだが、レイチェルが十二のころリッチモンドへ引っ越していった」

レイチェルがジャックに向かって言い足した。「祖父母はわたしが八歳くらいのとき、クロスカントリー中に雪崩《なだれ》に遭って亡くなったの。いつもあちこち旅行してたから、祖父母のことはあまりよく知らないわ。〝世界じゅうを歩く〟というのがモットーのふたりだった」

「ああ、そうだったな。おまえたちがいなくなってからの独り暮らしはつらかったが、それでもここを離れたくなかった。前の家を解体して新しくこの家を建てはじめたのはそのころだ。長い時間をかけてこつこつと作業を進め、三年ほど前に出来上がった。どの作業もみな楽しかったよ、ジャック。だからきみも楽しめるさ。手抜きをせずに、ゆっくり時間をかけてやるといい。チーズケーキをつくったんだが、イチゴを添えたい人は?」

このハンサムでかっこいいイタリアの伯爵みたいな男が、淡いブルーのカシミアのVネックセーターに白いシャツ、黒いスラックスを身につけ、バターのようにやわらかそうなローファーをはいたこの男が、荒っぽい海兵隊員だった? その彼がベジタリアンシチューとチーズケーキをつくり、あのみごとなキッチンの床を張り、このすごい家を全部ひとりで建てたのか？

チーズケーキをひと口食べたあと、ジャックが言った。「ぼくには姉がひとりいるんですが、あなたにお目にかかったら、猛烈な欲望に駆られて、犬のように追いかけるでしょう」

「なるほど、お姉さんはチーズケーキがお好きなのかな？　彼女もきみと同じで弁護士なのかい？」

「わたしが弁護士だとなぜわかったんです？」

「情報の処理のしかたと、話し方でね。それに、レイチェルからの電話できみの名前を聞いてから、グーグルで調べた内容も参考になった。きみはシカゴ大学在学中、クラスで二番の成績だったそうじゃないか。すばらしい。あそこのカリキュラムは厳しい。卒業してすぐFBIに入ったのかい？」

ジャックは椅子に深く腰かけ、腹の上で両手を組んだ。「いえ、まずシカゴ検察局に入りました。そこに一年半だけいて、そのあとFBIへ入ったんです。姉も同じくシカゴ大学で、こちらはクラスで一番でした。ぼくより八学年上ですが。それに、姉はベジタリアンです。サビッチもです」

「変わってるな」ジレットは、長いキッチンカウンターの上に青リンゴの入った器とならべて置かれたノートパソコンを見て眉をひそめた。「FBI捜査官にしては」

「ええ、われわれはほとんどみな肉食獣ですからね」ジャックは、ジレットが彼のことをグーグルで調べるようすを見ながら、プライバシーの現状を考えあわせ、いまや誰もが自分が大学二年のときに〝不法行為〟をしてBを獲得したことを知ることができるのに気づいた。

その晩の十時に、レイチェルは以前母親が使っていた部屋にジャックを案内した。ジレットがその部屋を用意してくれていたのだ。

「教えてくれないか、レイチェル、ジレットはどうやって収入を得てるんだ？　金に困っていないのは明らかだし、こんな上等な家まで建てて」

「いくつかの国際企業でコンピュータのトラブルシューティングをしてるのよ。具体的な仕事内容は伯父さんに聞いてね。いつか、脱税を追跡してドバイに行き着いた話を語りはじめたときは、眠くなっちゃった。さあ、痛み止めを飲んで、ジャック」彼女はそう言うと、片手を上げて彼の頰にそっとあてた。「ありがとう。あなたは空からわたしの足もとに降ってきて、ボディーガードになってくれた。そのうえ、あなたも自分の家を修理してるなんて、あなたってほんとに奇跡みたい」

「奇跡とは嬉しいね」セクシーな三つ編みをじっと見てから、彼女と別れた。薬を飲み、ラベンダーの香りがするシーツに身を横たえてきっかり二分後には、意識を失っていた。

一方のレイチェルは、なんらかの動機とある程度のスキルを持つ誰かが、さほど苦労もせずに自分とスリッパー・ホローを見つけだすかもしれないと頭ではわかっていたが、金曜日以来はじめて心の底から安心感を味わっていた。

子どものころに使っていた狭いベッドに仰向けに横たわり、暗闇では見えない梁《はり》の高い天井を見つめながら、どうやったら自分が消されないうちに、ジミーの妹弟《きょうだい》が彼を殺したことを証明できるのかと考えた。

なによりも、彼らに罪の償いをさせたかった。あのふたりのせいで、ジミーと六週間しかいっしょにいられなかった。奇跡と言えば、ジミーはレイチェルの人生で最大の奇跡だった。その彼を奪われてしまった。ほんのつかの間、ときを共有したあとで。そして眠りに落ちるときは、もうひとつのすてきな奇跡、ジャックのことを考えていた。

17

ワシントン記念病院　ワシントンDC
火曜日の朝

　神経科の主任医師ドクター・コナー・ビンガムは、サビッチとシャーロックにこう説明した。「ドクター・マクリーンが一時間前に意識を取り戻された。折れた肋骨と胸の裂傷の痛みがひどいので、鎮痛剤を使って、少し朦朧とさせている。おそらく、ヘリコプターで運ばれたときの騒音や動きといった物理的刺激が覚醒を早めたのだろう。だが、ご存じのとおり、およそ正常な状態ではない。認知症を患っている以上、二度と正常には戻れないが。話をする際は、手短に願いたい。そのあとでご質問があればお受けする」

　当然のことながら、サビッチとシャーロックはドクター・マクリーンの病室の外に詰めている捜査官に身分証明書を提示した。この捜査官とは顔見知りだった。

　トム・トムリン捜査官は手足の長い、長身の男だった。シャーロックの姿を見ると、黒い目を輝かせ、まじまじと顔を見たまま言った。「シャーロック捜査官、母が〈サンフランシスコ・クロニクル〉に載った写真を送ってきたんですよ」上着のポケットから財布を取りだし、新聞の切り抜きを広げた。「ほら、燃える家の前に立ってるのがあなたです。ぼくより真っ黒な顔をして、服はぼろぼろ、防弾チョッキを着てるのがわかります。母があなたをデートに誘えって言うんです。既婚者だと言ったら、落ちこんじゃって」そう言って、シャーロックにほほ笑みかけた。

じつは、シャーロックのもとにも父親から同じ写真が送られてきていた。彼女は笑顔を返した。「黒煙がなかなか消えなかったのよ。それににおいも。いまだにかすかな香水みたいに残ってるわ」

サビッチは威嚇するような笑顔をトムリンに見せると、シャーロックの手を取ってマクリーンの病室へ入った。

マクリーンがうめいた。ふたりはベッドの両脇にひとりずつ立ち、混沌《こんとん》とした灰色の目を見おろした。「ドクター・マクリーンですね？」シャーロックは、灰色の目の焦点が自分の顔の上で定まるのを待った。「わたしはシャーロック捜査官、こちらはサビッチ捜査官です。ジャック・クラウンの同僚で、ＦＢＩから来ました。もう心配ありません。あなたは無事です。われわれに保護されていれば、危害が及ぶことはありませんので」

ぼんやりした灰色の目が、ふたりを見てぱちぱちとまたたいた。「きみたちはジャクソンの友だちなのか？　わたしは彼にうちの娘をもらってもらいたいんだが、娘とは年が離れすぎていると家内が言うんだよ。うちの娘はこの秋、コロンビア大に入学したんだ」

「彼なら、いい叔父さんってとこでしょうね」とサビッチが言った。「ちょうどチャールズ皇太子とダイアナくらいの年の差ですよ。結果はあのとおりです」

「それもそうだな。ああ、こんなにいいドラッグははじめてだ。大学のころでさえ、ここまでの品は使ったことがない。寝ていなければならない理由など忘れてベッドから抜けだし、あの窓から外へ飛びだして、ホワイトハウスのまわりをブンブン飛びまわりたい気分だ。天気はいいのかね？」

「ええ、まぶしいほど日差しが強くて、三十度まで上がりそうです」

「わたしには薬剤師にしてブリッジの名人という親友がいる。チェビー・チェイスにある彼の家のまわりをブンブン飛びまわったあと、できれば彼のブリッジの手を邪魔して、そのまま西海岸まで飛んでいきたい。レキシントンには戻りたくない。家族はみな、口うるさくて不吉なことばかり言う。それに女房のモリーがね。わたしの話を聞けと言っても、あいつは自分で決めた枠組みでしか話を聞こうとしない。モリーに押しきられて、とうとうふたりでレキシントンへ帰る飛行機に乗った。そのあとまた、こっちへ戻ってこなければならなかった——いや、待てよ。どうしてそういうことになったんだ？　ああ、そうか、思い出したぞ。飛行機が大破したんだ。ジャクソンが操縦していた飛行機が——彼は無事なのか？」

　彼がふいに不安に陥ったのに気づいて、サビッチは言った。「ジャックはもう大丈夫です。脳震盪のせいで頭痛がして、脚の傷も少し痛むようですが」

「それはよかった、じゃあ、彼は無事なんだな。じつを言えば、このすばらしい鎮痛剤を使っても、まだあちこち痛いような気がしてならない」

「そうでしょうね。ずいぶんと乱暴な目に遭っておられますから。セスナに爆弾がしかけられてたんですが、ジャックがどうにか細長い渓谷に着陸させ、爆発する前にあなたを機内から引っぱりだしたんです。それで全身に怪我をされたんです、ドクター」

シャーロックが言った。「ドクター・マクリーン、今回の事件を把握するために、いくつか質問させていただきたいのですが」

マクリーンは目を閉じ、眠ってしまうかに見えたが、眠らなかった。目を閉じたまま言った。「ジャクソンにもあれこれ訊かれたぞ。彼はＦＢＩが話を聞きに行けるよう、このあたりに住んでいる患者の名前を教えてくれと言った。わたしはこっちで開業しているから、患者はたいていこのあたりに住んでいる。もちろん教えるものか。患者のプライバシーは守らなければならない。患者を名指しして、わたしのところに通っていることを他人に知られたり、理由を詮索されたりするような目に遭わせてはならない。わたしは絶対に――」

「ドクター・マクリーン」サビッチがさりげなく割りこんだ。「じつは、病気のことですが――ご自分が前頭葉型認知症なのはご記憶ですか？」

彼はうなずいた。「むごい運命のいたずらだと思わないか？　この病気は前頭葉からはじまり、すべてを蝕みながら、徐々に後部へと進行していく。いずれはアルツハイマー患者のように、胎児のような格好で横たわり、自分の脳みそのなかに閉じこめられて、ひとりぽつんと死を待つことになるのだろう。これほどの恐怖はほかに思いつかないよ」

そのとおりだとサビッチは思った。そんな残酷な病気にかかったとしたら、自分ならどうするだろう。「たいへんな病気ですね。その病気になると、不適切なことを口に出してしまうこともあるのだとか？」

「わたしは医者だぞ、サビッチ捜査官。ばかじゃない。病気のことはわかっている。デューク大学で診断を受けてから、ずいぶんと文献にも目を通した」サビッチは続けた。

「ご自分の言動を覚えておられることもあれば、そうでないこともあるとか」

「悪いが、いまなんと言ったのかな？」

「ご自分の言動を――」

「ちょっとからかっただけだ、サビッチ捜査官」ドクター・マクリーンはにやりとした。「だが、わかってほしい。いくら病気とはいえ、祖父の墓にかけて誓ってもいいが、わたしはなにがあろうと患者のことを口外したりはしない。わたしの目標は彼らを救うことであって、損害を与えることではないんだ」言葉を切って、ため息をついた。「しかし、口外してしまったようだな。ジャクソンからそう聞いた」

「あなたはすでに公衆の面前で、友人と一般人を相手に三人の患者について語っています。どうやらそれが三人のうちの誰かの耳に入り、あなたをひどく恐れるその人物によって、あなたは三度も命を狙われたようです。そのうち二度はことレキシントンで車に轢かれそうになり、三度めがワシントンから戻るあなたの飛行機に爆弾がしかけられた。もしジャックの操縦技術がなかったら、いまごろ命はなかったでしょう」

「わたしがそんなことをするとは、とうてい考えられない」

「そうでしょうね」シャーロックが言った。「あなたがテニス仲間のアーサー・ドーランに語った三人の患者さんのことを教えていただきたいんです。いずれは患者さん全員の名前が必要になるかもしれませんが、あなたを消したがっている人物は三人のうちのひとりである可能性が高いと思います。その後、ほどなくアーサー・ドーランがニュージャージー州で殺されたことを考えればなおさら」

彼のやつれた顔が、一転して険しくなった。「ばかばかしい。わたしはアーサーに患者の話をしたことなど一度もない。彼は交通事故で死んだのだ。スピードを出すのが好きな男だった。殺人だ殺人だとモリーまで大騒ぎするので、わたしは、みんな事故だと言っているだろう、精神安定剤でも飲めと言ってやった」ふいに落ち着きを取り戻したように、明るい声で続けた。「アーサーのバックハンドは秀逸だったが、いかんせん動きがのろくてな。試合はたいていわたしの勝ちだった。それでも、彼とプレイできなくなるのは寂しいものだ。いい運動だった。ある週は彼がこっちへやってきて、つぎの週はわたしがあっちへ行くといった具合だった。彼はゴルフもするんだが、テニスよりはましだった。アーサーとわたしはスポーツの話しかしなかった。彼がほかにはなにも知らなかったからだ。ところで、レキシントンであやうくわたしを轢きそうになった車だが、運転手は酔っていた。警察も認めている」彼はため息をついた。「アーサーは気の毒だったが、少なくとも一瞬のうちにさっぱり終わった」

「ここ、ワシントンで起きた最初の轢き逃げ未遂については？」シャーロックが訊いた。

「あれは麻薬が横行するプランク地区だった。ヘロインでおかしくなった連中のしわざだろう。そいつはさっさと立ち去った。愚かな人間は、そういうことをするもんだ」

なぜことごとく否定するのだろうとサビッチは思った。病気のせいで、事件がとくに気にする必要のない些細《ささい》な出来事に変わってしまうのだろうか。「では、飛行機の爆弾は？」

明るい声には、はねつけるような調子があった。「あれはどこかのばか者のしわざだ。ジャクソンは連邦捜査官だ、敵ぐらいいるだろう？　復讐を狙う悪党どもが」

サビッチは一瞬シャーロックと目を見あわせ、それからまたマクリーンの顔を凝視した。濁りが消えた灰色の目には、鋭い知性と尊大さ、それに恐れが満ちていた。「アーサー・ドーランに三人の患者について話したのを、覚えてないんですか？」

澄んだ利発そうな瞳が、じっとサビッチの顔に注がれた。青白い顔が怒りで赤く染まる。

「それはどういう意味だね？　友だちに患者の話をするだと？　そんなことをするわけがない。職業倫理をなんだと思っている？　彼とはスポーツの話しかしないと言っただろう？」

これは予想以上に手ごわいぞ。サビッチは辛抱強く言葉を重ねた。「いいえ、これは職業倫理とはなんの関係もない、あなたの病気にかかわる問題です。

あなたが最初に命を狙われた事件の捜査中に、われわれはチェビー・チェイスにあるゴルフクラブのバーテンダーと出会いました。長年あなたを知っていて、崇拝している人物です。彼によると、あなたはアーサー・ドーランとマティーニを飲みながら、三人の患者について語っていた。それがみな有名人だったものだから、バーテンダーも聞き耳を立てていて、まだ覚えているそうです」残念ながら、仕事中だったバーテンダーはすべてを聞いてはいなかったが、困ったことになっているのに気づくにはじゅうぶんだった。

マクリーンは当惑に顔をゆがめていたが、その目からなぜか怒りと尊大さが消え、笑いだした。笑ったせいで肋骨だか胸だかが痛んだらしく、すぐに笑うのをやめ、しばらくそっと呼吸をしていた。やがてなにかを打ち明けるような、低く深みのある声で言った。「そのうちのひとりは、ローマス・クラップマンか？」

「はい」サビッチは答えた。「彼のことを話していただけますか？」

マクリーンの目がきらりと光った。急に活気づき、興奮したようだ。その態度にはどこか、ごっこ遊びをしているうちにのめりこんでしまったような、いたずらっぽさがあった。「ローマスはばかで、愚かで、自分が世界一の天才だと信じて疑わない、うぬぼれ野郎だ。自分を崇拝し、自己欺瞞《ぎまん》にまみれて満足している。彼はビル・ゲイツを目の敵にして、ゲイツのことをいつも〝あのガキ〟と呼ぶ。わたしは、ビル・ゲイツは非凡な頭脳の持ち主としてだけではなく、立派な人物として多くの人びとに評価されていて、彼の財団は下手な救援団体よりもよほど人びとの役に立っていると言ってやった。ゲイツの財団に勝るものをつくってみたらどうかとけしかけた。彼にはそうするだけの力があるのだから。

わたしは彼をゲイツに対する強迫観念から引き離して、エネルギーをより建設的な目標に向けてやろうとしたんだが、だめだった。あの男はわたしを罵倒した。それでどうなったと思う？　わたしが椅子にふんぞり返って大笑いしてやると、あいつはわたしにペーパーウェイトを投げつけて、飛びだしていった」マクリーンは首を振り、まだ笑っていた。「なんとも節操のない野蛮人だ。以来、一度も会っていない。彼は週に一度の予約をキャンセルする電話さえよこさなかった」

病気に冒される前のマクリーンが、こんなふうに患者をあざ笑い、愚弄するような言い方をしただろうか。シャーロックには、ほんとうに患者のことを笑ったとは思えなかった。自分とディロンにこんなふうに語ったことを、彼はこの先、覚えているだろうか。シャーロックは言った。「ミスター・クラップマンは、公表されれば彼の名に傷がつくようなことを、あなたに話したんですか？」

「ああ、話したとも」マクリーンは躊躇《ちゅうちょ》なく答えた。そこには医者としての倫理上のためらいや良心の呵責など微塵もなかった。「ローマスは事業のパートナーだった親友に隠れて、ひそかに自分の会社を興した。そして八〇年代のはじめ、彼は最初の飛行機のデザインを政府に売った。低空飛行用戦闘機の類いだ。だが実際は友だちからアイデアと設計図を盗み取っていた。浮き世離れしていた発明家のパートナーは、ローマスが自分の名前で特許をとったことにも気づいていなかった。しかも、パートナー契約には特許に関する条項が盛りこまれていなかった。気の毒に、その友人は無一文になって十五年ほど前に自殺した。なんとも悲惨な話だろう？」

シャーロックが言った。「ミスター・クラップマンがあなたのところへ通ってたのは、自分がしたことに罪悪感があったからですか？」

「とんでもない。やつは金庫にしまってある汚い金は残らず自分のものだと思っていた。そうじゃなくて、週に一度わたしのところへ通っていたのは、自分の偉大さを自慢したかったからだ。わたしは四十五分間座らされて、彼の話を聞かされた。彼の奥さんは出ていったんだが、彼女を責める気にはなれない」

サビッチが口を開いた。「その話が明るみに出たら、ミスター・クラップマン個人にも会社にも、かなりの悪影響が出るでしょうね。言うまでもなく、パートナーの未亡人や家族からは訴訟を起こされるでしょうし」

「ローマスがわたしを殺そうとしたと言うのか？　失礼、殺そうとしていいるだったな。わたしの口を封じるために？」

「その可能性はあります」と、サビッチ。「しかし、それだけでは動機として不十分だと思いますが」

マクリーンは笑った。「ローマスは性能試験のデータを改ざんして、戦闘機の統計値が政府の要件を満たすように操作した。わたしはその手のものはかならずいずれ露見するから、やめろと忠告した。あいつはくすくすと笑って、もう昔の話だと言った」

「それだわ」シャーロックが言った。

マクリーンはふたりを見つめた。薬によってもたらされた幸せそうな笑みを浮かべ、目を輝かせて、天国にでもいるようだった。「きみたちはローマスがそのためにわたしを消そうとしていると言うのかね？　本人は誰でもやっていることだと言ってたぞ。国防総省《ペンタゴン》までがわかっていて目をつぶり、偏差の許容範囲を示す表かなにかまで存在するそうだ。たしかにかなりの大勝負ではあったようだが」

シャーロックがさりげなく切りだした。「ローマス・クラップマンがあなたの診療を受けていたほんとうの理由を教えていただけませんか、ドクター・マクリーン？」

「彼はインポテンツだった。検査をして、さんざんバイアグラを試した末に、精神や感情の問題で勃起を持続できないのかもしれないから、わたしの診断を受けてみてはどうかと、主治医に勧められたんだ」

「それで、あなたの治療は役立ったんですか？」サビッチは尋ねた。

「それが、サビッチ捜査官、ローマスはあまりにねたみ深くて傲慢だった。あそこまでいくと、神にでも頼むしかない」マクリーンは目を閉じ、枕に頭をあずけて、ため息をついた。

18

「うちの捜査官が話を聞いたバーテンダーによると、あなたはジョージア州選出のドローレス・マクマナス下院議員についても話されていた」サビッチは、今度も彼が皮肉な調子であけすけに語るか、慎重さで知られる精神分析医に戻るか見定めるべく、じっと顔を見た。

マクリーンはしばらく目を閉じ、小さく鼻歌を口ずさみながら、肋骨あたりをかばうようにそっと姿勢を変えた。鎮痛剤の出るボタンを二度押す。沈黙のまま数分間が経過したあと、彼が言った。

「悪いな、しばらく浮遊感を味わいたくてね。じつに気持ちがいい。この薬は最高だ。ああ、ドローレスか。地位が彼女にもたらした派手さや華やかさ、世間の注目をすべて剝ぎ取ってしまえば、残るのは単純でありふれたひとりの女にすぎない――そう、よけいな飾りや精神的ななんやかやを取り除いたら。わかるかな?

わたしは彼女と寝たかった。満足させる自信はあったが、向こうは興味を示さなかった」

シャーロックは唖然とした。なんという告白。「ドクター・マクリーン、患者を口説いたんですか？」

「まさか、たんにそう思ったというだけのことだ。彼女がわたしをそういう目で見るはずがないのはわかっていた」マクリーンはため息をついた。「彼女はわたしと同年代だが、まだいい胸をしている。モリーのより上等だ。モリーは三人も子どもを産めば胸だって垂れる、それより自分がどれだけ幸せか考えてみるべきだと言う。モリーは前向きに幸せを数えあげるのが大好きな女なんだ。こんなありさまになっても、彼女にとって最大の幸福はわたしだと言っているよ」息もつかずに話しつづける。「ドローレスの顔を見ながら彼女が自画自賛するのを聞きつづけるのは苦痛だった。彼女は自分が一級品リストに入っているのを得意に思っていて、彼女をファーストネームで呼ぶ有名人のことをとくとくと語った。やがて話題が変わり、不利な経歴に足を引っぱられたことはないという、耳にたこができるほど聞かされた自慢話を延々と語ったものだ。彼女は通信学の学位を持つ専業主婦で、ふたりの子どもを育てたが、これといった職業経験はなかった。だが、彼女にはひとつだけ無敵の武器があった——口だ。相手が市長だろうが、知事だろうが、新聞社だろうが、電話会社だろうが、遠慮なく喧嘩した。はじめて下院議員に当選したのは、環境保護庁への猛攻撃に成功したからだ。地元の浄化プロジェクトに資金を供給しなかったやつらをこてんぱんにとっちめたんだ。

選挙に勝ってワシントンに出ると、彼女の活躍の場はさらに広がった。たしかに、彼女はどんな相手の挑戦も受けて立つ。その姿には見ていて胸がすくものがある。彼女は立ちまわりがうまく、相手を部屋から出たつもりにさせて、その実、部屋に引き入れてしまう。それが彼女ならではの手腕であり、完全無欠の政治家たるゆえんだ。資産に関して言えば、ほかの政治家たちと同じくらいのものだろう」

シャーロックが質問した。「公表されれば打撃になりそうな彼女の過去をアーサー・ドーランに話したことをご記憶ですか？」

「アーサーにはなにも話していない。さっきも言ったはずだが。わたしが話すはずがない。わたしを殺したくなるほどの脅威を彼女が感じるというのか？　そんなはずはない。彼女の過去などつまらない、じつに取るに足りないことばかりだ――夫殺しを除けば」

ふたりは呆気《あっけ》にとられてマクリーンを見た。目がうつろになり、強い光が消えて、いまにも意識を失いそうだ。鎮痛剤を摂取しすぎたのだ。例の女性下院議員が夫を殺した？　バーテンダーは殺人についてはなにも聞いていなかった。

そのときドアが開き、ドクター・ビンガムが顔を出した。彼はマクリーンに聴診器をあてたが、会話に引きこもうとはしなかった。三人はベッドの脇に立ち、マクリーンが眠りに落ちるのを見つめていた。

ビンガムがうなずいて、体を起こした。

サビッチが小声で言った。「時間を割いていただけますか？」

シャーロックは、バッグにしのばせた小型レコーダーのスイッチを切り、部屋を出た。

広い廊下に出ると、ビンガムが尋ねた。「彼は覚醒していましたか？　話のつじつまは？」

サビッチはこれまででもっとも奇妙な事情聴取について、どう説明しようか迷った。「覚醒しておられたし、話の大部分はきちんとつじつまが合ってました。ただ、患者や家族、テニス仲間について語るときは——思考と口から出てくる言葉のあいだに、まるで抑制がきいていないようでした。ひどい侮蔑や悪意のある言い方をしている自覚がないらしく、語り口は淡々としてました。遠慮会釈がない分、患者に関する描写はむごいほど正確なんでしょう」

シャーロックが言った。「でも、ディロン、彼のあの、人を見くだした態度、相手に対する侮辱——患者さんのことをいつもあんなふうに考えてるとは思えないわ。ほら、そのあと、本来の彼に戻ったみたいだったでしょう？　生真面目で、患者のプライバシーを死守する医者の顔に戻ってた。驚愕の聴取だったわね」

ビンガムが言った。「彼の評判からして、わたしも同感だ。この認知症、その結果としての人格喪失、彼の身にはひじょうに悲しいことが起きている。恐ろしい、じつに恐ろしい」

医師はふたりと握手をすると、両手を白衣のポケットに入れ、うつむきかげんに立ち去った。

そして、彼が口ずさむ鼻歌をシャーロックはたしかに耳にした。

「ディロン、ドクター・マクリーンがわたしたちをかついでいて、ほとんどが作り話だったなんてことは、ないのかしら？」

サビッチは首を振った。「部分的には誇張したかもしれないが、それはどうかな」そして、トムリン捜査官に声をかけた。「ドクター・マクリーンを頼んだぞ。でかい標的だからな」

「何人たりとも近づかせません」トムリンが言った。「任せてください、サビッチ捜査官」

サビッチは、長い廊下の端にあるエレベーターに乗りこむまで、トムリンがシャーロックから目を離さなかったのに気づいていた。

ロビー階のボタンを押しながら、シャーロックが言った。「マクマナス議員が夫を殺したっていう話は、ほんとうなのかしら？」

「すぐに調べてみよう」

「精神分析医のところに通ってたのは、それが原因？　ほら、悪夢とか、罪悪感とか、自責の念とか」

「かもな」サビッチは彼女を引き寄せてキスをした。そのキスは、三階で赤い目をしたインターンがふらふらとエレベーターに乗りこんでくるまで続いた。

19

スリッパー・ホロー
火曜日

「なんてきれいな日なの」レイチェルは目の上に手をかざし、白い糸状の雲が浮かぶ澄みきった夏の青空を見あげた。髪を耳にかけて、細い三つ編みを引っぱる。「この世界のどこかで悪いことが無数に起きてるなんて、とっても信じられないわ」

「おそらく悪は、世界のいたるところにはびこってる」ジャックが言った。「だが、ここだけは、ジレット伯父さんの世界だけは別だ」

「ジレット伯父さんと違って、わたしはスリッパー・ホローを閉ざされた世界と思ったことはないし、ここから逃げだそうと考えたこともなかった。ここはいつだって聖域で、安心していられる天国だったの。もちろん、わたしは子どもだったけど。いまになって思えば、母は落ち着かなくなったのね。それで、外の世界に出て独り立ちしたくなった」

ジャックは三つ編みを見つめた。昨日より顔側にあり、彼女が顔を傾けると、三つ編みが頬にかかった。ジャックは言った。「その三つ編み、すごくいいね」

「えっ？　ああ、ありがとう。ジミーも好きだったのよ」彼の名前を口に出すと、かすかに声が震えた。

「大筋において」ジャックは言った。「おれはきみのお父さんの政治理念に賛同してた」

「わたしもよ。びっくりよね、ジレット伯父さんったら、わたしたちの服を洗濯してアイロンまでかけてくれるなんて」

「もう少しで彼にキスしそうになって、すんでのところで思いとどまったよ」

「わたしがたっぷりふたり分キスしといたわ。伯父さんは、ジミーの死に関する資料をありったけ集めようとしてるわ。葬儀のときの動画まで。午後までに全部集めてくれるって」

ジャックはうなずいた。そのとき急にむずむずして、左の肘が疼《うず》いた。どちらも、なにかがおかしいときによく起きるのだが、なにがおかしいのかわからなかった。レイチェルが言うとおり、スリッパー・ホローは聖域であり、世界から隔絶された安全な場所だ。ここでは、身をひそめて猟奇的な状況をつぶさに調べる前に、まず平和を味わうことができた。猟奇的？　ジャックはしばらく考えていた。奇妙だが、頭に浮かんだのはその言葉だった。そんな理由はないのに、実際に肘が疼いている。それもかなり。彼は無視することにした。「きみは結婚してないんだな」

「一度しかけたけど、相手がギャンブル好きなのがわかって婚約を破棄したの。わたしの祖父もギャンブル癖があって、母と祖母がそのことを話してたのを覚えてるわ。母に、好きな人ができて結婚したいんだけど、その人がギャンブルをするのがわかったと話したら、母がなんて言ったと思う？　なにも言わなかったのよ。ただ黙って聞いてた」

「賢い女性だ」

「ええ、世の中がすっかりわかったつもりでいる二十七の女に、おまえはばかだとか、ああしろこうしろと言ってもしかたがないものね」

ジャックは相手の男のことを洗いざらい知りたくなったが、いまはそのときではない。

「きみの父親違いの弟はいくつなんだ？」

「ベンは先週十歳になったところ。すごいわよ、将来はプロのクォーターバックね。俊足、敏捷《びんしょう》、強肩。彼の父親は、わが息子はつぎのジョー・モンタナだと思ってる」

「きみはどんなだったんだい、レイチェル？　つまりその、大学へ行ったのかとか、なにを勉強したのかとか」

レイチェルは顎を突きだした。「わたしはインテリア・デザイナーなの」

彼女は、ジャックが笑いだし、からかい、皮肉を言うのを待った。「おれはジレットの家の雰囲気がすごく気に入った。とくにあのキッチン――タイルの貼り方なんか、信じられないほどみごとだ。あれは、きみも手伝ったのか？」

彼女はうなずいた。「頭に浮かんだデザインをスケッチしたら、伯父さんが気に入ってくれたの」

「きみは友だちから大もてだろうな」

レイチェルは笑った。「友だちなんて、もうずいぶん長いこと会ってないわ——信頼できて、好きで、いっしょにいて遠慮なくものが言える相手。飲みすぎてはめを外しても、責めずに許してくれる相手」また髪を後ろへ払った。「ジミーに会いにワシントンへ行ってから、そんな人たちから遠ざかったままになってる」

「リッチモンドでは働いてたのか？」

「エバラード・デザインスクールを卒業したあと、〈プロデリック・ホーム・コンセプト〉に入社したわ。社内に六人いるデザイナーのひとりとして、いろいろ学んだし、人脈もたくさんできた。お客さんの評判も上々だったのよ。資金も貯《た》まって、いざ独立する準備が整ったとき、母からジミーのことを聞かされた。わたしは休暇を取ったんだけど、ジョージタウンで開業するのがいちばんだと言って、ジミーに会社を辞めるよう説得されちゃった」涙をこらえている。「彼はとても張り切ってた。たぶんわたし以上に。彼は……」くるりと背を向けた。

ジャックは彼女の手をつかんで引き寄せ、背中に両腕をまわした。ふたりとも同じ石鹸《せっけん》のようなにおいがすることに彼は気づいた。ラベンダーのような、独特の甘い香り。「大丈夫だ、レイチェル」

彼女が背中を反らせた。泣いてはいないけれど、激しい怒りに震えている。「六週間よ、ジャック。わたしには、六週間しか父親がいなかった！　そんなのずるい、不公平だわ」彼女はジャックの肩に拳を打ちつけた。「あの人たちを破滅させてやる。ああ、いまのわたしは、彼らと同じ名字なの。正式に、おぞましいアボット一族の一員になったから」

「お父さんは、すぐにきみを養子にしたんだな」

「わたしはレイチェル・アボットと名乗るのに、ようやく慣れはじめたところだった」

「アボットの姓を名乗りつづけろよ。お父さんの名誉のためにも。名前がきみをほかの連中と結びつけるわけじゃない。おれたちになら連中の尻尾がつかめるさ、レイチェル。サビッチに電話して、きみのことをあとどれくらい伏せておきたいか訊いてみよう。それと、きみと話しておくべきことがどっさりある。詳しく知っておきたいんだ、きみがお父さんとはじめて会ったときのことから。こっちへ来て、オークの木の下に座ろう。最初にお父さんと会ったときのことを、もう一度話してくれ」

腰をおろしたレイチェルは、膝を抱きかかえて語りはじめた。「初対面のとき、ジミーがなんと言ったか、もう話したかしら。〝ちょっと待ってくれ、こんな幸運が起きるとは、信じられない〟と叫んだのよ。それからわたしの両手を握り、スタッフや彼のことを待っている人たちには見向きもせずに、わたしをオフィスへ引き入れた。前にも言ったように、彼はわたしが自分の娘であることを一瞬たりとも疑わなかった。すばらしい人で、笑顔がとてもすてきだった。ぱっと顔が輝いて、目尻にこまかい皺が寄るの。わたしから目を離そうとしなかった。何時間も話しつづけたわ。ジミーが昔なにがあったか、話してくれた。父親が彼と友だちをスペインへやり、母を忘れさせようとしたけれど、忘れることなどできなかったって。わたしが、彼の父親がわたしの母になにをしたかを教えると、唇を噛んでた。もちろん、母が彼の父親を恐れていて、亡くなるまで話してもらえなかったことも伝えた」

レイチェルは清々《すがすが》しくさわやかな夏の空気を吸いこみ、ジャックがうなずいたのを合図にふたたび話しだした。「はじめてほんとうの意味で自立できたのは、上院議員選挙に立つ決断をしたときだったと言ってた。父親に向かって、がたがた言うな、自分の人生だからやりたいようにやる、と宣言したときくらい、晴ればれとした気分を味わったことはなかったって。選挙活動も終盤になると、父親が資金を投入してくれて、おそらくはそれで当選できたんだろうとも言ってたけど。

それから笑って、首を振ったの。上院議員に選ばれるとすぐに、父親がこれからは自分が指示を出すと宣言したんですって。父親は、自分の希望を通そうと、ことこまかく指示を書いたメモを送ってきたけれど、ジミーはもちろん目もくれなかった。彼の父親はなんでも誰でも自分の思いどおりにしたい人で、たぶん息を引き取るまで指示を出してたんじゃないかって。母親が若くして亡くなったのは、夫から逃れるためだったのかもしれないとも言ってた」

ジャックが訊いた。「ローレルとクインシーは父親をどう思ってたんだ?」

「ふたりとも父親を崇拝して、恐れてた。彼らにほほ笑みかけることもできれば、彼らを破滅させることもできる、全能の神みたいに」

「きみに対する彼らの反応は？」

「ローレルと夫のステファノス・コスタス、それにクインシーとはじめて会ったのは、ジミーの家でのディナーの席だった。彼は三人にびっくりさせることがあるとだけ告げてた」レイチェルが目を上げると、茂みの端で一匹のウサギが満足げにこちらを見ていた。「いまだに覚えてるけど、ローレルはわたしのことを、木工品から這いでてきたシロアリでも見るような目つきで見てた。これがわたしの姪？　信じられないって顔をして。ただ呆然とわたしを見つめ、そのあとジミーを見た」レイチェルには、そのときのローレルの声が聞こえるようだった。

「なんですって？　いまなんて言ったのよ、ジョン？」

「これはわたしの娘のレイチェル・ジェーンズ、まもなくレイチェル・ジェーンズ・アボットになる。養子にして、正式に親子になる。最初からそうするべきだったんだ。レイチェル、きみの叔父のクインシーと、叔母のローレル、その夫のステファノスだ」ジミーは両手をこすりあわせた。幸せで、舞いあがっていた。彼はレイチェルを自分の横に引き寄せ、額にキスをした。「レイチェル・アボット――いい響きだ、そう思わないか？」

　クインシーが咳払いをして、レイチェルの左の肩越しに兄を見た。「たしかに少し似ているかもしれないが、兄さんは責任ある立場なんだから、軽率なことはやめてくれ。DNA鑑定をして、彼女がほんとうに名乗っているとおりの人物なのか確かめるべきだ」

ジミーはあっさり言った。「わたしと瓜二つじゃないか。ほら見ろ、クイン、そうだろう？　この世には心でわかることもある。いいかい、今夜はお祝いなんだよ。わたしに、いままで知らずにいた娘ができたんだ。この子の母親のアンジェラのことは覚えている。あれからずっと、何度となく彼女のことを思った。間違いない。それに、ひと目見れば、父親が誰かを疑う余地はないだろう。さあ、シャンパンを飲もう」

レイチェルは高級なシャンパンを少しずつ飲みながら、蒸し焼きにしたフランスのカタツムリとフレンチソースのかかったひとロステーキを見つめた。彼女が唯一好きなフランスの食べ物はバゲットだが、どこにも見あたらなかった。ローレルとクインシーに失礼なふるまいはなかった。だがレイチェルには、ふたりが不満を感じているのも、自分がジミーを騙《だま》していると思われているのもわかった。そんななかステファノス・コスタスはレイチェルに、いますぐ裸になって彼の膝にまたがり、喉の奥深くまで舌を突き入れてほしそうな視線を送っていた。

「ジャクリーンはこの件についてなんて言うかな？」クインシーが訊いた。

ジミーは肩をすくめた。「彼女がどう思おうと知るものか。それより、レイチェルを異母妹《いもうと》たちに会わせたい。きっと仲良くなれる」彼はレイチェルに向かって言った。「前に言ったが、エレインとカーラはシカゴに住んでいる。ふたりとも結婚して、わたしにはもう孫がふたりいるんだよ」

長い長い夜だと、レイチェルは思った。ジミーが三人を見送ってドアを閉めたころには、作り笑顔のまま顔が固まってしまったような気がした。

「彼らも考えを変えるさ」ジミーはそう言って抱きしめてくれた。「心配いらない」そして派手にキスした。「実際、彼らにどうこう言われる筋合いはないんだ」

もうずいぶん昔の、別の人生のひとコマのように思えるけれど、そうではなかった。レイチェルは顔に暖かな日差しを受けて、ジャックを見た。「彼らがわたしを気に入らなくても、ただ黙殺すればいいいと思ったわ。生きてるかぎり、わたしはジミーが一度も疑わなかったのを忘れない。たしかに、わたしは彼に似てたけど、彼は富と権力に恵まれた有名人で、対するわたしは何者でもなかったのよ。たとえ彼が連続殺人犯だったとしても、あっさり許せたでしょうね」

「きみのお母さんはなんて言ってた？」

レイチェルはほほ笑んだ。「母はびっくりしてた。彼が母を覚えてるとも、思ってなかったみたい。だから母には、いくら似ててもＤＮＡ鑑定を受けるのは妥当だし、相手がその話を持ちだしてきても、侮辱されたと思うなと忠告されてたわ」

それからレイチェルは、ジミーが自転車に乗った幼い女の子のことを涙ながらに打ち明けてくれた晩のことを、ふたたびジャックに語った。「人があんなに侘《わび》しそうな目をするのをはじめて見た。ジミーのあの苦しみよう、絶望の深さ——」

そのとき、叫び声が聞こえた。

「レイチェル、ジャック、戻れ！」ジレットの声だった。彼が家の前のポーチで叫んでいる。

「早く！　急げ！」

ジャックは即座に銃を抜き、レイチェルの手をつかむと、かがんで家のほうへ駆け戻った。

三人が開いた玄関から家に飛びこむと同時に、銃弾が雨あられと飛んできた。

20

ジレットはドアを叩きつけると脇へ這い、手を伸ばしてかんぬきをかけた。

銃弾が次々とドアを突き抜け、破片が飛び散る。美しいアーチ窓が粉々に割れ、ガラスの破片がそこらじゅうに散って、銃弾が壁に食いこむ音がした。

「頭をおおって」ジャックは叫ぶと、レイチェルを自分の下に引き入れた。「ジレット、伏せて」

つぎからつぎへと飛んでくる銃弾で、正面の窓ガラスは一枚残らず割れた。レイチェルが苦しげに身をよじると、ようやくジャックが体を持ちあげた。レイチェルは銃声に負けじと、声を張りあげた。「ジレット伯父さん、どうして連中が来たのがわかったの?」

ジレットは荒い息をしながら、手の甲に刺さった木の破片を引き抜いた。「侵入探知機が作動した。誰も来る予定はなかったから、なにかあったに違いないと思った。まあ、たまに誤報もあるんだが、おまえの状況が状況なだけに、油断は禁物だと思ってね、レイチェル」

探知機さまさまだ、とジャックは思った。一瞬、銃撃がやんだ。ジャックが言った。「ふたりとも身を伏せてくれ。ドアや窓には近づくなよ」

ジレットは早くも四つん這いになっていた。「二階に武器がある。取ってこよう」

「わかった。ただし身を伏せたまま、行ってください。海兵隊員としてその腕前を見せつけようなんて思わないで」

ジレットは笑い、肘で階段のほうへ這った。ふたたび飛んできた銃弾が一列にならんだ正面の窓を破壊し、脇の壁に当たって金箔の張られた美しい鏡を粉々にした。

「いっさい動くなよ、レイチェル」ジャックは言い、窓のほうへ這った。銃撃がやんだ隙に外をのぞき、動く人影をとらえてキンバーで応戦した。予備の弾倉はひとつしかないから、無駄にはできない。

「この美しい家がめちゃめちゃにされてしまうわ」レイチェルが言った。

玄関に戻ったジレットは、体をふたつに折るようにして二丁のライフルをしっかりと握っていた。膝立ちになり、ふたつの窓のあいだを這ってふたりのもとへやってきた。

ジャックが言った。「ジレット、レイチェルだけじゃなくて、あなたも銃を扱えるんですか？」

「わたしは海兵隊にいたんだぞ」彼は言った。「誰があの子に教えたと思う？」

「たしかに。ふたりで表側の連中を食い止めてください。敵はまだいる。後方にまわりこまれたらことです。裏手に出入口は？」

「裏口はひとつきりだ。キッチンにある」

「頭を低くして」そう言うジャックも、床すれすれに身を低くしていた。壁をめがけて頭上を飛んでいく銃弾の熱を感じる。ついに金箔の鏡が落下し、木とガラスが四方八方に飛び散った。

銃声がやむと、ジャックは立ちあがって廊下を駆け抜け、キッチンへ向かった。太腿に激痛が走るけれど、かまってはいられない。キッチンに足を踏み入れたその瞬間、裏口から男が入ってきた。ジャックが床に膝をついて転がるや、彼の背後の食器棚に四発の銃弾が打ちこまれた。さらに一発が美しい大理石の床にめりこむ音がした。

かっとしたジャックは横向きに体を起こして、叫んだ。「おい！」

男はふたたび発砲したものの、ジャックはいいほうの足で立ちあがっていた。二発撃って、二発とも外した。男は裏口のドアのすぐ内側にある洗濯機の陰にうずくまっていた。

「ここでなにをしてる？」ジャックは表のほうから聞こえる激しい銃声に負けまいと、声を張りあげた。

男はさらに六発撃ってきた。ジャックの左腕に尖った木片が当たる。彼は悲鳴をあげると、キンバーを床に投げつけ、その場に横たわって、動かなくなった。

ふたたび男が撃ってきた。そのあとゆっくりと立ちあがり、テーブルの反対側、ジャックが横たわっている椅子の足もとあたりをのぞきこんだ。一歩踏みだし、銃が見あたらないと気づいたときには遅かった。

ジャックが床から跳ねあがり、男を撃った。

男が肩を押さえて、膝をつく。銃が床に落ち、壁の近くまですべった。男が倒れこんで、うめいている。ジャックは男に近づき、後頭部を銃底で殴った。これでひとりしとめた。だが、もうひとりいる。誰が依頼主にしろ、殺し屋をひとりだけ送りこんでくる愚はもう犯さないはずだ。げんに、今回は本格的な暗殺団だった。音からして、表には狙撃手がふたりいる。とすると、裏にも、もうひとりいる可能性が高かった。

ジャックは男の上着のポケットから財布を抜き取り、緑の芝生に目をやった。十メートルほど先に森がある。鮮やかな緑色の森は、人が入りこめないほど鬱蒼としていた。狙撃者がひとりまたは複数ひそんでいるかもしれないので、なにか動くものがないかどうか、目を凝らした。辛抱強さには自信がある。じっと待った。するとついに、かすかな動きが目に留まった。男がカシの若木のあいだを、用心深くすり抜けようとしている。さっきまでの銃声と叫び声で、仲間が倒れたことに気づいているはずだ。

男は手になにかを持っていた。拳銃でもライフルでもなく、トランシーバーだ。よく見ると、それに話しかけていた。仲間がひとりキッチンで倒れているとチームリーダーに伝えているのだろう。近づいてくるダークブルーのシャツが見えた。家をもっとよく見て、仲間のようすを確認しようとしている。大失態だ。ジャックは狙いを定めて引き金を引いたが、うまくかわされてしまった。ジャックの影にかすかな動きをとらえ、なにが起きるか察して、地面に伏せたのだ。銃弾は木に当たり、木の葉が渦を描いて吹き飛んだ。

この男を表の仲間に合流させてはならない。ジャックは腕を上に伸ばし、朝食のテーブルに置かれたボウルに入ったリンゴをつかむと、左のほうにあるゴミ箱に投げた。リンゴは勢いよく当たった。男がとっさにふり向き、銃を構えた腕をなめらかにゴミ箱に向けるのが見えた。ジャックは立ちあがって発砲した。

男は声ひとつあげなかった。

つんのめるように男が森から出てきて、芝生に倒れた。

家の表側からは、激しい銃声が聞こえている。ジャックは自分の仲間である一般人ひとりと海兵隊員ひとりが無茶をしないでいてくれることを祈った。ふたりいれば、表のほうはどうにかなるだろう。ジャックは耳をすませてじっと待った。もう森には誰もひそんでいないと確信できたので、キンバーの銃口を周囲にふり向けながら、裏庭を突っ切った。いっきに流れこんだアドレナリンで、自分の心臓が胸を打つ音が聞こえた。

こいつらはどうやってスリッパー・ホローを見つけたのか。考えてみれば、むずかしいことではない。インターネットがあるかぎり、どんな情報も長くは隠しておけない。

ジャックは地面に膝をつき、自分が撃った男を調べた。銃弾が心臓を突き抜けていた。彼は財布を抜き取り、すでにひとつ入っているポケットにしまった。転がっていたトランシーバーを拾い、発信ボタンを押す。声をひそめ、左手で木の葉をくしゃくしゃと揉んで雑音のような効果を出し、あとは神に祈った。「おい、こっちの状況はかんばしくない。どうすればいい？」

「クレイ、あんたなの？」

まさか女の声がするとは思わなかった。「ああ、おれだ」

さらに葉っぱをカサカサと鳴らす。「そっちの声がよく聞こえない」

「ドンリーはどう？　あんたさっき、彼が裏にまわったあと銃声が聞こえたって言ったよね？　なにがあったの？」

「あいつは……な……殴られた」

「ああそう。わかった、突入は暗くなるまで待つしかないね。あいつら山奥の田舎者だから、絶対に武器を持ってる。アライグマ用のライフルかなにかかもしれないから、正面から行ったらアウトだよ。裏から入れそう？」

彼は手のひらでレシーバーをこすった。「むずかしいな、おれが……」

「クレイ？　ちょっと待った、あんたクレイじゃないね――」

女の悪態が聞こえ、トランシーバーの音がぼやけた。

ジャックは家の表側へ急いだ。敵の背後にまわりたくて、大きく弧を描いて近づいたものの、正直言って、あまり期待はしていなかった。

また数発の銃声が聞こえ、そのあと音がやんだ。女とそのパートナーの姿を思い浮かべた。プロだからパニックは起こさないだろうが、窮地に立たされているのは確かで、急いでこの場を立ち去ったほうがいいのはわかっているはずだ。向こうにしてみたら、なぜか見つかってしまい、標的側が武装して反撃してきた。簡単に片付くと甘く見ていたのだろうが、パーロウに送りこまれた狙撃手は、いまはフランクリン郡病院に入院している。やつらはそのことを知っているのか？　おそらく。だが、ここに山奥の田舎者たちといっしょにFBI捜査官がひとりいることは知らなかった。そして、田舎者のうちひとりが海兵隊員で、もうひとりが射撃の名手だということもわかっていなかった。なんとすてきなサプライズだろう。

彼らが緊急時用の計画を準備してきたとしても、いまごろはもう破綻している。ジャックは身をかがめて走った。顔にあたる木の葉も、太腿の痛みも、左腕の傷からにじみでる血ものともせず、できるだけ素早く、音をたてずに移動しようとした。

物音を聞いて、ぴたりと立ち止まった。足音のような音。ひとりの足音だ。

頭上から木漏れ日が差しこむ。静寂。なにもない。そのとき動物がたてる音がした。おそらくポッサムが逃げていく音だろう。怖がって逃げようとしているのだ。

足音はしない、近くには誰もいない。あとどれくらいだ？

ジレットとレイチェルが撃つ銃声が何発か聞こえたが、撃ち返す音はしなかった。

あいつらはもういない。

森の端へ向かってまっすぐ走っていくと、家の正面が見えた。敵が最後にいた地点から遠くないはずだ。まだ近くからこちらのようすをうかがっていて、姿が見えたら殺すつもりかもしれない。撃たれるのはごめんだ。さっきまで彼らがいたあたりにさしかかると、木の葉が踏みにじられ、薬莢《やっきょう》がいくつも落ちていた。

もういない。

ジャックは走って道へ出た。森を突き抜けたとき、急発進する新型の黒いフォード・エクスペディションに乗ったふたつの黒い人影が見えた。

仲間を置き去りにしようとしている。名案ではないが、そうするしかないのだ。

ジャックは大急ぎで駆け戻り、森から出る前に大声で叫んだ。「ジャックだ！　あいつらはもういない。撃たないでくれ！　これから出ていく！」

レイチェルがずたずたになった玄関のドアから飛びだしてきた。「ジャック！　大丈夫なの？　敵は逃げたの？」

「おれは大丈夫だ。きみは？」

「腕と首に少しガラスが刺さったけど、たいしたことないわ。ジレット伯父さんも無事よ。いま裏を見にいってる」

「連中のひとりが生きてて、キッチンの床に転がしたままにしてある。さあ、なかへ入ろう」レイチェルの腕をつかみ、家のなかへ引っぱった。

ジレットがキッチンから走りでてきた。「ジャック、床に血の跡を残して、男がいなくなってるぞ」

しまった。脚を撃っておくべきだった。「遠くへは行っていないはずだ」ジャックは言った。「じつはふたりいて、そのうちのひとりは、裏庭の、森の手前あたりで死んだ。ふたりの財布は取ってあるから、データベースで照合がつくはずだ」

レイチェルが言った。「ホリーフィールド保安官に電話するわ。なにが起きたか話して、来てもらわないと」

「おれは外を見てくる」

ジャックは五分後にキッチンへ戻った。「死体が消えた。怪我をしてるやつが運んだんだ。車がもう一台あるんだろう」

「保安官は、遅くとも三十分後には来るそうよ」レイチェルが伝えた。

「そういえば、彼に伝えておかなきゃならない情報がある」ジャックは電話をかけ、オフィスを出る寸前の保安官をつかまえると、フォード・エクスペディションのナンバーを伝えた。

レイチェルは男ふたりの反対を押しきり、ライフルを体の横で下向きに構えて、ジャックとともに森へ入った。彼女がいい腕をしているのはわかっていても、ジャックには喜べなかった。「血痕が残ってるはずだ」小声で言った。「できるだけ音をたてるなよ」

ふたりはすぐに血痕を見つけた。「あった」ジャックは両膝をついた。「やつは仲間の死体を運んでる。そう遠くへは行ってないはずだ」

血痕は道路まで続いていた。フォード・エクスペディションが急発進した場所から十メートルほどの地点だ。

ジャックが言った。「念のために車を二台用意してたんだろう。おれが肩を撃った男は、すぐにでも本格的な治療が必要になる」

ジャックは家に戻り、最寄りの病院に電話をかけた。すでにホリーフィールド保安官から注意をうながす連絡が入っているとのことだった。

「ジレット、このあたりに、怪我をしたやつが簡単に見つけられそうな医者はいるか？」

ジレットは首を振った。「いや、本人が知っていれば別だが。あるいは電話帳があれば。いちばん近い町はパーロウだ。このあたりはなにもかもあちこちに散らばっているから、土地勘がなければ自分の肘さえ見つけられない」

ジャックは万が一ということがあるので、診療所のドクター・ポストに電話を入れた。ハーモン看護師が一帯の病院すべてに注意を喚起してくれることになった。そのあと、サビッチに電話をかけた。

レイチェルは表側のガラスの破片を掃きながら、聞くともなしにその電話の話を聞いていた。

「運がよかったなんてもんじゃない」ジャックはサビッチに話していた。「レイチェルとおれは外にいたから、敵の侵入によって敷地周辺に設置された探知機が作動してなかったら、そうとうまずいことになってた。向こうはおれがここにいるのを知らなかったし、ジレットが海兵隊員なのも、レイチェルが空中の二十五セント硬貨が撃てるほどの腕前なのも知らなかったようだ。ホリーフィールド保安官がもうすぐ来るから、打てる手はすべて打ったと思う」サビッチの話を聞き、ジャックが言った。「おれが倒したふたりからは財布を奪ったが、ロイ・ボブのガレージのときと同じで、身元のわかるものやクレジットカードの類いはすべて抜き取ってあるようだ。キッチンの床と森の木の葉から血液を採取できるから、ＤＮＡはわかる。ああ、わかった」ジャックは電話を切った。「サビッチは、もうたくさんだと言ってる。三度めの正直という考えは嫌いだそうだ。レイチェル、きみはワシントンに戻ってて、ジレット、あなたにはしばらく家を離れていてほしいそうです」

「ああ、そうなるだろうな」ジレットはため息をつき、あたりを見まわした。かがんで、大きなガラスの塊を拾いあげた。「家づくりはまだ終わりじゃなかったらしい」

「ＦＢＩはわたしをドクター・マクリーンと同部屋にするつもり？」レイチェルが疑問を口にした。「冗談じゃないわ。それより母に電話しなくちゃ。簡単にスリッパー・ホローを探りあてられたんだとしたら、母のところへも行ってるかもしれない」

ジレットが言った。「おまえとジャックが森で血痕を探しているあいだに、わたしが電話しておいた。みな無事だ。おまえの身に降りかかった災難については、言わずにおいたよ」

「でも、警告しなくていいの？　お母さんたちも家を離れたほうがいいかもしれない」

　ジャックが首を振った。「誰が今回の連中を雇ったかわからないが、そいつにしても、いたずらに巻き添えは増やすのは避けたいはずだ。パーロウでの一件で、そうとうびびっただろうからな。リスクを抑えれば、それだけ発覚しにくい。敵もきみのお母さんとその家族を狙うのは愚行だとわかってるから、別の行動をとったんだ」

　レイチェルが言った。「あら、冴《さ》えてるわね。で、別の行動がこれなの？　スリッパー・ホローのことは誰も知らないと思ってたのに」

　ジレットがため息をついた。「むずかしくはないさ、レイチェル。考えてみるといい」

　ジャックが続いた。「そうさ、ちっともむずかしくない。彼らはきみのことを調べあげたんだ、レイチェル。そしてジレットの存在を知り、住所を突き止めた。パーロウで失敗したあと、別の場所を探し、見つけたのがここだった」

「ここを地図に載せずにおけばよかった。このごろじゃ、地図に載っていない場所などなくなってしまった。迂闊《うかつ》だった」ジレットは首を振った。「そうだ、フェデックスの登録や不動産の記録もあるだろうし、わたしの私書箱がある郵便局に問いあわせることもできる。住所を突き止める方法など、いくらでもある」

　ジャックがレイチェルに言った。「きみをアリゾナの砂漠にでも置いてくればよかった」

　ジレットは、銃弾を浴びて蜂の巣のようになった玄関のドアと、砕け散ってしまった美しい窓、えぐり取られた壁の傷、粉々になった廊下の鏡を眺めた。

ジャックが言った。「ホリーフィールド保安官が来るのを待たずに、ドアを修理して、窓に板を打ちつけましょう。新しい窓の配達には、フェデックスを使うつもりですか?」

「おそらく。ただし、データベースからは削除してもらおう」ジレットが言った。

「ごめんなさい、ジレット伯父さん」レイチェルは言った。「なにもかもわたしのせいよ」

「そんなことを言うもんじゃない、レイチェル」ジレットは彼女の三つ編みを引っぱった。

銃撃者たちがレイチェルのチャージャーを故障させたのをジャックが発見したのは、その日の、ちょうど日が暮れるころだった。

21

ワシントン記念病院　ワシントンDC
水曜日の朝

ドクター・マクリーンの目から薬物による異様な輝きは消えていた。サビッチとシャーロックが病室に入っていくと、彼はしゃんとしたようすで、看護師と談笑していた。

マクリーンがふたりを見て、ほほ笑んだ。「昨日のふたりだな。ジャクソンの同僚のFBI捜査官だろう?」肩をすくめる。「ジャクソンによると、彼といっしょに来た若い娘さんが——名前はレイチェルだったかな——彼が飛行機を着地させたあと、われわれを危機から救ってくれたらしいな。ふたりは十分ほど前、きみたちがこちらへ向かっていると言って帰っていったぞ」

看護師のルイーズ・コンバーはマクリーンに笑みを残して、出ていった。「ええ」サビッチは答えた。「ふたりとロビーですれ違いました。今朝はだいぶ気分がいいそうですね」

マクリーンの病気は予測がつかず、人によって症状が異なると、神経科医から聞かされていた。サビッチはマクリーンが昨日の会話を覚えていて、また一から話さずにすむことを祈いた。

った。

マクリーンが思案げに言った。「昔から彼の父親に言ってきたんだが、わたしは名前を縮めて呼ぶのが好きでないから、わたしにとってはつねにジャクソンだった。彼とはいっしょにフットボールを楽しみ、カーブの投げ方を教え、彼の姉さんのレモネード屋の客たちに対する精神分析の方法を伝授した。彼は姉さんの店の隣に占い屋を開き、チャーリー・ブラウンのルーシーとは違って、三分間十セントで助言を与えた。あれは確か、ジャクソンが十歳のときのことだ」

「彼の客あしらいはどうでした？」シャーロックが尋ねた。

「客が男なら手相を見たし、女なら、彼女たちが持っている紙コップの底に残ったレモネードを振って、果肉の散らばり具合を観察した。

それでジャクソンの勘のよさにはじめて気づいた。だが、母親に店じまいさせられてしまった。近所の妻帯者に向かって、二ブロック先に住むミセス・ヒンクリーと寝るのをやめろと助言したせいで。その夏、ジャクソンと姉のジェニファーは大儲《おおもう》けした。

言わせてもらえば、彼とあの娘さん――レイチェル――にはなにかが起きつつあるが、当のジャクソンはなんでもない、包帯など大げさすぎる、すべては飛行機が墜落したせいだと言っている。で、わたしは怪我をしてもばかにはなっていないが、おまえはなったようだ、と言ってやった。レイチェルは大笑いだった。ジャクソンによると、インテリア・デザイナーらしいな。あなたはこの病室に長居されるわけじゃないから、新しい配色を考えないでおきます、と言っていたよ。そうやってわたしをけむに巻いて、帰ってしまった。そこできみたちに尋ねたい。ジャクソンの身になにが起きているんだね？　わたしにかかわる問題だけだなどという、見えすいた嘘は受けつけないぞ」

サビッチはうなずいた。「おっしゃるとおり、彼はきわめてきな臭いことに巻きこまれています。しかし、ご存じのとおり有能な男ですから、大丈夫でしょう。あまり心配なさらずに。病院のスタッフに聞きましたよ。ゆうべは奥さまが付き添ってらしたとか。奥さまがレキシントンから戻られて、お喜びでしょうね。今朝もいらっしゃるんですか？」

マクリーンの表情を観察していたシャーロックは、彼の気をそらすには妻の話がいちばんだと察した。

マクリーンはむっとした顔で言った。「モリーには今日はもう来るなと言い渡した。わたしはどこにも行かないんだから、心配いらないんだ。小言やら、バミューダで小さなビーチハウスを探したいという話やらを延々と聞かされて、うるさくてかなわない。ほかの家族がまだレキシントンにいるのが、せめてもの救いだ。うちの一家は、病院に災いをもたらしかねない。ここにやってきてわたしをおかしくさせたら殺すぞと脅してやったよ」マクリーンはにんまりした。「もっとも、とうに頭のネジがゆるんでいるかもしれないが」

頃合いだと判断したシャーロックは、いきなり切りだした。「ドクター・マクリーン、昨日話されたことを覚えてますか？」

「わたしの脳は現実離れしたおとぎの国へ真っ逆さまに急降下しつつあるようだが、昨日の会話ははっきりと覚えている。たしかに、ときどき記憶がなくなる。だが昨日の話は、ああ、覚えているとも。わたしがふたりの患者について話したんだったね。ああいうことはしてはならないんだが。しかし、きみたちはＦＢＩだから、どこかのとんま野郎がわたしを殺そうとしている以上、話さざるをえないだろう。必要なら、旋律をつけて歌ってやってもいいぞ。実際、あの連中について話すのはおもしろかった。それから、わたしのことはティモシーと呼んでもらっていいからな」ふたりがうなずくと、先を続けた。「ところで、この病室を警護しているあのＦＢＩ捜査官、そうトムリンのことだがね、二度ばかり病室に入ってきて、仕事中に居眠りなんか絶対にしない、タフな男だから安心してくれと言っていった。なんでも、母親が警部補をしていて、デトロイトのギャング団を潰したらしいな」にやりとして、サビッチとシャーロックを順番に見た。「それにきみたちが二週間ほど前にサンフランシスコで霊媒師たちとたわむれたとも聞いた。不気味なやつらのことを聞かせてくれないか」

「トムリン捜査官は最高の捜査官です」シャーロックが言った。「そんなやり手のお母さんがいたとは知りませんでした」

マクリーンは笑った。「今度彼が入ってきたら、伝えておくよ」

シャーロックが訊いた。「今朝のご気分はいかがですか？」

「まだそこらじゅう破壊された気分だが、五分くらい前に痛み止めを打ったから、じきにすこぶる快調になるだろう」顔をしかめてから、子どものように無邪気に語った。「はっきり覚えているよ。わたしはドローレス・マクマナス議員の話をしていた」

「ええ」サビッチが言った。「彼女が最初のご主人をどうやって殺したかという話でした」

マクリーンはひとつため息をついてから、幸福そうにほほ笑んだ。「じつを言うと、彼女は催眠中にぽろりと漏らしたのだよ――いやあ、あれには驚いた。信じられなかったし、信じたくなかった。最初はかつがれているんだと思ったが、いや、それは不可能だった。彼女は深い催眠状態にあったんだ。

催眠から覚めるときに、話した内容をすべて忘れるよう指示しておけばよかったのだが、彼女の話に動揺していたものだから、うっかりしてしまった」

シャーロックが言った。「彼女が言ったことを具体的に話してください。こちらで裏を取りますので」

しばらくのあいだ、マクリーンはどっちつかずの表情をしていた。すべて話すとは言ったものの、まだ葛藤しているのがわかった。やがて病気のせいで軽はずみになったか、あるいは自衛本能が目覚めたかしたらしく、まったくあたりさわりのない社交上の会話でもするように、穏やかな声で語りだした。「前に話したとおり、ドローレスは若いころトラック運転手と結婚し、子どもふたりを授かったのち、苦労の末に二十五歳を目前にして通信学の学位を取った。人生、なにが起きるかわからないものだが、彼女の場合はことさらおもしろい展開が待っていた。彼女は大物連中との対決で名を馳《は》せ、ときには相手を引きずりおろすまでになった。そしてそれを契機に、彼女は自分がなにを望み、それを叶えるにはどうすればいいかを考えるようになった。

ところが、トラック運転手の亭主はその計画が気に入らなかった。家で亭主の帰りを待って、そっとビールを差しだしてくれるような妻でいてほしかったんだろう。そこで亭主は、ぶん殴ってやるとか、子どもは渡さんなどと言って、彼女を脅した。

彼女は本気で亭主に乱暴されると思ったそうだ。だが下の子があと半年で家を出る時期だったから、子どものほうは問題なかった。しかし亭主は、とてつもない大問題だった。ドローレスは考えた。マッチョなトラック運転手を亭主に持つ女が下院議員に立候補したところで、誰が票を投じるだろう、と。亭主が自分を天まで押しあげてくれないのはわかっていた。それこそが自分の適所なのに、と彼女は思った。彼女にとっての天とは政治家の座であり、やりがいを与えてくれるものだった。それを勝ち取りたかった。それなのに亭主は、たいした資格がないとか、ろくな教育を受けていないとか、そんなことをならべたてた。

そのときだった。ドローレスが藪《やぶ》から棒に、亭主がいつものように大型トラックでアラバマ州をめぐっていたときのことを語りだしたのは。亭主がちんけなダイナーで食事しようと愛車を停めたとき、どこからともなく何者かが現われて亭主を撃ち殺した、と。

そのあとドローレスは〝ちょっと見てて。警察が来たとき、ひと芝居打ったのよ〟と言うと、〝ああ、なんて恐ろしい、なにかの間違いよ、わたしのルーキーじゃないわ、ああ、どうしよう、わたしはどうすればいいの、父親がいなくなって、かわいそうな子どもたちはどうなるの〟と、その場でどっと涙を流してみせた。そのあと、気絶までしたそうだ――そう、ショックのあまり。

彼女はふいに笑いだし、激しい笑いに過呼吸を起こしそうになった。そして、しゃっくりをしながら、亭主を撃ってもらうためにサバナの殺し屋を雇い、そいつに五百ドル払って実行場所を指示したいきさつを語り、この一件が決定打となって国会議員に選出されたと、喜色満面だった。わたしはあまりのことに催眠を解いた。当然ながら、自分が語った内容をしっかり覚えていた彼女は、診察室の真ん中に重さ四百キロのエラジカが登場したかのようだった。わたしは患者の秘密は口外しないと言ったが、それでもまだ彼女は怯えていた。二度とやってこないだろうと思ったし、実際そうなった。わたしを殺そうとしたのがドローレスだと思うかね？」

「ローマス・クラップマンよりも可能性が高そうですね」サビッチは言った。「ドローレスがあなたの診療を受けていた理由ですが、暴露されれば殺人の動機になりそうなことですか？」

「おそらく、それはないだろう。彼女は継父から性的虐待を受けていたんだが、去年になって断続的にその悪夢を見るようになった。それで困り果てて、わたしを頼ってきた。なぜいまごろそんな夢を見るようになったのかわからないと言うので、催眠術をかけることにした。時間を遡《さかのぼ》り、いわばコントロールされた環境下で、当時の状況を追体験するわけだ。ところが、どっこい、とんでもないものが飛びだした」

サビッチがうなずいた。「わかりました。あなたが話題にするのをバーテンダーが聞いた患者がもうひとりいましたね？　ピエール・バーボーです」

「ああ、そうだ、ピエール。忘れるところだった。ピエールは頭脳明晰で、情報コミュニティ内外の事情に精通している。わたしは彼のことも、奥さんのエステルと息子のジャン・デビッドのこともずっと前から知っている。モリーもいっしょに夫妻とゴルフをしたことがあるぐらいで、ほかにも多少の行き来があった。親友というほどではないが、気心の知れた知人と言っていいだろう。

それはともかく、ピエールはフランス国家警察とわが国のCIAとをつなぐ重要なパイプ役だ。傲慢で虚栄心は強いが、フランス人だからしかたがない。フランス自慢をさんざん聞かされても、わたしはいつも笑い飛ばしていた。よくまわる口だ、とね。

あるとき、彼が急に電話をかけてきて、じつは〝混乱状態〟――彼の表現だが――にあって、わたしの助けが必要だと言った。それは息子のことだった。きわめて興味深いことに、息子のジャン・デビッドはアメリカ人だ。ニュージャージー州のケープ岬でのバカンス中に、予定日より三週間も早く生まれたんだ。ジャンは二十六歳で、ハーバード出身、抜群の分析能力を誇るきわめて聡明な好青年で、おそらく頭のよさでは父親をしのぐだろう。彼はCIAの戦略情報アナリストで中東の専門家だった。

そう、ここまでの話でおおかた察しがついただろう。半年ほど前、ジャン・デビッドは、中東のために教育資金を集める慈善団体でアルバイトをしているという大学院生の娘とかかわりあいになった。もちろん慈善団体というのは表向きの顔にすぎず、実際はアメリカでテロ集団のための資金集めと求人活動をしていたんだ。彼女はジャン・デビッドという金脈を探りあてた。ジャン・デビッドが家電の修理工かなにかなら、さしたる騒ぎにはならなかっただろう。ところがCIAのアナリストとなると、これはたいへんな話だ。

そして、いまからひと月半ほど前、ジャン・デビッドは彼女に、パキスタンに潜伏する諜《ちょう》報《ほう》部員の所在を示す機密文書を見せた。かっこいいところを見せたかったんだろう。諜報部員がふたり殺されるに至って、CIAは即座に大問題を抱えていることに気づき、厳戒態勢に入った。ジャン・デビッドは窮地に立たされたことを知り、恋仲になった女性について父親に打ち明けたというわけだ」

「その女性の名前を覚えてますか、ティモシー？」シャーロックが訊いた。

「たしか、とてもかわいい名前だった、メアリー――いや違う、アナだ。名字は知らない。ピエールはどうしたものやらわからなかった。それで友人としてわたしを訪ねてきた。ジャン・デビッドは妄想を抱いているか洗脳されているため法的責任能力はないと、精神医学的立場から弁護してくれないかと内々に頼むため、そして息子の精神状態を案じてのことだ。だがわたしは、こうしたケースの場合は、たぶんいくら精神に異常があると診断されても刑を免《まぬが》れない、診察するのはかまわないが、それはジャン・デビッドが当局に罪を告白してからだと告げた。多くの諜報部員たちがいまだ危険にさらされているかもしれないし、機密が破られたことを当局に知らせる必要がある。実際、わたしはピエールに、こんな状況で患者の秘密を守るのは倫理的に無理な話だし、ジャン・デビッドが黙っているなら、わたしから通報すると言った」

22

マクリーンがふいに話をやめて目を閉じたので、シャーロックは尋ねた。「どうなさったんですか、ティモシー？」

「じつは、ジャン・デビッドのことは過去形で話さなければならない。こんなことになって、どれほどつらいか。彼が死んだことは、もう知っているのだろう？」

「ええ。なにがあったのか話してください」

「わかった。ピエールが訪ねてきた一週間後、ジャン・デビッドはポトマック川でボートに乗っていて、事故で亡くなった。悪天候のせいだ。突風というのかな。激しい風で水面が大荒れに荒れた。ジャン・デビッドは天気が荒れるとわかっていて、父親といっしょにシマスズキ釣りに出かけた。ピエールは平素から、嵐のさなかのほうが魚がよく釣れると言っていた。ふたりはそのとき引き返す途中だった。霧がそうとう深くなっていたからだ。大揺れするボートでひどい船酔いになったピエールは、縁から身を乗りだして吐いていた。そして、そのあとよくわからなくなった。雨と霧とで彼らの姿が見えなかったのか、一隻のパワーボートがまともに突っこんできた。ピエールはボートから投げだされ、ジャン・デビッドは父親を助けようと川に飛びこんだ。パワーボートに乗っていた男たちも飛びこんだ。ピエールはどうにか救出されたが、ジャン・デビッドが溺れてしまった。いくら捜しても、遺体は上がらなかった。

ピエールは取り乱した。気分が悪いにもかかわらず、何度も水に潜って捜索したが、無駄骨だった。ジャン・デビッドは死亡とみなされ、二週間前に事故死と断定された。ほんとうに事故だったのか？　きみたちが考えていることはわかるよ――ピエールが息子と仕組んで、息子をワシントンから脱出させたと思っているのだろう？　だが、その場にパワーボートがいて、乗員たちが一部始終を目撃している。彼らはピエール・バーボーという名前を聞いたことがなかった。わたしはそれを信じるよ。ピエールに電話したが、人殺し呼ばわりされて、電話を切られてしまった。悲しみに打ちひしがれているんだ。息子が死に、それをわたしのせいにしている。あれほどの悲しみが演技とはとても思えない、少なくともわたしには。共通の友人たちとも話をしたが、ピエールもエステルもぼろぼろだとみんな言っている。たったひとりの息子が二十六の若さで死んでしまったんだ、わたしのせいで」

シャーロックが明るい声で言った。「ばかなことを言わないでください、ティモシー。あなたも精神分析医として、人が悲嘆に暮れると、とくにつまらない事故で愛する者を失ったときは、罪の一部を他人に着せようとするのをご存じでしょう。それは自然なことだし、仕事上、幾度となく目にしてこられたはずですよ。今度またそんなことを言いだしたら、モリーに言いつけて、あなたをやりこめてもらいますから」

彼は眉をひそめてシャーロックの話を聞いていたが、妻を使った脅し文句を耳にすると、口もとをほころばせた。「ああ、そうだな、どうやら自己憐憫《れんびん》に陥っていたようだ。ピエールがあんな相談を持ちかけてこなければ、どんなによかったか。これまでも何度か泥沼に引きずりこまれてきたが、これほどの深みにはまったのははじめてだ」

サビッチが言った。「すると、あなたはピエール・バーボーに、ジャン・デビッドは当局へ出頭して真実を語るべきだ、さもなければ道義上も倫理上も、あなたが警察へ通報せざるをえないと告げたんですね？」

「そうだ。告解場の司祭と同じだよ。告解している人間が誰かに危害を加えようとしている場合、司祭としては当局に通報するしかない。それで、わたしが警察に行ったかというと、レキシントンに帰ったらすっかり忘れてしまった。いまごろはもう、警察もジャン・デビッドがしたことを把握しているだろうが、明日にでもＣＩＡに連絡して、ほかに危険にさらされている人間がいないかどうか確認しなければな」

シャーロックが言った。「ＣＩＡがジャン・デビッドを情報の漏洩者《ろうえいしゃ》と特定したかどうか、ご存じないんですね？」

「ああ。お悔やみを言おうと電話をしてピエールに罵倒された午後以来、バーボー夫妻とも話していない。だが、いいかね、ＣＩＡがどんな情報をつかんでいようと、この件はイブニングニュースでは絶対に流れない。ＣＩＡが表沙汰にするわけがないし、ジャン・デビッドが死んだいまとなっては、なおさらだ。彼らはただ、闇に葬り去るだけだ」

それが当然の帰結。サビッチにもそれはわかっていたが、彼らがなにを知っていてなにを知らないかを突き止めれば、あやうい状況にあるほかの諜報部員たちを守れるかもしれない。

彼は言った。「これはとてつもない悲劇です、ティモシー。こういうことがあると人は狂気に駆られ、ふだんとはかけ離れた行動に走りかねない。ローマス・クラップマンとマクマナス議員に関しては動機が薄いように感じましたが、この件は違う。深い悲しみの光がまぶしいほど輝いている。ピエール・バーボーがあなたのせいだと信じこみ、復讐を果たそうとあなたを狙う可能性はあると思いますか？」

マクリーンは目をぎゅっとつむり、ささやいた。「慰めようもないほどの深い悲しみで完全にわれを失ってしまう――以前にもそういう人間を見たことがある。だが、ピエールが？　どうかな、わたしには、彼がそうなるとは思えない。もしもだよ、わたしを殺そうとしているのがその方面だとすれば、エステルだ。わたしを殺したいと思っているとしたら、それはエステルであって、ピエールではない。彼女なら容赦なくわたしを罰するだろう。

わたしは人の心を読むのがうまい。そのわたしから見て、ピエールが知っていることはすべて、エステルも知っている。あの夫婦で主導権を握っているのは彼女のほうだ。ピエールが彼女に内緒でわたしに助けを求めに来たのは間違いない。だが、そのあと話をしたとすれば、エステルはわたしを彼女たち夫婦にとって危険な存在とみなすだろう。そう、たとえジャン・デビッドが死んでしまっても、わたしに口外されるのを恐れる。それに、フランスにいる彼女の家族だ。二年ほど前に会ったことがあるが、敵にまわしたくない連中だった。いわゆる〝厄介な出来事〟を抱えた患者は過去にもいたが、この三人ほど刺激的な話はなかった」

サビッチが言った。「覚えてますか、ティモシー、あなたは全患者のリストを提供するのを拒まれた。考えなおしていただけませんか。わたしが目を光らせていながら、あなたが誰かに殺されるような事態は、なんとしても避けたい」

マクリーンはうなずいた。「すぐに受付係をオフィスへやって、きみに渡すディスクをつくらせよう」ふたりはマクリーンが電話をかけるのを聞いていた。電話を切ると、彼は言った。「二時間後に、彼女がここへ持ってくる。今日の午後、わたしはまたデューク大学の専門医に会う約束でね。こんな遠くまでご苦労なことだ。うなずいて、わたしの状態を見て、思慮深く、なおかつ残念そうな顔をする以外には、なにもできやしないのに。今後の見通しについて話すという。親切心からなのだろうが、無神経だと思わないか？　くたばる前にどんな人生が待っているか、わたしが知らないとでも思っているのだろうか。わたしの命を狙っている誰かが成功すれば、くたばる日も遠くない。それもいいかもしれないな。そうなればこのいかれた人間のクズ、つまりわたしを、過去に葬ることができる」

シャーロックは彼の目をじっと見つめた。「わたしは思うんです、つぎにどんな治療方法が生みだされるかわかりません。わたしたちがかかるどんな恐ろしい病気も、来週、あるいは来年には助かるように、もしかすると治せるようになるかもしれない。誰にもわからないことです。

わたしには、いい拒絶反応抑制剤の登場によってすい臓移植ができる日がいつか来ると、それを夢見て踏んばってる友人がいます。実際、夢は叶うかもしれない。彼は生きたいんです。彼には希望が、はてしない希望がある。医者として、あなたも希望を持つべきです」言葉を区切り、小声ながらきっぱりと言った。「わたしたちは、全力を尽くしてあなたの身の安全を守ります。わたしたちが必死になってあなたの命を守ろうとしているのに誰かに殺されたりしたら、本気で怒りますよ、ティモシー。一生許しませんからね」

マクリーンはしばらくシャーロックを見つめていたが、やがて奥の銀歯が見えるほど大きく笑い、病院の硬い枕に頭をあずけた。

病室を出ていくとき、ふたりはトムリン捜査官のセクシーな笑顔に応えなかった。シャーロック捜査官が怒っていると気づいた彼の顔から、一瞬にして笑みが消えた。

シャーロックはまっすぐ前を見て、サビッチとともにエレベーターへ向かった。「あんな恐ろしい病気にかかって、治療法もなくて、それに、この先の見通しを考えたら、わたしなら、自殺するかもしれない。ほかにどうしようもないんだもの」

「いや、きみはそんなことはしない」サビッチは言いながら、空っぽのエレベーターのボタンを押した。「きみはティモシーに言ったとおりのことを信じてるからだ。人生は与え、奪うものだ。肝心なのは、誰にも先はわからず、予測もできないことだ。そして科学が進歩するペースを考えて、自分の皿にあるもので我慢し、自分に配られた札で最善を尽くし、あとは希望を持つしかない」

シャーロックは彼にもたれて、ため息をついた。「ときとして、悲しすぎることが起きるわね。自分ではどうにもできないことって嫌いよ」

「おれもだよ」

エレベーターのドアが開いてロビーに出ると、近づいてくるジャックとレイチェルの姿が見えた。

「いまオリーから電話があって、きみたちのところへ向かってたんだ。信じられないことが起きた。今朝早くティモシーのオフィスが放火されたそうだ。パソコンは黒焦げ、ハードディスクは壊れて、出力用紙のファイルもすべてカリカリに焼け焦げた」

シャーロックは天を仰いだ。「なんでこううまくいかないのかしら」と、造花の赤いゼラニウムが入った大きなセラミックの植木鉢を蹴飛ばした。

「やけに平然としてるな、ジャック」サビッチが言った。「さては、おれたちの知らないことを知ってるな?」

「たまたまモリーが彼のノートパソコンを貸してくれたんだが、そこに患者の全データが入ってた」

「忘れるなよ、レイチェル。このジャックってやつは大物だ」サビッチが言った。「ランチにおいしいナスのポーボーイを食べるのを楽しみにしてたんだが、おまえのおかげで食べられるよ、ジャック」

「ナス?」レイチェルが目を丸くして訊き返した。「ナスのポーボーイ?」

「そうなの」シャーロックが笑顔で答える。「ちょっぴりのオリーブオイルで焼いた、フーバー・ビル七階の食堂にしかない料理よ。エレイン・ポンフリーの手になるベジタリアン・サンドイッチはワシントン一のおいしさで、ポーボーイは彼女がディロンのためにつくってくれる特別料理なの。すばらしいニュースをありがとう、ジャック」

サビッチがレイチェルに言った。「きみとジャックは、アボット上院議員の家、いやきみの家に身のまわりのものを取りにいかないとな。そのあと、きみを隠れ家《セーフハウス》に連れていく」

レイチェルは三人に向かってほほ笑んだ。「いいえ、わたしの人生に安全な家《セーフハウス》なんて無用よ。今日の予定を教えてあげる。午後はローレル叔母さんとクインシー叔父さんとおしゃべりをするつもりなの。その前に、あなたたちのその有名な食堂で、からりと揚がったおいしいフライドチキンと、ビスケットとマッシュポテトでもいただくわ。でも、隠れ家の話はこれきりにして」

ジャックがサビッチに言った。「どうやら、おれには説得しきれなかったみたいで」

シャーロックが言った。「そうそう、スリッパー・ホローで採取した犯人ふたりの血液サンプルはラボに渡したから、その不届き者たちのデータがあるかどうか、まもなくわかるわ。あなたがジレットのキッチンで撃った男だけどね、ジャック、まだどこの医療機関からも連絡がないの」

「ふたりとも死んだのかも」レイチェルは言い、髪を耳にかけた。「だったらいいんだけど」

サビッチが片手を上げた。「もう一時だ。腹が減って死にそうだから、続きはナスのポーボーイを食べながら」レイチェルを見て、つけ加えた。「きみにはフライドチキンだ」

ジャックが言った。「レイチェルがロイ・ボブのガレージで撃ったあの男はどうなった？　ロデリック・ロイドとかいう」

「彼は弁護士をつけて、まだ黙秘を続けてるわ」と、シャーロック。「捜査官たちが彼のアパートを捜索して、クレジットカードの利用控えを見つけたの。もしかすると、すごい手がかりになるかも。ロイドはメイナード通り沿いの〈ブルー・フォックス〉っていうレストランに、この二週間で四、五回行ってて、捜査官がウェイターに聞いた話によると、そのうち三回は〝ロリータ〟といっしょだったそうよ。その少女がウェイターのひとりに携帯の番号を教えていたそうだから、その女の子の正体がわかるのは時間の問題ね。ロイドに関しては、少なくとも彼が誰かに危害を加える心配はないわ」

病院の駐車場へ向かう途中、レイチェルが言った。「わたし銃を持たないと。ひとつ貸してもらえない、シャーロック？」

「いい、レイチェル、あなたが射撃の名人なのも、命が危険にさらされてるのもわかってるけど、もし貸せば、わたしは法律に違反することになる」

嬉しい返事ではないけれど、レイチェルは言った。「そう、わかった。あっそうだ、いままで思いつかなかったけど、たしかジミーも家に一丁置いてたはずよ」

同時に口を開いたサビッチとジャックを、シャーロックが片手を上げて制した。「だめよ、ふたりとも。家に銃があるなら、それで身を守るのはなんの問題もないでしょう？　銃の使い方を知らなくて、関係のない人を撃ってしまう心配があるなら、まだしも」

「ありがとう、シャーロック」

「気に入らないな」ジャックは言った。「おれとしてはどうにも気に入らない」

「そのうち慣れるわ」シャーロックは夫を見た。「だめよ、悪い子ね、黙ってなさい」

彼らは五階にある犯罪分析課に立ち寄り、その場にいる捜査官全員にレイチェルを紹介した。オリーは彼女に妻と幼い息子の写真を見せた。食堂でサビッチがナスのポーボーイを食べ、レイチェルが揚げた鶏《とり》もも肉にかぶりついていると、シャーロックの携帯電話が鳴った。

彼女はタコスを呑みくだして、電話に出た。

わずか一分で電話を切った。「ロリータ――そう、ロデリック・ロイドといっしょにいた少女の名前がわかったわ。彼女がウェイターに教えた携帯の番号は既婚の大学院生のもので、その大学院生はサービスと引き換えに彼女に電話をあげたと認めてる。彼がその女の子の名前を明かしたの」そして顔を輝かせた。「ロリータこと、エンジェル・スノッドグラスは、いまフェアファックスの少年院よ」

二十分後、彼女とサビッチは新しいポルシェに乗って、フーバー・ビルの駐車場を飛びだした。

23

エンジェル・スノッドグラスは十六歳。長く豊かな天然のブロンドヘアと、淡いベビーブルーの目に恵まれ、顔には化粧気がなかった。まさに天使《エンジェル》のごとき風貌。フェアファックスの巨大なハマーソン・モールにある〈クローブ・クリーク・イン〉の外で客引きをしているところを、風俗取締りを担当する覆面警官に補導されたのだ。

「エンジェルだね？　ぼくはFBIのサビッチ特別捜査官、こっちはシャーロック特別捜査官だ。きみに聞きたいことがある」

エンジェルはテーブルの上で白い手を組み、ふたりを見つめた。爪は短く清潔で、きれいに磨かれていた。「なんで特別なの？」

サビッチはにやりとした。「ぼくが聞いた話によると、フーバーの代になるまでFBIはめちゃくちゃだった——経歴チェックも訓練もなく、悪党どもの遊び場同然だったんだ。フーバーはそれをすっかり変えて、これからはFBIの捜査官は特別だと宣言し、それがわれわれの肩書きになった。いまはほかにもいろいろ〝特別〟がつく肩書きがあるが、最初に使ったのはFBIだ」すべて真実だという確信はなかったが、もっともらしく響く。

エンジェルは彼の顔をまじまじと見ながら、しばらく考えていた。「フーバーって誰？」

「ああ、そうか、だいぶ古い人だからね。家はどこなんだ、エンジェル？」

「あそこに帰る気はないから、言いたくない」

「なぜ客を取ってたの？」シャーロックが訊く。

エンジェルは肩をすくめた。「ビッグマックが欲しかったから。〈クローブ・クリーク・イン〉にはビジネスマンが大勢来てるし、モールには男がいっぱいいるから。あたいはすごく若くてかわいいから、たいていチップもはずんでもらえんの。あの覆面につかまんなきゃ、ビッグマックが一ダースは買えたのに。みんな欲しがるのは、ここのクソみたいな食べ物なんだよね。で、特別な人たちがあたいになんの用？」

この子は虐待の果てに逃げてきたのだろうか？　この子にはここでカウンセリングを受けて、更生するチャンスがある。

シャーロックが椅子から身を乗りだした。「協力してもらえないかしら、エンジェル。あなたが〈ブルー・フォックス〉で携帯の番号を教えたウェイターから、あなたがロデリック・ロイドといっしょだったと聞いたの。彼のことを聞かせて」

「なんで？　ロディがなにしたの？」

サビッチは彼女を見つめ、目や体の動きを観察した。「じつはね、エンジェル、ロディはすごく悪いやつなんだ。ある女性を殺そうとして、いまはバージニア州西部の病院にいる。さいわい、その女性は利口で機敏だったから、ライフルを持ちだして逆に彼を撃った」

エンジェルはうなずき、卓面を指で叩いてさっと頭を振った。美しいブロンドの髪がいっせいにふわりと持ちあがり、ふたたび肩に落ちて背中に垂れた。「それ聞いても、やっぱねって感じ。ロディはいつも自慢話とか、ほら話ばっかで、自分がどれだけ偉いかとか、なんか問題があると、いつも自分が呼ばれて解決してやるんだとか言ってたから。二、三日町を離れて、かなりの大物のために、厄介な〝事態〟を処理してやるんだって、すごく得意げだった。相手の名前が知りたいんなら、あたいは聞いてないよ。なんでロディから電話がないのかなと思ったら、あたいの携帯が電池切れでさ、ロディのアパートから閉めだされてるから、充電もできないし。あいつ、死んじゃうの?」

「いいえ」シャーロックが言った。「でも、元気溌剌《はつらつ》ってわけでもないわね。しばらくは両手が使えないから」

「殺し屋かなんかかな、とは思ってたんだ」サビッチの右肩の向こうを見ながら、エンジェルは平然と語った。「どうせ、しくじったんだろうね。ベッドでも、いつもあわてて的外れなことやってた。ちゃんと考えないから。あれじゃ、殺しも失敗して当然だよ」

「彼は、その処理しなきゃいけない〝事態〟についてなにか話さなかったか?」サビッチが訊いた。ポケットからシュガーレスガムのパックを取りだし、少女に一枚差しだした。

少女は受け取り、白く細長い指で包み紙をむいて口に突っこんだ。しばらく嚙んで、ため息をつく。「ふうん、ビッグマックじゃないけど、悪くない味。サンキュー、特別捜査官さん」

「どういたしまして」ふたりとも無言で嚙んだあと、サビッチが言った。「ロディが片づけなければならなかった問題のことだけど——それについて知っていることを全部話してもらえないかな」

彼女の目に、さっと警戒の色が広がった。

サビッチはさりげなく言った。「彼が殺そうとして逆に彼を撃った女性だけどね、ロディを雇った相手に狙われて、いまだに危険な状態なんだよ。彼はきみになにか話さなかったかい？」

エンジェルはまた、傷だらけの卓面を指先でトントンと叩きはじめた。あどけないブルーの目がきらりと輝くのを、サビッチは見逃さなかった。なるほど、おれたちは情報屋の卵を相手にしてるわけか。「ううん」エンジェルが答える。「あいつはなにも言わなかったし、あたいはなんにも——」

サビッチはすっと口をはさんだ。「協力してくれれば、謝礼がもらえるようにするよ。そうだな……はっきりはわからないし、情報にもよるけど、五百ドルくらいかな」

「そんなの、でたらめだよ」エンジェルは言った。

「ああ、かもしれない」と、サビッチが認める。「でも、ひょっとするとビッグマックがどっさり買えて、携帯の充電器も買えるかもしれない」

「ふうん」と、エンジェル。「でも、嘘じゃないって、どうしたらわかる？　そりゃあんたはかっこいいけど、しょせんはお巡りだもん。口ばっかりで、いつもらえるかわかんないでしょ？」

サビッチが自分の財布を取りだすと、エンジェルの目が釘付けになった。彼はゆっくり百ドル札を五枚抜き取った。その日の朝にATMから引きだした全額だ。「嘘じゃない証拠に、謝礼を前払いにしよう。きみが役に立ちそうな情報をくれたら、こいつはきみのものだ」

エンジェルは重ねた百ドル札から目を離さない。

「最初の一枚は内金だ」サビッチが札を一枚押しつけた。「好意の証《あかし》として」エンジェルはそれをもぎ取り、ブラのなかにしまいこんだ。

「肌身離さずがいちばん安全だもん」サビッチに向かってにっこりほほ笑む。「オーケイ、役に立つ情報を教えてあげられるかも。バーボンを三杯ストレートで飲んだあと、ロディはぐだぐだ文句を言いはじめて、例の〝事態〟の処理なんか、もっと金をもらわないとやってらんないって言いだしたの。ロディって、いっつもそういう言い方すんだよね。大物ぶってるっていうのかな。おれの才能からすればはした金だ、とかなんとか。それを聞いてて、〝あんたみたいな薄汚いおっさんになんか、誰も金なんか払いたいわけないじゃん〟ってどなりそうになったけど、アパートの居心地はいいし、ベッドでもすぐ終わってちょろいから、黙ってた。ロディは、大至急の仕事だって言ってた。田舎の町にちゃちゃっと行って戻ってこいみたいな話で、下調べする時間が全然ないから、なにもわからずに行くのはいやだって言ってたけど、あたいに言わせればいつだってそう、行き当たりばったりの運任せ。ばかみたい。どう、これって役に立ちそう?」

「あまり」サビッチは答え、彼女の顔をじっと見つめながら二枚めの百ドル札をつまんだ。

エンジェルがふっと二枚めの札に手を伸ばした。「オーケイ、認めるよ、電話がかかってきたとき聞いてたんだ。だから、あいつが仕事を請けたのを知ってた。あいつは相手が誰か知ってて、すんごい丁寧な口調で、なんでもできますので信頼して任せてください、とかなんとか言ってた」

「相手の名前は言わなかった?」

「うん。話を聞いて、大丈夫です、任せてくださいってくり返してたけど」

「電話を切ってから、彼はなんて言ってた?」

「急がなくちゃって。明日ケンタッキーの田舎町まで車で行って、月曜の朝、すごい早い時間に向こうを出なくちゃいけないって。そういえば、いろいろメモしてたよ。指示だと思う。そのあと、ファックスで写真が送られてきた」

サビッチは二枚めの百ドル札をテーブルの向こうに押しやった。それも彼女のブラのなかに消えた。

「オーケイ、そのファックスだけど——女で、若くて、きれいで、まああのブロンドヘアで——」エンジェルはまた頭を振った。「でも、すごくかっこいい三つ編みだった。だからあたい、この人をどうするのって訊いたら、べつにたいしたことじゃない、殴って気絶させるだけだって言って、バーボンをもう一杯ぐいって飲んだ。あいつが酒を注いでるあいだに、写真を手に取ってみたんだけど、さっきも言ったとおり、運転免許証の写真でさ、ひどい写真なのに、超きれいだってわかった。あたいが免許を取るときは、写真屋と寝て、いいのを撮ってもらわなきゃ」

サビッチは三枚めの百ドル札の皺をゆっくりと伸ばしはじめた。

「あいつは、あたいからファックスをもぎ取って、〝弾倉がひとつ、ふたつあればじゅうぶんだ。こんなやつら、ちょろいもんよ〟とかってぶつぶつ独り言を言ってた」

「いい、やつら。複数だ。サビッチはうなずいた。「エンジェル、ひょっとしてロディはきみの携帯を使わなかったかい?」

彼女が考えこみ、サビッチにはその頭の歯車が回転するのが見えるようだった。「えっとお、二、三回くらいあるかも」

「例の大学院生がサービスと引き換えに携帯をくれたのは、どれくらい前だった?」

「あの、ほんとのこと言うと、ロディと暮らしてたときに、その大学生にもいい顔してたんだよね」

「いまも携帯を持ってるんだね？」

「うん、もちろん。だけどさっきも言ったけど、ぴくりとも動かないよ。ボビー叔父さんがあたいの弟を狙って撃ったときに水面に飛びあがって死んだ魚より、もっと動かない」

よしてくれ、とサビッチは思った、いまそんな話を聞きたくない。「きみの携帯を貸してもらえないかな、エンジェル。かならず返すし、レンタル料も払う。どうだい？」

あどけない目に欲の光が煌《きら》めいた。「いくらくれんの？　いい携帯だし、きれいなデコもいっぱいついてんだけど。でも、ぶっちゃけ言うと、すごく悪いんだけど、通話時間はもうあんまり残ってないと思うよ」

「残ってる分だけでじゅうぶんさ」サビッチが言った。

「携帯って男とおんなじで、毎晩つないでたっぷり充電してやんないと、だめなんだよね」

サビッチが二枚の札をテーブル越しに押しやると、エンジェルはポケットに手を突っこんで携帯電話を取りだした。「口紅がいるんだけど、バッグを返してくんないの。携帯を取りあげなかったのは、使えないからかもね」

「心配いらないよ。たっぷり充電して返すからね」サビッチは最後の百ドル札をテーブルに残して席を立った。「シャーロック、エンジェルにきみの口紅をやったらどうだい？　すごくきれいな色だ。彼女に最後の百ドルを手に入れさせられるかどうか、試してみたらいい」

そのあとエンジェルに言った。「また、近いうちに。きみがくれた情報はとても貴重みたいだから、責任者と話をして、きみへの告発をすべて取りさげてもらおう」

エンジェルは呆然と彼を見つめた。

サビッチは片手を上げた。「いや、待てよ、エンジェル。きみがこの番号に電話をかけると約束するんなら、そうしよう」彼は一枚のカードを手渡した。「この人は、きみみたいな子どもたちを助けてくれる人なんだ。彼に電話するね？」

彼は少女の目に嘘を見た。「うん、するする、特別捜査官さん、この……ハンラッティって人に、すぐ電話する」

サビッチはエンジェルと握手し、口紅を見ている彼女とシャーロックを残して部屋を出ると、少年院のミセス・リンバー副院長と廊下で合流した。「うまくいきそうですよ。われわれに任せてくださって、ありがとうございました。彼女を退院させられるかどうか、やってみます」

枕のようにふっくらとして、巨大なめがねをかけたミセス・リンバーが、サビッチの肩を叩いた。「エンジェルは度胸があって頭もいいんですけれど、手癖が悪くて。そういう子って、いるでしょう？」

「ええ」と、サビッチ。「わかります。ですが――」

「それに、彼女は貨物列車で――走りだすと止まらない。エンジェルの使えなくなった携帯電話を手に入れたんですね。充電器をお貸ししましょうか？」

狭い面会室のなかでは、シャーロックが、かわいいダークピンクに塗られたエンジェルの唇を見て、ほほ笑んでいた。「とってもいいわ。いいわよ、あげる。鏡もね」

「ビッグマックが食べたい」エンジェルはそう言って髪を振った。

シャーロックは最後の百ドル札を指さした。「ロディと出会ったいきさつを教えてくれる？」

シャーロックが見つけたとき、サビッチは少年院の前の木の下に座って、鼻歌を口ずさみながらエンジェルの携帯電話をいじっていた。

彼が顔を上げた。「あの子は最後の百ドルを手に入れたのか？」

「ええ。未来のドナルド・トランプはわたしの口紅と鏡、それに櫛《くし》まで巻きあげたわよ。もちろん、携帯は返さなくていいって。あなたからたっぷり現金をもらったから、iPhoneを買うそうよ。ここから早く出たくてうずうずしてるわ。でもわからないわ、ディロン、わたしにはわからない」

「ときには魚を逃がさないとな。この携帯から、いったいなにが見つかったと思う？」

24

メリーランド州ボルチモア
水曜日の午後

「ここは、まるで天国よ」

レイチェルは、サウス・カルバート・ストリートの角に立つアボット＝キャベンディッシュ・ビルの三十階で、広々とした応接エリアを見渡した。呼吸が速くなる。「ああ、見てよ、なんてきれいなの。ローレルがチッペンデール家具に詳しくて、ここには本物がたくさんあるとジミーから聞いてたの。でも、ジミーはそういうのは我慢がならないって、一度もここへ連れてきてくれなかったのよ」レイチェルは使い古されていないチッペンデールの椅子やテーブルを見まわし、脈が速くなるのを感じた。「ジミーが変なのよ」椅子の背をそっと指でなぞる。「これが嫌いな人なんている？　みごとよね。この木に触れてみて、ジャック、すべすべしてるでしょう。これは西インド諸島のマホガニー。そしてこの椅子の脚――これは猫脚と呼ばれて、彼独特のデザインなのよ」

ジャックは優雅にカーブした椅子の脚と、くるりと丸い足の部分を見ると、ふたたび彼女に視線を戻して、ぼんやりと言った。「きみがおれの家に来ていろいろやってくれたら、いまよりずっとよくなるだろうとは思ってたけど、アンティークにも詳しいのか？」

「チッペンデールはとくにね。あの脚付きタンス《ローボーイ》を見てよ。あの彫刻の精巧なこと。十八世紀を声高に物語ってるわ。チッペンデールは製作者マークをけっして入れなかったって知ってた？　本物であることを証明するには、当時の納品書までたどらなければならないのよ」

ローボーイがどうしたって？　彼女はからかってるのか？　十八世紀の納品書だと？

「いや、知らなかった」彼はレイチェルの蘊蓄《うんちく》に耳を傾けた。アメリカ人はアン女王様式の背板やインゲン豆形の座席が好きで、マホガニーよりもサクラ材のほうを好むと言っている。凝った猫脚が、高価な分厚い絨毯に十センチ近く沈みこんでいる。ジャックならたとえ金をやると言われても、ここにある椅子のひとつに腰かけたくなかった。

「それに、ターナーの絵が三枚」レイチェルの話は続いた。「ジミーが大好きだったの。あの絵のことを話してくれたわ。彼のお母さんから引き継いだ絵だって」羨望のまなざしで応接エリアを見まわす。「こういうスペースを美しく飾りつけられるだけの余裕があるなんて、すごいわよね。わたしもリッチモンド周辺の商業スペースの装飾を五、六件手がけたけど、お金をかけずに独創的に仕上げるのに苦労したわ」

「お客は、きみの努力を評価してくれたかい？」

「ええ、ひとり残らずね。嬉しかったけど、ほんとは設計段階から手がけて、独特のスタイルと用途を持つ空間を創りあげるほうが好きなの。ジミーに会いにいったころ、わたしの顧客リストは着実に増えてたのよ」

咳払いがした。そちらを見ると、磨きあげられた巨大なマホガニーのカウンターの奥に若い男女がふたりずついた。いずれもきれいな身なりをしてコンピュータの前に座り、熱心にキーボードを叩いたり、声をひそめて電話をしたりしている。ただひとり、若い女の一方だけが片方の眉を吊りあげて美しい爪をかざしていた。

ジャックはレイチェルに笑顔でうなずき、その女のほうを顎で示した。「受付にいるあの目のぱっちりした若い女性と口論して、獲物の居場所を探りだそう」

その若い女性――ジュリアという名札をつけていた――は、最初こそいぶかしげな顔をしていたが、そのうちジャックの笑顔の餌食《えじき》になった。レイチェルはこんな場面をすでに二、三度目撃していた。どうやらジュリアも、心を許してほほ笑み返さずにいられなかったようだ。「いらっしゃいませ。ご用件をうかがいます」

ジャックが財布を開いて、身分証明書を見せた。

ジュリアの笑顔に迷いが浮かんだ。

「ミズ・コスタスにお目にかかりたい」

「はい、あの、えっと、ご用件をおうかがいできますか？」

「いや」彼はふたたび相手をとりこにする笑顔を見せると、声をひそめた。「国家の安全にかかわる件でして」

ジュリアはすぐにある番号をダイヤルし、小声で伝えた。

「オフィスにご案内します」彼女は言い、ふたりは彼女について、壁の両側にスタッブズの馬の絵がかけられた広い廊下を歩いた。途中壁龕《へきがん》が六つあり、一面に凝ったツタの模様があるアンティークの壺が飾られ、小さな円い天井灯が、それをやわらかく照らしだしている。

ジュリアがマホガニーの両開きのドアをそっとノックして開け、ふたりは広い長方形の部屋に足を踏み入れた。そこに置かれていたのは淡い色調の質素な北欧家具で、アンティークはひとつもなかった。たくさんある窓から午後の陽光が差しこみ、目を奪われるほどのみごとな景色が広がっているというのに、なぜか部屋全体は寒々としている。

「ミズ・コスタス、こちらはクラウン特別捜査官と、あの……」レイチェルの名前を聞き忘れていたことに気づき、ジュリアは煉瓦のように真っ赤になった。

「彼女のことは知っているわ、ジュリア。あなたはもう下がって」

ジャックは、ここ、ボルチモアの〈アボット・エンタープライゼズ・インターナショナル〉本社へ車で向かう道すがら、ローレル・アボット・コスタスに関する資料にすべて目を通し、彼女の姿を写した写真を何枚か見た。お世辞にも美人とは言えない。とはいえ、これほどの資産家なのだから、ブランドもので身を固めるといった華やかな面が多少はあるだろうと思っていたのに、目の前の女は派手さとはいっさい無縁だった。レイチェルを見据えたままゆっくりとふたりのほうへ近づいてきた。ショートでもロングでもない、中途半端な長さの白髪交じりの髪。同じ白髪交じりでもジャックの母はふわりとしたボブにカットしているが、彼女の髪はべったりとして重く、くすんでぱさついている。イヤリングもつけていなければ、険しい顔をやわらげるメイクもしていない。黒々とした太い眉の下の目は、冷たい石のような灰色で、口は小さくすぼめている。地味なグレーのスーツにローヒールのパンプス、身につけている唯一の装飾品は結婚指輪だった。太っても痩せてもおらず、一見したところ、厳しい寮母か刑務所の看守といった風情だ。笑顔は見せず、実年齢の五十一歳よりも老けて見えた。二十一歳のときはどうだったのだろう、とジャックは思った。そして三十五歳でステファノス・コスタスと結婚したときは、どんなふうだったのだろう?

「こんにちは、ローレル叔母さん」

ローレル・アボット・コスタスは、嫌悪と無関心の入りまじったまなざしでレイチェルを見た。その目には、ほかにもなにか、残忍なものがひそんでいた。「あなたは婚外子よ、ミズ・ジェーンズ。兄の不幸なあやまちの結果ですらないかもしれない。わたしはあなたの叔母ではないし、ファーストネームで呼びあう関係でもない」

レイチェルが言った。「あら、わたしはもう父と養子縁組をしたんです。つまり、あなたは実際にわたしの叔母なんです。わたしを養子にしたことを、ジミーはあなたとクインシーに話しませんでした? ジミーが亡くなる五日前に、わたしは法的な手続きを経て正式に彼の娘になりました。カリファー弁護士が言ってました。すべての手続きがすむのに五週間しかかからなかった、整備士にジャガーを修理してもらったときよりも早いって。そのあと笑って、金と影響力があるとじつに便利だとつけ加えたんです」

「いい話だこと、ミズ・ジェーンズ。上院議員だった兄をそんな低俗な名前で呼ぶことは許されなくてよ。彼の名前はジョン・ジェームズ・アボットです」

「お父さんと呼ぶのに慣れるまでジミーと呼びなさいと、彼に言われたんです。お父さんと呼ぶチャンスは一生なくなってしまったけれど」

ローレル・コスタスは、両脇に垂らした手をきつく握りしめた。「ジョンはわたしたちに復讐するためにそんなことをしたんだわ」息を吸いこみ、気持ちを落ち着かせようとする。ジャックは、ローレルのなかに不屈の精神を見た。平然と相手の心臓をえぐり取る、手ごわい敵。レイチェルが前に言っていたように、この女が頸静脈から血を吸う姿は容易に想像できる。父親にとっては、さぞかし自慢の娘だっただろう。彼女はジャックをちらりと見て、目をそむけ、またレイチェルに視線を戻した。「なるほど、強引にここまで入ってきたわけね。国家の安全にかかわる件って、なにかしら？　ほんとうはなにをしにいらしたの？」

「ジミーの事故死の件で来ました」

ローレルの目がますます冷たさを増し、厳然とした声で語る口もとに皺が寄った。「彼の不幸な死がどうかして？」

「彼はただ亡くなったんじゃありません。殺されたんです」

「ばかばかしい。アボット上院議員の死は、痛ましい事故よ。警察が事故と断定したんです」

「グレッグ・ニコルズ――彼の首席補佐官は、事故じゃなかったと思ってます」

「みんなグレッグ・ニコルズと話したんですよ。彼はショックを受けて、悲劇に胸を痛めていた。そしてやっぱり事故だと信じていたわ。だいたい、あなたとはなんの関係もないでしょう、ミズ・ジェーンズ？　ええ、そうよ、あなたの話がほんとうだと証明されるまで、そう呼ばせてもらいます。正式に養子になったのなら、ブレーディ・カリファーがわたしとクインシーに連絡してきて、警告してくれたはずですからね。でも、彼はなにも言ってこなかった」

「たぶん」と、レイチェル。「ミスター・カリファーが連絡しなかったのは、機密事項だと思われたからです」

「家族のなかには機密事項などないものよ、ミズ・ジェーンズ。とにかく、法的な手続きを経ようが経まいが、わたしは金輪際あなたをアボット家の一員とは認めません。ここから出ていってちょうだい。今後いっさい、顔を見せないで。あなたは兄を騙して、お金と財産を――わたしたち三人が育ったあのチェビー・チェイスの立派な家をまんまとせしめた。赤の他人のあなたがあの家を手に入れるなんてね。なんにしろ、あなたの勝ちよ。わたしが警備員を呼ぶ前に、さっさと出ていくがいいわ」

レイチェルは平然と応じた。「警備が必要なら、ここにいます、ミセス・コスタス。お忘れですか？　こちらはFBIのジャクソン・クラウン特別捜査官です」

ローレルは手を差しだした。磨かれた短い爪には透明なマニキュアが塗られているが、両手の親指の爪は肉に達するほど短く嚙んであった。ジャックはバッジを渡し、彼女が時間をたっぷりかけて調べてから返すのをじっと見ていた。「つまり」と、ローレル。「この哀れな女はFBIに持ちかけて、国家の悲劇を再捜査させているということ？　わたしたちがアボット上院議員を殺したと言って？」

「じつは、アボット上院議員の死の件だけでなく、ほかにもうかがいたいことがあります」

「これ以上お話ししたくないわ」ローレルは電話に手を伸ばし、ふたりに背を向けた。ジャックは、電話の相手が弁護士でないことを祈った。弁護士の相手などごめんこうむる。

FBIの精鋭捜査班にいた時期、ジャックは何人もの極悪人を屈服させ、いまもひとり残らずはっきりと覚えている。そして、この女のそばにいて、低く歯切れのいい声を聞いているうちに、彼女のなかに邪悪な冷酷さがあるのを感じた。

ジャックはわざとローレルに背を向けると、レイチェルをインナーハーバーに面した大きな窓のそばへ連れていった。観光客が湾を囲み、青々とした海原には娯楽船やフェリー、漁船が点々と浮かんでいる。なんと活気に満ちた光景だろう。そのはるか上方にある、この冷酷な世界とは大違いだ。ジャックはいまにも爆発しそうだった。

「インナーハーバーのほとりに小さなレストランがある。夕食にきみを連れていきたいな」

ジャックが言うと、レイチェルがうなずいた。

ジャックはこの冷酷で感情的な女から一刻も早く離れたかった。この女がなにかを語るとは思えない。一家の名声を重んじるあまり、兄が世間に告白すれば、彼自身が破滅するに留まらず、アボット家やひいては一家が営む会社にまで取り返しのつかない甚大な損害が及ぶと考えて、実の兄を殺したのだろうか？　途方もなさすぎて、ジャックには想像もつかなかった。

ローレル・コスタスが電話を切って、ふり向いた。

表情からして、不首尾に終わったらしい。ジャックは拍手したいのをこらえ、ローレルの顔から皺が消えていくのを見ながら、なるほどと思った。この女がガラスのようになめらかな表情を保っているときは、完璧に自制心がはたらいているのだ。

ローレルの体からはパワーと悪意が放たれていた。

「弁護士と話しました。あなたの上司に電話して話をつけるそうです、クラウン捜査官。すぐに出ていって。あなた方と話をする気はございません」

レイチェルが言った。「でも、ミセス・コスタス、あなたのお兄さんがほんとうに事故死だったのかどうか知りたくないんですか？　誰かが彼を殺し、罰を受けずにいるかもしれないのよ。お兄さんを愛してなかったの？」

ジャックはローレルの顔に残忍なまでの怒りの表情が浮かぶのを見た。彼女はなめらかな薄茶色のカバ材の長テーブルに手をついて、身を乗りだした。「兄は飲酒癖がたたったんです。クインシーとわたしは何度もやめさせようとして、せめて飲みすぎたときには運転するなとたしなめたものよ。けれど、兄はわたしたちの言うことなど、いいえ誰の言うことにも、耳を貸さなかった。クインシーもわたしも、大切な娘かもしれない人が魔法のように現われたというのに、なぜあんなになるまで飲んだのか理解できなかった。兄のあなたに対する気持ちはほんとうに変わらなかったのか、ふたりとも疑問に思っているのよ。あなたにDNA鑑定を求めようとしたけど、切りだすチャンスがないまま死んでしまったのかもしれないでしょう？　グレッグ・ニコルズも、その点には首をひねっているわ。あなたの出現も、兄の死も、なにもかも。

警察にあなたを調べさせていないだけでも、わたしに感謝してもらいたいものね。とくに、あなたは兄の死によって利益を得る唯一の人物なのだから。なぜFBIなど巻きこんだの？　自分が重要参考人にされるとは思わなかったの？」

25

たいしたものだ、とジャックは思った。人心を操るすべに長《た》けている。ローレル・コスタスはたくみに形勢を逆転させた。たしかに、彼女の言うことには一理あった。ぽかんとしているところを見ると、レイチェルはそのことをまったく考えていなかったらしい。

ジャックは言った。「ミズ・コスタス、あなたのお父上はかなりの暴君でらした。レイチェルの母親は、カーター・ブレーン・アボット氏を恐れるあまり、彼が亡くなるまでほんとうの父親が誰なのかをレイチェルに明かさなかったんです」

「くだらない。よくそんな適当なことが言えるわね。父は偉大な人物で、非凡な洞察力を持つすばらしい人でした。ここをご覧になればわかるでしょう？　五十年前、創立当初の〈アボット・エンタープライゼズ〉は、小さなショッピングセンターでした。それがいまや国内のみならず、世界じゅうに勢力を拡大している。アボットは尊敬され高く評価されているわ。それこそが父の遺してくれたものよ。

家族にとって、父はやさしさそのものだった。でも言っておくけど、愚か者と嘘つきは容赦しなかった。父は子どもたちを守り、大切にした。それであなたの母親を見たとき、若いけれどどんな人間かを見抜いて、自分の息子を守ったのよ。

あなたが兄の前に現われたのは、ずる賢いあなたの母親が金に困っていて、あなたがそれを手に入れる便利な道具だったからじゃなくて？」

レイチェルはその場でローレルを絞め殺してやりたくなった。けれど朗らかでさえある口調で穏やかに応じた。「みごとですね、ミセス・コスタス。あなたはわたしを不利な立場に追いやった。それがあなたの得意技だと、ジミーから聞いてました。あなたが会社を欲しがってるのはわかりました。わたしにはそれを横取りする気などありません。でも、わたしが父親の死の真相を探ったからといって、あなたがわたしを恨んだり嫌ったりするのはおかしいわ。わたしは立派な人のために正義を実現したいだけなんです」

ローレルが拳で机を叩いた。「わたしは真実を知っています。ほかの誰かの関与をほのめかすまでもない、じつに恐ろしい、言わずもがなの真実を。あなたが殺していないのなら、兄は酒に酔って運転をあやまったんです」

「あなたもご存じのはずです。ジミーは一年半前にデランシー・パークであの幼い女の子、メリッサ・パークスを殺してしまって以来、いっさいのお酒を断っていたし、あの晩を境に一度もハンドルを握ってなかった。

あなたは彼と食事をしたし、社交の場で顔も合わせてたから、ジミーがお酒を断って運転をしないのに、気づいていたはずよ。これが真実なんです。そう、そうよ。実際、ジミーはいつもクラブソーダを飲んでた。だから酔ってたはずないし、運転だってしてないはずよ。運転してたのは、ほかの誰かよ」

「この件については、これ以上話したくないわ」

「ジミーがあなたとご主人、それにクインシーに、一年半前になにがあったかを話したのは知ってます。それだけじゃなくて、彼はあなたに、罪悪感を抱えて生きていくのに耐えられない、すべてを公表するつもりだとも言ったはずです。それを聞いてあなたとクインシーは逆上した。告白によって破滅するのは彼なのに、あなたもクインシーも賛同してくれなかったと聞きました。あなたはそれによって家名に傷がつき、一家の信用に泥が塗られ、ビジネスパートナーたちにアボット社の信頼性を疑われると考えた。ジミーが言ってました、あなたとクインシーが激怒したと。がっかりしてました。世間に公表するという決断をあなたたちふたりから理解して、支持してもらいたかったからです」

　ゆうに百七十五センチはあるローレルが、すっくと立ちあがった。彼女はどことなくうんざりしたようすだった。「かわいそうな兄が人生の最後にどう変節したにせよ、もはや誰にもかかわりのないことよ。わたしは兄を心から愛していたし、尊敬もしていたけど、あの人は強くなかった」

「強くなかった？　長いつきあいではなかったけど、彼はこれまで出会ったなかでもっとも強い人間のひとりでした」

「いますぐ出ていって。もうあなた方に言うことはありません」

レイチェルは言った。「わたしにはまだあります、ミセス・コスタス。あなたと弟さん、そしておそらくあの好色なご主人の三人で、わたしに薬を飲ませたでしょう？　そして足にコンクリートブロックをくくりつけ、ブラックロック湖に投げこんだ。父がしたことを、わたしが世間に公表するつもりだと知ったからでしょう？」

「主人まで巻きこむのはよしてちょうだい！　誰かがおまえを殺そうとしたですって？　湖に投げこんで？」ローレルは笑い、両手を投げだした。「芝居がかった女だこと。誰がそんな話を信じると思って？　あなたなど、たんなるいっときの目ざわりな存在にすぎないのよ。出ていきなさい」

レイチェルは回れ右をしながら言った。「お気の毒ですけど、わたしはいっときどころじゃなくて、ずっと目ざわりな存在でありつづけますから、ミセス・コスタス。わたしはジミーの家の所有者で、彼のお金と株券の三分の一を持ってます。なんなら遺書に異議を唱えて、DNA鑑定を要求してください。そうよ、やりましょう、みんなの前で堂々と。あなたと弟さんの腹黒さを世間に知らしめるいいチャンスだわ」

ローレルは机に両拳をついたまま、身を乗りだした。「さっさと出ていきなさい！」

「わたしを殺したい理由はわかってる。わたしがジミーに代わって告白するのが怖いんでしょう？　あなたたちは三度もわたしを殺そうとした。三度もよ！　でもわたしはここ、あなたのオフィスにいる。ジミーの死が事故じゃないことは、あなたもよくわかってるはず。庭先で寝ている記者たちのことを考えてみたらどうですか、ミセス・コスタス？　彼らが真実を知ったらどうなるかしら。いまのうちに、この血の通わない冷ややかなオフィスを楽しんでおくことね。そう長くはいられないでしょうから」

「いったいなにがあったんだ、ローレル？　ジュリアが、オフィスにFBIが来ていると言っていたが。ああ、きみか。ここでなにをしているんだ、ミズ・ジェーンズ？」

「彼女は少し顔が赤いようだな、クインシー」ステファノス・コスタスはそう言って、義理の弟を見た。

ジャックとレイチェルがふり向くと、クインシー・アボットとステファノス・コスタスの姿があった。クインシーは、ジャックが思い描くアボット家の人間そのものの外見をしていた。黒地に極細の赤いストライプが入ったイタリア製の超高級スーツに、白いシャツ、それに赤いタイ。エレガントかつ上品で、その瞬間の彼は、怒っているというよりもむしろ当惑しているようだった。ただ、ひとつだけしっくりこないものがある——かつらだ。髪の色はぴったりながら、頭の形にまったく似合わない髪形だった。

ステファノスのほうは、いかにも不埒《ふらち》なプレイボーイ、みずからの快楽と気まぐれのためだけに生きている男といった印象だった。たぶんハンサムで魅力的でおしゃれなのだろうが、ジャックにしてみると、やはりどこかしっくりこない部分があった。だが、かつらではない。そのときは、それがなんなのかわからなかった。

レイチェルがふり向いたまま、愛想よく言った。「クインシー叔父さん、こちらはジャクソン・クラウン特別捜査官です。父の身に起きたことと、先週の金曜の夜と月曜――それに昨日もね――わたしを殺そうとしたのが誰なのかを調べるために、ここにいらしたんです。でも、みなさんすべてご存じですよね？」

クインシー・アボットは笑ってから、横目でちらりと姉を見た。「たちの悪いボーイフレンドのしわざじゃないのかい？　いったいどんな男とつきあってたんだ？」

レイチェルはリッチモンドにいたころの婚約者を思い出した。あれは大失敗だった。

ステファノスはクインシーの質問を無視した。「きみを殺す？　どういうことだ？」

ジャックが明るく答えた。「あなたも、ミセス・コスタスも、ミスター・アボットも、金曜日の晩にどちらにいらしたか、教えていただけませんか？」

クインシーが片方の眉を上げた。「わたしはミセス・ミュリエル・ロングワースの自宅で開かれた、新任のイタリア大使の歓迎パーティに出席していた。ステファノス、きみもあとでやってきたね、覚えているよ」

ステファノスはうなずき、レイチェルの胸を見つめた。

「そんな質問、答えるのもいまいましいわ」と、ローレル。

レイチェルが尋ねた。「クインシー叔父さん、ジミーから女の子を殺してしまった話はお聞きになったんですよね？」

「聞いたと思うが、正直言って、あまり興味がなかったからね。いまとなっては、どうでもいいことだろう？　上院議員は死んで埋葬された。ただ、われわれの家がきみに遺されたのは残念だが。だが少なくとも株については、きみの所有分はトラブルが起こせるほど多くないからね」クインシーの顔が輝く。「誰かがきみを殺そうとしていると言ったね？　なら、ここにいるＦＢＩ捜査官にそいつを見つけだして刑務所に放りこんでもらうといい」そしてレイチェルとジャックにうなずきかけてから、しげしげと姉を見ると、高価な靴のかかとでくるりと向きを変えて、オフィスを出ていった。

腕組みしてドアにもたれていたステファノスが、妻に話しかけた。「買い物に行っていたんだ。いま着ているこの超軽量ウールのことで、グイードから電話があってね。どう思う？」彼は妻の視線を意識しつつ、ふたたびレイチェルの胸を見た。もしレイチェルがローレルの立場なら、こんな男は撃ち殺している。しかしローレルはなにも言わず、夫の不適切な行為を意に介していないようすだった。

三人とも宇宙人みたい、とレイチェルは思った。

レイチェルが部屋を出ると、ジャックもあとに続いた。

ローレル・アボット・コスタスに関してジャックに最終的な印象として残ったのは、彼女の冷酷で悪意に満ちた瞳と、ドアにもたれる美しく着飾った爬虫類《はちゅうるい》のような夫だった。ステファノスを見ていると、ジュキー・ヘイズを思い出す。ケンタッキー州マーリンにある廃品処理場のオーナーだったジュキーは、近隣の町を訪ね歩く人のよさそうな男だった。ところが実際は何人もの人を殺し、廃車の山の下や積みあげたタイヤのあいだに埋めたり、車のトランクに詰めこんだりしていた。彼がジャックに語ったところによると、死体が腐敗するにおいが好きなのだとか。ジャックはいまでも、ジュキーと、一ダースものハンドルにかぶせた防水シートの下から出てきた人骨の山の悪夢を見る。奇妙なことではあるけれど、裕福なギリシャのプレイボーイを見ていたら、そんなジュキーを思い出した。

　ジャックとレイチェルは海辺の空気を吸いながら、カルバート・ストリートからインナーハーバーへ歩いた。ジャックは笑ってから、話しだした。「あの女は恐ろしいな、レイチェル、おれもびびったよ。クインシーはローレルを嫌いつつ、彼女が権力を握ってるのを認めてる。クインシーは姉が怖いのかな？」

「シャワーを浴びなくちゃ」レイチェルが言った。「あのステファノス・コスタスって最低ね。ローレルは、彼がわたしを見てることに気づかなかったみたいだけど」

　ジャックは歩道の真ん中で立ち止まり、レイチェルの肩に両手を置いた。「よくがんばったな。きみは彼女を追いつめた。よくやった、すごいよ」

　レイチェルは人が自分たちを避《よ》けて歩くのを意識しつつ、その場に立ちつくした。自分でもよくやったと思うけれど、彼に褒められるとなおのこと嬉しかった。「ありがとう。クインシーがローレルを怖がってるって言ってたけど、どうしてそう思うの？」

ジャックは手をおろし、ふたたびふたりして観光客の流れに合わせて歩きだした。「クインシーは絹のように人当たりがよくて、自分が神からの贈り物だと信じてもらえないことを恐れる弱い人間だ。姉とは器が違う。あのかつらについては、なんとも言いようがないが。今回はたんなる表敬訪問ってところだからな、レイチェル」

そのとき、マドンナの『ライク・ア・ヴァージン』が鳴り響いた。

レイチェルがいぶかしげに眉を吊りあげると、ジャックが携帯電話を取りだした。「はい？」

彼はじっと聞いていた。電話を持つ手に力が入る。通話は長く続いた。

ジャケットのポケットに電話をしまいながら、ジャックが言った。「サビッチだ。昨日ジレットのキッチンでおれが肩を撃った男、無線の女がドンリーと呼んでた男だが、キッチンの床から採取した血液から身元が判明した。名前はエベレット、ドンリー・エベレット。そいつがバージニア州クラパービルに現われた。医者の家に行って、無理やり治療をさせたそうだ。ありがたいことに、医者は殺されなかった。ドンリーは医者が独り暮らしだと思ったんだろう、縛って猿ぐつわをはめ、地下に放置した。そしてエベレットが出ていった一時間後に仕事で出張中だった奥さんが帰宅した。警察に通報が入り、やつは指名手配された」

「ドンリー・エベレットの体のほうはどうなの？」

「医者によれば、現われたときは発熱してたそうだ。あと一日かそこら治療せずに肩に弾の入った状態だったら、おそらく死んでただろう。エベレットに局部麻酔だけで弾を摘出しろと言われ、医者はそのとおりにした。サビッチが聞いた話では、やつはうめき声ひとつあげなかったそうだ。

医者は一週間分の抗生物質と強力な鎮痛剤をいくらか渡した。しばらくは具合が悪いだろうが、命に別条はないそうだ。医者はその点、不満げだったらしい。ただ、サビッチによると、地下で縛られただけですんでよかったと、医者もほっとしてるそうだ」

「スリッパー・ホローにいたもうひとりの男、あなたが撃ち殺した男は？無線の女がクレイと呼んでたと言ってたわね？」

「ああ。あの男については、まだ情報がない。おれもサビッチの意見に賛成なんだが、エベレットがどこか森の奥にでも埋めたんだろう。サビッチたちがクレイというファーストネームで検索をかけて、おれの携帯にそれらしき人物ふたりの写真を送ってくることになってる。どちらもファーストネームがクレイで、ひとりはエベレットの仲間だとわかってるから、そっちのほうが有望株だ」

ふたりはスターバックスの横で、携帯の画面をじっと見おろして待った。

ほどなく、ジャックはクレイ・クラットという名の男の顔を見ていた。だが、ジャックがスリッパー・ホローの森で撃った男ではなかった。

彼は折り返し電話をかけた。「クレイ・クラットは違う」

「そうか、クラットは前座だ。もうひとりいる。こちらが昔エベレットと組んだことのあるやつだ。いまから送る」サビッチが言った。

「大当たり」数分後、ジャックはサビッチに告げた。クレイ・ハギンズ。レイチェルは、ジャックがローレル・コスタスとその夫のステファノス、それにクインシー・アボットとの面会についてサビッチに話すのを聞いていた。ジャックはポケットに携帯をしまうと、言った。

「ドンリー・エベレットもクレイ・ハギンズも、これまでかけられた容疑は数知れず、なかには殺人容疑もある。ところがどちらも有罪判決は受けたことがない。これからサビッチがふたりの住所に捜査官を派遣する。彼とシャーロックはエベレットのアパートに行くそうだ。やつはおそらくそこに身を隠して、傷ついた肩をいたわりながら鎮痛剤を飲んでるだろう。まるで冬眠中のヘビを起こすようだとサビッチは言ってるが、それも悪くないさ。さあ、今日の仕事は終わりだ、レイチェル。ロブスターでも食べにいこう」

26

ワシントンDC
水曜日の夕方

サビッチがドンリー・エベレットのアパートから半ブロック離れた道路脇にポルシェを停めたとき、太陽は地平線に近づき、六月の空気はやわらかくぬくもっていた。

アパートがある界隈は過渡期にあり、四、五〇年代に建てられた古い平家の家々は徐々に改装もしくは解体されつつあった。新しくなった大きな家々も、残念なことに庭だけは依然として手狭なままだ。築十年前後とおぼしきエベレットのアパートは手入れが行き届いていて、赤煉瓦のファサードを備えていた。

シャーロックは、デーン・カーバーとオリー・ヘイミッシュに手を振った。オリーの黒いパシフィカから降りるデーンとオリーの背後には、見張り役の捜査官がふたりついていた。

サビッチとシャーロックが見ていると、オリーとデーンが出口を確かめに建物の背後にまわった。まわりに住人があまりいないのは、ワシントンの労働人口を支える政府機関のオフィスがそろそろ一日の仕事を終える時刻だからだ。開いた二階の窓から、赤ん坊が満足そうに喉を鳴らす音と、新鋭歌手のクリス・コネリーが裏切った恋人の思い出を歌いあげる声が聞こえてくる。クリス・コネリーはサビッチのお気に入りだった。

アパートのロビーは狭く、一方の壁には緑色のペンキを塗った郵便受けがずらりとならび、反対側の壁際では、金属の鉢に植えられた本物のヤシの木が一本、大きく葉を広げていた。

シャーロックは郵便受けを再度確認した。「間違いないわ、エベレットの部屋は4Cよ」

サビッチは二台のエレベーターを見た。すでに地上階に止まって開いているエレベーターを避け、もう一台のほうを使った。

ドンリー・エベレットの部屋は、四階の角部屋だった。サビッチはデーンの携帯に電話して、小声で伝えた。「4Cは建物の東側だ。近くに非常口があるはずだ」

「ああ、見えた」デーンが応える。「裏の出口は一カ所しかない。こっちはカバーした。あとのふたりは、玄関の外でロビーを見張ってる。そっちへ行ったほうがいいときは、大声で呼んでくれ。あんたみたいな弱虫には、助《すけ》っ人《と》が必要かもしれないからな」

「おれの心配はいらんぞ。シャーロックが面倒みてくれる」

シャーロックがポケットからガムを一枚出し、ぽんと口に放りこんで嚙みだした。サビッチはドアの横手に立った。シャーロックはエベレットの部屋のドアを軽くノックし、ガムを嚙みながら声をかけた。「フェデックスですが、ドンリー・エベレットさんにお荷物です」

彼女はドアののぞき穴に笑いかけ、大きく風船を膨らませた。ガムが割れて口にへばりつく。

男の低音が返ってきた。「失せろ、小娘。荷物の予定はねえよ」いかにも苦しげな声。

なにかを調べているかのように、シャーロックはのぞき穴から顔を離した。「ここになにか書いてあります。差出人は〈ガン・スミス・ユーロ〉、なんだろこれ、ずっしり重い。わぁ、もしかして銃が入ってるとか？　注文しました？　銃なんて、近くで見たことないわ。でも、もし欲しいんなら、サインをもらわないと渡せないんですけど」

「おれは注文なんか……ちょっと待て、荷物にさわるなよ、いいか？」エベレットが三つのロックを外してドアをぐいと開けると、ついさっき割れるまで風船ガムを膨らませていた赤毛の女が、シグ・ザウエルを彼の胸に突きつけていた。「FBIよ、ミスター・エベレット。さあ、おとなしく両手を頭の上に置いて下がりなさい。一歩下がって」

「はあ？　FBIだと？　おい……」

シャーロックがゆっくりとシグを下に向け、相手の腹部に狙いを定める。「腹を撃つと見苦しいけど、その肩とちょうど釣りあいが取れるわね、エベレット」

エベレットがふらっと後ろに下がった。と、急に身をひねり、黒い革のソファの陰に飛びこんで、発砲した。

弾が脇にそれて、ランプを粉々に砕く。

「このばか！」シャーロックは叫び、ソファの後ろからのぞく足を狙って撃ったが、わずかに親指を外れた。「つぎの弾はふくらはぎに当たって、そのつぎは膝。あんたは一生、みじめな姿で這いまわることになるわよ！　銃を捨てなさい！　早く！」

サビッチはソファの反対側にまわった。「おい、エベレット、捨てないと彼女が左膝、おれが右膝を撃つぞ。そうだ、こっちはふたりだ。痛い目に遭いたくなけりゃ、いますぐ銃を捨てるんだな」

ソファの陰でエベレットが悪態をつき、それからなにやらぶつぶつと、喧嘩腰のやり取りが聞こえた。まるで彼と邪悪な双子とで、勝算について言い争っているかのようだ。

「いますぐ銃を捨てなさい！」シャーロックが叫んだ。

銃が飛んできて、玄関の床をすべった。シャーロックは、口径九ミリの立派なケル・テックPF‐9を踏みつけた。「スリッパー・ホローの家から銃弾を掘りだしたら、きっとこの銃にマッチするわね。さあ、ドン、いい子だからそろそろ出てらっしゃい」

「撃つなよ！」

「二秒以内に顔を見せれば、考えてあげてもいいわ」

片手だけでなんとかソファの陰から這いでてきた彼は、汗ばんで青ざめ、瞳孔《どうこう》が開き気味になっていた。折り曲げた右腕を青い三角巾で吊っている。

「立って！」

彼はやっとのことで立ちあがると、怪我をしていないほうの手を、手のひらを上に向けて差しだした。「あんたら何者なんだ？　いったいなんの真似だ？」

「よく聞け、ミスター・エベレット。おれたちはFBIだ」サビッチはバッジを取りだし、エベレットに向かって振った。「あのリクライニングソファ《レイジーボーイ》にでもゆったり腰かけたらどうだ？　ばかな真似はするなよ、ドン。こんな気持ちのいい夏の日に、おまえを殺したくない」サビッチはデーンに電話をかけた。「こっちは問題ない。やつは確保した。上がってきてくれ」

　エベレットが言った。「なにが気持ちがいいだ、暑すぎてむかむかするぜ。あんた、おれのこの姿が見えないのか？　この腕を見ろよ。おれは具合が悪くて、めちゃ苦しんでんだ。いったいなんの用だ？　おれはなにもしちゃいない。スリッパー・ホローなんて、全然知らねえよ」

　シャーロックがふり向くと、デーンは非常階段から部屋に入りかけ、オリーは玄関のドアの内側に立っていた。どちらの手にもシグがある。

「ここは問題なしよ」シャーロックが言った。

　デーンとオリーが彼らを通り越し、部屋の奥まで調べだした。「おい、てめえらなにしてやがる？　ここはおれの家だぞ。勝手に引き出しをかきまわすな！」

「おとなしくしてないと、引き出しをかきまわすだけじゃすまないかもよ」シャーロックはエベレットの肩を叩いて座らせた。「ところで、単刀直入に訊くけど、ドン、あなたはさっきわたしを撃とうとしたわね。でも、はっきり言って、あなた、そうとう疲れてるみたい」

彼の顔をまっすぐに見据えた。「あなたがバージニア州で訪ねた、あのとっても親切なお医者さんを覚えてる？　銃弾を摘出して、鎮痛剤と抗生物質をたっぷり処方してくれたのに、あなたは代金を踏み倒したうえに、彼を縛りつけて地下に引きずりおろしたわね？」

「でも、痛めつけちゃいないだろ？」

「まともな判断力があってよかったわ」シャーロックは言った。「あなたがスリッパー・ホローでキッチンの床に残してった大量の血液のおかげで、DNAを照合できたの。それにあなたを撃った捜査官も、あなたの顔を覚えてたわ。観念したら、ドン？　こうなったら絶対に逃がさないわよ」

「クソDNAがなんだってんだ！」エベレットがどなった。

「いまの汚い言葉は聞かなかったことにしてあげるわ、ドン。あなたの見るも無惨なありさまに免じてね」シャーロックは土気色の顔をまじまじと見つめた。「あら、もしかして傷がすごく痛むんじゃない？　スリッパー・ホローのことを正直に話すんなら、あなたを病院に連れてってくれるように、ここにいる上司に頼んであげてもいいわよ」

エベレットがその場で身をよじり、うめき声を漏らしだしたので、サビッチがレイジーボーイに押しこんだ。「おれはスリッパー・ホローなんか行っちゃいない。カモ狩りに行ってたんだ」エベレットはサビッチを見あげて訴えた。「マガモだ。イーグル湖にごっそりいるんだ。なあ、痛み止めを一錠くれよ。洗面所に取りにいこうとしてたら、あんたがドアを叩いたんだ」首を振る。「痛みがひどくて、判断力が鈍ってた。あんたの顔をちゃーんと見てからドアを開けたんだぜ。あんたみたいなかわいい女がお巡りだなんて、誰が思うもんか」

「ねえディロン、この人、わたしがお巡りにしてはかわいいって言うんだけど――それについてどう思う?」

「クズのわりに趣味がいい」

「さあ、みんなの意見も一致したことだし、クレイ・ハギンズをどこに埋めたのか、そろそろ聞かせてくれないかしら。べつにいいでしょ、あなたが彼を撃ったわけじゃないんだから。死んだ彼のこと、気の毒に思ってるんじゃないの? だって、友だちだったんだろうから――少なくとも、仕事仲間ではあったんでしょう? その彼がいまや、棺に入れてやる価値もなかったかのように、どこかの土に埋められて朽ちはてようとしてるのよ」

「なに言ってんだか、わかんねえな。クレイ・ヒギンズなんてやつ、おれは知らねえぞ」

「クレイ・ハギンズよ」

「どっちだっていいさ」彼はサビッチを見た。「なあ、出てって、おれをひとりにしてくれ。地下に入れられた医者のことなんかなにも知らねえよ。おれはあんたらに協力してるだけなんだから、痛み止めを飲んでベッドに戻らせてくれ。ほんとは〈ガン・スミス・ユーロ〉からの荷物なんてねえんだろ?」

「ええ、悪いわね。ほんとうに胸が痛むけど、ドン、仕事上、ときには嘘をつかなきゃならないの」

サビッチが言った。「わかった、ドン、よく聞け。巨漢のルームメイトがいる狭くて居心地の悪い監房と、清潔なシーツを敷いた気持ちのいい病院のベッドと、どっちにする？　おまえに選ばせてやる」

「弁護士を呼んでくれ」

「いいか、ドン」サビッチが言った。ゆっくりと語るその声が、しだいに太く凄《すご》みを帯び、氷のように冷たくなった。「気づいたんだが、ときとして――ごくまれに、だな――弁護士はものすごく力になってくれる。だが今回は、おまえが罪を免れるのを助けてはくれないぞ。よほどばかな弁護士でないかぎり、おれたちに協力して真実を話せと助言するはずだ。なぜなら、こっちにはすでにＤＮＡという動かぬ証拠があるからだ。おまえにだって分別はある。取引きしたいか？　その気があるんなら応じよう」

エベレットが言った。「なにも知らないんだ、おれは――」

サビッチは彼の頰を平手打ちした。

エベレットはうめき、三角巾で吊った腕を胸に引き寄せた。「おい！　なんでそんなことすんだよ？　怪我してるのに、殴ることねえだろ？」

「ちゃんとこっちを見ろ、ドン、おれの顔をだ。そう、それでいい。おまえと、いまは亡きクレイ・ハギンズを雇ったのが誰か言うんだ。おまえがレイチェル・ジェーンズを殺しにスリッパー・ホローへ行ったときにいっしょだった、もうひとりの男と女の名前もだ。いますぐ聞かせてもらおうか。さもないと、重罪刑務所《アッティカ》でたっぷり三十年過ごすはめになるぞ」サビッチは、ぽかんと開いたエベレットの口にシグの握りの部分を押しあてた。「だめだ、〝なんにも知らない〟の歌は、おれには通用しない」さらに身を寄せて、エベレットの耳にささやきかける。「おれにはもうひとつ楽しみがあるんだぞ、ドン。おまえが児童虐待してたってことを、受刑者たちに吹きこんでやることさ」

27

シャーロックがドンリー・エベレットの顔に見たのは、めったにお目にかかる機会のない本物の恐怖だった。この瞬間、彼は痛みのことなどきれいさっぱり忘れていた。

「なあ、嘘だろ。そんなこと、しねえよな。いくらなんだって、そんなこと」

サビッチはシグの銃口でエベレットの耳をなぞった。「連中にさんざんやられたら、正直に白状しとけばよかったとかならず後悔するぞ、ドン。逆に、おれたちが知りたいことを話してくれれば、独房に入れるように口をきいてやるし、移管書類には児童虐待の件をいっさい書かずにおいてやる。さあどうする、ドン？　おまえにどんな選択肢があるか、わかってるな？」

エベレットは、使えるほうの手のひらを顔にあててすすり泣いた。シャーロックが背筋を伸ばした。「最低！」彼女はエベレットの膝を思いきり蹴った。

「なにを――」

「よく聞くのね、このばか」彼女は嚙みつくように言った。「あんたはそのみじめな人生でコンピュータのディスクがいっぱいになるほどの悪事を働いてきた。犠牲になった人たちに対する謝罪の気持ちなんてこれっぽっちも表わしたことがないくせに、この期《ご》に及んで厚かましくめそめそ泣くわけ？　ああ、むかつく。

ほら、哀れなギョウチュウ野郎、誰に雇われたのか言いなさい。さもないと、虐待された子どもたちの無残な写真を手に入れてあんたの名前を太文字ででかでかと書き添え、刑務所長に頼んで、バスルームやら食堂やらに張りだしてもらうわよ。あんたがどれだけ生き延びられるか賭けになり、大きな石鹼を口に突っこまれて、口を無理やり閉じられるでしょうね。想像できる？」

エベレットは泣きやみ、ぴたりと口を閉ざした。ただの脅しでないのがわかったのだ。「石鹼の話は聞いたことがある」ぶるっと体を震わせた。「まさかそんなことしねえよな、お巡りには厳しい規則があんだから。あんたらは規則に縛られてる」

「おれがそんなもんに縛られてるように見えるか、ドン？」サビッチがエベレットを見て、首を振った。「わかってないようだな。おまえは、スリッパー・ホローでおれたちの仲間を殺そうとしたんだぞ。おまえの仲間をつかまえるために、おれたちが話をでっちあげないと思うか？　それをおれたちがためらうとでも？」

エベレットは前後に首を揺すった。「ああ、ちくしょう、こんなことになるなんてよ。ちょろい仕事のはずだったんだ。入って出て、それで終わり。あとはうちに帰って、たんまり金をもらい、アルバ島でバカンスとしゃれこむ。それなのに、あのデカい野郎がキッチンに入ってきておれの肩を撃ち、そのあとクレイを追っかけて撃ち殺しちまった。さっきパーキーが電話してきたんだ。うまく逃げられてよかった、なにもかも失敗したけど、ばかな真似さえしなけりゃおれたちは大丈夫だって。おれは前科がないから見つかりっこないって、彼女に言った。財布には身分がばれるものは入ってなかった——免許証もなんも。クレイがデカいやつに撃ち殺されたってことは、彼女にも言わなきゃならなかった。彼女は、おとなしくして腕を大事にしてたら、なにもかもうまくいくって言ってくれた」

シャーロックが訊いた。「あなたがキッチンの床に血をどっさり残してきたことは、パーキーに話したの？」

エベレットが首を振り、ぶつぶつと悪態をついた。「DNAなんかクソ食らえだ」

サビッチは彼の顎をつかんでひねった。「これが最後だ、言葉遣いに気をつけろ」

「四人めのメンバーは誰？」シャーロックが訊いた。

「T・レックス——いまごろフロリダで、パームビーチの海岸を駆けまわってるさ」

「T・レックスの本名は？」

「マリオン・クループ。なんでT・レックスなんてニックネームなのか、会えばわかるぜ」

「無駄口はそれぐらいにしとけ、ドン。パーキーの本名は？」

「彼女は誰からもパーキーと呼ばれてる。おれが知ってるのはその名前だけだ、嘘じゃない。

いつも歯をむきだしてにやっと笑って、おっぱいを突きだしてる。でもって、十年前と変わらずぴちぴちだって言うんだ」

「年齢は？」サビッチは訊いた。

「四十かそこらかな。正真正銘のプロで、手抜かりなしだ。くしゃくしゃのブロンドヘアをいつもアップにして、くるくるカールを垂らしてる。つねに黒いサングラスをかけてるから、目は一度も見たことがない。

　今回の仕事は出だしからして、さんざんだった。パーキー《パーキー》は状況がわからない、どこになにがあるかも、誰がいるかもわからないまま僻地にやられるって、文句たらたら、めちゃくちゃ腹を立ててた。だけど金を勘定してみて、再検討したんだ。こちらが四人に対して、レイチェル・ジェーンズって女はひとりか、せいぜい家族がひとり。それだけだと言われた。悪くしても殺す相手がひとり増えるだけだから、簡単なもんさ。どうってことなく、大金が転がりこむはずだった。パーキーは怒りくるってるよ」

　エベレットはシャーロックを見て、つつっと涙をこぼした。「なにひとつ予定どおりにいかなくてさ。人が半ダースはいる感じで、しかも全員が銃を使えた。おれたちより、向こうの武器のが多かった。勝ち目なんかあるもんか。なんでああなったんだ？　なあ、マジで痛いんだ。薬を一錠飲ませてくれよ」

「二錠やるぞ、ドン」サビッチは言った。「おまえを雇ってレイチェル・ジェーンズを殺させようとしたのが誰なのかをしゃべったらすぐにでも」

「ほうら、そうきた。信じてくれないけど、ほんとなんだ。おれは知らない。誰がパーキーを雇って大金を渡したのか、知らないんだよ。リーダーはつねに彼女でさ。彼女が仕事を請けて、おれたちに説明し、実行計画を立てて、分け前をくれる。で、つぎの仕事が来るまで解散だ。クレイはいつものメンバーじゃない。風邪で寝こんでたゲーリーの代理だから、実際、頼りになるのは三人だった。スリッパー・ホローにいたのは、きっと軍隊のやつらだ。まるで地獄だったよ」

「パーキーは、レイチェル・ジェーンズについてなにか言ってたか?」

「その女がいまだに生きてるのはおかしいって。とっくにブラックロック湖の底で眠ってるはずだった、あの催眠剤《バルビツール》はきいてたのにって。そう言って笑ってたぜ」エベレットは肩をすくめて、うめいた。「パーキーは言ってたんだ。レイチェル・ジェーンズってのはいっぱしの芸術家気取りで、部屋の調度とか壁に飾る絵なんかをアレンジするうわついた小娘だから、殺《や》るのはいともたやすいって。ところが、実際はどうだよ。あの女、奇術師みたいに脱出しやがって、まるで第二のフーディーニさ。あんときもパーキーは激怒してた」

「その調子だ、ドン、そのまま続けてくれ」サビッチが言った。

「クレイはパーキーと組むのがはじめてだったから、彼女になんやかんや質問してた。それでパーキーもとうとう、ロイド・ロデリック――ティーンエイジャー好きのへなちょこ野郎だ――のことを明かした。そいつは、ケンタッキー州パーロウでレイチェル・ジェーンズをしとめようとして逆に撃たれたんだ。ケンタッキー州パーロウなんぞ、誰が知るかよ？　そいつはパーロウの病院にいるから、今度はおれたちの出番なんだとパーキーが言ってた。女は民間人で、そこなら悪いオオカミに見つからないから安心だと思って潜伏してるってな。ところがまたパーキーは怒りに唸《うな》るはめになった」

エベレットの口からため息が漏れる。涙が頬で乾いて、跡になっていた。「女はひとりじゃなかったんだ。家のなかから銃弾が飛んできたときは、腰が抜けそうだった。もう少しで当たるとこだった」うなだれて、怪我をしたほうの手の指を掻《か》く。「仕事を片づけようとしただけなのに、こんな目に遭うなんてよ」

「いったいどうなったんだ？」サビッチが訊いた。

「いや、どうにか森を抜けてスリッパー・ホローを見つけたら、まず女が目に入った。ところが、例のデカい野郎がついてやがった。パーキーからはそいつもいっしょに殺るから大丈夫だと言われたんだが、おれたちが近づきもしないうちに、別の男が駆けだしてきて、ふたりに向かって家に入れと叫んだ。その男は異変を察知してたんだ。どうやって知ったのかはわかんねえが、とにかく知ってやがった。レイチェル・ジェーンズとデカい野郎は、おれたちが銃撃をはじめると同時にうちに飛びこんだ。パーキーはおれたちを二手に分けて、クレイとおれが森を抜けて家の裏手にまわり、裏から侵入して交差射撃することになった。おれは、クレイを後ろに下げて援護にまわし、裏口から出ようとするやつを撃たせたほうがいいと判断した。あいつがまだチームに慣れてなかったからさ。

おれがキッチンに入ると同時にデカい野郎も入ってきた。倒れたから命中したんだと思ったら、あの野郎、撃たれたふりをしてやがった。そのあと、そいつに肩をやられた。おれは倒れて、そいつが裏口から出てったから、クレイに勝ち目はないと思ったら、案のじょうだ。

森のなかをクレイをかついで車まで運ぶのに、どんだけこの肩が痛かったことか。だけど、置き去りにはできないだろ。そこから二十五キロほど先の煙草畑に埋めたよ。いまその場所がわかるかどうか、ほんとのとこ、おれにはわかんねえ」

エベレットは泣きだした。しゃくりあげながら、サビッチを見あげた。「全部しゃべったら薬をくれるって約束したろ。しゃべったぞ。おれの薬、薬はバスルームの戸棚にある」

「デーン、ミスター・エベレットのバスルームから鎮痛剤の瓶を持ってきてくれ」サビッチが指示した。

しゃくりあげるエベレットの手にデーンが薬瓶を押しこみ、レイジーボーイの肘掛けにコップの水を置いてやった。エベレットは薬を二錠口に入れ、顎からしずくをぽたぽた垂らしながらコップの水を飲み干した。

シャーロックはエベレットを冷静な目で観察した。見た目は悪くない。三十代後半、くすんだブロンドの髪はふさふさとして、体格もいいけれど、長期間ひげを剃《そ》っていないし、いつ風呂に入ったかわからないにおいがする。ただ、肩の状態を考えれば無理もない。グレーのスエットは薄汚く、ダークグリーンのソックスは親指のところに大きな穴が空いている。親からひどい虐待を受けて、おむつを濡らしたまましょっちゅうほったらかしにされていた子がそのまま大人になると、こんなふうに見えるのかもしれない。

「さあつぎだ、ドン」サビッチが言った。「パーキーの居場所を教えてくれ」

エベレットは下唇を嚙んだ。殺し屋仲間への裏切りだけに、答えにくい質問だ。

「将来を考えてみろ」サビッチの声は落ち着いていて穏やかだけれど、どこか凄みがあった。

「ジョージタウンの〈バーンズ・アンド・ノーブル〉から一ブロック先の、Mストリートからウィスコンシン・アベニューに入ったところだと思う。一階がブティックの小さいアパートだ」

「住所は？」

「知るかよ、そんなもん——」

「わかった、信じよう。そこへ案内してくれ」サビッチは苦痛にうめくエベレットを容赦なくレイジーボーイから引っぱりあげて、デーンとオリーに引き渡した。「この大物がウィスコンシン・アベニューにあるパーキーのアパートに案内してくれる。ふたりの捜査官に警護されながら、おれたちもすぐあとに続く」

サビッチはシャーロックを見て、黒い眉を吊りあげた。「哀れなギョウチュウ野郎だと？」

28

十分後、ドンリー・エベレットは〈Kマーティーク〉という店の二階の窓を指さしていた。牙を生やした若者たち向けのゴシック系ファッションの専門店だ。パーキーが住んでるのはあそこだとエベレットは言い、彼を引きつづき鎮痛剤のトワイライトゾーンにいさせるためにデーンは薬をもう一錠与えた。外から見るかぎり、黒いレースのカーテンと黒いドアさえなければ、ごく普通の店だった。

黒いドアから〈Kマーティーク〉に入ったシャーロックは、ほんの数人しかいない客に満面の笑みで会釈しながら、ぺらぺらした黒いスカートや黒いワンピース、黒いトップス、やけに魅力的な赤いプラスチックのスパイク、黒いブーツ、男の目に焼きつきそうな黒いレースの下着がずらりとならぶラックのあいだを縫うようにして、店のいちばん奥にあるカウンターへ向かった。正面に姿見があるのは、店員が店全体を視界に入れるためだろう。「ねえ、パーキーを探してるんだけど、協力してもらえないかしら？」

カウンター奥の若い女は、黒いストレートのロングヘアに蒼白な顔をして、アダムス・フアミリーのように全身黒ずくめ――マニキュアと口紅まで――だった。この装具一式を取り去ったらどんな姿なのだろうと、シャーロックは思わずにいられなかった。

女は軽く見くだすような目つきで、シャーロックの全身を眺めまわした。「あのさ、あんたが着てるそのブルジョア的な服、もっとかっこいいのに変えてあげられるよ」

「この革のジャケット、よくない？」

「うーん、悪かないけど、ガーッと深い切りこみを入れなきゃ、ほら、ナイフかなんかで。そうすれば、もっと危険な雰囲気になれるから。なんなら、わざわざ切らなくていいのがあんだけど」

シャーロックは興味を示しつつ、残念そうに言った。「悪いけど、今日は買い物してる時間がないの」身分証明書を取りだした。「FBIのシャーロック特別捜査官よ。パーキーはどこ？」

若い女はちらりと身分証明書を見た。「パーキーなら行っちゃったよ」

「どこへ行ったの？」

女はうんざり顔で肩をすくめた。生地の透けた黒い袖が片方ずり落ち、痩せこけた白い肩がのぞいた。

「ところで、あなたの名前は？」

「あたし？　あたしはパール・コンプトン。それって、なんか関係あんの？　ほんと、どうにかしたげたいな。その服と髪、どうしようもなく退屈でつまんないもん。ねえ、まじ手伝ってあげよっか？」

「ちゃんと聞きなさい、パール。パーキーの本名と居場所を教えないと、冷たい水の入ったバケツを持ってきて、その顔をごしごし洗うわよ」

ほかに三人いる客はみな十代の少女で、やり取りを聞いていたらしく、さっさと逃げだそうとしていた。サビッチはドアを開けてやり、飛びだしていく彼女たちに言った。「賢明な判断だ」

パールは真っ白な手で力いっぱいカウンターを叩いた。「なにすんのよ！　客が三人、あんたたちのせいで逃げちゃったじゃない！」

シャーロックが身をかがめて言った。「ああ、そうね。ところでパーキーの本名は？」

パールが肩をすくめた。「ふん、そんなのどうだっていいじゃん。モード・カプル。モンタナ生まれで、子どものころからヒツジの世話をしてたらしいよ」

「彼女はいくつなの？」

「さあ——若くないけど。四十くらいじゃない？」

「彼女はいつから二階に住んでるの、パール？」

「あたしが店長になってからずっと」

「彼女はどこへ行ったの？」

「知らない、嘘じゃないって。あたしに鍵を預けてさ、ツタに水をやっといてって言い残して、さっさと出てっちゃった」

「そう、わかったわ。あなたもいっしょに二階に来て、パーキーの部屋の鍵を開けて」シャーロックはふり向き、戸口に立っていたサビッチに手を振って合図した。

「やだ、そんなことできるわけないじゃん。パーキーは人に立ち入られるの嫌いだし、二階に誰か連れてったりしたら、めちゃ怒られちゃう。彼女とオーナーは、ほら、彼が奥さんから逃げだしてこれたとき、いっしょに寝てんだよ」

サビッチがつかつかとパールに歩み寄り、黙って彼女を見おろした。

パールは黒い爪をカウンターに打ちつけ、肩をすくめた。カウンターの下からキーホルダーを引っぱりだし、店の入口まで行くと、ドアの内側に〝CLOSED〟の札を下げて鍵をかけた。

「こっち」彼女は肩越しにサビッチを見た。「牙をつけたら、めちゃいけてそう。明るめのパウダーで日焼けを消したほうがいいかも」

「そりゃどうも」サビッチは応じた。

「口の脇から、血をひと筋垂らしたりして」

ふたりは彼女のあとから裏の狭い階段をのぼった。奥行きの浅い木の段がてっぺんまでずっと続いている。パールについて狭く薄暗い廊下に入っていくと、奥にドアがあり、〝パーキー〟と書かれた黒い紙が画鋲で留めてあった。「ここだよ。ここが彼女の部屋」

パールが鍵を開けて、ドアを押した。サビッチが素早く彼女を自分たちの後ろへ押しやった。「そこにいてくれ」

シャーロックとともにシグを構え、サビッチが上、シャーロックが下に目を向けて、背後のパールを守りつつゆっくりと足を踏み入れた。ふたりが狭く薄暗い部屋の奥へ入ったとき、背後でいきなりドアがばたんと閉まり、鍵のまわる音に続いて、大急ぎで階段を駆けおりる足音がした。サビッチはドアを蹴り開け、身をかがめて狭い廊下に出た。深くかがんでいなければ、胸を撃ち抜かれていただろう。かろうじて逸《そ》れた弾が、頭上を勢いよく飛んでいく。サビッチは廊下に腹這いになって、発砲した。頭上の壁にさらに二発の銃弾が撃ちこまれ、走り去る足音が聞こえた。シャーロックが横にやってきた。「無事ね?」

「ああ、ただ屈辱的な気分だ」

「どうやら、いま会ったのがパーキーだったみたいね。たしかに、やり手らしいわ。彼女の言葉をまるで疑わなかったもの」

サビッチが携帯電話を取りだした。「デーン、女に一杯食わされた。全身ゴスブラックの女だ。そいつがパーキーに間違いない。いや、おれたちは無事だ。まもなく女が〈Kマーティーク〉から駆けだすはずだ。銃を持っていて、腕もいい。念のため、ひとりは裏へまわってくれ。すでに女が外に出てるんなら、あとを追ってくれ。くり返す。ゴス系で黒のロングヘア、黒い服に黒いブーツ。かなり若い、おそらく二十代前半だ。気をつけろ。そうとう危険な女だ」

しばらく耳を傾けた。「そうだ、それが彼女だ。ちょうど玄関から出てきたんだな？　間違いない、その女だ。そいつを撃て。たぶん本名はパール・コンプトンだ」

走り去る足音とデーンの叫び声が聞こえた。「止まれ、パール！　ＦＢＩだ。その場で止まれ！」

銃声を聞いて、サビッチの喉は締めつけられた。携帯をつかんだ。「どうした？　どうなってる？」

さらに三発の銃声が聞こえた。あたりから叫び声や、悲鳴が聞こえる。

サビッチとシャーロックが店から飛びだしたとき、一ブロック先を走るオリーとデーンの姿が〈バーンズ・アンド・ノーブル〉の店内に消えた。

「まずいぞ」サビッチが言った。

彼らも一ブロック走り、スピードをゆるめて〈バーンズ・アンド・ノーブル〉に入った。ふたりともこの書店のことはよく知っている。三階建て。一階は広いオープンスペースになっており、左手には店員がいる長いカウンターが、右手には書棚がある。そこがいま恐怖の館と化しつつあった。店員も客もみな叫び、泣きわめき、ある者は床に伏せ、ひっくり返ったいくつかの本棚から本があちこちに飛び散り、男の声が——店長のスティーブ・オルソンだ――身をかがめるよう大声で指示していた。デーンとオリー、さらに見張り役の捜査官ふたりが、見え隠れしながら通路を縫うように進み、悲鳴や叫び声を頼りにパーキーを捜していた。

サビッチはパーキーが通路の陰からデーンめがけて発砲するのを見た。パーキーが下りのエスカレーターに飛び乗り、全速力で上へ駆けだす。黒いスカートをはためかせ、ブーツで踏み板をガンガンと鳴らし、右手には銃を持っている。彼女が三階に向かっていることが直感的にわかった。三階にある児童書売り場で手ごろな人質を見つけるつもりだろう。なにも考えず、そのへんにいる子どもをつかまえればいい。サビッチは声をあげた。「シャーロック、みんなをここに集めろ。スティーブ、三階に知らせて、子どもたちをエレベーターに乗せさせろ。急げ、トイレに集めてもいい。とにかく見えないところに避難させるんだ。みなさん、そのまま伏せててください！」

店長がくり返し絶叫している。「彼らはＦＢＩです。大丈夫ですから、あわてず、そのまま伏せていてください！」

パーキーはてっぺんまで行くとエスカレーターを飛びおり、くるりとふり向いて、じっくりとサビッチを見つめた。それから、這って逃げようとしていた十代の少女の長い髪をわしづかみにして、立ちあがらせた。「ほうら、いいものつかまえたよ、捜査官さん」まるでネズミでも揺さぶるように少女を揺さぶり、サビッチに話しかけつつ、目はシャーロックに向けた。ふたりに接近を試みていたシャーロックは、パーキーをじっと見据えたまま、本棚に身を寄せてゆっくりと歩を進めた。「かわい子ちゃんにさよならを言いな」パーキーはそう叫ぶと、つかまえている少女ではなくシャーロックに向けて発砲した。

シャーロックが身をよじって本棚に張りつく。リンダ・ハワードの本が弾を受け止めた。さらに三発の銃弾が放たれたものの、シャーロックには撃ち返すことができなかった。パーキーが人質の少女を盾にしているせいで、誰も反撃できないのだ。

パーキーが言った。「知ってた？　そういうのを袋小路って言うんだよ」

サビッチが声を張りあげる。「観念しろ、パール、もう終わりだ」

パーキーがヘビのような素早さで銃を構え、サビッチに向かって発砲した。彼は脇に身を投じた。少女を危険にさらしてまで撃ち返したくない。と、怯えて青ざめていた少女ががんでパーキーの腕に嚙みついた。パーキーは少女の頭を拳で殴って突き放すと、サビッチのほうを見て、ふたたび引き金を引いた。

「伏せろ！」サビッチが叫ぶ。

少女はそうしようとした。だが、エスカレーターの上に落ちて、サビッチのほうへと転がりはじめた。身を伏せようにも、伏せることができない。サビッチが叫んだ。「下に着いたら、全速力で走れ！」

叫び声がした。親たちは子どもをしっかりと抱え、十代の少年がひとり、身を盾にして果敵に幼い弟をかばおうとしている。少女はエスカレーターの下まで落ちると、一回転し、起きあがるなり駆けだした。

パーキーはエスカレーターの上に立ち、見おろしながらゆっくりと銃を持ちあげた。人はいくらでもいる。標的はよりどりみどりだ。

こうなったらやるしかない。サビッチは転がって立ちあがった。さっきの少女よりも素早かった。いますぐパーキーを撃つしかない。サビッチはシグを構えた。

そのとき、デーンの声がした。「おい、パーキー！　もうおれを愛してないのか？」

29

パーキーはとっさにふり返り、黒髪が頬を打った。サビッチの右後方数メートルにデーンがしゃがみこんでいるのに気づき、銃を構えた。

突然、幼い男の子がふたり、どこからともなく現われ、甲高い声をあげながらサビッチに近づいてきた。そのひとりがサビッチにつまずいて大の字に倒れたので、サビッチは転がって、子どもにおおいかぶさった。身をひねると、デーンが発砲するのとほぼ同時に、パーキーが引き金を引くのが見えた。世界がスローモーションに切り替わる。パーキーがデーンの放った弾を右肩に受けて、下りエスカレーターに横ざまに倒れかけ、手を伸ばしながらも、手すりをつかめずにいる。デーンはパーキーが動く段の上にゆっくりと沈むのを見て、彼女に駆け寄り、薄く黒い袖をつかんだ。だが、生地が破れて、彼女が倒れた。黒いスカートが細い体に巻きつき、半分脱げた長い黒髪のかつらの下から、長いブロンドの髪がのぞいている。ぴくりともしない。肩の銃創から出血しているはずなのに、サビッチには血が見えなかった。黒に赤――黒い服が血を吸いこんだのだ。

彼女の銃はどこだ？　「デーン」サビッチは叫んだ。「彼女の銃がない！　危険だ。みんな、そのまま動くな！」

デーンはとっさに後ずさったものの、パーキーは素早かった。身をよじって仰向けになるや、銃を握って、引き金を引いた。そのとき、反対側から近づいてきたオリーが、銃を持つ彼女の手を撃った。銃はSFコーナーの通路の床をすべった。パーキーは悲鳴をあげるや、仰向けになって、そのまま静かになった。

「よし、いいぞ」サビッチが言った。「終わった。みんな下がっててくれ」

シャーロックがパーキーの横に膝をつき、肩の傷に手のひらをあてた。「息はあるけど、出血を止めないと。あなたのタイを貸して。傷口をきつく縛るのよ。さあ、パーキー、わたしの目の前で死ぬんじゃないわよ！」

デーンは早口で言葉を吐きだすように言った。「応援が来たぞ。オリー、そっちは任せた。おれは救急車を呼ぶ。さっきの一発は職人技だな。命の恩人に感謝感激だよ」

サビッチが言った。「客たちを落ち着かせて、外に誘導してくれ。店長のスティーブ・オルソンとは友だちなんだ。しっかりした男だから、手は貸しても、彼の好きなようにさせてやってくれ。自分で仕切れば、しゃんとする。これで終わりだと安心させてやってくれよ。シャーロック、みんなをここに近づけるな」

シャーロックは、パーキーの腕の傷にデーンのタイを巻きつけている最中だった。

黒いゴス系のシャツが血を吸っている。この細い体のどこに、これほどの血液があったのだろう？　骨ばかり。シャーロックから見ると、彼女は骨と皮だけだった。

サビッチがふり向いて、パーキーを見おろした。二十歳か、いってもせいぜい二十二歳くらいだと思っていた女が、じつは二十歳を迎えてから二十年以上もたっていた。これがパーキー、四十歳を越えた女だという。サビッチは膝をつき、傷に巻かれたタイをきつく縛りなおした。よし、出血がおさまってきた。もうほとんど血は出ていないが、さらに傷口に圧力をかけた。助かる見込みが出てきた。

救急隊はどうした？　パーキーは助かる、いや助かってもらわなければ困る。彼女を雇ってレイチェルを殺そうとしたのが誰かを語れるのは、彼女だけだ。

二分後に救命士たちが到着したとき、すでに客たちの統制はかなり取れていたが、それでもまだ、救急隊は器材を持って群衆をかき分けながら進まなければならなかった。なかには泣いている人もいる。

サビッチは現場に人を近づけまいとしたが、それでも寄ってくる野次馬がいた。血なまぐさい現場が見たいのだ。そういう人間はどこにでもいる。さらに残念なのは、見るものに事欠かないことだ。彼は救命士たちに怪我の具合を説明した。

てきぱきとして落ち着きがあり、息がレモンの香りがする年配の女性救命士が、パーキーの鼻に酸素マスクをかぶせた。肩の傷を調べ、タイを外して圧迫用の包帯を巻く。「重傷ね」

彼女は言った。「でも、あなたたちの処置のおかげで、命は取りとめられそうよ」さっと立ちあがる。「さあ、みんな、担架に乗せるわよ」救命士全員が女性なのを見て、サビッチは思わずほほ笑んだ。持ちあげられたとき、パーキーの頭から黒いかつらが落ちた。

まもなくパーキーは担架に固定されて、玄関から運びだされた。黒いスカートが担架の両脇に垂れ、黒いブーツが白いシーツからだらりとぶら下がった。スティーブは店員たちを指示して、客たちの面倒を見させていた。ショックで青ざめたようすの小さな女の子がひとり、一階のフロアをふらふらと歩きまわっていたが、ふと立ち止まると、落ちた本を拾って棚に戻そうとした。

これから三カ月は話題の的になるであろう書店から、ゆっくりと客たちが出ていく。サビッチは店長のスティーブに歩み寄ったけれど、握手はできなかった。手がパーキーの血に染まっていたからだ。サビッチは店内を見まわした。「申し訳ない、スティーブ、まさかこんなことになるとは。よくやってくれて、助かったよ。いまシャーロックが上司に電話してるから、広報担当の捜査官が派遣されてくるはずだ。なにかあったら、この名刺の番号に電話してくれ。マスコミにはあったことをありのままに伝えて、それをくり返せばいい。いいかい、怪我人も死者もゼロで、犯人は逮捕した。そうだ、人質にされたあの女の子だが、やさしくしてやってくれよ。あの子はよくやってくれた」

シャーロックが言った。「スティーブ、その女の子の名前と住所がわかったら、連絡して。

わたしからもお礼を言いたいし、どんなに勇敢だったか、ご両親にも伝えたいから」

「まったく、きみとシャーロックときたら」スティーブは首を振りながらサビッチの名刺を受け取り、胸に手のひらをあてた。「みんなを落ち着かせなきゃいけないのに、そのぼくの心臓が急にドキドキしてきた」もう一度ふたりにうなずきかけると、副店長を見て、二階の喫茶店にコーヒーと紅茶を注文してくれと告げた。彼は大声で言った。「みんなにチョコレート・デカダンス・ケーキを！」

サビッチがシャーロックに言った。「ドンリー・エベレットが言ったとおり、パーキーは最低でも四十にはなってるはずだ。驚いたな」かがんで黒いかつらを拾った。

「彼女はコスプレしてたのね」シャーロックが言った。「人殺しにぴったりの扮装《ふんそう》だったわ。それに、ありえないほど非情な女だった。この業界に身を置いてかなりになるはずよ。ジャックが前にいた部署にファイルがあるほうに賭けるわ。これで彼女もようやく失業ね。ねえディロン、もしあの女が生き延びたら、気絶するほど殴ってやるつもりよ」シャーロックは唾を呑みこむと、黙って彼の腕に手を置いた。パーキーは二度も彼を殺そうとした。危なかった。ほんとうに間一髪だった。

サビッチはそんな妻のようすに気づいていないようだった。「もし彼女が快復したら、クワンティコへ連れていこうかと思う。催眠術がかけられれば、ドクター・ヒックスが力になってくれるだろうから、有意義な訪問になる。おれのつぎの給料を賭けてもいいが、取引きを持ちかけても、パーキーが取りあうとは思えない」

シャーロックが言った。「きっと弁護士を立てて、ひと言も口をきかないわよ。催眠術の話なんて持ちだせないかも。報道陣の相手はしたくないから、さっさとここを出ましょう。さっきメートランド副長官に電話して、ざっと状況を説明しといたわ。そりゃ不満そうだったわよ。そう、わたしたちが〈バーンズ・アンド・ノーブル〉で撃ちまくったことがね。でも、どうにか事態を収拾してくれそう。パーキーからアボット上院議員とレイチェルの殺害を彼女に依頼した人物について聞きだせるかもしれないと言ったら、ご機嫌が直ったの。そうそう、デーンとオリーには救急車についで病院まで行くように頼んでおいた。ドンリー・エベレットを診てもらわないと。きっとオリーの車の後部座席でうめいてたんでしょうね」

サビッチとシャーロックは、〈バーンズ・アンド・ノーブル〉の裏口から出て〈Kマーテイーク〉へ戻った。急な階段をのぼり、開けっ放しのドアからパーキーの部屋に入った。

「ディロン、ちょっと待って」

サビッチはふり向き、妻にほほ笑みかけた。抱き寄せて髪をなでると、妻が首もとでつぶやいた。「ここが終わったら、ジムに行くわよ。そう、メートランド副長官に一部始終を六回もまくしたてる前に、ジムに行く。そして、しばらくのあいだすべてを忘れる。なにかして体を動かさないと爆発しそう。気をつけてね――あなたをこてんぱんにしちゃうかも」

「きみの夢のなかでな」サビッチは笑うと、パーキーの机まで行き、ノートパソコンの電源を入れた。それからしばらくは鼻歌まじりにパソコンをいじっていたが、やがてむずかしい顔をして、机の椅子に深く腰かけた。

「パスワードが設定されてる。おれなら手間取るだろうが、MAXなら楽勝だ」サビッチはパソコンのコンセントを抜き、玄関脇の床に置いた。

ふたりが机の引き出しを調べると、小切手帳が一冊と、輪ゴムで束ねた支払い済みの勘定書、さらに何通かの請求書が出てきた。請求書は修理や店の商品のもの、唯一使われた小切手は公共料金の支払いに切られたもので、手がかりになりそうな個人的な支払いはなかった。ゴスグッズのカタログも二十冊ほど見つかり、ページの端がいくつか折ってあった。さらに、五千ドル分の百ドル札が詰まった封筒がひとつ見つかった。

「逃走資金ね」シャーロックは封筒にラベルを貼って、ジャケットのポケットにしまった。

キッチンでは未開封のグレープナッツ・シリアルが三箱見つかったが、戸棚にはそれ以外にめぼしいものは入っていなかった。冷蔵庫には冷凍のベーグルが数ダース、低脂肪のクリームチーズ、それに半ガロンのボトルに入った豆乳があった。

黒いキルトをかけた狭いベッドの横にあるナイトテーブルの引き出しから出てきたのは、原色の派手なニップルリングが数個に、黒いリキッドアイライナー、牙が三セット、真っ赤な液体――おそらくまがい物の血だろう――が入ったどぎつい装飾ボトルが二本。いちばんの収穫は一冊のペーパーバックで、表紙にナイフで切り裂いた黒い傷がいくつも描かれ、

『バンパイアのためのセックス――いかに気持ちよく血を流すか』というタイトルがついていた。

「うーん」シャーロックは本を手に取った。「写真集かしら」

サビッチは笑い、本を取りあげてページをめくりはじめた。「ほら、これを見てみろ」

ふたりは、顔の下半分を仮面で隠し、黒いレザーの股袋《コッドピース》を着け、高々と鞭《むち》を振りあげる姿を見つめた。その下に腹這いになった裸の女は、黒い革紐《かわひも》で四肢をベッドの柱に縛りつけられた状態で、首をひねって男を見あげている。

サビッチが顔をあげた。「ページをめくるべきかな?」

「やめといたほうがいいかも。わたしたちは捜査官なんだから」

パーキーことパール・コンプトンの部屋で発見したなかでもっとも興味深いものは、ぎっしりと番号が書きこまれたアドレス帳だった。名前はなく、それぞれの番号の横にイニシャルだけが記されている。

これだ。

30

ワールド・ジム　ジョージタウン
水曜日の夜

「情報過多だ」サビッチは言うと、トレッドミルのスピードと角度を上げた。

「なにも知らないよりはマシよ」シャーロックも負けじとスピードを上げたものの、傾斜のほうは変えなかった。いま無理はしたくない。これから夫をマットの上に少なくとも十回は投げ飛ばす計画なのだから。まさか書店が、とりわけあのジョージタウンの〈バーンズ・アンド・ノーブル〉が危険だなどとは考えたこともなかったけれど、いまや状況は一変した。パーキーは銃を振りまわしながら、黒いブーツを踏み鳴らして下りエスカレーターを駆けあがり、少女をつかまえて人質にした。あの混乱、客たちの悲鳴――大惨事になっていた可能性もある。そしてディロンの命も危なかった。シャーロック自身、パーキーの標的になったし、それを忘れることはできないけれど、悩むほどのことはない。だが、ディロンのことを思うと、恐ろしくてならなかった。

シャーロックはボタンを押し、いま感じている怒りと恐怖に見あうレベルまでスピードを上げた。胸がむかむかして、息が詰まりそうだ。横目でディロンを見ると、彼は早くもつぎの段階に移り、落ち着いた呼吸で走りが安定していた。逆の立場なら、自分もあんなふうに走っていたのにと思うと悔しくなるけれど、問題なのはいまそういう状態にないことだ。デーンに大きな借りができた。

ときどき――いまこの瞬間のように――ディロンと結婚しているのが死ぬほど怖くなる。とはいえ、シャーロックの性格上、怖いというよりもむしろ腹が立ってならなかった。こういうときは、いくらかガス抜きをするしかない。

ディロンが少しスピードをゆるめてこちらを見た。「いま確実にわかってるのは、ドンリー・エベレットがすべてを話す気になってることだ。エベレットは検察官の供述調書に全面的に同意した。残念ながら、おれはやつの言い分を信じる。やつはパーキーの雇い主を知らない。だが、クレイ・ハギンズの死体を埋めた場所については、もっと具体的に聞きだせるかもしれない」

「催眠術にかけたら?」

「そうだな、悪くない。検討してみよう」

やっぱり、とシャーロックは思った。わたしのはらわたが煮えくり返っているのに、この人はちっとも気づいていない。しょせん彼も男。さらに腹立たしいことに、シャーロックは自分の気持ちをおくびにも出さずにいた。

万事順調、すべて終わった。心を鎮めて。こういう事態に直面するのがはじめてなわけじゃあるまいし。彼女は咳払いして言った。「フェアファックス少年院の看守たちは、エンジェルの態度に手を焼いてないかしら？　あの子、もう退院したと思う？」

「たぶんな。エンジェルにはいい薬になったかもしれない。利口な娘《こ》だから」

「ええ、ええ、わたしだってそうよ。その賢いわたしの身に、なにが起きたと思う？」

サビッチは黒い眉を吊りあげて、シャーロックを見た。なにをいらついてるんだ？「きみの身に起きたのは、上司と、それもめちゃいかした上司と結婚して、悪いやつらを追いかけ、体形を維持していることだ。きみにとっては申し分のない人生だろ？」

サビッチの意に反して、シャーロックは笑わなかった。「あなたがエンジェルの携帯から取りだした電話番号にはがっかりしたわ。あなたは五百ドル払ったかいがあったと大喜びしてたけど」藪から棒に指摘した。

よかった、機嫌が直ったらしい。サビッチはまた角度を上げ、深々と息を吸いこんだ。

「ああ、ロデリック・ロイドがもっと内情に通じてて、パーキーのボスとパーロウでのレイチェル殺害計画の話をしててくれたら助かったんだが。実際におれたちがつかんだのは、やつが〈ピザマックス〉に電話して、厚い生地のダブルペパロニを注文したことだけだった」

夫はまだ息が上がっていない。シャーロックは背中を汗が伝うのを感じながら、そう思った。その一点をもってしても、彼を殴りつけてやりたい。

「それと、賭けの胴元にかけた通話が三本。それぞれ別の胴元で、三人全員に借金があった」

エルビスが『ブルー・スエード・シューズ』を大声で歌いだした。サビッチがウエストバンドのクリップから携帯電話を外した。

「はい、サビッチだ」スピードをゆるめ、相手の声を聞く。そのあと電話を切り、ふたたびスピードを上げてから、報告した。「デーンが記念病院からかけてきた。パーキーはまだ手術中だが、順調らしい。不測の事態が起きないかぎり、大事には至らないだろうとのことだ。それから、うまくすればだが、彼女と取引きできるかもしれない」

「クワンティコに行ける程度に快復するには一週間くらいかかるでしょうね。病院で彼女と話をつけて、ドクター・ヒックスに来てもらうっていう手もあるわ」

「いい考えだな」

シャーロックは、やや乱暴にクールダウンボタンを押した。「上司を感心させたいのよ」サビッチの黒い眉がまた吊りあがる。「させてるじゃないか、それも毎日」

「男って、のんきでいいわね」そう言って、トレッドミルから降りた。「またドクター・マクリーンの件に戻らなきゃ」

ふたたびエルビスが歌いだした。「ああ、サビッチだ。やあ、ジャック。話してくれ」サビッチは聞き、二、三質問をしてから、かなり長いあいだ耳を傾け、ついに電話を切ったときには思案げな顔をしていた。

「なに？　彼もレイチェルも無事なの？」

「ああ、問題ない。ローレルとクインシー、それにステファノスのことをまた少し話してくれた。ローレルは大物で、その夫のステファノスはゲス野郎、クインシーはおそらく胃潰瘍だと言ってたよ。ローレルはレイチェルの気骨のあるところを嫌ってて、それを隠そうともしないそうだ。クインシーに関しては判断がむずかしいと言ってる。クインシー・アボットは、ありとあらゆる要素を備えてる。見かけは高価なイタリアの服をまとった華やかなプリンスだが、その実、臆病な男だ。そのせいで高飛車な態度をとる一方、姉に対しては言いなりになってる。ジャックによると、クインシーのかつらは最高級品らしい。ジャックはレイチェルといっしょにチェビー・チェイスの家にいるそうだ」

シャーロックがストレッチをしながら言った。「それって、どうなのかしら」

そのひと言に、サビッチの眉がふたたび吊りあがった。

「違うわ、セックスのことじゃないの。あのふたりが同じベッドで寝たとしても、ジャックは彼女に指一本触れないでしょうね。まあ、それは甘いかもしれないけど。わたしは危険な状況のことを言ったのよ」

「知ってのとおり、ジャックは優秀な捜査官だ。なにごとにも動じず、警戒心が強くて、したたかだ。心配いらない、あいつならレイチェルを守れる。ふたりは明日の朝、アボット上院議員の首席補佐官だったグレッグ・ニコルズに会いにいく。すでに別の上院議員の首席補佐官におさまってるニコルズからどんな話が聞けるか、ジャックは楽しみにしてたよ」

「わたしもニコルズと会って、アボット上院議員にどの程度の影響力があったか探りたい」

サビッチはうなずき、ため息をついた。「ティモシー・マクリーンのことでなにかできることがないかとジャックに尋ねられた。残念だが、おれにはなにも言えなかった」

シャーロックもいっしょになってため息をついた。ティモシー・マクリーンのことを考えると、抱いて当然の怒りも吹き飛んでしまう。

サビッチは歩調をゆるめた。「おれたちふたりはいちばん動機がありそうなふたりに的を絞るのがいいと思う。つまり、マクマナス下院議員とピエール・バーボーだ。時間的な経緯を調べて、ジャン・デビッド・バーボーが溺れたのが、ティモシーが最初に命を狙われた日よりも前かどうか確認しよう。念のため、ルースとデーンにほかの患者たちについても調べさせる」

「それがいいわ」

「まずマクマナス下院議員のところへ行って、アリバイを尋ねる。もっとも、殺し屋を雇ってやらせたんなら、関係ないんだが。オリーに、彼女の夫が死んだ事件を担当した刑事に連絡をとらせて、手がかりを探らせよう。ひょっとすると、彼女が雇った殺し屋につながる情報が見つかるかもしれない。場所はサバナだったよな？」

「ドクター・マクリーンはそう言ってたわ」シャーロックが横を向くと、彼はちょうどクールダウンを終えたところだった。「議員に立候補するのを邪魔されないために、彼女、ほんとうにトラック運転手の夫を殺したと思う？」

「ああ、思うね」

シャーロックはしばらく考えた。「かもね。でもわたしはやっぱりピエール・バーボーのほうに賭ける。あそこでは、いろいろあやしげなことが起きてそうだから」

「おれたちで突き止めるさ。ところで、きみのフランス語はどうなんだ？」

いったいどこに隠れていたのか、彼女のなかから笑いが湧いてきた。「これまであなたに文句を言われたことはないけど」

タオルで顔を拭きながら、サビッチがにやつく。「きみのせいで、なんでそんな質問をしたのか忘れちゃったよ」

シャーロックは指の関節を鳴らした。「わたしと〝激突ルーム〟へ行く準備はできた？」

「それが新しい名前か？」

「ええ、そうよ。なんでそういう名前になったか、すぐに納得させてあげる」追い抜きざまに、サビッチをタオルで叩いた。

サビッチには彼女の血走った目が見えていたし、ばかでもないので、あえて彼女から殴られ、投げ飛ばされ、こづきまわされる役どころに徹した。彼女の蹴りを受けたキックパッドは悲惨な運命にみまわれた。それでも、サビッチを投げ飛ばすたびにシャーロックが笑いながら回数を数えていたのだから、苦労の甲斐《かい》はあった。サビッチはシャワーを浴びながら、彼女はひと暴れしたおかげで落ち着きと見識を取り戻したようだ、と思った。執拗《しつよう》に尻を蹴られているあいだ、何度かストップをかけて筋肉を伸ばしたりさすったりして、彼女に小躍りする機会まで与えてやった。

ふたりは〈ディジー・ダン〉に立ち寄り、サビッチとショーン用にベジタリアンピザを一枚、肉食動物用にペパロニピザを一枚注文した。

その直後にサビッチの妹のリリーとその夫サイモンが店に入ってきて、ピザを二枚追加した。ちょっと顔を出すだけだと言うが、新しいテレビゲームを手にショーンにまっしぐらのふたりの言葉を、サビッチもシャーロックも信じていなかった。

リリーはいま妊娠四カ月で、おなかが目立ちはじめてきた。ショーンが『ニンジャの宝』の新しいゲームで戦いを挑むたびに、彼女は「なにごとも練習あるのみ」とショーンに言い聞かせた。

夜中の十二時、ふたりはようやく眠りについた。サビッチが夢のなかのインディ五〇〇でレースカーの速度を上げたとき、耳にエルビスの歌が響いた。瞬時に目を覚ました。「はい、サビッチ。えっ、まさか。はい、そうですか。はい、残念です」彼は電話を切った。シャーロックは肘をついて上体を起こしていた。「誰から？　なにがあったの？」

「病院からだ。パーキーが死んだ。外科医によると手術は成功だった。一時間ほどして快復室を出されたときも元気で、そのあと病室に戻った。集中治療室に入るまでもなかったんだ。ところが一時間ぐらいして看護師が見にいくと、死んでたそうだ」ナイトテーブルに拳を打ちつけた。「明日から警護のために捜査官をひとりつけるつもりだった。おれは大ばか者だ」

「死因は手術の合併症みたいね」

「その答えは明日の解剖待ちだ。だが、合併症でなかったらどうなる？」

サビッチは悪態をついた。めったに悪態などつかないので、なんとなくそぐわない。彼はベッドから起きだしてスエットパンツをはき、部屋から出ていく間際に言った。「打開策を検討してみる」シャーロックにというより、自分に言い聞かせているようだった。「そうだ、パーキーのアドレス帳にあったイニシャルと電話番号から、ＭＡＸがなにか見つけてくれるかもしれない」

シャーロックは夫がベッドに戻ってくるまで眠れなかった。なにも言わず、ただ丸くなって身を寄せ、彼の左胸に手のひらをあてて、強く規則正しい鼓動を感じた。彼がしだいにリラックスしてきたのがわかると、自然に言葉が口をついて出た。「あなたが死んでてもおかしくなかった。今日の午後、あの女があなたを殺そうとしたときは、ほんとに怖かった。怖すぎて、あなたを助けることもできなかった。わたしがあなたを殺したいぐらいだった」

彼はシャーロックの髪と耳にキスをした。「あの女がきみに発砲したとき、おれがどんなにびびったか、わかってるか？　あの女、きみのほうを向く直前におれを見やがった」

「愛してるわ、ディロン。激突ルームであなたを壁の鏡に蹴りつけてたときだって、やっぱり愛してた」

「覚えとくよ」サビッチは妻の眉にキスをした。「考えるのは明日の朝にして、シャーロック、いまはひとまず眠ろう」

31

ワシントンＤＣ
木曜日の朝

　ジャックとレイチェルはコンスティテューション・アベニューに向かっていた。オレゴン州から選出されたジェシー・ジャンケル上院議員の首席補佐官に就任したばかりのグレッグ・ニコルズと、九時にハート上院議員会館で会う約束だった。そのとき、オリーから電話が入った。「ラジオをつけろよ、ジャック。きみも聞きたいだろう。サビッチが記者会見を開いてる」

　ジャックはウィンカーをちらりと見て、レイチェルに言った。「今朝会見を開くってことは、なにか発表があるってことだな」ラジオの音量をあげた。「どうせ〈バーンズ・アンド・ノーブル〉での一件について嘘八百をならべるんだろうが、なにはともあれ、まずは聞いてみよう」

　サビッチには発表することがあった。彼はジミー・メートランドのすぐ横に立ち、報道陣の海を見渡していた。パイプ椅子に座った新聞、ラジオ、テレビの記者たちの大半は見慣れた顔だった。テレビ関係者は隙なく身だしなみを整え、いつカメラに映ってもいい状態だが、新聞記者のほうはややだらしないジーンズ姿で、より人間らしい。サビッチはシャーロックを見てにこやかにうなずき、メートランド副長官に紹介されると、一歩マイクに近づいて、熱のこもった貪欲そうな面々を見た。みな際限なく質問をぶつけてニュースの目玉となる瞬間をとらえようと、身構えている。

「昨日の午後にジョージタウンの書店〈バーンズ・アンド・ノーブル〉で起きた事件について、すでにみなさんの多くはご存じのことと思います」

笑いの波が起きた。この部屋にいる記者全員がジョージタウンに大挙して押し寄せ、〈バーンズ・アンド・ノーブル〉から十ブロック以内にいるあらゆる人びとにインタビューしたからだ。店長のスティーブ・オルソンは店を閉め、歩道で質問を受けた。それが特報となって、夜の時間帯の通常番組に折りこまれ、奇妙なことに、なかには真実に匹敵する憶測も含まれていた。

サビッチは言った。「〈バーンズ・アンド・ノーブル〉で逮捕した女が、今朝午前零時前後にワシントン記念病院で死亡しました。今日の午前中に解剖が行なわれる予定です」

「サビッチ捜査官、なぜ解剖するんですか？　銃による怪我が死因じゃないんですか？」

「あなたが彼女を撃ったんですか？」

サビッチは答えた。「現時点で入っている情報によれば、怪我は致命的ではなかったようです。手術の合併症による死亡かどうか、今日じゅうには判明するでしょう」

「でも、どのみち死んだんですよね。いや、ちょっと待てよ、女が殺されたと考えてるんですか？」

「撃たれたのは何発？」

「その女はなにをしたんです？　誰なんですか？」

「彼女があの書店に駆けこんだ理由は？」

「女の名前を教えてください」

サビッチはついに片手を上げた。

部屋がしんとなった。「女の名はパール・エレイン・コンプトン。腕のいいプロの殺し屋で、こちらで入手した情報によると、死亡した時点で四十一歳だったことから、その道ではかなりのベテランだったと言えるでしょう。

彼女には仲間が三人いました。うちひとりは死亡、ひとりは入院中、残るひとりはいまだ逃亡中です。くり返しますが、死因は本日中に明らかになる予定です。

お聞き及びのことと思いますが、当然ながら、現場は危機的な状況にありました。しかしコンプトンが盾にしていた十代の少女が機転をきかせて彼女の腕を嚙んで逃げてくれたため、その直後に捜査官が彼女を撃ち倒しました。

被疑者は肩と腕を一発ずつやられて倒れ、病院に搬送されました。

ほかに負傷者はいません。客にも従業員にも、われわれ捜査関係者にもです」前のめりになって、マイクを両手で包みこんだ。「〈バーンズ・アンド・ノーブル〉Mストリート店の店長スティーブ・オルソンとは、個人的な知りあいです。現場の沈静化にたいへん尽力してくれました。しかし、彼のほうには文句がありましてね。五百冊ある本をようやく棚にならべなおしたそうです」

わずかに笑いが起きた。より深く切りこもうと、みな息を詰めている。

「要するに、今回は大惨事を免れることができました。つぎにこの書店を訪れるときはぜひとも、紅茶を飲みながら新しいベストセラーに目を通したいものです。さて、ご質問は？」

ひとり残らず手を挙げ、早くも声を張りあげている。サビッチは記者たちを一瞥すると、〈ワシントンポスト〉のベテラン事件記者であるマーサー・ジョーンズにうなずきかけた。マーサーにはこの数年で二度ほど記事をしかけてもらっている。マーサーは野太くてごつい声を放った。「サビッチ捜査官、ジョージタウンの銃撃事件になぜＦＢＩが関与しているんだ？　普通ならワシントン市警察だろう？　いったいなにが起きてるんだ？　なぜＦＢＩはパール・コンプトンを追ってた？」

かねがねサビッチが思っていたとおり、マーサーは鋭い。さすがだ。導入としては完璧な質問だった。「いい質問です。ここで重要なことをお伝えしておきたい」サビッチが確認のためにジミー・メートランドを見ると、うなずきが返ってきた。

「ご存じのとおり、先ごろジョン・ジェームズ・アボット上院議員が自動車事故で亡くなり、不慮の事故と断定されました」いったん言葉を切った。「われわれは現在、昨夜死亡した殺し屋のパール・コンプトンが上院議員の死に関与していた可能性があると考え、事件の再捜査に入りました」

レイチェルに触れる必要はないと、メートランド副長官にも了解ずみだった。詰まるところ、これは彼女を守るためのパフォーマンスだ。レイチェルが知っていることをすべてFBIに伝えたとしたら、誰が彼女を殺すだろう？　マスコミは騒然となり、鵜《う》の目鷹《たか》の目で調査にあたる。いずれレイチェルの存在を探りあてるだろうが、それにはしばらくかかる。背後から事件の糸を引くアボット一族が誰であろうと、その人物たちには恐れが生まれる。そして恐れはあやまちにつながる。サビッチが思っていたとおり、会見場は一瞬水を打ったように静まり返ったのち、蜂の子をつついたような騒ぎになった。

PBSの『ナイト・ライツ』の司会をつとめるミリー・クランショーが声を張りあげた。「サビッチ捜査官、警察広報によると、アボット上院議員は飲酒によって運転をあやまったということでした。あなたは、誰かがその女性を雇ってアボット上院議員を殺害させたとおっしゃるんですか？　いったい誰がそんなことをするんです？　動機は？」

サビッチは彼女にほほ笑みかけた。ミリーは半ダースもの質問をぶつけてくるだろうから、そのなかから選んで答えればいい。

「パール・コンプトンは、事故に見せかけるために雇われたということですか？」CBSのトーマス・ブラックが灰色のゲジゲジ眉を高く持ちあげて、さらに質問を発した。

「いま言えるのは、パール・コンプトンが関与していたかどうか捜査中だということです」

「にしたって、誰がアボット上院議員を殺したがるんです？」

「テロリストのしわざだと思いますか？」

マーサーが大声で尋ねた。「名乗りでた者はいないんですね？」

サビッチは次々と押し寄せる質問を波のように受け流した。最初は複数の声を聞き分けられたけれど、たちまち不協和音となって、やがては記者同士の言いあいになった。

そろそろ止めに入らなければならない。サビッチが片手を上げると、室内が静まった。

「われわれは、公私両面において、アボット上院議員とかかわりのあったあらゆる人物を調べています」

「なにがきっかけで、事故死を疑うことになったんです？」そう叫んだのは、フォックスのバート・ミンツだった。

「アボット上院議員は死の少なくとも一年半前からアルコールを一滴も口にしていなかったと思われます。そしてその間、一度もハンドルを握っていなかった。現段階では公表できませんが、捜査の過程でかなりの情報を入手しています」このひと言が決め台詞《ぜりふ》として、くり返し放送されることになりそうだ。

サビッチは二秒ほど、呆然自失した記者たちに背を向けた。まさか記者たちがこれほど黙っていられるとは思っていなかったものの、当然のごとく、そのあとにはさらなる質問の嵐が巻き起こった。

ゆっくりと時間をかけて、記者たちのほうを見た。「進捗状況に応じて、随時報告いたします。ありがとうございました」

サビッチは書見台から離れて、記者たちの声がつくりだす不協和音に囲まれながら演台を去った。そのあとにジミー・メートランド副長官が続いた。さすが副長官は要領がいい。メートランドは騒然とする一団にけっして顔を向けようとはしなかった。

サビッチ、シャーロック、メートランドの三人は袖に立ち、どこへともなく投げかけられる質問を聞いていた。ミュラー長官は、持ちまえの丁寧かつ効率的なやり方で記者たちを鎮めた。

「今回の件にはＦＢＩの威信がかかっている」メートランドはサビッチに言って、クルーカットの髪に指を通した。

「なによりレイチェルを守りつつ真実を探りあてることが大切だと、全員一致で捜査にあたっています」

メートランドはうなずいてから、笑いだした。「連中の顔を見たか？〈ワシントンポスト〉のジェリー・ウェバーなんぞ、椅子から転げ落ちそうだったぞ。寝耳に水の話だったたからな」ため息をつく。「誰かがジョンを殺したとは、いまだに信じられない。彼が酒をやめていたとは気づかなかったが、会ってもふた月に一度くらいだったからな。その点、レイチェルの認識に間違いはないんだな？」

サビッチはうなずいた。

メートランドが言った。「いまややる気満々のマスコミは、たちまち彼女のことを探りだして、アボット家の庭にキャンプを張るぞ。おまえが言ったように、この発表のおかげで、もう彼女の命が狙われることはあるまい。片をつけろ、サビッチ、さっさと片づけてくれ」

ミュラー長官も、メートランドと同じ話をくり返した。「決着をつけるんだぞ、サビッチ。早急に。大統領もいたく案じておられる」最後にシャーロックに笑いかけると、スタッフ三人に囲まれて去っていった。

シャーロックはメートランドに訊いた。「アボット上院議員は、娘さんのことをなにかおっしゃってましたか？」

「ああ、とても喜んでいたが、彼女の生い立ちについてはほとんど語らなかった。娘が見つかったのが嬉しくてたまらないようすで、意気軒昂《いきけんこう》だった」メートランドは首を振った。「ところが、それから六週間で死んでしまった。この件は掘るとなにが出てくるかわかったもんじゃないぞ。長官の言うとおり、きっぱりと決着をつける必要がある」

「早々に片がつくと思うんですが」と、サビッチ。「もしよかったら、今夜うちにいらっしゃいませんか？　レイチェル・ジェーンズ・アボットにご紹介します」

「いいね。ところで、ドクター・マクリーンはどうなった？　なにか進展はあったか？」

サビッチはにっこりした。「いくつか有力な手がかりが見つかりました。じつは、これから追いかけなければならないことがあるので、これで失礼します」シャーロックと手をつないで立ち去るサビッチの後ろ姿を見送りながら、メートランドは首を振った。サビッチの父親との思い出に耽《ふけ》っていた。荒くれカウボーイのようだったバック・サビッチは、つかまえた悪党の数で、現役時代のメートランドをしのいでいた。いつかバックとふたりでダラスのバーにいたときのことを思い出す。黒革の服を着た太鼓腹の男がわが物顔で入ってきて、喧嘩をふっかけた。バックを選ぶとは、ばかな男だ。バーの床にひっくり返ってうめいていた男を思うと、口もとがゆるむ。

ジョンの娘に会うのが楽しみでならない。それにしても、彼の前妻と娘たちは、レイチェルのことをどう思っているのだろう？

32

ワシントンDC
ハート上院議員会館

　ジャックはグレッグ・ニコルズと握手を交わして、身分証明書を見せた。ニコルズは終始一貫してレイチェルを見つめており、ジャックにはそのまなざしが熱心すぎるように思えた。

「また会えて嬉しいよ、レイチェル」ニコルズはほほ笑み、なれなれしい声で言った。レイチェルと握手したまま手を離さず、彼女の顔と三つ編みを凝視していた。

　まさかこんな展開になろうとは。ジャックにはおもしろくなかった。

　ニコルズは咳払いをし、また例の熱心すぎるまなざしをレイチェルに向けた。ジャックが見るところ、ニコルズは健康そうな、がっちりした長身の男で、贅肉のかけらも見あたらない。仕立てのいいダークブルーのスーツがよく似合っている。ライトブラウンの髪は優秀な美容師の手でスタイリングされ、歯はシャツと同じくらい真っ白だった。いかにも謹厳実直で信頼に足る人物然とした態度をしているので、レイチェルも笑顔で対応している。ジャックが事前に調べたところによると、年は三十七、持ちまえの能力を用いて、ここキャピトルヒルでかなり幅をきかせているらしい。しかも、わずか二週間たらずのうちに、ひとりの大御所から別の大御所へ鞍替《くらが》えできるほどの器用さもある。

ニコルズが言った。「すみませんね、クラウン捜査官、お電話をいただいたときにお伝えしたとおり、今朝は自由になる時間がほとんどないんです。ジャンケル上院議員が昼前に投票を控えていて、その前に彼に要旨を説明しないといけないんで。

FBIの記者会見と、アボット上院議員の悲劇的な死に関する見解には、びっくりしました。あなた方……つまりFBIは……アボット上院議員が事故に見せかけて殺されたと、国と地元の警察はみな騙されたのだと、本気で信じているんですか?」

そうか、シラを切るつもりだな? ジャックは答えた。「まあ、そんなところです。その点に疑う余地はほとんどありません」

ニコルズは立派なマホガニーの机の奥にどっかりと腰をおろし、向かいあわせに置かれた椅子に座るよう、ふたりに手で示した。ニコルズが窓を背にしているため、当然ながら、ジャックとレイチェルの顔に太陽の光がまともにあたる。ジャックは椅子の角度を斜めにずらし、レイチェルも同じようにした。

ジャックはあたりを見まわした。「いい部屋ですね」

「ええ、ここはとくに最高の部類です。古参の議員になると、年月にものを言わせて広いオフィスを手に入れるだけの影響力を持ってるんです。ジャンケル上院議員は歳出委員会の委員長で、党にとって重要なスポークスマンのひとりです。このオフィスに感銘を受けたのなら、ぜひジャンケル議員のオフィスもご覧ください」

「あなたは陰の権力者なんですか、ミスター・ニコルズ？」ジャックが訊いた。

片方の眉が上がる。「権力者ですか、クラウン捜査官？　ぼくは、そんなふうに考えたことは一度もなかった。権力者というより世話役だと思っています。つまり、物事がスムーズに運ぶように調整し、議員が全幅の信頼を置いて施策を進められるよう、あらゆる要求に対処すべく準備を整える役まわりです。だが、ぼくは議員から求められることしかしない。さて、ぼくの話はこのくらいにして、今日はどういったご用件でしょう？」

「ミスター・ニコルズ、あなたは誰よりもアボット上院議員をよくご存じでした。おそらく、彼の妹弟《きょうだい》やレイチェルよりもはるかに」

「そうでしょうね。亡くなるまでの十三年間、ずっと仕えてきたわけですから。レイチェルとは、ほんの数週間だった」ニコルズは肩をすくめた。「彼の妹弟となると……この際、正直に言いますけれど、彼らとはアボットという名前だけでつながっているようなものでした。愛情も、本物の親しさや絆といったものも、まったくなかった。少なくとも、ぼくはずっとそんな印象を抱いてた。上院議員の父親には一度しか会ったことがありませんが、彼は犬ころでも見るような目でぼくを見た。冷徹で傲慢な老人でしたよ。彼が亡くなってわずか五カ月足らずで、長男があとに続いてしまった。あの父子《おやこ》はめったに口をききませんでした。アボット上院議員は、職業の選択に関して父親と意見の相違があったとだけ——たぶんかなり控えめに言っておられたんでしょう。実際はいろいろあったんだと思います。

父親の死からそうときをおかず、彼の人生にレイチェルが登場したとき、アボット上院議員は妹弟《きょうだい》との距離を縮めたいと思ったんでしょう。そう、レイチェルのために、また家族として仲良くやっていきたいと。ところが……」声が詰まり、一瞬目がうるんだ。彼は咳払いをした。「申し訳ない、つらくて……やっと上院議員の死を受け入れられるようになってきたのに、いまこうして、あれは事故じゃなかった、どこかの頭のおかしいやつが彼を殺したんだと聞いて、ぼくは……」かぶりを振り、机の上で固く握りしめた両手を見おろした。

「どうやってアボット上院議員と近づきになられたんですか、ミスター・ニコルズ?」

ジャックが尋ねると、ニコルズが顔を上げた。「グレッグと呼んでください。じつは、ぼくがアボット上院議員と出会ったのは、ロースクールを出たはいいけれど、うだうだと迷っていた時期でした。早い話が、自分がなにをしたいかわからなかったんです。ぼくはプラット・アベニューにある〈ビッグ・レーズン〉という英国パブでビールを飲みながら、よりによってワシントンまでやってきて、自分はいったいなにをしているんだと考えていた。知りあいはひとりもいないし、コネもひとつもないのに、その朝わざわざニューヨークから電車に乗って、仕事の面接を受けにきたんです。ビールをちびちび飲みながら、自分のばかさ加減にあきれてました。

するとアボット上院議員が入ってきて隣に座り、マティーニを一杯、オリーブはふたつつけて、と注文した。どこかで見た顔だとは思ったけれど、誰だかわからなかった。一見したところ、顧客との昼食の待ちあわせまで時間を潰している、気さくで愉快なビジネスマンのようでした。彼はぼくに、やぼな髪形をした若い男が、昼間っからバーでなにをしているんだ、外で橋をつくったり、子どもに数学を教えたりしないのか、と尋ねました。

ぼくは笑って、こうしてワシントンにいるのも、この店に入って、この、生ぬるいと言わざるをえないビールを飲んでいるのもまったくの偶然なんです、と答えた。

すると彼が天を仰いで、〝そうさ、それが英国流なんだ〟と言いました。そのまま会話を続け、彼は次々に質問をぶつけてきた。二十分ほどたったころ、男がひとり入ってきて、どうやら待ちあわせの相手らしい。そのときは気づかなかったんですが、下院議長でした。アボット議員は席を立ち、ぼくに名刺をくれた。彼が誰なのかに気づいたときは、ビールにむせそうになりましたよ。彼は自己紹介し、握手までしてくれた。それから、転職につながるかもしれない話があるから、昼過ぎに電話しておいでと言ってくれたんです。

ぼくは、転職しようにも、そもそも職についていないんですと答えた。すると彼は笑って言ったんです。それなら、元の雇い主に気兼ねしなくてすむな、と。翌朝、ぼくは彼に会いにいき、彼はその場で雇ってくれました。それから長年のあいだに、ぼくは責任のある役割を担うようになり、彼の信頼を得た。ふたりは固い絆で結ばれたんです」ニコルズはほほ笑んだ。「ぼくは彼の先鋒《せんぽう》だった」ふたたび言葉に詰まった。目にいっぱい涙をたたえている。

「湿っぽくてすみません。でも、きみならわかってくれるだろう、レイチェル？」

「そうね、自分の悲しみならよくわかる」レイチェルは言った。「この悲しみは長く尾を引きそうよ」

ニコルズは奥の壁にかかった抽象画をちらりと見た。大きな赤い花が、いまにも爆発しそうだ。「その気持ちはよくわかるよ。アボット上院議員には強烈なカリスマ性があった。あれは生まれながらの才能で、努力して手に入れられるものじゃない。ジャンケル上院議員にはそういう強みはないが、どうにかがんばっているところです」彼はふたりに向かって卑下《ひげ》するような笑みを見せた。「いまのはここだけの話にしてください。もう転職はまっぴらですからね」

「もちろん誰にも言わないわ」

ニコルズが首をかしげて、考えこむような顔になった。「この手の心配をするのは、ずいぶん久しぶりだよ。すっかり忘れていた。これから学ばなければならないことが山ほどある。ジャンケル議員の好き嫌い、彼の信条、彼が大切にしていること、アボット議員とはなにもかも違うからね。ほかになにか、ぼくにお話しできることはありますか、クラウン捜査官？」

ジャックが言った。「時間があまりないのはわかっているから、グレッグ、たわごとは省いてもらってかまいません」

ニコルズがさっと立ちあがり、机に両手をついた。「なにが言いたいんです、クラウン捜査官？」

「グレッグ」レイチェルが言った。「あなたとわたしは、捜査官に真実を語らなかった点で同罪なのよ。わたしたちは、ジミーがあの女の子を殺したのを知ってた。どちらも彼から聞いたからよ。それに、そのことが原因で、彼が一年半のあいだ飲酒や運転を避けてたのも知ってた。だけどそれにもふたりとも口をつぐんだ。あなたもわたしも、彼の名声を台なしにしたくなかったから。もちろん、だからこそあなたは隠蔽に手を貸したのかもしれないけど、どれももう終わりよ。わたしはみんなに真実を話した。今度はあなたの番。すべてを語るべきときが来たの」

彼はまた腰をおろし、合わせた指先越しにふたりを見た。「ぼくは議員が飲酒も運転もやめたことを警察に隠したわけじゃない、ただことさらに強調しなかっただけだ。いまさら一年半前の轢き逃げ事件を明るみに出したくなかった。どのみちアボット上院議員は亡くなってしまったんだから、
そうか。ＦＢＩは議員が飲酒と運転をやめていたのを理由に、彼が殺されたんじゃないかと疑ってるんだな。きみの話が発端なんだろうね、レイチェル？」

「ええ」

「正直言って、それじゃあ根拠が弱くて、FBIが再捜査に乗りだすほどのこととはぼくには思えない。ほかにもなにかあるはずだ」ニコルズはジャックをひたと見据えたが、ジャックはただ首を振るばかりだった。

ニコルズが続けた。「この件についてはじっくり考えてみたけれど、議員が殺されたとは思えない。納得がいかないよ。ぼくは自殺を疑っている。もちろん、公表はしないけれど。そんなとき、きみがやってきて、父親に代わって世間に公表すると言ったんだ」

「ええ、あのときは話すつもりでいたし、いまでもその気はあるのよ」

「彼がなぜ公表すると言ったのか、その理由を知りたいかい、レイチェル？」

彼女がうなずくと、三つ編みが頰に触れた。ニコルズはその動きを目で追ってから、ゆっくりと語った。「アボット上院議員がぼくにそう言ったのは、やめるよう説得してほしかったからだと思う」

ジャックが応じた。「興味深い説だな。で、あなたは彼になんと？」

「ぼくは少女を殺してしまったと公表するのは、考えうるかぎり、最悪のあやまちだと答えた。〝今月のモンスター〟として、マスコミの餌食にされてしまう。過去においても、未来においても、けっしてモンスターではないあの人がだ。人柄のすばらしさにも、この国の老若男女のひとりひとりを愛していたことにも、彼が人びとのために通した法案の数々にも、マスコミはいっさい目をくれようとしないだろう。

そう、マスコミはよい面は見ないことにして、取りあげない。ぼくは彼に、彼自身のキャリアが台なしにされるのは序の口だと言った。続いてスキャンダルやいいかげんな作り話、中傷で家族を追いかけまわすようになって、娘たちやその家族まで巻きこまれてしまう。アボット家に関しても、彼らに不満を抱く人たちを見つけてきて、一族に斧《おの》を振りまわすような連中から話を聞くだろう。当然ながら、そういう大きなスキャンダルは党にとっても迷惑だ」

ジャックが言った。「だが、議員はすべて承知のうえだったはずだ。考えに考え、長いあいだずっと葛藤していた。公表すればどうなるか、彼にはわかっていた。わかっ、た、う、え、で、あなたの反対を押し切ってでも、行動に移そうと決めた」

「あるいはそうかもしれない。けれど、誰かが——この場合はぼくが——声に出して言い、彼のために悪を代弁をすることで、気が変わったのかもしれない。さっきも言ったように、彼は公表を思いとどまるよう説得されたかったんだと思う。いいですか、クラウン捜査官、ぼくも苦しんだんです。あくまでもアボット上院議員に信義を尽くすのが正しいのかと延々と悩んだ。しかし、ぼくには彼の人間性も、胸の内もよくわかっていた。

それに、少女の死が恐ろしい事故だったということも。あの事故は回避できたかもしれないんだ、もしも彼が……あの一瞬の状況が違っていたなら。だが状況は変わらず、ひとりの子どもの命が無益に失われてしまった。

ぼくは彼に、あれは事故だったのだと気づかせ、彼が自分でつくりあげた地獄から引き戻そうとした。彼の気持ちは揺れ、最後のころには、日替わりで考えが変わっていた。

正直言って、亡くなった時点でどう考えていたのか、ぼくにはわからない。たしかにぼくはレイチェルのカードを切った——マスコミはとくにきみを、レイチェル、そしてきみのお母さんとその家族を追うだろうと彼に言った。そんなことにきみを巻きこむのがフェアだろうか、と。

そのあと彼は亡くなり、どうするつもりだったのかわからずじまいになった」言葉を区切り、ふたたび指先を合わせると、きれいにひげを剃った顎にとんとんと打ちつけた。神経質そうな癖だ、とジャックは思った。「結局、彼は本気で議員の職をなげうって、世間に告白するつもりだったんだろうか？　ぼくにはわからない。亡くなった時点では、どちらとも決まっていなかった。これがぼくの知っていることのすべてです、クラウン捜査官」

ジャックが言った。「いや、まだまだ探ることがありそうですよ、グレッグ」

33

ニコルズの顔が怒りで朱に染まった。「ぼくが嘘をついているとでも？　彼の死を誰かのせいにしたくて、ぼくを選んだんですか？　ばかばかしい。あなたはどうかしている」

ジャックが言った。「じつは、これといった被疑者がまだいないんです、グレッグ。あなたも認めてるとおり、アボット上院議員はあなたと家族、それにレイチェルだけに打ち明けた。ほかに彼が話した相手を知りませんか？」

「いや、知らない。ただ、ほかにいてもおかしくありませんね。友だちの多い人だったし、スタッフがどこで聞いているかわからないから」

ニコルズはいまだ荒い息のまま、右手をきつく拳に握っていた。「レイチェル、きみは彼の望みを叶えたい、彼が少女の悲劇的な死に果たした役割を世間に公表したいと言ったね？」

「ええ、そうよ。いまでもそう思ってる。ジミーは金輪際、心変わりなんかしなかったはずだし、誰かが口封じに殺したと思うからよ。あなたなの、グレッグ？」

「いや、違う。いいかい、レイチェル、お父さんが亡くなる直前になにを考えていたか、その瞬間にどう決心していたかは、誰にもわからないんだよ」

「あの晩、ジミーはとても寡黙だった。わたしにキスをして軽く頬に触れ、運転手を呼ぶと、行き先も告げずに出かけていったの。運転手は警察に、ジミーをフレンドシップ・ハイルの〈ザ・グローブ〉というレストランで降ろしたと証言してるわ。そこで何人かの議員仲間と会う予定だったそうよ」

「ぼくはディナーのセッティングにはいっさいタッチしていないし、警察にもそう伝えた」ニコルズが言った。

レイチェルはうなずいた。「だけど、彼の名前で十二人分の予約が入ってたの。そしてゲストたちがレストランに到着したのに、いつまでたってもジミーは現われなかった。自分の車の運転席で死んでたからよ。警察から聞いたわ――車は上院議員ジョン・ジェームズ・アボットの名前で登録された白いBMWだったって。わたしは彼がその車を運転するのを見たことがなかったし、いつもガレージに入れっぱなしだったから、わたしには彼の車だと確認することさえできなかった。

それでね、グレッグ、もしジミーがまた運転することに決めたのなら、帰宅したときわたしに黙ってるかしら？　そのまままっすぐガレージへ行って、BMWに乗りこんで走り去ると思う？　彼はもう何カ月も鍵さえ見てなかったはずよ。そもそも、どうやってここまで車を取りにきたの？　彼を乗せてきたタクシーは見つかってないのよ」

ジャックが言った。「それは、犯人がすでにＢＭＷを手に入れてたからだ。おそらく、レストランの外できみのお父さんを無理やり車に乗せたんだろう。周到に計画されてたんだ」

ニコルズが質問を放った。「アボット上院議員の運転手はどうなんです？」

「ラファティはシロだ」ジャックが答えた。「アボット上院議員をレストランの外で降ろしたあと、もうあがっていいと言われ、そのとおりにしたそうだ。彼には申し分のないアリバイがあった」ジャックは言葉を止め、ニコルズの顔を見た。

レイチェルは三つ編みをいじった。ジャックはニコルズの顔を見つめて、黙って待った。

ついにニコルズが口を開いた。レイチェルとは目を合わせずにいる。「くり返すけど、きみのお父さんは自殺した可能性が高い。いや、聞いてくれ。彼が自殺したと思うのは、秘密を抱えて生きていくのに耐えられなかったからじゃなく、きみの、あるいは彼の家族の人生を破滅させたくなかったからだよ、レイチェル。だからみずから命を絶った。ぼくはそう確信している。それが彼からきみへの贈り物だったんだろう。じつはね、彼の死が事故死と断定されたとき、ぼくはほっとした。アボット上院議員が自殺したなどという話が広まるのは耐えられない」

「自殺？」レイチェルがなぞるように言った。「ジミーが自殺だなんて、本気で信じてるの？」

ジャックが尋ねた。「彼が酒に酔って自分を追いこみ、ＢＭＷに乗りこんで崖を飛び越えたというんですか？」

「自分の人生にケリをつけるつもりだったのなら、多少助けが欲しくなってもおかしくないからね」

「ジミーは自殺じゃないわ」レイチェルが言った。「そんな人じゃないもの。絶対に違う」

「きみは、ジミーが告白しようとしたために、何者かによって無情にも命を奪われたと思いたいんだろう？」

レイチェルは椅子から身を乗りだし、きつい声で言った。「ジミーは自殺なんかする人じゃないわ、グレッグ。ローレルと彼女の下劣な夫とクインシーがどんな人か、あなたも知ってるでしょう？　あの人たちなら自分たちのすばらしい世界を汚す人間を容赦なく殺す。違うなんて言わせないわよ。ジミーはその彼らの世界を破壊しようとしてた」

「実の兄を殺す計画を立てて、計画どおりに実行したって言うのか？　まさか、そこまでは考えられない。少なくともぼくにはね」

ジャックが口をはさんだ。「家族が本気になって残虐な殺しあいを演じる事件なら、いくつも手がけてきました。その話を聞かせましょうか？」

「わかりますよ、クラウン捜査官、それがサイコパスや知的能力に欠ける人たち、拳と欲望に支配された人間ならば。しかし、アボット家の人びとはそうではない」彼は両手を上げた。

すでに拳はほどかれている。「たしかに、あなたならその手のホラーストーリーはいくつもご存じでしょう、クラウン捜査官。しかしアボット一族は違う——どれだけ素行が悪く、欠点が多く、人間性に欠けているように見えようと。ぼくは長年彼らとつきあってきました。自分の肉親を虐待したり殺したりする人たちではありません」

ニコルズは身を乗りだし、食い入るようにレイチェルを見つめた。「きみはまだ、お父さんがしたことを世間に公表する気なのか、レイチェル？」

「ええ、そのつもりよ。それであなたのキャリアが台なしになると思う気持ちはわかるわ、グレッグ。だけど、そうなっても自業自得なのよ」

彼はレイチェルを見据えた。「どういう意味だ？」

「あなたも隠蔽工作に加わったと言ってるの。グレッグ、わたし、聞いてるのよ。ジミーが少女を轢いたあと、あなたは警察を呼ぶなと必死に説得したそうね。ジミーは公表したとしても、あなたが隠蔽にかかわったなどとは言わなかったでしょうけど、あなたにはいずれ明るみに出るのがわかってた。関与が取り沙汰されるだけでも、キャリアがおしまいになるにはじゅうぶんだと」

「ぼくとアボット上院議員とのあいだでどんな会話が交わされたかは秘密だが、これだけは言っておく。ぼくはたしかに事故について知っていたが、議員が死の数日前に語ってくれるまで、詳しい具体的なことは知らなかった。嘘じゃない」ニコルズはひどく落胆したようすで肩をすくめた。

ジャックはうなずき、満足げに言った。「たしかに、詳しいことは知らないと否定するのが得策でしょうね。結局のところ、グレッグ、轢き逃げという事実がある以上、誰もあなたが共犯だと認めるとは思ってない。そう、みずから進んで刑務所に行くなどとは」

ニコルズは両手を固く握りしめた。声が低く、険しくなる。「ぼくは真実を語った。同じ話はくり返さない」レイチェルを見て、声を荒らげた。「きみはいったい何様のつもりなんだ？　人の名声をずたずたにして、何年も——何年もだ——あれほどすばらしい仕事をしてきた人間の人生を、ほんの一瞬の出来事で評価させるつもりなのかい？　きみが他人に成り代わって下せる決断じゃないぞ。彼の代わりはなおさらだ。きみが彼といっしょにいたのはほんの六週間だよ、レイチェル。朝食の好みだってろくにわからないくらいの期間だ。きみに彼の気持ちが、彼の心がわかったはずがない。それを受け入れるべきだ」

ジャックが見ると、レイチェルは青ざめてこわばった表情をしていた。それでも彼女は平然と言い放った。「あの晩、あなたはどこにいたの？」

「ぼくが？　なるほど、ぼくを疑うのか？　いいとも、カレンダーなどいらない。あの晩のことは一生脳裏に焼きついている。ぼくはスーザン・ウェントワースと食事に行く予定だった。会計検査院で働いている女性だ。ところが、理由は思い出せないが、実際には行かなかった。そういうわけで、ぼくにはアボット上院議員が亡くなった晩のアリバイがない」腕時計に目をやる。「ジャンケル上院議員に説明をしないと。投票前に、ぼくから情報を入れてやる必要があるんだ」席を立ったが、握手を求めるそぶりはなかった。レイチェルに向かって言った。「この件については、慎重を期してくれ。よく考えるんだ」

レイチェルはなにも応えなかった。悲しそうな顔だ、とジャックは思った。それに、だいぶ疲れている。

ジャンケル上院議員のオフィスを出ると、ジャックが言った。「きみが殺されかけたこと、言わなかったんだな」

「言ってもしょうがないと思ったの。彼はとても頭のいい人よ、ジャック、それにすこぶる冷静な人。わたしに反論してもしかたのないことくらい、彼にはわかってるわ」レイチェルは肩をすくめた。「彼を責める気はないの。そんなには。彼はただ混乱をおさめようとしてただけで、混乱を起こしたわけじゃないから」

ジャックが言った。「彼は嘘つきでもある」

「ええ、そうね」

「彼がきみのお父さんを殺したと思うか？」

レイチェルはハート上院議員会館の前の歩道で立ち止まり、暖かい太陽を見あげた。「要は、事故の隠蔽にひと役買っていたのが知れたら、彼はキャピトルヒルではもう誰にも雇ってもらえないってことよね？　さあ、どうかしら。頭の痛い問題だわ」

34

マクマナス下院議員のオフィスに電話をかけたサビッチは、今日はこちらにはまいりませんと、スタッフからそっけなく突き放された。

マクマナスの自宅の住所は難なくわかった。サビッチはシャーロックとともにウィスコンシン・アベニューからアプトン・ストリートにかけて広がるビジネス街を抜け、テンリータウンにある彼女の自宅へ直行した。

「事前に知らせないの？」シャーロックが訊いた。

サビッチはかぶりを振った。「ああ」

「たぶん超多忙な人よ。なにかの集まりに出かけずに、家にいてくれるといいけど」

ドローレス・マクマナスは在宅だった。サビッチが名乗ると、秘書のニコール・メリルは黒々として吊りあがった眉をへの字にして、ふたりを邸宅の裏手にある下院議員の自宅オフィスへと案内した。かなりの大きさのある赤煉瓦造りのジョージ王朝風の邸宅は、にぎやかな通りから奥まったところにオークとカエデの木立に囲まれて立っていた。秘書はそっとノックして、ふたりを部屋に通した。さほど広くはないけれど、ぐるりと書棚に囲まれた美しい部屋で、てっぺんの棚にも届くはしごまで備えつけられている。濃い色の調度品は沈みこみそうなほど、どっしりとしていて、シャーロックの好みからすると室内が暖かすぎた。

秘書が声をかけた。「マクマナス議員、お仕事中に失礼いたします。ＦＢＩのサビッチ捜査官とシャーロック捜査官が、ドクター・ティモシー・マクリーンのことでお見えになりました」

効果的な導入だった。マクマナスはパソコンのキーボードからさっと両手を離すと、心の準備を整える間のないまま、椅子から飛びあがりそうになった。

そのあとすっと立ちあがると、堂々とふたりの前に立った。間近で見るドローレス・マクマナス下院議員は、威厳があって身なりがよく、百八十センチ近い上背があった。がっしりとたくましく、彫りの深いくっきりとした顔をしている。両脇に皺の刻まれた口が、いまにも開かれそうだ。そしてサビッチには、この女が喧嘩好きなのがすぐにわかった。相手が誰だろうと、どんな問題だろうと、おかまいなしにふっかける。彼女の政治手法に賛同していれば、声援を送っていたかもしれない。少なくとも、彼女がサバナのごろつきに金を払ってトラック運転手の夫を殺させていなければ。

サビッチは黒い瞳をのぞきこみ、罪悪感と警戒心を読み取った。この女がや、っ、たのだ。彼女は慎重に考えを進め、たくさんのプラス面とマイナス面を考慮して一ダースのシナリオを書いたうえで、入念な計画を立て、おそらくミスター・マクマナスを殺すために雇った男を震えあがらせたにちがいない。

できることなら彼女をマクリーンと同じ部屋に閉じこめてみたいが、彼女が応じるわけがなかった。マクリーンの殺害をくわだて、彼のテニス仲間のアーサー・ドーランを実際に殺したのがこの女だとしたら……みずからが人知れずワシントンを離れて犯罪に手を染めたのか、それとも夫のときと同じように人を雇ったのか。

「議員」サビッチは大股で前に出ると、愛想のいい笑顔とともに手を差しだした。「お時間を割いていただいて感謝します」

マクマナスはふたりと握手し、両方の全身に視線を走らせると、水を勧め、ふたりが辞退すると、切りだした。「はっきり言って、ずいぶん突然だわね。ニコールがＦＢＩだと言ってたけど？」

「そうです」シャーロックがにこやかにほほ笑んだ。「ドクター・ティモシー・マクリーンについてうかがいたいことがあって、まいりました」

マクマナスは首を振りながら、腕のロレックスを見おろした。「いったいなんの話かしら。つまり、ドクター・マクリーンに関するどんな話かってことです。言っとくけど、彼を訴える予定はないわよ。なにしに来たの？　いまは時間がないの、例によって会合があるから、出かけないと……」

サビッチはふたたび、彼女の目に罪悪感と警戒心を見た。この女はマクリーンが彼女についてなにを語ったかを知っている——つまり、動機を認めたも同然だ。早くもあたふたして、話が支離滅裂になってきている。バランスを崩したままにさせておかなければならない。

「お時間はとらせません」サビッチの黒い目が冷たく、細くなった。声を低めた。「あなたのためにもなるはずです、マクマナス議員」

「FBIの訪問が、なぜわたしのためになるの？　ドクター・マクリーンがわたしにどんな関係があるって言うの？　彼のことなんて、知らないも同然なのよ」

「彼の飛行機が墜落したのをご存じないようですね。何者かが爆弾をしかけたんです」

「なんなのそれ？　爆弾？　ええ、もちろん知らないわよ。それはなんとも、お気の毒だこと。テロリストのしわざだってこと？」声が尖り、まったりとした南部なまりがたちまち早口になる。平手で卓面を叩いた。「わたしにはテロリズムに打ち勝つ力がないと言いたいの？　わたしが愛国者じゃないと非難するため、わざわざここまでやってきたの？　わたしが自分の国を愛していないと、本気で思ってるわけじゃないでしょうね？　あなたたちは本気で——」

「いいえ、議員、とんでもない」シャーロックは、取り入るように駆け寄った。ふだんより一オクターブほど高い声を出すのは、過去に経験がないほどむずかしかった。「座ってもよろしいですか？」

「えっ？　ええ、まあ、いいわ。だけど、さっきも言ったように、時間があまりないの」

彼女自身も腰をおろし、黒い革張りの大きな机をはさんでふたりをじっと見つめた。

「こちらにお邪魔したのはドクター・マクリーンの件です。ドクターはあなたがご主人を殺したと主張しています。あなたが催眠状態のときに、人を使ってアトランタ郊外にある小さなダイナーでご主人を殺害させたと話したそうです。もちろんそのことは覚えていらっしゃいますね？」シャーロックが言った。

マクマナス議員がさっと立ちあがった。マクリーンの指摘どおりみごとな胸だ、とサビッチは思った。その胸を美しいシルクのラップドレスがひときわ引きたてている。彼女は真っ赤になって、わなわなと震えていた。激しい怒りのせいか、それとも恐怖か？

「ばかばかしい！　いますぐ帰ってちょうだい。聞いてるの？　こんな侮辱に耐えるいわれはないわ！」

サビッチは片手を上げた。「もうしばらくご辛抱を。ドクター・マクリーンがなぜわれわれにその話をしたのかおわかりにならないでしょうから、説明させてください。ドクター・マクリーンは前頭葉型認知症の診断を受けています。致命的な病気で、不適切なことや、場合によっては、はなはだ有害なことを口にしてしまう。あなたのケースで言えば、患者との守秘義務を破ってしまったわけですが、いずれも意図的ではなく、悪意はまったくないのです」そこで一拍おいた。「あなたは、ドクター・マクリーンが何度か命を狙われたのをご存じなのでは？　彼のオフィスの書類が燃やされたことは？」

マクマナスの声は太く、動揺し、怒りに震えていた。「あなたたちは、わたしが夫を殺したといちゃもんをつけにきたの？　ばかばかしいにもほどがある。夫が死んだこと、殺されたことは、ほんとうに恐ろしい出来事だった。子どもたちは大打撃を受けたわ。わたしは夫を愛していたのよ。

わたしが夫を殺したと、ドクター・マクリーンが言っているのね？　そして今度は、彼が認知症だと言うの？　自分が認知症だと患者に言わなかったってこと？　なんて医者なの。信頼できないクソ野郎だわ。わたしは彼が無能だから見切りをつけたんだけど、無能どころじゃない、もっとずっとひどかった」

「ただ無能なだけなら、あなたはなぜ彼を訴えようと思ったんですか？」

そのひと言で彼女は黙ったが、それもほんのつかの間だった。マクマナスは大きく優美な両手を机にしっかりと据えた。「よく聞くがいいわ。わたしは合法的にアメリカ合衆国下院議員に選ばれた人間よ。わかってる？　連邦議会のメンバーなの。わたしたちは人を殺したりしない。そんなことをするわけがないの。いいわ、マクリーンがわたしについて恐ろしい話をしていたと小耳にはさんだのは認める。だからなんだっていうの？」

「でも、ご主人が殺されたとき、あなたはまだ議員じゃありませんでした」シャーロックが指摘した。

マクマナスは頭をのけぞらせ、低く唸《うな》るようなきつい声になったが、サビッチだけを見ていた。「わたしは夫を殺していない。人を雇って夫を殺させていない。わたしはドクター・マクリーンを殺そうとしていない」平手で机を叩き、怒りに燃えるガラスのように鋭い目つきでふたりを見あげた。「彼はペテン師で嘘つきよ。わたしの顔に泥を塗り、わたしが殺人を告白したかのように言いふらした。ひどいじゃすまないわ！　誹謗《ひぼう》、違法行為よ。あの男はほかにどんな作り話をしたの？　誰のことを言ってた？」

シャーロックは片手を上げて制止した。「マクマナス議員、ご存じないようなので、言わせてもらいます。ドクター・マクリーンが催眠術をかけて、あなたからそういう話を引きだしたのは覚えておられないかもしれませんが、催眠状態でなされた自白は、録音があったとしても法廷では無効、弁護士は即刻、却下できます。つまり、仮に裁判官が認めたとしても、です。ですから、ドクター・マクリーンに催眠術にかけられていたのを否定する必要はないんですよ」

重苦しい沈黙が流れる。いまのは効果なしか、とシャーロックは思った。

サビッチは手帳を取りだし、椅子に身を沈めると、愛想よく尋ねた。「すると、爆弾を用意して、それをドクター・マクリーンが乗ると知っていたセスナにしかけた件について、あなたはなにもご存じないんですね？」

「知るわけないでしょう！　ドクター・マクリーンのみじめな命が狙われているなんて話もね！　何度言えばわかるの？」

サビッチは断固とした調子で言った。「五月十八日の午後三時ごろはどこにいらしたか、教えていただけますか？　その日の午後、ドクター・マクリーンはここワシントンで、黒っぽいセダンに轢き殺されそうになりました」

今回はマクマナスも爆発しなかった。じっと黙っていた。マントラか祈りの言葉を唱えて冷静さを取り戻そうとしているのか、唇が動いている。やがて彼女は、よくわからない相手に噛んで含めるように、一語一語区切りながらゆっくりと正確に言った。「これから、弁護士を呼びます。あなた方が、どういう了見で合衆国議会の議員の家に突然押しかけてきて、こんなふるまいをするのか、わたしには想像もつきません。あなたたちふたりを、わたしへのいやがらせ行為で処分します。必要とあらば、上司にもクビになってもらいます。わかりましたね？」

シャーロックが冷静に言った。「マクマナス議員、もしドクター・マクリーンが言っていることが外に漏れたら――ほんのわずかでも漏れたら――ご自分のキャリアがどうなるか想像できますか？」

「今度は脅し？　悪意に満ちたゴシップを広めて、わたしを破滅させたいの？」

「いいえ、そんなことはしません。でも、わたしたち同様、あなたもその手の主張がどう広まるかよくご存じでしょう？　たとえ陰でこっそり話しても、雪だるま式にどんどん膨らんで、きわめて効率よくあなたを破滅に導くでしょうね」

サビッチは、マクマナスが口を開く前に手で制した。「この件に関して、なにが真実なのかわれわれにはわかりません。しかし、そうした主張があるということをご本人にお伝えすることが、われわれの義務だと考えました」

ドアが開き、ニコール・メリルが入ってきた。

マクマナスは呼び出しボタンを押していたのだ。

「おふたりをお見送りして、ニコール」彼女はゆっくり席を立ち、醒《さ》めた暗殺者の目でふたりを見つめた。「またわたしと話したいと言っても、お断りします。そのときは弁護士と話してちょうだい。彼女の名前はニコールから聞いて。このばかげたやり取りが多少なりともマスコミに漏れることがあったら、ただじゃおかないから。では、これで」

ポルシェのエンジンをかけると、サビッチはシャーロックを見て、にやにや笑った。

「射撃練習場できみを負かすよりも痛快だったよ。彼女のご機嫌とりは、当面、こんなもんでいいだろう。いまごろあわてふためいてると思うか？　それとも、おれたちを駆除する画策でもしてるかな？」

「ずいぶん興奮してたのは確かね。それに、怯えてた。彼女の緊張感が押し寄せてくるよう目を閉じた。

「……だったもの」シャーロックは罪深いほどやわらかいポルシェのレザーシートに頭をあずけて、

サビッチは道路に乗り入れながら言った。「昼食をとって、そのあとピエール・バーボーとチャーミングな奥さんに会いにいこう。軌道に乗ってきたぞ」彼は道の先に駐車している捜査官に向かって、目顔であいさつした。「マクマナスの電話を盗聴できればいいんだが。だが、彼女が人に会うかどうかくらいはわかるだろう」

ぶっ飛ばす一台の大型SUVをポルシェが優雅にかわした瞬間、シャーロックは髪を吹き抜ける風を感じて、にっこりとした。

35

「ねえ、ショーンが大はしゃぎしながら、わたしたちの手を引っぱって、デュポンサークルの五月柱《メイポール》を何度も何度もまわったことがあったわよね。覚えてる？」シャーロックが言った。

サビッチは妻に笑みを投げかけると、デュポンサークルを抜け、ニューハンプシャー・アベニュー・ノースウエストからなめらかに右折してアイガー・ストリートに入った。

バーボー夫妻が住むモダンな超高級コンドミニアムのそばを通過したときも、シャーロックはまだほほ笑んでいた。「てっきり、今度もまた美しい庭の奥に立つ大きなジョージ王朝風の邸宅だと思ってたわ。でも、いまあらためて考えてみると、フランス人だからそのへんの考え方が違うのかしら？」

サビッチは笑い声をあげた。半ブロックほど進んで、南米のどこかの国の大使館のそばにポルシェを停めた。シャーロックにほほ笑みかけ、かがんでキスをした。「タコスのチェダーチーズの味がする」指の関節でシャーロックの頬をそっとなで、髪に手櫛を通した。昔は、ポルシェに乗せるたび、あなたのせいよ、と責められたものだ。

サビッチは体を引き、髪の仕上げ具合に惚れぼれした。「これで、わたしが風洞並みのスピードで走るオープンカーに乗ってたって気づかれない？」シャーロックが念を押した。

「ああ、絶対に」

ふたりは、ごみひとつ落ちていない地面と、歩道にならぶ重厚な陶器の鉢や木製のプランターに植えられた美しい花々を見渡した。どこもかしこも掃き清められ、芝も念入りに刈りこまれている。頭上の太陽はまぶしく、シャーロックにはペチュニアと紫色のツツジが太陽をつかもうと背伸びをしているように見えた。うちの深紅のツツジのほうがもっとみごとだけれど。

「なにもかも人にやってもらえるって、悪くないわね」

サビッチが首を振った。「おれは自分で汗をかいて芝刈りをしたい」

「さすが高級住宅、ドアマンよ。すてきな制服まで着て。あれはきっとグリーン湾の色ね」

「フランス国家警察の給料じゃ、ここの費用の大半をカバーするのは無理だ。運のいい男だよ。ミセス・バーボーの口座に入っている莫大なユーロによって気前よく補塡《ほてん》されてる」

「彼女の実家は、ヨーロッパ全域で鉄道の建設と保守を大々的に手がけてるのよ」正面がガラス張りの建物に向かって敷石の小道を歩きながら、シャーロックが言った。「少なくとも今日は、ピエール・バーボーは仕事に行かなかったようね。目立たないように自宅でひっそりしてるのかしら？」

「たぶんね。彼も奥さんも、あまり人前に出ないそうだ。ふたりとも息子さんが亡くなったせいでまだぼろぼろなんだろう」

ドアマンは、煌びやかなグリーンとゴールドの制服をまとっていた。サビッチがＦＢＩの身分証明書を出すと、見るからにぎょっとしたが、すぐに真顔に戻った。「バーボー夫妻にお会いになりたいんですね？」

「ええ、電話してくれる？」シャーロックが頼んだ。「夫妻がご在宅なのはわかってるの」

最上階の九階でエレベーターを降りると、そこは染みひとつない金と白の大理石の世界だった。バーボー夫妻のコンドミニアムは、フロアの半分を占めていた。

二度めの呼び鈴で、床を叩くヒールの音がした。若い女——海賊のように浅黒い肌の、こともあろうに、白と黒のクラシックなフランスのメイド服姿の女——が、ドアを開けた。少し息を切らしている。

「はい《ウィ》？　どういったご用件でしょうか？」

彼女が前に出てきたので、シャーロックは疑問に思った。このメイド姿はほんとうにフランス式なの？　それともたんなる趣味？　身分証明書を取りだした。「ドアマンから電話があったと思います。ご覧のとおり、わたしたちはＦＢＩです。バーボー夫妻にお目にかかりたくてまいりました」

若い女はさっと身を翻《ひるがえ》し、左側にあるアーチ形の戸口に消えたが、まもなく、大理石にヒールの音を高らかに響かせながら赤ら顔で戻ってきた。玄関で待たせたことをふたりに詫《わ》び、殺風景なほどモダンな白一色のリビングへ案内した。サビッチは白に白の配色が苦手だったが、床から天井まである窓の向こうに広がる歴史のある地区の眺めはみごとだった。緑石に寄せて停めてある愛車のポルシェがＢＭＷとベンツにはさまれているのを見て、家来を従えた王のようだと思った。

たっぷり五分は待っただろう。ピエール・バーボーとその妻エステルが入口に現われた。ふたりともカジュアルシックなスタイル、つまりエステルのほうはタイトなデザイナーズ・ジーンズに宝石付きのベルト、シルクのブラウス、ピエールのほうは半袖のゴルフシャツに黒いパンツ、イタリア製のローファーといういでたちだった。ピエールの手にはダイエットコークがある。そしてエステルは、まるでサラブレッドのようだった。痩せて骨ばった体つき、傲慢そうに傾けた頭、突きだした顎先――彼女はすっと背筋を伸ばして立っていた。自分の価値を心得ている、とサビッチは思った。しかも、自分をかなり高く評価している。さらによく観察すると、彼女の黒い瞳は悲しみに曇り、口もとには新たにできた皺が刻まれ、高価な服に包まれた体はいかにも華奢《きゃしゃ》だった。彼女が苦しんでいるのは、疑う余地がなかった。

ピエール・バーボーは憔悴《しょうすい》しているように見えた。血がにじみだすように、生命がじわじわと奪われているようだ。黒い目は落ちくぼんで影になり、顔の肉がたるんでいる。やつれきった顔と生気を失った目を見るかぎり、この男が息子の逃亡を計画的に実行したとはとても思えない。ピエールはもはやすべての意欲を失ってしまった老人のようだった。彼は戸口で立ち止まって言った。「下のトミーから、FBI捜査官がふたりやってきたと連絡があったが、どういうことかな？　FBIがわたしたちになんの話だろう？」夫妻とも、名前を尋ねる気も、握手をする気もなさそうだが、サビッチはべつにかまわなかった。

サビッチは快活に尋ねた。「おふたりとも、ドクター・ティモシー・マクリーンとはお知りあいですね？」いまもサビッチとシャーロックは角の窓のそばに立っていた。その窓からは、十数軒ならんだ歴史的建造物の屋根越しにデュポンサークルが見える。

ピエールの顔はすでに苦悩でこわばっていたため、マクリーンの名前を告げても、サビッチにはほんのわずかな変化しか見て取れなかった。ピエールは怒りを吐きだしたそうな顔をしたが、それだけの元気がなかったのか、代わりに冷笑した。エステルのほうはにわかにナイフのように冷たい敵意を目に浮かべ、マクリーンへの憎しみが一瞬にして悲しみを凌駕《りょうが》した。サビッチとしては気が進まないけれど、早急に真実を見出すには、その憎しみを煽《あお》り立てなければならない。夫妻はゆっくりとリビングへ入ってきて、白いソファにならんで腰かけた。ピエールはいまだコークの缶を握りしめている。サビッチとシャーロックは彼らの正面に座った。

ピエールは肩を怒らせ、顎を上げたが、妻ほどの傲慢さはなく、あいかわらず冷笑していた。ときおり老人特有の震えが混じる低い声で、彼は言った。「ドクター・マクリーン？ああ、家内もわたしも、ずいぶん前からティモシーとモリーを知っているが、実際のところ、ほんとうに知っていると言える人間がいるのだろうか？」肩をすくめた。「そう、わたしたちは友人だった。食卓を囲んだり、家族の話をしたり、子どもたちの……」唾を呑みこみ、頬をぬぐおうとコーラの缶を持ちあげる手が震えていた。こぼれ落ちそうになっている涙をぬぐおうとしたのか？「わたしたちは彼らの子どもたちを知っていたし、彼らはジャン・デビッドを知っていた」

シャーロックは思った――目を閉じて、彼の話だけを聞いていたら、とてもセクシーだと思うだろう。強すぎない美しいなまりは、アメリカ人の耳にはアニメの声優の声のように響く。しかし、疲れはてたその姿は、ずっしりと重たい世界を支えながらも、いまにも落としそうになっている、ギリシャ神話のアトラスのようだった。

「ええ、彼らとは知りあいよ」エステルが言った。彼女のほうがなまりが強い。「わたしたちの仲間内では、ほとんどみんな彼と知りあいなの。リシーにコーヒーを運ばせましょう」

「おかまいなく、ミセス・バーボー」サビッチが言った。彼は夫妻が目配せをし、身を寄せるのを見た。さらなる悪いニュースに対する防御だろうか？

「ところで、ご用件は？　ティム――いや、ドクター・マクリーンについて、わたしがお話しできることとは？」ピエールが訊いた。

サビッチが答える。「あなたはドクター・マクリーンのオフィスを訪ね、息子さんがテロ組織に機密情報を漏らしたせいでCIAの諜報部員がふたり殺されたと話しましたね。そしてあなたはドクターに、息子さんを精神疾患の観点から擁護《ようご》してもらえないかと頼んだ。だがドクター・マクリーンは、倫理的にも法的にもそれは許されないと断った。彼は息子さんに即刻自首させるよう助言し、さらなる命が危険にさらされている以上、自分が当局へ通報するしかないと言った。

あなたは、そんな言葉は聞きたくなかった。お気持ちはわかります、ジャン・デビッドはあなたの息子さんなんですから。

一週間後、息子さんがポトマック川で溺れた。あなたたちは強風、雨、霧の予報が出ていて、悪天候になるとわかっていながら、釣りに出かけた。暴風雨になったとき、あなたは具合が悪くなった。あなたとジャン・デビッドは岸へ向かっていたけれど、たどり着けなかった。深い霧であなたたちのボートが見えず、一隻のパワーボートが突っこんできた。あなたは船外に投げだされ、息子さんはあなたを助けようと川に飛びこんだ。パワーボートの乗員たちも最大限協力してあなたは救助されたが、息子さんは助からなかった。これで間違いありませんか？」

「ああ、間違いない」ピエールが言った。「息子の亡骸《なきがら》は、まだ見つかっていない」

「存じあげております。たいへんお気の毒です。今日お邪魔したのは、これまでに合わせて三度、ドクター・マクリーンの命が狙われたからです。犯人はあなたですか、ミスター・バーボー？」

ピエールはまるで腹を蹴られたような顔になった。青白い顔がどす黒い赤に染まる。さっと席を立ち、コーラの缶を握りしめたまま、ふたりの前を行ったり来たりしはじめた。「ティモシー・マクリーンは怪物だ！　他国での暮らしがどんなものか、あの男はまるで理解していない。勝手の違うことばかり、やることなすことが疑問視され、誰もが別の考え方をし、思想が合わないといって蔑《さげす》まれ、簡単に決めつけられる。彼がそんな人間だとは信じたくなかったが、そうだった。ティモシーは、わたしの息子の名誉に、わたしたちの名誉に傷をつけようとした！　きみたちアメリカの刑務所に入るべきは彼で、あの男のせいで、友人だと思っていたあの男のせいで死んでしまった息子、ジャン・デビッドではない。あの男を殺す？　喜んで殺したいところだが、わたしはやっていない」

「ミスター・バーボー」シャーロックが言った。「あなたが今回の件で強く憤慨されるのも、悲嘆に暮れていらっしゃるのもよく存じております。あなたはドクター・マクリーンに、ジャン・デビッドは、つきあっていた女性がダマスカスを本拠地とするテロ組織のリーダーだったことや彼が見せた機密情報をその女が仲間に伝えたことは、知るすべがなかったと断言しましたね。

じつは二日前、国土安全保障省がその女と、一網打尽とはいきませんでしたけれど、組織のメンバーの大半を逮捕しました。ドクター・マクリーンがもたらしてくれた、わが国へのプレゼントです。女はあなたの息子さんを誘惑して、組織に有益な情報を持ちだすよう仕向けたことを認めています」

「ええ、逮捕のことは、当然ながらわたしたちも聞いていてよ」エステルがはねつけるような調子で言った。「でも、それがなんだと言うの？　だって、わたしたちにも、フランスにも、なんの関係もないことでしょう？　そんな女――どんな嘘をつこうと、知ったことじゃないわ」

エステルは立ちあがり、夫の横にならんだ。「ジャン・デビッドとはなんの関係もない問題よ――そう、なにもよ、わかった？　あの子はなにも知らなかった、なにが起きたにせよ、あの子のせいじゃない。あの子のせいじゃないの。わたしたちの息子は死んでしまったの」

サビッチは、これまでピエール・バーボーをマクリーン殺人未遂の重要参考人と考えていたが、彼と会い、観察し、話を聞いたいま、その考えを改めた。この男は粉々に打ち砕かれ、悲しみに溺れかけている。

マクリーンの言うとおりだ。マクリーンを消そうとしているのがこの一家の誰かだとすれば、それはエステルだ。彼女の悲しみは夫と同じくらい大きく痛切だが、その瞳には猛々《たけだけ》しさと決意があった。さきほどよりも穏やかかつおもねるような調子で彼女は言った。「これは、わたしたちにとってひじょうにつらいことなのよ、サビッチ捜査官。あなたはなぜ、それをまたほじくり返そうとするのかしら。主人が言ったじゃありませんか、わたしたちはドクター・マクリーンの殺人未遂事件とは無関係だと。いったいなにが目的なんです？　なにがしたいんです？　息子は死んだのよ、あの子はくだらないアメリカの法律の届かないところに行ってしまった」

「くだらない？」シャーロックはカッとして、思わず反論した。「テロリストにエッフェル塔を爆破されてもなお、わたしたちの法律がくだらないなんて思われるでしょうか」

エステルはさっと手のひらを上に向けた。「あら、そんなことは起きないわ。わたしたちは、イスラム教徒と仲良く共存しているもの」

吟味に耐えない主張だ。

サビッチはひと息ついた。「ミセス・バーボー、この二日間、あなたがどこにいらしたか教えていただけませんか？」彼が手帳に視線を落として日付を確認したとき、エステルが身を乗りだした。「息子の若さゆえの判断ミスをあなたがどんなに痛烈に責めようとしたって、そんな言葉はもうあの子に届かないのよ。あの子は若かった。未熟で、夢想家で、女に騙された。昔からよくある話、これからだって何度でもくり返される、お定まりの話よ。ジャン・デビッドは死んだ。あの子も、あの子の名誉も、安らかに眠らせてやって。ドクター・マクリーンなんて死ねばいいのよ。死ぬべきだわ。でも、主人もわたしも、あんな価値のない命を狙ったりしない。いったい何度言えばわかっていただけて？」

サビッチが言った。「つい最近起きた殺人未遂のせいで、彼は入院中です」

ピエールは当惑している、とサビッチは思った。間違いない。「きみは、エステルかわたしがティム——ドクター・マクリーンを殺そうとしていると、本気で思っているのかね？　ばかばかしい、じつにナンセンスだ。たしかに、わたしたちはジャン・デビッドが死んだのは彼のせいだと思っているが、実際に三度も殺そうとすると思うか？　いいがかりはよしてくれ。きみたちFBIには呆《あき》れはてる」

シャーロックが言った。「ですが、かなり筋の通る話です。あなたは彼に責任があると信じ、復讐を果たした。それに、もしドクター・マクリーンが息子さんのしたことを公表すると決めたら、どうなります？　それが明るみに出ても、あなたはここワシントンで大使館の集まりに受け入れてもらえるでしょうか？　ニューヨークでは？　あなたのここでの仕事はどうなるでしょう？

それよりなにより、あなたがこの先も滞りなくフランス国家警察で働いていけるとはとても思えません。どうですか、フランスへ戻って、息子さんがなにをしたかを知っている親族や友人たちに顔を合わせる気分を想像してみたことがありますか？　それに耐えられると思いますか？　奥さまが、それに耐えられるでしょうか？」

言いすぎた、とシャーロックは自分で自分を蹴とばしたくなった。もし彼らが無実なら、子どもを失い嘆き悲しむ夫婦をいたずらに苦しめたことになる。

エステルがふたりに向かって拳を振ると、右手の指にはめた巨大なダイヤモンドの指輪がぎらりと光った。「よく聞きなさい。息子がなにをしてなにをしなかったかなんて、いまさらどうでもいいの。いいこと？　ジャン・デビッドは死んでしまったの。あの子は死んだの！　あの子の考えも、功績も、信念もすべて悲惨な事故で溺れ死んでしまった。あなたたちの国のおそまつな沿岸警備隊は、あの子を見つけることすらできなかったのよ！　ドクター・マクリーンが守秘義務を守って口をつぐんでいれば、こんなことにはならなかった。言わせてもらうけど、フランスの医者は身のほどをわきまえているから、患者に意見などしないわ。脅したり、最後通牒《つうちょう》を突きつけたりもしない！　それが、ここではどう？　どうやら、この国には神聖なものなどひとつもないようね。あなたたちアメリカの医者は、倫理観のないまま、許しがたいことをする」

36

マクリーンが友人のアーサー・ドーランに話したことを知った人物がいる。そしてそのドーランが都合よく死んだ。偶然だろうか？　サビッチは偶然を信じない。だが、どうしたらバーボー夫妻の耳にそのことが入るだろう？

サビッチは言った。「たしかに、ドクター・マクリーンは息子さんのことを何人かに話された。あなた方のどちらかでも、ドクター・マクリーンがなぜあなたの秘密を明かしてしまったのか、お知りになりたいですか？」サビッチは話しながらふたりの顔を観察した。エステルの顔は怒りに凍りつき、ピエールは無関心なような、あるいは足もとの地面に穴が空いて逃げだせたらと思っているような顔つきだった。

エステルが言った。「わたしたちはどんなくだらない言い訳も聞きたくありません。あんないまわしい男。もうお帰りになって。これ以上、話すことはありませんので」彼女はすっと立ちあがった。しかし、夫は座ったまま、ダイエットコークの缶を両手で転がしていた。

サビッチが言った。「ドクター・マクリーンへの最後の攻撃は、飛行機にしかけられた爆弾でした。彼はかろうじて命を取り留めました」

エステルが肩をすくめる。「なんの話？　爆弾？　爆弾なんて知らないわ。彼の身になにが起きようと、わたしたちにはどうでもいいことよ」サイドテーブルからフレームに入った写真を持ちあげ、サビッチたちの顔の前で振った。「これがわたしたちの息子。これがジャン・デビッドよ。上品で、すてきな息子だった。いい子、とってもいい子だったのよ。ほら、見て！　この子はもうこれ以上、年をとらない。結婚して子どもを持つこともない」

たしかにハンサムな青年だと思いながら、シャーロックは写真をまじまじと見た。黒い髪にこんがりと日焼けした肌、魅惑的でとてもチャーミングな笑顔。父親ゆずりの黒い瞳がきらきらと輝いている。なんと惜しいことを。

サビッチはマクリーンの病気のことを伏せることにした。話す意味がないとわかったからだ。バーボー夫妻にはなんの価値もない。危険な賭けだと知りつつ、切りだした。「ミスター・バーボー、息子さんがあなたを救ったあと溺死された日について、あなたの供述調書を読みました。いくらか判断が揺れたあと、最後には悲劇的な事故と断定された。しかし──」効果を狙って間を空ける。「しかし、あの供述は真実ではない。あの日、ほんとうはなにがあったか話してもらえませんか」

ピエールがなりをひそめた。核心を突いた、とサビッチは思った。なにかがあると直感的につかんでいたのだ。無言のまま、ひたすら待った。

エステルがなにか言いかけ、ピエールが制した。肩をすくめる。「もういいだろう？　いまさら隠したってなんの意味もない、あの子はもう死んだんだ。ああ、そうだ、なにもかも話そう」

エステルは夫をにらんだ。「なにを考えてるの？　やめてちょうだい、ピエール」

「すまない、エステル。だが、いつかは明るみに出ると思っていた。それに、わたしはもう疲れた、ほとほと疲れてしまった」妻に向かって片手を上げて、くり返した。「もういいじゃないか、エステル。サビッチ捜査官、ジャン・デビッドは事故死じゃなかった」

サビッチの鼓動が期待に速まった。「なにがあったのか話してください」

ピエールが顔を上げた。血の気が引いているが、声は驚くほど力強く落ち着いていた。

「息子がわたしのところへやってきて、しでかしたことを打ち明けて助けを求めた。本人にはわかっていたんだよ。上層部が彼のしわざだと気づくのは時間の問題だと。わたしは耳を疑った。詳しく事情を聞いて、やっと納得できた。わたしは少し考えさせてくれと言った。

その二日後、わたしはティモシーに相談したこと、彼にどうしろと助言され、どう脅されたかを息子に話した。息子から黙ってしばらく見つめられて、胸が張り裂けそうになった。わたしと同じように、息子は少し考えさせてと言って、出ていった。逃亡をはかるんじゃないかと心配したが、それはなかった。嘘じゃない、息子は逃げなかった。

それからさらに二日後の金曜日、釣りにいかないかと誘ってきた。天気が悪くなりつつあったのにだ。

わたしたちはポトマック川へシマスズキ釣りに行った。わたしたちにとっては、くり返し行なってきた儀式のようなもので、ふたりでいっしょに過ごせる特別なひとときだった。だがその日はまったく釣れず、ふたりとも悲痛な気分でほとんど黙りこくっていた。不安に怯えるわたしの頭のなかでは、ティモシーの通告が鳴り響いていた。それでついに沈黙を破り、どうすればいいかわからないと告げた。おまえのことを愛しているけれど、やってしまったことについては——まさか女にころっと騙されるとは思わなかったと、息子に言わずにいられなかった。それからもう一度、わたしはかぶりを振り、どうすればいいかわからないと告げた。

ジャン・デビッドはかがんでわたしにキスした。体を起こすと、釣り竿《ざお》を手にしたまま、考えた末に自殺することにした、と言いだした。それしか方法がない、だからこの悪天候に釣りに出た、あんなことをしでかしてしまっては生きていけないと。話しながら、目に涙を浮かべていた。息子は、あの女に手玉に取られた、と言った。女に言われるがまま申し訳の立たない罪を犯し、神聖な法を破った。ぼくは売国奴だ、故意ではなかったとはいえ、やすやすと騙されたのはぼくの落ち度だ、責任はあくまでぼくにある、と」

広いリビングにピエールの荒い息遣いだけが聞こえていた。エステルは黙って夫たる男を、苦悩を発散している男を見つめていた。その目には微塵も哀れみがなく、あるのは非難だけだった。なぜか？　それは彼が真実を語り、自分たちを丸裸にしたからだ。

サビッチは無言のまま、沈黙とピエールの呼吸が重苦しく空中を漂うにまかせた。一条《ひとすじ》の日差しを浴びて、ほこりが煌めいている。

ピエールがついに口を開いた。「おまえを見捨てるようなことはしない、とわたしは言った。最高の弁護士を雇うし、なんなら国外脱出の手はずを整えてもいいと。だが、息子はただ首を横に振り、悲しげにほほ笑むだけだった。

息子は天気が大荒れになるのを知っていた。風が唸りをあげ、霧が忍び寄り、雨が叩きつけるように降ってきたが、正直なところ、わたしは気づいていなかった。ボートのまわりに波が立ちはじめても、気にもならなかった。ジャン・デビッドはただひと言、〝ぼくには無理だ、父さん〟と言った。そのとき、もはや息子が手の届かないところへ行ってしまったのだと悟った。

暴風雨になった。気がつくと、ボートは激しく揺れていた。ジャン・デビッドが立ちあがったのを見て、なにをするつもりなのかわかった。そのとき、パワーボートが突っこんできて、それを待っていたように息子が水に飛びこんだ。わたしもあとを追った。パワーボートの乗員たちはわたしたちを助けようとし、げんにわたしは救助されたが、ジャン・デビッドは助からなかった。わたしは引きあげられたとき、息子の名を叫んでいた。そのうちに沿岸警備隊がやってきて、何時間も息子を捜索した。

だが、息子はもういなかった。宣言どおり自殺したんだ。じつを言えば、サビッチ捜査官、わたしは自分の作り話が通ってしまったことに驚いている。あまりにも信じがたい、ばかばかしい話なのに、みな額面どおりに受け取った」ため息をついた。「だが、きみは違った。ほかの連中もうすうす疑っているのだろう。むしろすべてはジャン・デビッドを逃がすための芝居だったといった話ならば信じるかもしれない。だが、息子は逃げなかった。自分で決めたとおり、命を絶った。

だが、いまとなってはどうでもいいことだ。わたしの息子は死んだ。罪を償った。みずからの命をもって」

ピエールはうつむき、手のなかで押し潰されたコーラ缶を見ると、顔を上げた。「息子は見つからなかった。見つけてほしかったんだが」

涙が頬を伝った。彼は身じろぎもせず、うつろな目でただふたりを、実際にはふたりの背後をじっと見つめ、涙を流していた。「とっさの出来事だった。あっという間にすぎて、誰かが時計を早回ししたようだった。息子は冷たく荒々しい水に飛びこんだ。泳ぎはうまくなかった。子どものころ泳ぎを教えようとしたんだが、けっして好きにならなかった。水を怖がってね。海ははてしなく続き、どこまでも深く、底がないからだと。そう、あの子はずっとそう信じていた。底なしだと言っていた。わたしはそのことを何度も考えたんだ、サビッチ捜査官。すると息子の姿が見えてくるが、水ははてしなく深く、彼をどんどん下へ引きずりこんでいき、ぼんやりとした輪郭しか見えない。

あの日、息子は死んだ。みずから命を絶った。永遠にいなくなってしまった。

わたしは警察に言わなかった。言えなかった。あの嵐、風、霧のなかのパワーボート、それらはすべてほんとうだ。そのすべてが、わたしの作り話のいい道具立てになった。誰もが事故だと信じた。たんなる事故だと。だが、きみには真実を語った。息子が自殺したのだと信じる理由を教えよう。わたしと妻と、そしてほかの家族を守るためだ。わたしたちが恥辱にまみれるのを見たくなかったのだろう。自分のせいで、わたしたちがあしざまに言われ、屈辱を受けるのを。息子は、わたしたちの名誉を守るためにみずからの命を絶った」

37

ジョージタウン
木曜日の晩

シャーロックは、レイチェルとジャックのために玄関のドアを開けた。アストロは彼女の後ろで跳びはねながらキャンキャン吠えながら尻尾を激しく振り、ショーンがその後ろを追いかけてきた。

ジャックは膝をついて片手を突きだした。「ショーン、きみならどこで会ってもすぐにわかるよ。お父さんにそっくりだな」ショーンが差しだした手を、ジャックは上下に振った。「ぼくはジャック・クラウン。きみのお父さんといっしょに働いてる。こっちはレイチェル・アボット。おおっと、強そうな犬を飼ってるね」

「アストロっていうの」ショーンは父親そっくりの目でジャックの顔を見あげ、それからレイチェルに言った。「ぼくはショーン。お姉さん、きれい。ぼく、その三つ編み、好き。お姉さんはママと同じくらいきれい」

「すばらしい褒め言葉だわ」と、レイチェル。「光栄よ、ショーン」

ジャックはアストロの頭を掻いた。「よう、マイティドッグ、元気か?」

「マイティドッグ」ショーンが言った。「そんな名前、ぼく、思いつかなかったよね、パパ。マイティドッグだって」そしてジャックに言った。「うちの裏庭にしばらく偽物の芝生があったから、それでその商品をとってアストロになったんだよ」

「マイティドッグをセカンドネームにしたらどうだ?」父親のサビッチが助言した。

「アストロ・マイティドッグ・サビッチ」ショーンは言い、アストロの腹のあたりをつかんで床に転がした。ジャックは笑い、ショーンとアストロといっしょになって大騒ぎし、そこにレイチェルが加わった。まもなく、家は人の大声と犬の吠える声でいっぱいになった。

なんていい気分だろう。

全員がリビングの席につくと、レイチェルは膝の上のアストロに手を舐められながら言った。「ジャックに聞いたけど、サラ・エリオットはあなたのおばあさまなんですってね、デイロン。暖炉の向こうのあの絵、すばらしいわ」

「ありがとう、おれもそう思う。あれは『広場に佇《たたず》む無器用な男』というタイトルの絵だ。おれは祖母の作品を八枚持ってるが、そのうち七枚はコーコラン美術館に展示してて、年に三、四回かけ替えるんだ」

「わたしなら全部手もとに置いておきたくなりそう」レイチェルが言った。

また玄関の呼び鈴が鳴った。玄関に向かうサビッチのあとにショーンが続き、さらに飛び跳ねながら吠えるアストロが続いた。まもなく、デーン・カーバーとオリー・ヘイミッシュがリビングに入ってきた。

レイチェルがデーンとオリーに挨拶した。なでてもらったアストロ・マイティドッグが仰向けに転がり、脚を宙に浮かせて舌をだらりと出したころ、シャーロックがキッチンの入口から声をかけた。「メートランド副長官から電話で、来られなくなったって。まず食べて、それから検討に入りましょう」

「なにを検討するの、ママ?」

「手を洗ってこよう、ショーン」サビッチが息子を洗面所へ誘った。

「ごめんなさい、シャーロック、気がきかなくて」レイチェルがさっと立ちあがった。「なにかお手伝いできることはない?」

「シャーロックが料理?」オリーがその場を動かずに言った。

「ほんとはおまえがつくったんだろ、サビッチ」デーンは言いながら、リビングへ入った。「図星だろ?」

「恩知らず」シャーロックがぶつくさ言う。

息子の洗いたての手を拭きながら、サビッチが笑った。「ああ、つくったのはおれだ。野蛮人用にはミートラザニア、おれとショーンにはベジタブルラザニアだ」

「シーザーサラダはわたしのお手製よ」シャーロックがつけ加えた。

「彼女の手にかかれば、レタスの葉っぱも踊りだすってもんさ」サビッチが言った。

一同はショーンがはじめて近所の子どもたち三人とフットボールの試合をした話を聞いた。ふたりずつに分かれ、これまででいちばん長い最高のタッチダウンパスをしたこと、マーティにタックルされたポールが唇から血を流したことなど、込み入った話がデザートの時間になるまで続いた。

シャーロックがアップルパイを均等に切り分けるあいだ、テーブルにいる全員の視線が彼女のナイフに注がれた。アイスクリームとパイを食べながら、ショーンが新しいテレビゲームの『ドーラといっしょに大冒険』について語った。「ぼく、もうスペイン語がわかるもん。簡単だよ」

「この子、ベビーシッターのガブリエラとスペイン語で話してるの」シャーロックが説明した。「ディロンとわたしもスペイン語を習ったほうがいいかも。この子に負けないように」

みんなよく笑った。レイチェルにはすでに自分からは失われたように感じられていたものだ。ようやく仕事の話になったのは、シャーロックがショーンを寝かせて二階の寝室から戻り、サビッチがアストロ・マイティドッグの夜の散歩から帰ってきてからだった。

「お待たせ」シャーロックが言った。「さあ、はじめましょう」

レイチェルは身を乗りだした。「ディナーがあんまり楽しくて、いやなことをすっかり忘れてたけど、また引き戻されるのね」

「まだ話は半分も終わってないんだ」ジャックは言った。「上院議員の——レイチェルの家に戻ったとき、予期せぬ特大のサプライズが待ちかまえてた」

「あら、なんなの?」

レイチェルが答えた。「入口の階段のところに、わたしの元婚約者が立ってたの」

ジャックはソファに深く腰を沈め、腕を組んだ。「彼の姿を見てレイチェルがぴたっと立ち止まったもんだから、てっきり彼女を殺そうと待ち伏せしてるんだと思って、あやうく撃ちそうになった。おれが少し近づいただけで、あの弱虫野郎は吐きかけやがった」

レイチェルが言った。「たぶん賭けの胴元に追われてびくついてたのよ。すぐに回復したのは、あなたも認めるでしょう?」

「まあね。だが、それはきみの視線を意識して、弱虫と思われたくなかったからさ。そのあと、あいつはまだきみの婚約者みたいな態度になって、キスまでしようとした」

「まさか殴らなかっただろうな、ジャック?」オリーが訊いた。

ジャックは一瞬無言になり、眉根を寄せた。「そうだな、一瞬ぶん殴りそうになった」

「その元婚約者、なんていう名前なの?」シャーロックは尋ねながら、サビッチが淹れたおいしいコーヒーをレイチェルのカップに注ぎ足した。

「ジェロル・スプリンガー」

「なんて名前だろうな」ジャックが言った。「タレントかなんかみたいだろ? はっきり言って、レイチェル、きみがあんな大ばか者と結婚するつもりだったとは信じられない」

「まあね。結局は結婚までいかなかったんだけど、べつに彼の名前のせいじゃないのよ」レイチェルはコーヒーを口に含み、幸せそうに目を閉じた。「ディロンのコーヒーは、わたしのと同じくらいおいしい」

小さく鼻を鳴らす音がした。誰も彼女の言葉を信じていない。

オリーが訊いた。「なんでまたミスター・スプリンガーは婚約者から元婚約者になったんだ？　誠実じゃなかったのかい？」

「いいえ、とても誠実だったわ、わたしが知るかぎり。でも困ったことに、かなりギャンブルにのめりこんでることが発覚したの。胴元がわたしのところにまでチンピラを送りこんできて、そういうことがあると、霧が晴れるように物事がはっきり見えてくる。どうやらジェロルは凄腕ギャンブラーじゃないらしくて、いつもびくついて後ろをふり返ってたわ」

「馬か？」デーンが尋ねた。

「馬、犬、フットボール――プロも大学もね――ビーチバレー、サッカー、ビールを飲んだあとで誰が最初にげっぷをするかなどなど。そういうのに賭けては負けてたみたい。だからジャックを見たとき、ジェロルは脚を狙い撃ちされると思ったのよ。ジャックがただのＦＢＩだとわかったときは、ほっとして泣きだしそうになってた。彼とは、もう半年以上会ってなかった」

デーンが言った。「レイチェルが亡くなったアボット上院議員の娘だと聞きつけて、頭のなかでレジスターがチーンと鳴ったんだろう」

「たぶんそんなとこね。で、ジャックがどうしたと思う？　あの家でわたしと同棲《どうせい》してるふりをしたのよ。わたしにべったり張りついて、期待の面持ちで待ってるジェロルの目の前で肩に手までまわしたの」

ジャックは歯を見せて笑った。「そいつはすぐに尻尾を巻いて退散した」レイチェルに顔をしかめてみせた。「あんなやつにきみはもったいなさすぎる」

レイチェルはバッグに手を入れてS＆W《スミス・アンド・ウェッソン》を取りだした。「もし彼が面倒を起こしたら、これで脚を撃ってやるつもりだった。父の銃なの。持ってると心強いわ」

「もしきみに撃たれてたら、逃げだせなかったよ」オリーが指摘した。

「たしかにそうね」レイチェルは黙りこんでコーヒーを飲み、暖炉の前の敷物でショーンの皿のベジタブルラザニアを食べつくして眠っているアストロに目をやった。

ジャックは、シグマシリーズが好きだった。狙ったものに照準を合わせて発射すればいいのだが……。「きみが銃を持つのはどうかな。オモチャじゃないんだから」

「なに言ってるの、ジャック？　わたしが撃つのを見たでしょう？　あなたより上手かもしれないのよ。つべこべ言わないで」

「先を続けよう」サビッチが言った。「しっかり聞いてくれ」彼とシャーロックは、マクマナス下院議員とバーボー夫妻との面会について語った。

「正直に言って」シャーロックは前置きした。「ディロンにもわたしにも、ピエール・バーボーがマクリーン殺人未遂事件の黒幕とは思えなかった。でも、ミセス・バーボーは――こちらはそうは言えない。一筋縄ではいかない人物よ」肩をすくめた。「悲しみに暮れて、ぼろぼろになっているのはご主人と同じだけど、ドクター・マクリーンに対する怒りのレベルが――わからない。なんとも言えないわ」

オリーが言った。「マクマナスはどうだった？　なにか感じるものはあったのかい？　彼女が人を雇って夫を殺させたんだろうか？」

サビッチがうなずいた。「彼女なら夫を殺しかねないと思う」

シャーロックが言った。「彼女はかなりの癇癪持ちだけれど、コントロールのしかたを心得てる――そりゃそうよね。下院で同僚たちに悪態をついたんじゃ仲間外れにされるもの。でも、なかなか堂々とした女性よ。ああいう人を敵にまわしたくないわ」

サビッチが肩をすくめる。「ティモシー・マクリーン殺人未遂の裏に彼女がいたかどうかとなると、不本意ながら、おれはそうは思わない。動機がないんだ。ティモシーがことを荒立てて、一時的に彼女を悩ませかねないスキャンダルを巻き起こしたことへの復讐となれば、また話は別だが」

「彼女には失うものが多すぎる」シャーロックが言った。「夫の殺人事件をめぐって未解決事項がたくさんあるのを知らないでいたんなら、新たな捜査であっさりなにかが露見することを恐れたかもしれないけど」

「となると、どういうことになるの？」レイチェルが訊いた。

アストロ・マイティドッグが頭を上げ、ひと吠えした。

レイチェルが歩いていって、床に座ってなでてやると、アストロは仰向けに転がり、脚四本を宙に突きだした。

サビッチが言った。「あともうひとり、ローマス・クラップマンがいる。パートナーのアイデアを盗み、不正を行なった可能性のある大富豪だ。だが、彼の場合も殺人の動機になるとは思えない」

オリーが言った。「毎回最後には、犯人がなぜマクリーンが話したことを知ったのかという問題に戻ってしまう。バーテンダーはほかに聞いている客はいなかったと思うと言ってますけど、確信はないそうです。彼自身は誰にも話していないというから、やっぱり謎として残る」

ジャックは上着のポケットから一枚のディスクを取りだした。「ティモシーのファイルは全部このディスクに入ってる。彼がバックアップを取ってなかったら、あの火事で患者に関する記録はすべて失われてただろう。それにしても、いったい誰が火をつけたんだ？」

オリーが言った。「法精神科医といっしょにファイルを全部見て詳細に調べてみたんだけれど、マクリーンを殺す動機がありそうな患者はほかにいなかったよ。もちろん、あちこちに物騒なネタは転がっているにしろ、殺人となるとね」オリーは首を振った。「現実的に考えて、自分の精神分析医を殺すやつなんているかな？　それも、まだ秘密をばらされたわけじゃないのに、そうなるかもしれないという憶測だけで？　筋の通る話じゃないよ」

少しのあいだ、全員がそのことを考えた。

レイチェルが言った。「明日の午前中、ジャックとわたしはジミーの弁護士のブレーディ・カリファーに会ってくるわ。もしあの一家に外聞をはばかる恥ずかしい秘密があるなら、彼が教えてくれるかもしれない」

サビッチはソファに深く座り、腹の上で指を組んだ。「パーキーの突然死の件で監察医と話をした。結局、犯罪がらみじゃなくて、死因は肺塞栓《はいそくせん》。肺に血液の塊ができたんだ。監察医によると、手術にはつきもののリスクらしい。まあ、そういうわけだ。

そのあと、パーロウとスリッパー・ホローで負傷したふたり、ロデリック・ロイドとドンリー・エベレットを訪ねた。ロイドはいまだ黙して語らず。エベレットのほうはすでに、一切合切を自白するという書類に署名した。だが、残念ながら、パーキーの雇い主を知らないと言ってる。嘘はついてないようだ」身を乗りだした。「ロイドはパーキーが死んだことを知らないから、彼女が寝返ったと思いこませられるかもしれない。どう思う、シャーロック？」

「ロイドの弁護士が、彼女の死を知らないとは思えないけど、やってみる価値はあるかも」シャーロックは楽観的とは言えない口調で言った。

「第四の男はどうなった？」ジャックが尋ねた。「名前は？」

「マリオン・クループ」答えたのはシャーロックだった。「マイアミ支局から連絡があって、捜査官が駆けつけると、発砲してきたそうよ。残念ながら、彼は死んだわ」

38

ワシントンDC
金曜日の朝

レイチェルは熱々の濃いオートミールをジャックの器に注いだ。

ジャックはそれを見おろしてから、彼女の顔を見あげた。

「なに？　さあ、冷めないうちに食べて。体にいいし、わたしがつくるオートミールはケンタッキー一よ。ブラウンシュガーもあるわ」スプーンですくってオートミールにかけた。

ジャックは情けない顔つきになった。「代わりにチェリオを食べてもいいかい？」

レイチェルは彼の肩にパンチを食らわせた。「なんなの？　あなたがボディーガードとしてここにいてくれたおかげで、ゆうべは不法侵入もなかったから、お礼に最高の朝食をつくってあげたのに、チェリオがいいって言うの？　お店で売ってるそのまま？」

「無脂肪牛乳をかけて」

彼女は腕組みをした。

「できたら、スライスしたバナナを入れるとか」

レイチェルは笑い、パントリーに消えたが、すぐに出てきた。「ごめん、ジャック、チェリオはないわ。オートミールを食べるか、朝食抜きかのどちらかね」

ジャックはオートミールをひと口含んでゆっくりと嚙み、それから呑みこんだ。

「ご感想は？」

「正直に答えていい？」

「もちろん。大丈夫よ、ジャック、ちゃんと受けとめるから」

「たしかに、ケンタッキー一のオートミールみたいだね」

「はい、はい。でも、ここはケンタッキーじゃないものね。ふん」レイチェルは彼にナプキンを投げつけ、自分のオートミールを食べはじめた。「いいわよ、わかったわよ、チェリオを買ってくればいいんでしょ」

ふたりは居心地のいい静けさのなかで食事をした。不思議な感じ、とレイチェルは思った。シンクの奥の窓から差しこむ朝の日差しを見つめながら、ほかの人と食卓を囲むなんて。ジミーが死に、のろのろと過ぎゆく空虚な日々を送ったあと、シチリア島へ飛んだものの、もはや笑顔で朝を迎える日など二度と来ないかもしれないと思いはじめていた。そんなとき、何者かに薬物を飲まされてブラックロック湖に投げこまれた。

「ありがとう、ジャック」

彼はスプーンを舐め、空《から》のボウルを差しだした。「なにが？」

「あなたがここにいてくれるから、わたしはひとりぼっちじゃない。よく眠れた？」

ジャックはレイチェルの部屋から三つ離れたアンティークだらけの寝室で眠った。長い廊下の突きあたりにある彼女の父親の寝室は、父親が死んでからまだ手つかずの状態だった。正直言ってベッドは岩盤のように硬く、今朝は筋肉をほぐすのに五分間もストレッチをしなければならなかった。

「熟睡したよ」

「よかった。あなたって根っからのマッチョなのね。わたしも一度だけあのベッドに寝たことがあるけど、マットレスがあまりにも固くて背骨が折れるかと思ったわ。誰もこの家に侵入してわたしを殺そうとしなくて、ほんと、よかった」レイチェルはジャックに尋ねもせず、ふたたび器を満たした。「じつはあまりよく眠れなかったの。物音がするたびに、悪いやつがわたしを襲いにきたような気がして。あなたがそばにいるんだから、安全なのにね」

「気持ちはわかるよ」

「銃も手もとにあったし、警報装置だってセットしてあった。三時ごろ、いっそ悪党がやってきて窓ガラスに顔を押しつけてくれればいいのにと思ったわ。質問があるんだけど——雨戸を閉めたまま銃を撃ったら、銃弾は雨戸を突き抜けるもの？　それともガラスで逸れる？」

「あの窓か？　なら突き抜ける」彼はたいして考えずに答え、こう付け加えた。「なんだったらおれと寝たらいい」

たったそれだけの言葉なのだから、なにげなく聞き流されてもいいはずだった。だが、そうはいかなかった。

レイチェルはジャックをひたと見据えた。「あなたと寝る?」

「ああ。つまり、おれのベッドで寝るっていうのかな。おれがすぐそばにいるから、たとえ悪いやつが入ってきたとしても、そいつはまず、おれを突破しなきゃならない」

レイチェルが淡々と言った。「そりゃそうね。いいわ、あなたをヤギみたいに綱でつないでおくことを考えてみる」

「うーん、おれが考えているのとはどうも違うな。おれはヤギになるつもりはない。つまり――」彼は口をつぐんだ。

レイチェルの軽口で苦境から救われたが、それもかろうじてといったところだ。ジャックは目を細め、まばたきもせずに彼女の顔を見た。レイチェルが言った。「さっき母に電話して、なんの問題もないと伝えたのよ。母はジレット伯父さんに電話したようだけど、さすが伯父さんね、あそこでの出来事は伏せておいたほうがいいと判断して、母には内緒にしてくれてた。それでも、母はわたしがジミーの家にひとりぼっちでいることが心配でならないの。このへんには友だちもいないし。たぶん母もわたしといっしょに寝たいんだと思う」

ジャックはコーヒーにむせ、手の甲で口もとをぬぐった。「ここに来るのを思いとどまらせてくれただろうな。あのベッドに三人はきつい」

「近いうちにわたしのほうが行くと言っておいたわ。母は、ジミーが殺されて、わたしがお金持ちになったことを信じられずにいるの。ジミーが財産の三分の一を遺してくれたと言ったら、絶句してた。異母妹《いもうと》たちにはまだ電話してないし、彼女たちの母親のジャクリーンからも一度もないわ。でも、連絡するのは、今回の件がすっかり片づいてからにしようと思って」

「記者がまだ残って道路脇でキャンプしていないかチェックしてきた。どうやら、ここではなにもおもしろいことが起きていないと判断したらしい。助かったな」

「ええ、でも、しっかり見張ってないと。いつなんどきゴミ箱の陰からハゲワシが躍りでてくるかわからない」

ジャックはうなずき、スプーンでもう一度オートミールを口に運び、顔をしかめた。スプーンを置いた。「悪いけど、もういいや。どうがんばっても、ずっと同じ味だ」

「チェリオだって、何口食べても同じ味じゃない」

「いや。ミルクでドーナツ型の小さな粒が少しずつやわらかくなって、ひと口食べるごとに驚きがある」

「おかしな人」レイチェルはにこっとした。「オートミールのボウルを前にこうして朝食のテーブルについていると、ごく普通の人にしか見えないのに、あなたが何者で、なにをしてて、四年間どんなことをしてきたかを考えると——精鋭捜査班と言ったわよね？」

彼はうなずいた。

「そのころは、どんな感じだったの？」

ジャックはボウルをまっすぐに置き、ナプキンをきちんとたたむと、オーク材でできたカントリー調のテーブルのそばにある大きな窓から、裏庭の白くて美しいあずまや《ガゼボ》を見つめ、それからまたレイチェルに視線を戻した。「実際、来る日も来る日も新たな恐怖の連続で、逃げようにも逃げられなかった。恐怖はどこでもおかまいなしに夢のなかにまでついてきた。ありがたいことに、いまはそれほど鮮烈で血なまぐさい夢は見なくなったけどね。

世の中には恐ろしい人間がいるもんさ、レイチェル。きみに薬物を飲ませ、溺れて浮かびあがれないように足にコンクリートブロックをくくりつける——かなりの悪党だ。

精鋭捜査班では、そういうやつらをモンスターや悪魔、サイコパスと呼んで人間扱いしなかったが、おれにはそいつらひとりひとりが赤ん坊に見えた——笑ったり泣いたりする、罪のない赤ん坊にね。そして毎日、なぜなんだ、と自問した。その赤ん坊の身にいったいなにが起きて、大きくなって人を殺したり傷つけたりといった、想像もできないほどの苦痛や恐怖を与えるようになったのか？

おれたちは、そういう連中を数多く逮捕し、大半は始末するしかなかった。命を救ったケースもないわけじゃないが」

「なぜそこを離れたの？」

「そのままいたら、おれのなかのなにかが死んでしまいそうだったからだ。精鋭捜査班に加わったばかりのとき、だいたい五年で燃えつきるからと言って、注意すべき症状のリストをもらった。おもな症状のひとつに〝自分のなかに死を感じる〟ってのがあって、それで限界に達したのがわかった。おれは四年しかもたなかった。検察局に戻ろうと思った矢先、サビッチが拾ってくれた」

「FBIに残ってよかった？」

「ああ、もちろん。サビッチの部署は特別でね。捜査官は切れ者ぞろい、経験豊富で、みな面倒見がいい。すばらしい部署だよ。結束力があるし、お互いに仲間をカバーしようとする。もちろん官僚主義ならではの退屈でくだらない面はあるし、自分が世の中を支えているかのようにふるまうどうしようもない捜査官もいるが、おれが知ってる捜査官はほぼ全員、いい仕事をしようとがんばってる。そう、よりよい社会にするためにね。悪い、なんだか求人広告みたいだな」

「いいのよ」

ジャックはテーブルから立ってボウルを流し台まで運ぶと、その場で洗って、タオルで手を拭いた。「今日は朝いちばんでブラックロック湖へ行こう。事件の現場をじかに見て、きみが家に戻るまでの足取りをたどってみたい」

39

一時間後、そろって木の桟橋に立ったふたりは、明るい日差しを照り返しつつ、音もなく杭に打ち寄せる青い水を見おろしていた。美しい光景を眺めながら、レイチェルは思った。わたしはブロックにつながれてこの水の底に沈んでいたかもしれない。水のなかで髪をゆらゆらと揺らしながら、死してなお永遠にここを離れられなかったかもしれないのだ。

「ほら、ここはそれほど深くないわ。せいぜい四メートルくらいじゃないかしら」

ジャックは水面を見おろすうちに、激しい怒りに襲われて息が切れそうになった。人間が同じ人間に対してどんな仕打ちができるか、ありとあらゆる例を見聞きしてきたジャックにしても、これは特別だった。レイチェルの身に起きたことだからだ。声に荒々しさが出ないように気をつけた。「きみはふたりがかりでこの桟橋まで運ばれてきた。ひとりは両腕を、もうひとりが両脚を持ってた。男か女かわからなかったと言ったな。少し考えて、そのときの状況に立ち戻ってみてくれないか」

レイチェルは目を閉じた。動きを追い、必死に意識を取り戻した経過や、頭がふたたび働きだしたときのこと、そして彼らが話していたのを思い出した。でも、なにを言ってたんだろう？　誰が？

レイチェルは首を振った。「わからない」

「そうか。だったら、重力の配分を考えてみてくれ。彼らに運ばれてるところを想像できるか？　どちらか一方により重みがかかってたってことはないかい？」

レイチェルは考えてみて、「たぶん」と言った。「たぶん腕を持ってたほうが女性だと思う。すぐ近くでなにかの香りがしたの。甘い香りじゃないけど、男性がつけるような刺激のある香りでもなかった」そこで首を振った。「でも、絶対とは言えない」

「それは気にしなくていい。少なくとも、きみには気を失ったふりができるだけの意識があった。おかげでチャンスをつかめた」ジャックは口を閉ざすと、彼女の腕にそっと触れた。「すごいよ、レイチェル。きみはあわてず、恐怖をしりぞけ、頭を使った。たいしたもんだ」

「自信があったわけじゃないの。想像を絶する胸の痛みだった。口を開けたくてたまらないのに、開けたらおしまいだとわかってたから、水面に顔が出たとき――」言葉に詰まり、唾を呑む。「まだ連中がいるのがわかった。桟橋で話してたの。わたしがいる場所から三メートルと離れてなかった。生き延びるのに必要なだけ空気を吸いこんでから、また水中に潜って、桟橋の下を泳ぎながら、じっと待った。そのうち、彼らが桟橋を歩いて遠ざかっていく足音と、車のエンジンの音が聞こえた。水面から顔を出すと、ライトが見えたわ」

「なにかわかったことは？　よく考えてみて。横顔は見たか？　男か女か？　どんな形の車かわかるか？」

「いいえ。水から上がったときには、もういなくなってたから」

「そうか。よし、だったらあのダイナーに行ってみよう」

〈メルズ・ダイナー〉は一九五〇年代から運んできたような古風な趣《おもむき》のある店だった。店の正面全体が窓になっており、フォーマイカのテーブルには赤と白のチェックのテーブルクロスがかけられ、プラスチックのメニューが置いてあった。窓際にはボックス席がならび、ビニールのこげ茶のシートには罅《ひび》が入っていた。

「信じられない」入口から店内に入ると、レイチェルが言った。「あのウェイトレス、先週の金曜の夜いた人だわ。客は少なくて、ボックス席が二、三個埋まってるだけ、いかにも金曜の夜って感じだった。あの料理人、キッチンのカウンターの奥で口笛を吹いてるのが聞こえるわね」

「あら」レイチェルを見て驚いたらしいウェイトレスが声をかけてきた。「あなたのこと覚えてる。前回見たときは濡れネズミみたいだったけど、今日はちゃんと乾いて元気そうね。大丈夫？　こちら、旦那さん？」

「ボディーガードよ」レイチェルは答え、ウェイトレスの名札を見て付け加えた。「ミリー」

ミリーは口笛を吹いた。「カンフーとか柔術とか、ああいう外国のもできんの？」

「全部できるよ」ジャックは言った。「頼むんならプロじゃないとね」

「あたしもボディーガードを雇いたくなってきちゃった。あなたみたいないかしたボディーガードを雇って、ならず者の元亭主を追っ払ってもらいたい。あいつの顔をキックしてくれない？　顔まで足が上がる？」

「そうだな、代わりに腎臓パンチはどう？　それならおれでも届く」

「どこでも好きなとこからやっちゃって、ハニー」

ふたりはコーヒーを注文し、レイチェルはミリーに、金曜日の晩に見慣れない客が来なかったかと尋ねた。あの夜は車で立ち寄った客が十二、三人で、そのなかに恐ろしげな、あるいは不快な印象の客はいなかったという。

ミリーは地元の客にコーヒーのお代わりを注ぎにいったん離れ、思案げな顔で戻ってきた。

「ああ、どうだったかなあ。この前の金曜よね」彼女は言った。「うーん」

ミリーからコーヒー用クリームを手渡されたけれど、レイチェルは使わない。

「男がひとりいたのを覚えてる。店に入ってきて、テイクアウトでコーヒーをふたつ注文して、ひとつはブラック、もうひとつはクリームと砂糖を三つ。そういえば、なんだかピリピリしてたかも。神経性のチックとかそういうんじゃなくて、そわそわしてるっていうのかな。あたしがコーヒーを注ぐあいだ、指でカウンターをとんとん叩いてた。あなたがふらふらになって入ってきた三十分から四十五分くらい前だったと思う」

「その男の外見は？」ジャックが訊いた。

ミリーは口をすぼめた。「たぶん四十歳くらいで、長めの黒い髪、サングラスをかけて、信じられないかもしれないけど、セレブか、セレブに見られたがってるやぼなやつってとこ。体は大きくなくて、細め。なんとなく服のサイズがぴったり合ってない感じだったわね」思い出しながら、顔をしかめた。「ごめんね、せいぜいこれくらい。ほかにはなにも思い出せない。でも、その男が帰ってやれやれと思ったのを覚えてる。

窓際の客にコーヒーのお代わりを注ぎながら外を見たら、その男は黒っぽい色の大きな車の助手席に座ってた。よくわかんないけど、たぶんリンカーンよ。もうひとりの男と、コーヒーを飲みながら話してた。そのあとボスに呼ばれちゃったから、あたしがふたりを見たのはそれが最後」

「その人たち、怒ってた？」レイチェルが訊いた。「それとも嬉しそうに、お祝いの言葉を言いあってた？」

「ごめん、すごく遠かったし、だいぶ暗かったから」

ジャックはミリーにさらに質問し、井戸の水が涸《か》れたのがはっきりするまで、表現を変えつつ同じ問いをくり返した。

レイチェルは帰りしなにミリーをハグした。「ありがとう、ミリー、ほんとに助かったわ」

ミリーはレイチェルの背中を軽く叩き、もう一度、ジャックを上から下まで眺めた。「プロのボディーガードなんだから、この人をしっかり守ってあげんのよ。わかった？」

「承知しました」ジャックは笑いかけた。「ミリー、金曜の晩に見た男だが、顔を見ればわかるかい？」

「あたしの脳細胞はかなりのスピードで壊れてくみたいだけど、あの顔を思い出せる程度には残ってる。たとえまぬけなサングラスがあってもね。悪夢には登場しないでもらいたいタイプだったわ」

「助かるよ。今度写真を持ってきて、きみに見てもらおう」

キッチンから男の大声が響いた。「ミリー！　三番さんの〝布切れ付きぺちゃぱい〟があがったぞ！」

「パンケーキとベーコンのことよ。いま行くわ、モー！」ミリーはジャックにウィンクした。

ダイナーの外に出ると、レイチェルはジャックに両腕をまわし、思いきり抱きしめた。

「あなたって天才ね。なにも言わなかったけど、ここに来るのは無駄だと思ってた。だけどミリーがいて、わたしを覚えててくれた。例の男のことも。あなたって賢いのね、ジャック」つま先立ちになってキスをした。「大枚はたいてプロ中のプロを雇ってよかった」

ジャックは笑いながら彼女に腕をまわした。心の奥底で、ＦＢＩ捜査官が絶叫していた。やめろ、ばかやろう、気は確かか？　いますぐその女から離れろ！　ＦＢＩ捜査官は声を限りにくり返したが、いっこうに効き目がなく、ジャックは彼女を放さず、あろうことかキスまで返した。なんという心地よさだろう。彼女と唇を重ねて、手を離さずにいるためなら、レッドスキンズのシーズンチケットだってさっさと投げだす。ところが、厄介者の捜査官からついに尻を蹴とばされた。ジャックはレイチェルを自分から引き離した。このままでは車の後部座席に押し倒してしまう。

こちらを見あげるレイチェルは口を半開きにし、うつろな顔で目を大きく見開いている。息が速くなっているけれど、彼のなかの捜査官が自制心をはたらかせた。レイチェルは手で口を押さえた。「えっ？　どうしよう、ジャック、ごめんなさい。こんなつもりじゃなかったのに。ちょっと……どうにかしてて。あなたってほんとに賢いのね、ジャック。ああ、もう」

「捜査の基本さ、レイチェル」たしかにそうだが、いまだかつてこれほどまぬけな発言をしたことがあっただろうか？　ジャックは彼女から一歩身を引いた。引くしかなかった。

「謙遜することないわ。あなたがどれほど優秀か、ディロンに伝えるつもりよ」

そのとき突然、ジャックのジャケットから『火の玉ロック』が響いた。

ジャックはかつてないほどの速さで携帯電話を開いた。「はい、ジャック・クラウン」

40

ジャックはウィスコンシン・アベニューに車を走らせ、珍しい煙草を売る店やアウトドア用品の大型店を横目に見ながら、ブレーディ・カリファーの法律事務所を探していた。事務所は古いビルのなかにあった。控えめに言っても風格のあるそのビルは、ホリスティック治療院の隣に堂々と立っていた。

玄関にある金色の表札には五つの名前が刻まれ、うちふたつがカリファーだった。

不安そうな顔をした受付係の男は、ふたりをブレーディ・カリファーのオフィスに案内し、ドアをノックすると、「どうぞ」という声が聞こえるのを待ってドアを開けた。彼は礼儀正しく後ろに下がり、悩んでいるような取り乱しているような目つきでふたりを見た。

ブレーディ・カリファーはふたりを出迎えるため、大きな机の向こうから出てきた。祖父からゆずり受けでもしたのか、使いこまれた机だった。

ジャックは握手しながら言った。「受付係はどうかしたんですか？　ぴりぴりしてるようですが」

「ああ、ローリーのことだね。彼はこの事務所きっての心配性で、大きな案件を手がけているときはいつも、悩みの数珠《じゅず》をまさぐっているような状態になってしまう。いまうちの弁護士のひとりが大がかりな人身侵害事件の判決を聞きにいってるもんだから、それが心配でたまらないんだろう。レイチェル、元気かい？　会えて嬉しいよ」

レイチェルはにこやかな笑顔とともに、カリファーの抱擁を受けた。この弁護士のことが好きなのは、いつも親切で、自分を受け入れてくれている気がするからだ。彼はジミーと同年代だけれど、少し腹が出ているせいで、よくジミーから、ラケットボールの練習場へ行けとからかわれていた。カリファーはいつもながらこざっぱりとした服装だった。軽いウール素材のグレーのスーツと淡いピンクのシャツを、ダークブルーのタイが引き締めている。

彼が手を放すと、レイチェルは言った。「元気です」

「この町の住人のひとりとして、わたしも昨日の朝、ＦＢＩの記者会見を聞いたよ。ジミーの死が事故ではなく殺人で、女の殺し屋が関与しているかもしれないとは。その女は死んだそうだね。なぜ死んだのか知っているかね？」

「手術の合併症です」ジャックが答えた。

「きみがクラウン捜査官だね？」弁護士はジャックに向かって片方の眉を上げた。

「はい、そうです」ジャックは答えて握手した。「急な訪問に応じていただき、感謝します」

カリファーはワインレッドの革のソファを示し、コーヒーを勧めると、自分もふたりの正面の椅子に腰をおろした。「レイチェル、わたしがどんな役に立てるのかな?」

「ジミーがなにをしたか、どんなふうに小さな女の子を死なせてしまったかをわたしがあなたにお話ししたときのこと、覚えてますよね? あなたはなにも知らないふりをしてらしたけど、あれは嘘だったんじゃないかと思って。ジミーがあの女の子についてあなたにどんな話をしたのか、教えてほしいんです」

カリファーは指先で机をとんとんと叩いていた。やがて口を開いた。「あのかわいそうな少女について、きみが話してくれた以上のことをわたしが知っていると思うのはなぜだね、レイチェル?」

「あなたは彼の弁護士でした」ジャックが代わりに答えた。「長年の友人でもあった」彼は片手を上げた。「依頼人に対する守秘義務など持ちださないでください。それはもはや適用されない。上院議員は亡くなりましたし、これは正式な捜査です。重要なことなんです」

カリファーはゆっくりうなずいた。「わかった。亡くなる少し前に、ジミーから一年半前に幼い少女を轢き殺してしまったことを打ち明けられた」カリファーが目を曇らせる。「わたしには信じられなかった、ともかく信じられなかった。彼が話し終えると、ほかになにも思いつかないまま、なぜもっと早く話してくれなかったのかと尋ねた。すると彼は、いまこうして打ち明けているのは、世間に公表すると決めたから、わたしに心の準備をさせるためだと答えた。彼はそのことを公にして、片づけたがっていた。ほかにはレイチェル、ローレル、ステファノス、クインシー、グレッグ・ニコルズに意思を伝えたと言っていた。わたしになんらかの影響があるかどうかはわからないが、念のため話してくれたんだ。

わたしが知らないふりをしたのはね、レイチェル、彼は長年の友人兼依頼人で、守秘義務もあったからだ。きみは、わたしがほかにもなにか知っていると思っているのかね？」

レイチェルが言った。「彼は身近な人全員に準備をさせたかったんです。マスコミや、公私両面への悪影響に対して。家族がひどく腹を立てているとも聞きました」

「そんな生やさしいものじゃなかった」カリファーはぽろっと口にした。椅子に深くかけなおし、脚を組んで、両手の指先を突きあわせた。「彼はジャクリーンと娘たちにも話したと言っていた。想像はつくが、みんな烈火のごとく怒ったらしい。ジャクリーンは彼に公表を控えさせたくて、何度かふたりで長電話したそうだ」

「あなたも腹を立てておられたんですか？」レイチェルは尋ねた。

カリファーは一瞬間をおいて答えた。「正直に言えば、打ちのめされた。そう、ジミーのようすがおかしいことには気がついていた。深いところでは察知していたんだ。ぼんやりしていることが多かったし、顔には新しく皺ができていた。言わせてもらえば、去年あたりまでは、ずっと若々しい顔をしていたのにだ。しかし、わたしは訴訟に追われて、ジミーに対する懸念をつい忘れてしまい、気づいたときには手遅れだった。そうこうするうちにきみがシチリア島から戻ってきて、なにをするつもりか話してくれたんだ、レイチェル」

「彼は罪悪感にさいなまれていました。だから、告白しようとしてたんです」

「ああ、わかっているよ。だが、FBIの記者会見を見た人ならみなそうだろうが、どんなに考えてもわたしにはジミーの死を願う人間が思い浮かばない。誰がそんな危険を冒すだろうか。それに、ジミーは国会議員だ、殺すとなると、リスクは高い。正直言って、彼は殺されたというサビッチ捜査官の発表を聞いてもなお、わたしにはどうしても動機がわからないんだ。ローレルにしろクインシーにしろ、前妻にしろ、経済的には恵まれているし、議員仲間にも敵らしき人物はひとりもいない。議員の誰かがスキャンダルを避けるために彼を殺すなど、わたしにはまるで想像がつかない。彼にはあまりにも無縁な世界だ」

カリファーは考えこむような顔になった。「自分がしたことを世間に公表する。わたしは彼に言ったよ。そんなことをすれば政治家としての人生は終わり、たいへんなスキャンダルに巻きこまれる。訴訟で破産に追いこまれ、少女の家族が雇う弁護士によっては、財産を根こそぎ持っていかれる、と。そうしたもろもろに加えて、裁判にかけられて、危険運転致死罪で有罪判決を受けて刑務所に行くことになるだろうとね。

もちろん本人はすべて承知していた。家族が巻きこまれることもわかっていた。ローレルにステファノス、クインシー、キャピトルヒルのスタッフたち、そして長年にわたって彼の弁護士をつとめてきたこのわたしまで」

ジャックが言った。「とはいえ、何者かが彼を殺害したのは確かで、レイチェルはそれがローレルとクインシーだと確信しています」

「ほかにジミーの計画を知っていた人間は、ほんとにいなかったのかね？」

「われわれが知るかぎりでは」と、ジャック。

「ジミーが酒と運転をやめたのは事故のせいだったのか？」

レイチェルがうなずいた。「女の子を殺してしまってから、彼は一滴もお酒を飲まず、一度もハンドルを握らなかった。本人からそう聞かされて、わたしは信じました」

「記者会見で、サビッチ捜査官はある女が関与していたと言っていたね」

ジャックが答える。「はい、われわれはそう考えてます。しかし、その女の雇い主が誰なのかは、いまだ不明です」

「先生、ローレルとクインシーがジミーを殺した可能性はあると思われますか？」レイチェルが訊いた。

カリファーはすっきりした眉を吊りあげて、レイチェルを見た。「ローレルとクインシーがかね？　彼らが実の兄を殺す？　きみはそう信じているようだな、レイチェル。わたしにはなんとも言えんよ。何度も言うが、動機が弱すぎる。それよりわたしにはむしろ、グレッグ・ニコルズのほうが疑わしく思える。たんに彼のことはよく知らないからかもしれないが。ジミーが告白すれば、彼の刑務所送りは確実だった」

カリファーが首を振った。「そこに本物の殺し屋がいて、きみたちはジョージタウンの

〈バーンズ・アンド・ノーブル〉でその殺し屋の女をしとめた。すごいことが起きるものだ」

レイチェルが言った。「それだけじゃありません、ミスター・カリファー。ジミーは真実を語ると固く決心してました。ご存じのように、ジミーが亡くなったあと、わたしは彼に代わって告白しようと決めました。彼がそれを望み、そう予定していたことだからです。心の準備をしてもらうために、わたしもあなたを含む、同じ人たちにそのことを話しました」

カリファーは無言のまま、感情を読み取らせない弁護士特有の表情で、彼女が語りだすのを待っていた。

「そして何者かに命を狙われたのです――三度も」

優秀な弁護士はめったなことで不意を衝《つ》かれない。だが、カリファーはとっさに立ちあがった。「まさか！　そんなことは信じられないよ、レイチェル。まさか、たんなる――」途中でぴたりと言葉を切った。「きみがＦＢＩの捜査官といっしょにいるのは、そういうことなんだね？　彼に守ってもらっているのか？」

「そうです」

「きみがジミーに代わって告白しようとしているから、誰かが阻止しようとしているのか」

「はい、ほかに理由が見あたりません」

「きみはいまも告白するつもりなのかね？」

「わかりません。そうする理由があると信じてたし、ジミーの望みもわかってましたが、わからなくなってしまって」

「むずかしい問題だな」カリファーはそれきり押し黙った。

「何人かに倫理の問題だと指摘されました。わたしが出すぎた真似をすれば、たったひとつの出来事でジミーの人生全体が決めつけられてしまう、と。たぶん、告白すれば実際そうなると思います。わたしにはわかりません、ミスター・カリファー」

「ジミーが告白するつもりでいたという点に関しては、いまも確信があるんだね？」

「はい」

「だったら、結果など気にせず、突き進めばいい」

ふたりは、それからさらに十分ほどブレーディ・カリファーと語りあった。別れ際に彼の抱擁を受けながら、レイチェルは言った。「わたしをジミーの娘として受け入れてくださって、ありがとうございます。あなたのご厚意に感謝します」

「じつは、きみを受け入れたくなかったんだよ、レイチェル、はじめのうちは。ジミーは舞いあがっていたが。いまだから言うが、わたしは調査員を雇って、きみときみの母親を徹底的に調べさせた。それでやっと納得がいった。そして、その分の調査料はジミーに請求していない」レイチェルの頬をそっと叩いた。「きみはもうれっきとしたアボット家の一員だ、レイチェル。きみが彼のスポークスマンになると決めたのなら、わたしは全面的にきみの味方をしよう」

41

ふたりは、グアカモーレとチップスがおいしいことで有名なタコスの店で昼食をとると、ブラックロック湖のそばにあるダイナーまで、何枚かの写真を持ってミリーに会いに戻った。

ミリーが忙しかったので、しばらく待った。彼女がようやくボックス席にやってきて横に座ると、ジャックは一連の白黒写真を手渡した。彼女はドンリー・エベレットの写真をじっと見ていた。ジャックがスリッパー・ホローのキッチンで撃った男だ。ミリーはかぶりを振ると、続いてジャックがスリッパー・ホローで撃ち殺したクレイ・ハギンズの写真を手に取った。しばらくしげしげと見ていたが、また残念そうに首を振った。マリオン・クループの写真も同じだった。ジャックはロデリック・ロイドの写真を渡した。パーロウでロイ・ボブのガレージにやってきて狙撃をはじめた男だ。ミリーは今度も首を振った。

レイチェルが望みを失いかけたとき、ジャックは最後の写真を見おろして、ミリーに差しだした。

ミリーはその写真を凝視すると、やがて顔を上げてふたりを見た。「ねえ、おもしろいと思わない？　金曜の晩にやってきてコーヒーをふたつ注文したのは、あたしは男だとばっかり思ってたけど、女だったのね」彼女は写真を指で突いた。「男みたいな格好してたけど」

ジャックとレイチェルは、パーキーことパール・コンプトンの写真を見つめた。

レイチェルの心臓は高鳴っていた。「間違いないのね、ミリー？」

「ないわ。これは髪がブロンドだけど――この顔で黒髪だと想像したら、はっきりわかる。ええ、捜査官、この女に間違いない」

ワシントンへの帰途は、夏の雨がしめやかに降っていた。「わたしの腕を持って桟橋を運んだのは、パーキーだったのね。じゃあ、足のほうは誰だったの？　ドンリー・エベレット、クレイ・ハギンズ、それともロデリック・ロイド？　四人めの男は――そうそう、マリオン・クループ？」

「だとしたら、誰が連中を雇った？」

「わたしの足を持っていたのは、クインシーかステファノスかもね」

「あるいはローレルか」

ワイパーがゆっくりと左右に動き、メトロノームのように規則正しいリズムを刻んでいる。

「疲れたわ、ジャック」

なんのためらいもなく、ジャックの口から言葉が飛びだした。「おれと寝れば、変なやつが窓から入ってくるのを心配しなくていいから、ぐっすり眠れるぞ。おれといっしょなら」

レイチェルは体ごと横を向き、彼の横顔を見た。「いったいいつからデートしてないの、ジャック？」

ジャックは声をたてて笑った。「じつは、すてきな女性と別れてひと月たったころ、ティモシーを迎えにレキシントンへ飛んだ。もう十年も前のことのようだ」

「まだ一週間もたってないのよ」

ジャックはワイパーのスピードをあげた。

レイチェルは笑った。「わたし、傘持ってないわ」

「このネモの後部座席の箱には、なんだって入ってる。傘も何本かあるぞ」

「ネモ？」

ジャックはダッシュボードを叩いた。「ああ、沼地に突っこんだときに、こいつにつけた名前だ。廃車かなと思ったら、エンジンがぱっと起動して勢いよく走りだした。おれはネモが大好きなんだ。もう八年のつきあいになるけど、いまだにフライパンを持ったおふくろに追いかけられてたおやじよりも速く走れる」

レイチェルは、沼地を脱出しようと悪戦苦闘するトヨタカローラを思い浮かべて笑い転げた。それから座席にもたれて目を閉じた。「これからどうするの？」

「二時間ほど休憩をとって、昼寝でもするか。ゆうべきみがおれにあてがった、あの岩盤みたいに固いベッド以外なら、リビングのソファでもどこでもいい」

レイチェルは答えなかった。もう眠っていたのだ。体がゆっくりとジャックのほうに倒れてきて、肩に頭が載った。

ジャックは彼女を起こさないようにそっと携帯電話を取りだすと、サビッチの番号を打ちこみ、パーキーが金曜の晩にブラックロック湖から車で十分もかからない〈メルズ・ダイナー〉にやってきたふたりの人物の一方で、ミリーがパーキーを目撃していたことを伝えた。

サビッチは沈黙をはさんで言った。「軌道に乗ってきたな。きみから聞くかぎり、ローレルとクインシーがじかにアボット上院議員とレイチェルの殺害に手を染めたとは思えない。そのふたりに汚れ仕事は無理だ。逆にそれができるのは誰だ？　よくやってくれた、ジャック。ここまで来れば、あと少しだ」

サビッチの読みが正しいことを願いつつも、ジャック自身はわずかな光明も見いだせずにいた。そして、しだいに強くなってきた夏の雨を見つめながら、心のなかでパーキーに尋ねた。おまえは誰に雇われたんだ？

42

ジョージタウン
金曜日の晩

サビッチは玄関を閉めて鍵をかけ、警報装置をセットした。疲れで体ががちがちになり、ジムへ行くには遅すぎる時間なので、気分もくさくさしたままだ。首をまわしながら、どちらの事件のことも忘れてベッドに長々と横たわり、夢も見ずにぐっすり眠ろうと考えていた。ふり返ると、妻が階段に立ち、白いオックスフォードシャツを脱ぎながら肩越しにこちらを見ていた。サビッチはその場でぴたりと足を止めた。突如、骨の髄まで疲れた状態を脱して、すっきりと目覚め、白く美しい肩を舐めたいという欲望が湧いてきた。疲れすぎて脳死寸前だと本気で思ってたのか？　だとしたら、ずいぶんと短絡的だ。たしかに脳は死んでいたかもしれないが、ほかの部分は完全に目覚めている。

サビッチは身じろぎもせず、腕組みをし、口もとに笑みを漂わせながらショーを見ていた。

シャーロックはいっさい無言だった——言葉になんの意味があるだろう？　舌で下唇を舐めながら、ブラのフロントホックを外した。そこで間をとり、ゆっくり肩をくねらせて紐をずらし、体を横に向けていく。こちらに向けた顔には笑み。指は休みなく動き、ゆったりとした隠微な動きが、想像の余地をかすかに残してくれる。

肩紐を一本ずつおろしてブラを外し、肩越しにこちらに投げてよこしたけれど、サビッチまで一メートル残して落ちた。

「軽すぎだ」サビッチが言うと、シャーロックは笑った。

「そうね、レースって軽いから」そしてふたたび、横顔をこちらに見せた。サビッチは少しずつ近づいていった。パンツのファスナーをもてあそぶ彼女の手から目が離せない。その手がゆっくりと下にすべっていく。サビッチはいっきに四メートルほど移動し、彼女の靴につまずきそうになった。階段の最下段に置いてあった靴の上から、靴下がはみだしている。そして階段の親柱にネイビーブルーのブレザーがかけてあり、シャーロックにも冷静さが残っているのがわかった。

サビッチは精神力をふりしぼり、彼女の三段下で立ち止まると、つぎの動きを待った。気をつけないと舌を噛んでしまいそうだ。彼女が身をくねらせてパンツを脱ぎはじめたいまは、なおさらのこと。しかも、焦《じ》らすためにゆっくりと脱ぎ、彼女には〝ゆっくり〟がどんなものかよくわかっていた。

きれいなお尻がちらりと見えた。ブラとおそろいの白いレースのパンティ。腿の上まで切れこんだ深いカットを見た瞬間、サビッチはついに一線を越え、階段を駆けのぼってシャーロックを抱きあげた。彼女の笑い声が波のように打ち寄せ、唇が耳や眉に触れて、髪に指がからみついてきた。あんまり嬉しくて笑いだしたくなるけれど、いまはつまずくことなく寝室までたどり着くことを最優先しなければならない。高揚しすぎて、その自信がない。なにがなんでもたどり着かなければ。

彼女と愛を交わしているときはいつも、時がシロップのようにまったりと流れると同時に、ハリケーンのように猛烈なスピードで進むように感じる。

ようやくシャーロックを体の上に引きあげた。彼女が白くて力強い脚でサビッチの脇腹をしっかりとはさみ、胸に両手をついて起きあがると、いつもながら、彼女の体を支える自分の手の浅黒さと彼女の肌の白さの対比に驚かされた。

シャーロックがうっとりとほほ笑んだ。「すごくよかったわ、ディロン」

「ああ、そうだな」サビッチは愛《いと》しい顔を見あげ、喜びでうつろになった瞳を見ながら、激しく乱れた燃えるような赤毛に触れた。「言葉では表現しきれない。きみはおれの命だ」

あなたはわたしの命よ。シャーロックは思ったけれど、それを口にするより先に彼のものが奥まで達して、キスをしながらこうささやいた。「もうだめ、耐えられない」

それだけでたまらなかったので、サビッチは思っていたほど持続できなかったけれど、ありがたいことに、彼女もいっしょだった。

サビッチはばったりと倒れ、まったく動けなくなった。ショーンにたっぷり三分ほど腹の上でジャンプしてもらわないと動けないくらいの脱力ぶりだった。ようやくものが考えられる程度に呼吸が落ち着いてきたと思ったら、シャーロックが下のほうへ移動しはじめた。なけなしの思考もたちまち霧散してしまう。下腹部に唇が触れると、シャーロックの髪をつかんで、うめき声をあげながら背中を反らした。

「わたしには音楽に聞こえるわ」シャーロックがささやいた。

ようやくシャーロックが眠りについた。サビッチの上に横たわり、首筋に頭をうずめている。彼女の髪が口に触れるけれど、くすぐったいとは感じなかった。サビッチのほうも、死んだように眠っていたからだ。

携帯から『マンデー・ナイト・フットボール』のテーマ曲が大音量で流れだすと、サビッチはいっぺんに目を覚ました。ベッドの脇に置かれたパンツのポケットからぶら下がるように顔をのぞかせている携帯電話を、恨みのこもった目で見た。シャーロックが身じろぎしている。彼女を起こしたくはないけれど、金曜の深夜にかかってくる電話がいい知らせのはずがなかった。

サビッチはやっとのことで手を伸ばし、電話をつかんだ。「はい」

話を聞きながら、後ろに倒れてシャーロックの腹部をなでた。シャーロックのほうもその温かくて大きな手から離れたくなかったけれど、こうなったらしかたがない。どうにか体を起こして、サビッチに尋ねた。「どうかした、ディロン？　なにがあったの？」

「ドクター・マクリーンが殺されかけた」

眠っているショーンをリリーとサイモンに託し、十六分後には病院に到着した。サビッチは過去の経験から真夜中の病院というものは不気味なほど静かなものだと学んでいたし、正直言って、メインフロアが騒然となっているとは思っていなかった。だが誰かの大声が聞こえ、警備員がふたり階段を駆けあがっていくのが見えた。それでいて、意外にも、エレベーターは空っぽだった。マクリーンの病室があるフロアに到着すると、ふたりは台車付きの担架とぶつかりそうになった。さらにどこかへ押されていく二台の車椅子と、走ったり、叫んだり、あるいはショックで言葉を失ったりしている病院スタッフ五、六人から身をかわさなければならなかった。病室の入口に突っ立っている患者も何人かおり、ある年配の男性患者などは、付添い人からベッドへ戻るようにと言われても聞かず、立ったまま点滴の袋を右手で掲げていた。

「トムリン捜査官は？」シャーロックが看護師のひとりをつかまえて訊いた。「トムリン捜査官はどこですか？」

「いま治療中です。誰かが近づいてきて彼の首に注射したんです。一部意識が残ってたおかげで、ルイーズが異変に気づきました。そう、椅子に座ってぴくぴく痙攣《けいれん》してたんで、ルイーズは声をかけたんですけど、応えがなかったんです」看護師は過呼吸を起こしそうになっていた。「それでルイーズは、トムリン捜査官のほうに駆けてったんです。わたしにはなにが起きたのかわかりませんけど——ルイーズが消えてすぐに銃声がしました。あんな大きな音が出るんですね、わたし、知りませんでした。まるで爆発が起きたみたいで、みんなが叫んだり悲鳴をあげたりしてました」

シャーロックは目を閉じて強く念じた。どうか、どうかトム・トムリンが無事でありますように。サビッチがマクリーンの病室のドアを開け、彼女もすぐあとに続いた。

マクリーンのベッドは五、六人に囲まれ、みな身ぶり手ぶりを交えて話していた。何人かは携帯を使い、女性警備員がひとり、ざらついた音をたてるトランシーバーに向かって声を張りあげていた。

サビッチが人垣を分けて入っていくと、仰向けになったマクリーンが見えた。頭のほうを起こしたベッドで枕をあてがい、その場にいる全員にまんべんなくほほ笑む姿は、家族に囲まれた一族の長のようだった。病院の警備もここまで来ると、手厚すぎる。

「ティモシー」サビッチは握手しながらじっくりとマクリーンを見た。「大丈夫ですか?」

「わたしならぴんぴんしているよ」マクリーンは明るすぎる笑顔を見せた。「興奮しきりなんで、テンポの速い音楽でもかけてくれれば、ルイーズと勝利のダンスが踊れそうだ。そうとも、彼女さえ動けるなら。きみも彼女に会っただろう、サビッチ。駆けこんできてバンだ! 男の腕を撃った」

「どちらの腕ですか、ティモシー?」サビッチが訊いた。

「うーん、さて、どっちだったかな？　右、そう、右腕だ。注射器を取り落としたからな」

「サビッチ捜査官ですか？　わたしは警備主任のウィリアム・ヘイワードです。お電話したのはわたしです」

サビッチは彼と急いで握手した。「ありがとうございました」

ヘイワードは小柄で繊細な風貌の年配男性で、鍛えた体に、プレスのきいたズボンをはき、聡《さと》そうな目をしていた。定年退職した警官だとサビッチは見抜いた。「たいしたもんです」警備主任は言い、首を振った。「看護師の研修カリキュラムを調べてみる必要がある。うちの看護師が男を撃ったなんて、信じられますか？」

サビッチはマクリーンのほうを向いた。かたわらではシャーロックがヘイワードに自己紹介して、状況を説明してもらっている。

「なにがあったのか教えてください、ティモシー」サビッチが言った。

「なに、わたしは眠っていたんだがね、そのうち細い光の筋が目に飛びこんできた。ドアが開いていて、廊下の明かりが漏れていたんだ。そして男がひとり入ってきた。見たことのない男だった。自分の部屋みたいにずかずかと入ってくると、わたしが起きているのを見てにっこり笑い、起こしてしまって申し訳ない、自分は神経外科医で、わたしの主治医に頼まれてようすを見にきたと言った。実際、その男は緑色の手術衣を着てマスクをつけ、首から聴診器をぶら下げ、足には紙のオーバーシューズをはいていた。最初のうちは、彼の言うことを真に受けていたよ。なにしろ、ここには至るところに白衣や緑色の手術衣姿の医者がいて、ニューヨークのグランドセントラル駅並みに出たり入ったりしているからな。

男はのべつ幕なしにしゃべりながら近づいてきて、わたしがなにも知らない一般人であるかのように、また同じ話を一から語り、主治医に見てくれと頼まれた話までくり返すと、緊急手術を終えたばかりで着替える時間がなくて申し訳ないと言い、そこでわたしは、〝なぜわたしに神経外科医が必要なんだ？　なぜマスクをかけているんだ？〟と尋ねた。

すると男はぴたっとその場で立ち止まり、誓って言うがね、シューッとヘビが威嚇するような声を出した。そして注射器を取りだした。針がついているのを見て、あやしいものが入っているんだと即座に悟った。そう、とんでもなく危険なものが入っていると。で、大声でトムリン捜査官を呼んだが、返事がなかった。その男は、おまえは運のいいやつだが、それもここまでだと言った。それからまたシューッと威嚇した。いや、これまで聞いたこともないような声で、驚いたよ。

そのとき外でルイーズの声がしたかと思うと、いきなりドアが開き、彼女が銃を構えて立っていた。男がふり返ると、肝が座ってるんだな、彼女はためらいなく撃った。男はまたヘビのような声を出して注射器を取り落とすと、腕を押さえ、わたしにくたばれと叫んで、ドアのほうへ駆けだした。そのとき、やつがぶつかったせいで、ルイーズは尻もちをついた。わたしは止まれと叫んだし、ルイーズはまた発砲したけれど、今度はバスルームのドアに当たった」

「ええ、そうなんです」ヘイワードが言った。「みごと命中です。男は動いていて、あのドアは動いていませんでしたからね」

マクリーンが笑顔で言った。「そう悪くなかったよ、主任」

「注射器はこれです」ヘイワードが、針がついたまま自分のハンカチでていねいに包んだ注射器をシャーロックに手渡した。

サビッチが訊いた。「声に聞き覚えはありませんでしたか、ティモシー？」

「いや、ないね。マスクをかけていたから、声がくぐもっててな」

「男だったんですね？」

マクリーンはシャーロックを見た。「女だとは思わないが、なにしろつかの間の出来事だったから——いや、あれは男としか言いようがない」

「若かったですか？　年配でしたか？」

マクリーンは答えた。「それもやっぱり、マスクで顔をおおっていて口もとが見えなかったから、どうにも」

「わかりました、結構です」と、サビッチ。「では、そのあとのことをもう一度話してください。落ち着いて、ゆっくりと」

シャーロックは、マクリーンがアドレナリンによる興奮状態から脱しつつあるのに気づいて、彼の前腕をなではじめた。

「いやあ、すごかったよ。ルイーズは〝コードブルー！　警備員を呼んで！〟と叫んでいた。そのあとは、わたしといっしょにここにいた。息を切らし、わたしをじっと見つめながら、死にかけたみたいに全身をぶるぶる震わせていた。それから彼女は腕を組み、まだ右手に握っていたトムリン捜査官の銃を見つめると、泣き笑いをはじめた。そしてテーブルの上にそっと銃を置いた。

彼女はわたしの体を調べはじめた。わたしに言わせれば、あちこちまさぐった。それがすむと、手を止めて、ドアのほうを頭で指し示した。病院のスタッフたちが寄ってたかってトムリン捜査官の処置をしていたんだ。修羅場だったよ。わたしはルイーズに、きみに電話しろと頼んだんだ、サビッチ捜査官。すると彼女は、ヘイワード主任に伝えて彼から電話してもらう、そのほうがいいから、と言った。

彼女はひどく動揺し、興奮していて、わたしの無事が確認できると、心から安堵してくれた。あばらが痛いほど、きつく抱きしめてくれてね。わたしも黙って抱きしめ返した。彼女はじつによくやってくれた。命の恩人だ」

「ほんとうにそうですね」とシャーロックも言った。

43

看護師のルイーズ・コンバーが戸口で言った。「こんな怖い思いをしたのは、はじめてです」彼女は時計を見おろした。「午前一時を過ぎましたよ、ドクター・マクリーン。もうお休みにならないと」

「休む？　いったいなんのために？　寝れば生活の質が向上するなどと言わないでくれよ。よかったらこちらに来ないかね、ルイーズ。もっと抱きしめてくれてもいいんだよ。きみも会ったことがあるはずだ、サビッチ。彼女が駆けこんできて、慌てず騒がず、銃を構えて男を撃ってくれた。いや、ルイーズ、休息などどうでもいい。脳は猛烈に活動している。わたしは大丈夫だ」一同に幸せそうな顔を向けた。「こんなにアドレナリンが放出されたのは、久しぶりだよ」

ルイーズが言った。「ドクターよりわたしのほうがアドレナリンが出てたかもしれません」自分の顔を手であおいで、にっこり笑った。「ほんと、信じられなくって！　夫はきっと信じてくれないわ。当直は退屈なものと決めこんでるから。だから話して聞かせるのが楽しみ。

あなたが無事でほっとしました、ドクター・マクリーン。奥さまがここにいらっしゃらなくて、ほんと、よかったですよ。十一時ごろにお帰りになったんです」

「まったくだよ」マクリーンが言った。「モリーがいたら、飛びかかっていって、あいつにやられたかもしれない。家内の分もお礼を言うよ、ルイーズ」

シャーロックが言った。「ジャックによると、奥さまは面倒見のいい方だそうですね。ご家族が傷つけられるのを見たら、どれほど腹を立てられたか」

「そうなんだよ。いつもなら目の敵にされるのはわたしなんだが。ルイーズ、一年は家内からチョコレートチップクッキーが届くぞ。覚悟しておきなさい」

ルイーズがみんなに言った。「じつはもう、ミセス・マクリーンからは、手づくりのものをいただいてるんです。奥さまはドクター・マクリーンに付き添われるときはアフガン編みをなさってて。ここにはお好きなだけいていただいてます」

「モリーはうるさくてかなわん。気分はどうだとか、なにを考えてるのかとか、いろいろ訊いたら、認知症の進行を食い止められるとでも思っているんだろう。家に帰るようにと、やっとのことで説得したんだ。ようやく折れて、明日までいい厄介払いだわとかなんとか捨て台詞を残し、おやすみのキスをして帰っていった」マクリーンは目を閉じ、ごくりと唾を呑んだ。「もしここにいたら、あの男は迷わず家内も殺していた」ルイーズのほうを見る。「恩に着るよ、ルイーズ。野蛮な医者どもに苦しめられたときは、大声でわたしを呼ぶといい。

わたしが連中の相手をしてやろう」

シャーロックが言った。「朝いちばんに奥さまに電話して、あなたの無事を伝えます。今夜はもう心配させてもしかたがありませんから」

「気をつけて、ドクター・マクリーン」ルイーズが注意した。「点滴が外れそうだわ」シャーロックが見たところ、点滴のチューブを整えるルイーズの手もとはしっかりしていた。彼女は体を起こすと、マクリーンの腕をそっとなでた。「さあ、お休みになって。ゆったりとした気持ちでね」

マクリーンが言った。「わかった、わかった。死んだらいくらでも気持ちを落ち着ける時間があるさ。気の毒なトムリン捜査官はどうなった？」

「先生の話では、多量の鎮静剤を首に注射されたようですけど、もう意識が戻りはじめてるんで、それほど多い量じゃなかったか、とっさに身を離して一部しか入らなかったみたいです。まだかなり朦朧としてますけど、安定はしてます。しばらく意識を失っただけで、じきによくなりますよ。いまのところ、わかっているのはこれだけです」

シャーロックが見ると、サビッチはヘイワード主任と話していた。サビッチが顔を上げて言った。「シャーロック、ヘイワード主任が病院の警備員全員に建物と敷地内を捜索させてくれてるが、人員を増やさなきゃならない。ベン・レイバンに電話して起こそう。彼なら、警備員の応援用に警官を何人か派遣してくれるだろう」

犯人は見つからないだろう、とシャーロックは思った。不本意だが、そう確信していた。これは周到に練られた計画で、男は侵入と脱出の経路を確保している。けれど、ひょっとすると――「防犯カメラはどうなってますか？」

ヘイワード主任は答えた。「確認できるよう指示してあります」

シャーロックはかがんでマクリーンの耳もとにささやいた。「結局、誰も文句は言えませんね」

「気の毒なトムリン捜査官は言えるさ」マクリーンが言った。

十分後、サビッチとシャーロックは正面玄関の近くにある小さな警備室に入った。そこには十二台のモニター画面があり、そのうち十台が、病院内の十カ所に設置した防犯カメラの画像をリアルタイムで流していた。

ヘイワード主任が言った。「カメラは玄関に一台と各フロアに一台ずつあります。フリッツに言って、犯人がドクター・マクリーンの部屋へ行くのに通ったであろう場所のテープを二本持ってこさせました」

フリッツが言った。「犯人が病院へ入ってくる姿は確認できませんでした。もっと早い時間の分を調べる必要があるかもしれません。このテープは、ドクター・マクリーンのフロアのものです」

全員が画面を見つめた。ヘイワード主任が言った。「ストップ。ほら、たぶんこれです。

手術衣姿の男。マスクで顔をおおい、キャップをかぶってる。これが昼間なら、誰かがあやしんだでしょうね。手術用の手袋をはめているんで、指紋はないですね。画質が悪くて申し訳ないが、どうにか識別できるはずです」

から。手術用の手袋をはめているんで、

彼らはカメラに向かって歩いてくる男の姿を見つめた。ナースステーションの先の角を曲がり、姿が見えなくなった。

「いいぞ」へイワード主任が言った。「早送りしてくれ、フリッツ」

「ストップ、そこだ」二、三秒後にサビッチが言った。

フリッツが動画を一時停止した。

シャーロックが言った。「ここまでに三分経過。ふたたび彼が出てきた」なんと短いあいだだろう、と彼女は思った。三分のあいだに、ドクター・マクリーンは殺されたかもしれないのだ。「腕を押さえてるのに、すごい早足ね。指のあいだから血がにじみでてるわ。顔を伏せてるわね。いまの時点で言えるのは、太っていないということだけ」

「まだマスクをつけて帽子をかぶってる」フリッツが言った。「だめだな」

全員、男の姿が消えるまでその姿を追いつづけた。

へイワード主任が言った。「よし、つぎはこいつが正面玄関から出たかどうか調べてみましょう。もう一本のテープを流してくれ、フリッツ」フリッツはテープを早送りし、それから速度をゆるめていって、通常の速度に戻した。

ヘイワード主任が言った。「そこだ、フリッツ、止めろ。あれだろう――五分経過したところで、タイミングも合っている。体格も背格好も同じだし、だぶだぶの服を着ている」

画面に映っている男は、毛糸の帽子を黒いサングラスのフレームすれすれまで深くかぶっていた。ゆるいジーンズの上にゆったりした水色のシャツを着て、だぶだぶしたオフホワイトの麻のジャケットをはおり、モカシンをはいていた。一瞬、顔が正面を向いたが、はっきりとは見えなかった。

ヘイワード主任が言った。「歩き方が遅くて、腕をかばっているのがわかります。かなり痛みがあるんでしょう。警備員が、ドクター・マクリーンの部屋の前の廊下に血が少し落ちているのを見つけて、印をつけておきました。この男のものとは断定できませんが、おそらくそうでしょう」

サビッチが言った。「こいつをつかまえたら、血が決定打になる。ずいぶんと無謀な賭けに出たもんですね。ナースステーションまで十メートルまでないのを承知でトムリン捜査官に接近し、首に注射したとなると。そうとう強い動機があって、決意が固く、おそらくかなり怒ってもいるんでしょう」

画面のなかの男は歩いて病院の正面玄関から外へ出ていった。ヘイワード主任が言った。「病院に入ってくるところは映っていなかったんで、カメラの設置位置を調べて、院内のレイアウトも細部まで把握しているんでしょう。こいつはばかじゃない。遅い時間、つまり最適な時間を選んでやってきた。残念ながら、外には一台もカメラがないんです」

「これは使えるわ」シャーロックが言った。「ありがとうございました、主任。動機があるとか、ただ怒っているだけではないのかも。強迫観念に取り憑《つ》かれてるんじゃないかしら」

サビッチが言った。「おたくの警備員たちに見てもらえるように、こちらで把握している被疑者の写真を提供します。なにかわかるかもしれない」

ヘイワード主任はうなずいたが、期待していないようだった。「用心深い男だが、誰かが手術室のそばで姿を目撃しているかもしれません。はっきり言えるのは、中肉中背で、かなりだぶだぶの服を着ているということだけです」

シャーロックはうなずいた。「フリッツ、もう一度巻き戻してもらえる?」

彼がそのとおりにすると、シャーロックは言った。「ほら、見て。かなり若く見える気がするんだけど。歩き方とか、身のこなしとか」

「そこで一時停止してくれ、フリッツ」ヘイワード主任が言った。「あの格好。猫背みたいに前かがみになっている。きっと痛いんですよ。傷口が焼けるように痛むはずです。あなた方ほど確信はありませんが」

「若い男だとしたら」サビッチだった。「誰かに雇われた可能性が高い」

シャーロックは首を振っていた。「そうとも限らないわよ。ティモシーの話からすると、無関係な殺し屋というより、もっと個人的なつながりのある相手じゃないかしら」

「なるほど」サビッチは言い、指で髪をかきあげた。「おれの脳が機能停止状態に突入した」

彼はミッキーマウスの時計を見おろした。まもなく午前三時。

サビッチはシャーロックに言った。「トムリン捜査官を見舞って、家に帰ろう」

44

ワシントンDC
土曜日の昼近く

玄関に現われたピエール・バーボーは、あきらめたようにふたりを見ると、後ろに下がった。「トミーが下から電話してきた。今度はなんの用かね?」

「あなたと奥さまからお話をうかがいたいんです、ミスター・バーボー」サビッチは言い、ピエールの右腕を見た。彼は年季の入った青いベルベットのバスローブを着ていた。厚地で袖がゆったりしているので、包帯ぐらい簡単に隠せる。たったいまベッドから出てきたばかりといったようすだ。疲れていて、被害妄想的——くたくたで、ひょっとすると少し怯えているかもしれない。しかし全体として、サビッチには腕を撃たれたようには見えなかった。

ピエールが言った。「理由がわからない。いいかね、エステルとわたしは——われわれは、必死に乗り越えようとしている。きみたちにはすべて話した。妻は今後も話さないだろう、きみたちのどちらとも。言っておくが、妻はつねに自分の思うとおりにしかしない」

わたしもです、とシャーロックは言い返したくなったけれど、実際は笑みを浮かべ、サビッチが話すのを黙って聞いていた。「夜勤のドアマンに確認しました。あなた方はゆうべ十時ごろから午前二時ごろまでお出かけだったそうですね。どちらへいらしたんですか？」

「なぜだね？　どこだっていいだろう？」ピエールはふたりから鋭い視線を浴びせられて、言葉を失った。一歩後ずさりをして、フランス語で逃げ口上をつぶやくと、意味もなく肩をすくめた。「ああ、そうか、さてはまたなにか起きたんだな、そうだろう？　なにが起きたか知らないが、きみたちはわれわれがその背後にいると思っている。それは昨夜起きた。そうなんだな？」

「どこにいらしたか教えてください、ミスター・バーボー」シャーロックが言った。

「いいだろう。べつにたいしたことじゃない。妻とわたしは、お互いが苦しむ姿を見ているのが耐えられなくなり、散歩に出かけた。ゆうべはよく晴れた気持ちのいい晩だったから、ハイバンクス・パークを歩いた。一時間かそこらだと思う。それから特別展の期間中で遅くまで開いている画廊に入った。十二時近くまでそこにいて、バーに寄った。ずいぶん飲んだが、酔えなかった。そのあとここへ帰ってきた。時間は確認していない。ベッドに入り、数分前にトミーからの電話で目が覚めた」

「画廊の名前はわかりますか？」シャーロックは訊き、小さな黒い手帳にペンを構えた。

「ウィスコンシン・アベニューにある〈ペニョン・ギャラリー〉だ」

「なんの特別展だったんですか？」

「アメリカのアーティスト。モダンなやつだ。くねくねした線とごってりした絵の具の塊だらけの、ジャン・デビッドが三歳のころに夢中になって描いていたようなやつだ。あの子は絵の具を使わなかったが」つかの間、薄気味の悪い笑みが浮かび、息子の名前のところで声が裏返った。彼は左腕を上げ、指先を額にあてた。この腕に銃創がないのは確かだ。

シャーロックは一瞬間をおいて、尋ねた。「バーの名前は?」

「バーの名前など覚えている人間がいるかね? わたしは覚えていない。いままで入ったことのない店だった。画廊からそう遠くなかったことだけは覚えているがね」

シャーロックが顔を近づけて訊いた。「奥さまとは、どんな話をなさったんですか?」

「べつに大事な話じゃない。いまはふたりとも、悲しみのあまり生きているのがやっとの状態なんだ。だが、この際正直に言うが、自分たちではどうしようもなくなると、たまにふたりで息子の話をする。ゆうべも、たしかに公園を散歩しながらジャン・デビッドのことを話した。われわれが息子をどれほど愛していたか、なぜあんなことが起きなければならなかったか、すべてがいかにアンフェアか、きみたちのような連中からの脅しが、どんなふうに息子を死に追いやったのか」

サビッチの眉が吊りあがった。「脅し?」

ピエールはまた肩をすくめた。「ジャン・デビッドが死ぬ前に当局につかまっていたら、きっと脅されていただろう。彼らが思いつくかぎりの、身に覚えのない罪まで認める供述書にサインしなければ、われわれを追放し、預金口座をすべて凍結し、息子を刑務所へ送ると脅されたはずだ」

「ずいぶん想像力が豊かですね、ミスター・バーボー」シャーロックがさりげなく言った。「でも実際には、そんなことは起きてないんです。息子さんが犯した罪は、彼といっしょに死にました。CIAは彼がどんな情報をどれだけテロリストに渡していたか、わからずじまいになるでしょう」

「息子はテロリストの片棒などかついでいない！　一部は彼らの手に渡ったかもしれないが、肝心なのは彼が故意にやったのではないことだ……すべてはあの女がやったことだ。あの女は息子を誘惑し、丸めこんだ」彼は言葉を切り、首を振った。「ジャン・デビッドは若かった。あまりに純真だったために、女につけこまれたのだ」

溺死したときジャン・デビッドは二十六歳だったが、サビッチとシャーロックはあえてその点を指摘しなかった。

ピエールが言った。「ゆうべは少なくとも雨は降っていなかった。ここの天気はひどい、ひどすぎる」

「あなたは英語がとてもお上手ですね、ミスター・バーボー」シャーロックが言った。

「当然だ。父はしょっちゅう母とわたしを連れてここ、合衆国へ来ていた。全米鉄道旅客輸送公社《アムトラック》のコンサルタントをしていたから、こちらにも長く住んでいた。わたしはアメリカの私立学校に入り、二年間ハーバード大学に通い、そのあとフランスに戻って大学を卒業した」

「奥さまのほうは？」

「彼女も家族といっしょにあちこち移り住んできた。家内は言語をすぐに習得できる、たぐいまれなる人種のひとりだ」指を鳴らし、不愉快そうな顔をした。「家内は五つの言語を話す。五つだぞ。わたしはずっと、三カ国語でもじゅうぶんすぎるくらいだと思っていたが、五つとは、ちょっと多すぎると思わないか？」

英語しか話せないサビッチが言った。「それでジャン・デビッドはニュージャージーで生まれたんですね。あなたたちも、ご両親と同じであちこち旅行をなさるから」

「訊かれたから答えるが、われわれはメイ岬にある友人の別荘を訪れていた。ジャン・デビッドは、予定日より三週間早く生まれたせいでアメリカ人になった。われわれが意図したわけでも、望んだわけでもない」

侮辱たっぷりの言葉に、シャーロックが反応した。「結局、誰にとっても、ジャン・デビッドはここで生まれないほうがよかったのかもしれませんね、ミスター・バーボー。彼が父親と同じようにフランス国家警察に入っていたら、ＣＩＡにとっても幸いでした」

ピエールの呼吸が速くなった。彼は殴りつけてやりたいとばかりにシャーロックをにらんだ。と、ふいにその目から死んだように怒りが消えた。いや違う、とサビッチは思った。むしろ彼の目そのものが死んでしまったのだ。サビッチは、愛しいショーンの顔を思い浮かべた。息子を失う悲しみがどれほどのものか、想像すらできなかった。

「奥さまと話がしたいのですが」サビッチは言った。

ピエールは反論しかけたが、黙ってくるりとふり向き、大声で呼んだ。「エステル！」

ミセス・バーボーは首からふくらはぎのなかばまである分厚い白のローブをはおり、頭に白いタオルを巻いて、廊下の奥から現われた。当然ながら、ふたりが来ていることを知っていて、引っこんでいたのだ。「帰って」彼女は叫んだ。「わたしは着替えもしていないのよ。土曜日の朝じゃないの。あなた方に話すことなどなにもないわ」

シャーロックが大声で言い返した。「ゆうべご主人と〈ペニョン・ギャラリー〉へいらしたそうですね。特別展はいかがでしたか？」

「くだらなかったわ。興味の持てる作品はひとつもなかった。気分がすぐれないの。これ以上は近づかないわ、あなたたちに病気をうつしたくないから」

「急なご病気ですね」と、シャーロック。「ゆうべ町をあちこち歩いたからかしら」

「そうよ、急に具合が悪くなったの。帰ってちょうだい」

サビッチはピエールに近づき、片手で彼の右腕をぎゅっとつかみ、最後にもう一度、看護師のルイーズが撃った相手でないことを確認した。厚い布地の感触はあったが、包帯はなかった。ピエールは痛さに飛びのくこともなく、ゆっくりと腕を引き離した。びっくりしたようすはあっただろうか？　だいぶ強くつかんだので、筋肉が緊張するのがわかった。ひょっとするとかすり傷だったのかもしれない——ルイーズが撃ったのがこの男だとしたら。

なぜ、ひとつとして簡単に片づかないのか？

シャーロックが声を張った。「では、気に入ったアーティストはいなかったんですね？」

「とくにいなかったわ」エステルが答えた。「わたしに言わせれば、あんなのは市販のオートミールよ——おもしろみもなければ、価値もない。帰ってちょうだい。わたしたちにかまわないで。具合が悪いの」

サビッチが愛想よく言った。「ミセス・バーボー、もしよろしければ、リビングでお話ししませんか。長居はしませんし、一メートル以内には近づかないと約束しますから、捜査官に病気をうつした罪で逮捕される心配はありませんよ」

エステルには、礼儀を示そうというそぶりさえなかった。リビングの入口に立ち、それ以上は近づいてこない。たしかに、具合がいいようには見えなかった。目は充血し、かなり青い顔をしている。それに、六月にしてはずいぶん分厚いバスローブを着ている、とシャーロックは思った。病院のテープに映っていたのが女性だった可能性はあるだろうか？

エステルは夫と同じ話をくり返した。さっきの会話を聞いていたからだろう、とシャーロックは皮肉な思いに駆られた。

ついにピエールが両手を上げた。「いったいなにがあったのか、いいかげん話してくれないか？」

サビッチは、ピエールの目をまっすぐに見て言った。「ゆうべ夜中の十二時前後に、外科医を装った男がドクター・マクリーンの殺害をくわだてました」

一瞬の沈黙があり、エステルが肩をすくめた。「それはお気の毒だこと、失敗した人が。ああ、そういうこと、なるほどね。あなた方は、主人があの情けない医者もどきを殺したと思っているのね？　あの友だちもどきを？　言っておくけど、主人は殺していないわよ。わたしといっしょにいたの——ひと晩じゅう。さあ、帰ってちょうだい」

シャーロックはエステルの右腕をじっと見つめた。あのローブなら、下に包帯を巻いていても外からはわからない。違う、テープに映っていたのはたしかに男だった。歩き方も、姿勢も、男に間違いない。ただ、身につけていた服はぶかぶかで、エステルは夫と同じくらい背丈がある。

とはいえ、バーボー夫妻を上半身裸にする以外に、確かめる方法はない。

サビッチはベッドに戻って数時間眠るか、さもなければもう一度シャーロックに誘惑してほしかった。本音を言えば、その両方がよかった。

ウィスコンシン・アベニューはすいていた。サビッチの足がポルシェのアクセルペダルを強く踏みこむ。それからため息をつき、少し力を抜いて、ふたたびため息をついた。

「おれがなにを考えてるか知りたいかい？」

シャーロックが手に触れると、彼の肩から力が抜けていった。「教えて」

「このしつこさ——きみは強迫観念と言った。これまで話したなかに、ティモシーの殺害にこれほど執念を燃やしている人物がいるとは思えない。ローマス・クラップマンとも話してみるべきだろうな。彼が一ダースも殺人を犯していることをティモシーが忘れているだけかもしれない」

「犯人はわたしたちの目と鼻の先にいるような気がするの。疲れてるせいで、なにかを見落としてるのよ。過酷な一週間だった。時間をかけて、わかっていることを時系列上に書いてみて、じっくり選別していかないと」

シャーロックの言うとおりだとサビッチは思った。

「今夜、ささやかなパーティを開いたらどうかしら、レイチェルの叔母さん、叔父さん、それにステファノスを招いて。そうすれば彼らと話すチャンスができるわ。レイチェルが上手に頼んだら、なつかしい家への招待に応じてくれるんじゃないかしら？」

サビッチは笑った。「ああ、招待状といっしょにＳＷＡＴチームを送りこめばな。もし尋問のために召集すれば、弁護団を引き連れてきて、質問にはいっさい答えず、逮捕するか解放するかどちらかにしろと迫るだろう。あげくに、ＦＢＩを排除しろと訴訟を起こされるかもしれないぞ」

「そういう事態に備えて、証拠がいるわね。十四人の目撃者とか」

「それでも連中は訴えるさ。じつは、おれも連中を集める別の策を練ってた。実際に受けてもらえそうな特別ご招待だ。めどが立ったら教えるよ」

サビッチの携帯電話が『草競馬』を奏でた。電話を切ると、シャーロックに言った。「オリーからだ。ロデリック・ロイドが――パーロウのロイ・ボブのガレージで銃撃したやつが――取引きしたがってるそうだ。パーキーの指示で動いたと、いつでも証言すると言ってきた」

「それは結構だけど」と、シャーロック。「彼はパーキーの雇い主を知ってるの？」

「いや」

「それは都合がいいこと」

「ロイドの弁護士が、パーキーは死んだから反撃されることはないと気づいたんだ。そうなったら、自白しない手はないだろ？　ちゃんと仕事をしてる弁護士を見ると、感激で胸が熱くなるよ」

シャーロックはにやりとして、ヘッドレストに頭をあずけた。風が髪を吹き抜けて、顔がちくちくとする。サビッチのほうを向いた。「今日は土曜日よ。ショーンを迎えにいって、ハイバンクス・パークでタッチフットボールでもしない？」

サビッチが言った。「ショーンもうまくなったよな。もうおれたちの背中に飛び乗ろうとしない」セックスと昼寝はあとでいい。「ハイバンクス・パークか？　いいとも」

45

ジャックはレイチェルとともに開いたドアの前に立って、ドライブウェイを走り去るサビッチのポルシェを物欲しげに見送ると、明るく照らされた近所を見まわした。妙な音はしないし、おかしな動きもないが――「少し見まわってくる。いいね？」

レイチェルはうなずいた。「行ってきて。わたしはここを片づけるから。気をつけてね」

ジャックはうなずいて家の横手へ向かった。

レイチェルはリビングに戻った。イギリスのアンティークシルクのクッションをふたつ膨らませると、ソファの背にそっと置き、立派な部屋を見まわした。この家がいまではわたしのもの。そう思いながらも、現実とはなかなか信じられずにいた。この家と引き換えに失ったものを思うとつらくなる。ジミーといっしょに過ごせたのはたったた六週間だった。そう、やっと出会えた父と。

パントリーにあるリサイクル用の分別箱にピザの空き箱を詰めこんでいると、ジャックの大声がした。「異常はなさそうだ」

「ここよ！」

キッチンに入ってきた彼は、レイチェルの頬の脇に下がる細い三つ編みに目を奪われて、ぴたりと足を止めた。「サビッチとシャーロックが来てくれてよかった。目に浮かぶようだよ、ショーンが母親を倒そうと背中にダイビングタックルをして——」

「タッチだけじゃ止められないから、そうするしかなかったって言い訳をする——」

「サビッチはそんなふたりを見おろし、腹を抱えて大笑いだ」

ジャックが数枚の皿を食洗機に入れているあいだに、レイチェルは紅茶を淹れた。「いま、ふと思ったんだけど。もしローレルが服装を変えて、髪を染め、少し口紅を塗ったらどんなふうに見えるかしら」

「ステファノスと結婚してるかぎり、それはないだろう」ジャックは言った。「あの男は、最初からろくでもないやつだったんだろ？」

「ローレルはなぜ、彼を追いださなかったのかしら。離婚して、箱に詰めてギリシャに送り返せばいいのに」

ジャックは肩をすくめた。「父親が死んだいまなら、そうするかもしれない。たぶん父親が無理やりあの男といっしょにいさせたんだろう」

レイチェルは洗ったグラスふたつをジャックに渡した。「ほんとうに、父親がステファノスと別れさせなかったのかしら？」

「あの男に耐えてきたのは、父親からの圧力があったからとしか思えないだろ？」

「彼女の父親は、わたしの父を母から引き離し、母を脅して、あのいまいましい小切手を送ってきた人だものね」気がつくと、甲高い声になっていた。あの老人が、そう、自分にとっては祖父にあたる男が死に、その長男も死んだ。それは厳然たる事実だった。そしていま、レイチェルはついこの前まで知りもしなかった彼らの家に、たったひとりで住んでいる。

「ジミーに聞いたんだけど、ローレルはステファノスに出会うと、すっかり夢中になってしまって、内面の醜さには少しも目がいかなかったそうよ」

ジャックは食洗機のスイッチを入れた。「あの父親なら、徹底的に調べて、その醜さを探りだしたはずだ。わかっていてなぜ、自分の娘をステファノスと結婚させたんだ？」

「ほんと、よくわからないわね。ジミーによれば、ステファノスは深刻な問題を抱えてたらしいの。つまり、彼には巨額の資金が必要で、その解決策がローレルだったってわけ。そして彼女のほうは、猛烈に彼を求めてた。当時三十五歳で、体内時計がカチカチと鳴ってたのよ」

レイチェルは、ジャックが丸めた二枚のナプキンを受け取り、きちんと伸ばしてたたんだ。そんな彼女を見て、ジャックは言った。「汚れてるんだぞ、レイチェル」

「えっ？　ああ、ナプキンね。あまりにもきれいだから……ああ、うっかりしてた。明日、手で洗うわ」彼女は、カウンターの上にきちんとナプキンを積み重ねた。「ジミーがローレルの若いころの写真を見せてくれたの。美人ってわけじゃないけれど、希望に満ちた朗らかな笑顔だったわ。彼女がいまみたいになったのは、ステファノスと結婚してからみたい。気の毒ね」

黒い眉が吊りあがった。「気の毒？　刃物を渡したら、きみの喉を掻き切るような女だぞ、レイチェル」

「わかってる。怒りでわれを忘れたら、人を殺しかねない人よ。彼女が激怒するところを、この目で見たもの。感情をむきだしにして、おぞましかった。ジミーが自分がしたことを世間に公表すると言ったとき、彼女がどんなふうに怒りを表わしたか、目に見えるようよ。

彼女ならジミーを殺したかもしれない。自分や家族やビジネスのいずれか、あるいはそのすべてを理由にして。でも、彼女の夫は？　気にも留めないんじゃないかしら。彼がなにかを気にする？　クインシーは？　腹黒い人だけど、実の兄を殺す？　わたしにはわからない。

もしローレルが首謀者なら、わたしまで消そうとするのは納得がいく。彼女とクインシーに、ジミーの代理として告白するのはやめたと言ってもいいんだけど、でも――」レイチェルは肩をすくめた。「まだ自分でもどうしたいのかわからなくて。もうあきらめたって、適当に言っといてもいいかもね。嘘はあまり上手じゃないけど、自分でも信じるくらい練習して。ジレット伯父さんがいたら、優秀なスパイになってくれるんだけど。伯父さんなら、口のまわりをベーコンの脂でべたべたにしていても、豚の集団を騙せるわ」

ジャックは笑った。「おれがFBIにいて学んだのは、人は見かけによらないってことだ。いまにわかる。忘れるな、きみはふたりの人間に桟橋まで運ばれ、湖に投げこまれた。特定できたのは、そのうちのひとり、パーキーだけだ」冷蔵庫を開けてパルメザンチーズの塊を取りだしながら、顔だけ後ろを向いてつけ加えた。「残るもうひとりは？」

レイチェルはキャビネットのひとつを指さした。「真ん中の棚にクラッカーがあるわ」

ジャックはスライスしたチーズをクラッカーに載せて彼女に手渡し、そのあと自分の分をつくって、カウンターにもたれかかった。「サビッチがパーキーのアドレス帳にあったイニシャルと数字のことを言ってたよ。MAXでも解けなかったらしい。その意味を知ってるのは誰だ？」

レイチェルはクラッカーを口に運んだ。

「考えてたんだが、レイチェル」

彼女はクラッカーをくわえたまま言った。「なに？」

ジャックは口を開いて閉じ、自分用にクラッカーをもう一枚用意して食べた。

「なんなの、ジャック？」

「なんでもない。疲れたよ。きっと今夜はふたりともぐっすりだ」

「明日はどうする？」

「おれは地味で退屈な警察業務に戻る。多少なりとも事件に関係がありそうな人物全員について徹底的に裏を取ったり、パーキーと手下たちについて再検討したり」

レイチェルは手を洗って拭くと、キッチンの窓側に顔を向けて、うつむいた。

「ごめんなさい」

ジャックは彼女を抱き寄せた。「なに言ってるんだ。きみには怖がる権利がある。いくらだってびびっていいんだ」いけないとわかっていながら、手を出さずにいられなかった。ゆっくりとレイチェルを自分のほうに向け、両腕でしかと抱きしめた。これまで彼女の衝撃を想像したことはなかった。彼女がどう感じているかも、そして彼女が自分にこれほどぴったり合うことも。まるでほかの男ではなく、自分のためだけにつくられたかのようだった。だが、これは愚かな行為だ。こんなことはするべきじゃない。どうかしている。いや、彼女を慰めているだけだ。彼女は安らぎを必要としているから、悪いことじゃない。そして自分にも安らぎがいる。ジャックは彼女の背中を上下にさすりながら、耳もとでささやいた。「固くならなくていい。友だちだろ、レイチェル、友だちは助けあうものだ。飛行機が墜落したとき、きみはおれとティモシーを必死に助けてくれたじゃないか。あのときはまだ、おれがこんなにすばらしい男だとは知らないのに、きみはいきなり飛びこんできて、おれたちの命を救ってくれた」

レイチェルは彼の首筋に顔をあてて笑った。そのあと首にキスし、さらにぺろりと舐めたところで、はっとした。「やだ、ごめん、ジャック、そんなつもりはなかったのに、ついやっちゃって。あなたがここにいるのは、わたしを保護するためで、べつに親密になるためじゃ……」声がふっつり途切れた。

「ああ、そうだな」ジャックがどれほど親密になりたがっているか、彼女にもはっきりわかっているはずだった。現にその瞬間、おそろしく美しいオーク材のキッチンテーブルで、彼はすっかり親密な気分になっていた。

ジャックがキスをすると、ありがたいことに、キスを返してくれた。クラッカーとパルメザンチーズ、それになにかなんとも言えない甘い味がした。そのとき突然、レイチェルが彼の胸に両手をあてて押した。「だめ、できない。こんなふうに頼りきって、あなたの信用を落とすわけにはいかないわ。あなたはＦＢＩ捜査官よ。保護する相手に関しては規則や規程があるんでしょう？」

「いや」

彼はレイチェルをまた引き戻し、かがんで額と額を合わせた。「常識以外のルールはひとつもない。それに、つねに常識が幅をきかせてるわけでもないだろ？　おい、エビじゃないんだから、そう反るなよ。そう、それでいい」

レイチェルは彼の首筋につぶやいた。「わたしがエビなわけないでしょ。ハイヒールをはいてたら、眉毛も舐められるのに。やだ、待って、わたし、おかしなこと言った？」

彼が胸の奥で笑っているのがわかった。「言った。いつでも好きなときに舐めてくれ」

頬をなぞる彼女の指の感触が、ジャックの腹部に響いた。いますぐ彼女を放さなければと思う反面、その思いを実行に移さないのがわかる。もう一度彼女の額に額を重ねた。「おれはティーンエイジャーじゃないから、ホルモンの急降下爆撃に脳をやられて衝動的な行為に走るようなことはしない。きみの言うとおり、この時点でこういうことをするのは賢明じゃないな」低い声で、きわどくて辛辣な悪態をついた。みごとな表現に感心して、レイチェルが笑った。ジレット伯父さんが言いそうな悪態だった。昔、伯父さんが、トマト畑の囲いに入りこんで地面を掘ったウサギに悪態をつき、小さい女の子は地獄耳なのよ、と母から文句をつけられていたのを思い出した。

ゆっくりと、レイチェルは後ずさりをした。「あなたは無茶《ギャンブル》をしないから嬉しいわ」ジャックは頭をのけぞらせて笑った。

そしてレイチェルを寝室まで送り、彼女の口をじっと見つめた。「きみの情けない元婚約者と違うことに気づいてくれて嬉しいよ。だが、いまは全身が痛い」「ええ、あなたは彼とは似ても似つかないわ。わたしもくたくたよ」

ジャックは伸ばしかけた手をおろし、後ろへ下がった。「じゃあ、おやすみ、レイチェル。ゆっくり休んで」彼がドアが閉めたとき、レイチェルは驚きもし、がっかりもした。

かなり興奮して、ジャックを相手にダンスを踊る気になっていたのだ。眠れないかもしれないと思ったものの、いくらもたたないうちに意識を失っていた。

頭まで黒い水のなかに沈み、なにかに下に引っぱられている。どこまでも深く落ちていき、水底まで達した。こまかい砂塵《さじん》が舞いあがって目が見えなくなり、やがてゆっくりと下に落ちた。自分が死ぬのがわかる。十分間、息を止めたところで、どうにもならない。いずれ死んでしまう。いやだ、死にたくない、死にたく――

がばっとベッドに起きあがり、ふいに目覚めた。速く荒い息をしながら空気を吸いこむ。だが、そこはブラックロック湖の底ではなかった。溺れてはいなかった。レイチェルはここに、ジミーの家の、自分のベッドにいた。でも――どうして目覚めたんだろう？　理由はなんであれ、ありがたい。それにしても、どうして？　場違いな物音が、この家の一部ではない音が聞こえたにちがいない。レイチェルはなりをひそめて、耳をすませた。

ジャックだ、と思った。起こさないように足音を忍ばせているのだろう。きっと警報装置や鍵を確かめているのだ。もしかすると、歩きながら考えごとをしているのかもしれない。

体の緊張がほどけてからも、レイチェルは動かずに耳をすませていた。さいわいにして短時間で戻ってこられたブラックロック湖底への小旅行以来、どこか安心しきれずにいたことに気づいた。そばにジャックがいようと、同じだった。脳はたえず緊張し、つねになにかを見て、考え、探り、誰かが自分を殺そうとしていないかを知ろうとしていた。

音をたてて息をついてはじめて、湖の底にいたときと同じように呼吸を止めていたことに気づいた。ベッドの横に足をおろした。ジャックのところへ行こう……なにをしに？　守ってもらうため、恐怖を追い払ってもらうため、それとも、なにも考えられなくなるまで愛しあうため？　レイチェルは凍りついたように動きを止め、じっと耳を傾けた。

　廊下はひっそりとして、夏の夜の空気は甘くよどんでいた。悪夢によって呼びだされたブギーマンがすぐそばまで迫ってきたせいで、汗びっしょりになって飛び起きてしまった。窓の外を見ると、三日月が空を照らしていた。その月を見つめて耳をすませた。一分、もう一分……。

　なにも聞こえない。ふたたび横たわり、無理やり緊張をゆるめ、そのまま待った。深呼吸するが、同じ問いがしつこく脳裏に浮かんでくる——わたしを殺そうとしているのは誰？　その問いへの答えを探して脳がめまぐるしく活動していたものの、ようやく呼吸がゆるやかになってきて、頭が横に倒れた。

　音がした。静かな足音。ジャックがドアの外に立っているのかしら？　部屋に入って愛しあいたくて、ドアノブに手をかけているの？　そうね、とてもすてきな考えに思える……。

　いいや、ジャックではない。ジャックでないのはわかっていた。レイチェルは手を伸ばして、ナイトテーブルの引き出しをそっと開けた。死者でも目覚めそうな音がした。落ち着いて、落ち着くのよ。引き出しに手を入れ、手のひらでひやりと冷たいジミーの銃に触れ、握りしめた。

　また足音？　遠ざかっていく？　いいや、聞こえない。なにも聞こえない。頭がおかしくなりそう。気を確かに持って、落ち着いて、頭を働かせて、恐怖に押し潰されないようにしなければ。また音が聞こえた。唾とともに悲鳴を呑みこむ。悲鳴をあげれば、ジャックが一目散に飛んできてくれるだろう。彼は銃を持ってくるだろうか？　ドアにへばりつき、耳を押しあてているかもしれない男はどうだろう？　ジャックに銃を向け、容赦なく撃つだろうか。だめだ、そんな危険は冒せない。

レイチェルはその場に横たわったまま、じっと待った。銃を握る手をゆるめ、息をひそめる。いったいどこにいるの？　待って、もしかしてドアの外じゃなく、もしかして……とっさに頭を動かし、もう一度窓を、黄色い月を、その前にぼんやりとかかる黒い雲を見た。なにかが動いた。窓の端、オークの巨木のそばでなにかが。あの木にひそんでいた誰かが近づいてきているのかもしれない、わたしを殺すために。気がつくと、手に銃がなかった。どこにいったの？　銃がなくて、どうやって身を守れるだろう。ナイトテーブルから取りだしてしっかり握っていたはずなのに、それがない。

銃が見つからない。引き出しに戻してしまったのだろうか。横に転がり、引き出しの把手《とって》を探したが、見つからなかった。あるのはただ暗闇だけ。その暗闇が近づいてくる、なぜか閉ざされた窓を通って入ってくる。

レイチェルの口から悲鳴が飛びだした。

46

「レイチェル！　起きろ！　おい、目を覚ませ！」

レイチェルは錯乱したまま、ふたたび悲鳴をあげた。ジャックがその頬を叩き、揺さぶった。「目を覚ませ、レイチェル！　おい、目を覚ますんだ」

レイチェルが息を詰め、焦点の合わない目でこちらを見た。

「おい、息をしろ、息だ！」

彼女が息を吸った。大きくため息をつき、前のめりになってもたれかかってきた。

「大丈夫だ、ベイビー、心配いらない」

レイチェルは顔をうずめ、両手でしっかりと彼の背中にしがみついた。絶対に放さない、たとえ彼になんて呼ばれようと――

「ベイビー？」彼の肩にささやいた。裸の肩。両手は裸の背中に触れている。

電気のスイッチを入れたように、いっきに現実の世界が戻った。

「いや……ベイビーでもいいだろ？」

「シャツを着てないのね、ジャック」

「ああ、ボクサーパンツ一枚。かなり控えめなタイプだよ」レイチェルの頭のてっぺんにキスをした。「ひどくうなされてたな、レイチェル。どんな悪夢を見たんだ?」

彼女はふうっとため息をつき、そのまま息を止めた。「少しだけ待ってくれる?」

ジャックが肩を抱いて背中をさすってやると、しばらくして、彼女は肩にもたれたまま語りだした。「窓の外で音がしたの。男が入ってくるのがわかったのに、銃は見つからないし、ナイトテーブルもないし、なにもかもがなくなってて、ただ暗闇だけが広がってた。その暗闇のなかに吸いこまれて、なにも見えなくて、だけどその男が殺しにくるのがわかった——わたし、ヒステリーを起こして自制心を失ったのね。ヒステリーを起こすなんて、はじめて。そういう人をばかにしてたのに」

「たまにはヒステリーもいいさ。きみは夢を見てたんだ。黙って軽い呼吸をしてごらん。そう、それでいい。そのまま息をして、ゆっくり、吸って、吐いて。よーし、いい子だ」

悪夢がよみがえってこないように、レイチェルは呼吸に意識を集中させた。いまだ生々しい感覚が残っている。

「それでいい」ジャックは彼女の髪に口をあてて言った。「ほら、精神を統一して。方法はわかるな? おれはここにいて、いまいましい悪夢とは違う」

「そうね、あなたはここにいる」

ジャックはほほ笑みながらそっと彼女を揺らし、窓のほうを見た。静かな夜で、かすかな風音以外はなにも聞こえなかった。だが、さっきから風が少し強くなり、突風が木の枝を家に打ちつけているから、木の葉が窓にあたっていたのだろう。

けたたましく警報音が鳴りだし、大きな音があたりを満たした。

レイチェルがぱっと身を起こし、三つ編みがジャックの頰を叩いた。「誰かが家のなかにいるんだわ。ジャック、急いで、誰かが家に入りこんだのよ」

「大丈夫だ、レイチェル。さあ、警報音を止めて」

彼女が大急ぎでベッドから降りて、寝室の壁のキーパッドへ向かって走りだすころには、ジャックは部屋を飛びだしていた。「そこから動くな!」ジャックの叫び声がした。レイチェルの指は思うように動かない。再度試み、五つの数字を打ちこむと、ぴたりと音がやんだ。

ジャックが走り去る音がしたきり、あたりは静かになった。ジミーの銃を握りしめて寝室に立っていたレイチェルは、やがてじっとしていることに耐えられなくなった。寝巻きのシャツの下にジーンズをはいて、二階の踊り場へ飛びだし、かがんで銃を構えた。玄関ホールの照明がつき、玄関のドアは開け放たれていた。ドラマで見たように銃を周囲に向けながら階段を駆けおり、すべての照明をつけていく。額に汗が浮いているのがわかる。恐怖のあまり息が詰まりそうだ。さあ、落ち着くのよ。玄関まで走り、外を見た。月は真上にあり、強くなった風が木の葉のあいだを吹き抜け、レイチェルの髪を乱した。通りをはさんだ向かいのダンバース家の明かりがついていたが、ほどなく消えた。警報音に驚いていったんは目覚めたものの、誤作動だと判断してベッドに戻ったのだろう。彼女は玄関前の階段の、ひんやりと冷たい敷石の上に立ちつくしていた。

「ジャック、どこにいるの？」

「ここだ」肘のすぐそばで声がしたので、飛びあがった。心臓が飛びだしそう。くるりとふり向いた。「どうやってここまで来たの？　なにも聞こえなかったけど。大丈夫？　誰かいたの？」

「おれが外に飛びだしたときには、もういなかった。廊下の突きあたりの客用寝室の窓が開いてたが、侵入口じゃないから、警報装置は設置されてなかったんだろう。伝って入るのにちょうどいい、大きなオークの木がある。きみが悲鳴をあげたときには、すでに家のなかにいたんだ。そして正面階段を駆けおりて玄関から出たときに警報音が鳴りだした。

朝になったら足跡を探してみよう。とくにあのオークの木のまわりを重点的に。うまくすれば、服が破れて、糸くずか繊維が枝に残っているかもしれない。レイチェル、どうした？」

彼女はいまになって震えだしていた。「なに？」

「なかに入ろう。寒いんだろう」

「まさか。暖かい晩だもの。汗までかいてる」そう言いつつ、震えは大きくなっていく。ジャックは彼女の腕を取り、屋内に導いた。「暗証番号を教えてくれ」

彼は玄関のドアを閉め、暗証番号を打ちこんで警報装置をセットした。「きみがヒステリーを起こして、思いきり叫んでくれて助かった。きみはなにか物音を聞きつけたんだ。現実の世界で」

レイチェルはサイドボードまで行き、自分とジャックのために一杯ずつブランデーを注いだ。「はい」いっしょに飲んだ。

その直後、リビングの電話が鳴った。

「はい、レイチェル・アボットです」

「レイチェルか？　ディロン・サビッチだ。ふたりとも無事か？」

レイチェルは電話を見つめた。「なぜなにかがあったのを知ってるの？」

一瞬の沈黙をはさんで、サビッチが穏やかに言った。「虫の知らせだよ。なんとなく感じた。話してくれ」

レイチェルはなにが起きたかを話し、そのあと電話をジャックに渡した。彼の口から出た最初の言葉は、「いったいどんな虫の知らせだったんだ、サビッチ？」だった。

「きみが下着姿でレイチェルの家のなかを駆けまわってた」

47

日曜日の午前十時、FBIの鑑識班がレイチェルの家に集まり、客用寝室の外にあるオークの巨木のそばに陣取った。率いるはクライブ・ハワード捜査官だった。

サビッチ、シャーロック、ショーンの三人はキッチンのオーク材のテーブルにつき、ショーンは母親の隣でココアを飲みながら桃ジャムをたっぷり塗ったバニラスコーンにかぶりつき、その向かいにレイチェルとジャックが座っていた。

「あなたそっくりね、ディロン。スコーンに目がないんだから」シャーロックは卓面に落ちた大きなジャムの塊をすくって、ショーンのスコーンに戻し、レイチェルとジャックに話しかけた。「病院に行ったら、トムリン捜査官が退院するところだったの。医者からも太鼓判が押されたし、本人も大丈夫だと言ってて、すっかり元気になってた。自分で自分を責めてたけど、トムリンとしてはドクター・マクリーンの警備に戻りたくてしかたないみたい」

サビッチが言った。「シャーロックには気の毒だが、もうトムリン捜査官は彼女に熱いまなざしを送ってこない。いま彼の視線をとらえているのはルイーズ看護師さ。いまは彼女がどんなに迅速に対応してくれたかって話しかしないよ。で、彼を現場に戻して、ティモシーの警護にあたっている捜査官と交代させた。今後いっさい、知らない病院スタッフをティモシーの病室から三メートル圏内には入れないだろう」

シャーロックが言った。「残念ながら、首に注射したやつの顔はよく見てなかったんで、わたしたちが見せた写真から犯人を特定できなかったわ」

ジャックが言った。「トムリンには怖い母親がついてるから、こういうことは避けたい。危ないところだったな。彼にとってもティモシーにとっても。おれを呼んでくれればよかったのに、サビッチ」

「それも考えたんだが、実際、きみがいてもどうしようもなかった。これでよしとしよう」

「まともじゃないわ」レイチェルが言った。「誰かが入院中のドクター・マクリーンをつけ狙ってるなんて」ふっつりと黙りこみ、皮肉な笑みを見せた。「このごろは、どこもかしこもまともじゃないことだらけだけど」

シャーロックがうなずいた。「病院で何時間もかけて聞きこみをしたけど、有力な参考人がひとりも見つかってないの」彼女は念入りにスコーンを選んで、かじりついた。「これ、おいしい。ねえ、ショーン、ジャムを取ってくれる?」

「エルム・ストリートにある〈グッドライト・ベーカリー〉のよ」レイチェルが言った。「ジャックったら見つけるなり、ためらいもせずに五万カロリーをうちに持ちこむんだから」

サビッチは横目でショーンのようすを確認した。邪悪なゾー王を〝脱出不能の森〟に閉じこめようと必死になっている。「ゆうべきみの家に侵入した男のことだが——そいつはたいへんな危険を冒した。その点がおれには気になる」

「ディロンの言うとおりよ」シャーロックが続いた。「相手の動きの予測が立たなかったら、あなたを守れないわ。つまり、新しい計画が必要ってこと」

「きみの悲鳴だ、レイチェル」ジャックが言った。「確たる根拠はないが、侵入者はあの悲鳴に度肝を抜かれて逃げだしたんだろう。悪夢を見るには最適のタイミングだった。あれにはおれもびびった」

レイチェルが身を乗りだした。関節が白くなるほど両手を強く握りしめている。「なぜ捜査令状を取ってアボット一族の財務記録を調べられないの？　パーキーとその手下の殺し屋たちに報酬を支払った記録が見つかるかもしれないのに。問題の日時の前後に、巨額の現金が引きだされてるかもしれないわ」

サビッチが言った。「残念だが、レイチェル、証拠がなさすぎて、アボット家のプールハウスを捜索する令状すら取れない。相手が彼らのような地位にある場合、完璧にお膳立てしないと追いつめられないいんだ。

つまり、われわれは別のルートをたどって、なんとか決着をつける方法を見つけなきゃならない。で、おれにひとつ提案がある。今朝ここへ来る前に副大統領と話をした。おれが、最近になって上院議員の殺害疑惑が浮上したせいで連邦議会のメンバーや大統領が案じておられるのは承知していると伝えると、副大統領は笑って、そのとおりだと応えた。で、おれが決着させるためにある計画を提案すると、副大統領が協力を約束してくれたんだ。

副大統領は、明日の晩にジェファーソン・クラブのディナー・ミーティングで行なわれる予定になっていたスピーチを延期して、議題を変更することに同意してくれた。明日はきみのお父さんを追悼する会になったぞ、レイチェル。多くの上院議員が演壇に立つ。なんなら、きみにも話してもらおう。アボット一族の出席が不可欠だと言うと、副大統領は理由を聞かずに、彼じきじきに招待すると言ってくれた。これで第一段階がクリアできた。

ゆうべの侵入事件だが、きみには警備がついているのに、犯人はずいぶんと思いきった行動に出た。リスクの高さをものともしてない。くり返しになるが、犯人は軽率な行動に走り、それゆえにますます危険な存在になった。こちらとしては、この事件を解決するか、それができなければ、きみに証人保護プログラムを適用して潜伏させるかだ。そこで、これからやろうとしてるのは、犯人に新たなチャンスを提供すること――ただし、コントロールされた――おれたちにコントロールされた状況下でのチャンスだ。罠だと疑うかもしれないが、一か八《ばち》か賭けてくる可能性もある。ここで起きたことを考えると、犯人はビー玉遊びをしているつもりなんだろうが、その奥に本人にもどうにも抑えがたい衝動があるような気がしてならない。

きみが明日の晩、ジェファーソン・クラブでスピーチしてくれるんなら、マスコミを通じてきみのお父さんの追悼ディナーが開かれ、きみも出席してスピーチするという情報を流す。マスコミはすでに興味津々だし、ジャックがうまく遠ざけているせいで、きみへの好奇心は高まる一方だ。そういうわけで、レイチェル、この期待の持てる最終ステップに踏みだす気持ちはあるかい？　囮《おとり》になってもらえるだろうか？」

「わたしが父について語ると発表されたら、アボット家の人たちは、父がしたことを公表すると思うはずよ。そして、一刻も早くつぎの攻撃をしかけなければと考える。あなたが考えてるのは、そういうこと？　でも、彼らにしても、今日の明日じゃあまりに急じゃない？」

「いや」ジャックが言った。「ほかに関与している人間がいなきゃ大丈夫だ。パーキーとその仲間はもう使えない。明日の晩までに、彼らはなにかいい方法を思いつくだろうか？　あとは明日のお楽しみさ」

レイチェルが言った。「じゃあ、もう彼らがわたしを黙らせようとしているとは思わないのね。もうそれは動機にならないってこと？」

サビッチが言った。「きみが公表するかもしれないというだけでは、もはやそれほどの脅威にはならないと思う。きみが知ってることは、すでにＦＢＩも押さえてて、きみを殺せば、あの件が露見する可能性がかえって高まるからね。秘密を秘密のままにしておきたければ、きみが公表しないと決め、ＦＢＩが誰かを起訴できるだけの証拠を手に入れないことを祈るしかない。それなら彼らに累が及ばずにすむ」

「じゃあ、なぜまだわたしを殺そうとする人がいるの？」

「昨夜のあんな暴挙に出たことを考えると、犯人にはまだこちらでつかんでいない真の動機があるんだろう」サビッチは答えた。

ジャックが言った。「サビッチの言う方法を試してみるべきなんだろう。頭ではわかってるんだが、正直言って、恐ろしすぎる。受け身にまわったほうがいいのはわかる。少なくとも、先を見越した行動はとれる。だとしても、レイチェル、やっぱり危険だ」

「ゆうべあんなことがあったせいで」レイチェルは言った。「なんでもしようと腹をくくったの。今朝、白髪を見つけちゃった。三つ編みによ。なにをすればいいか教えてくれたら、そのとおりにするわ」

ジャックは彼女に笑顔を向け、三つ編みを引っぱった。身を乗りだしてなにかを言いかけたサビッチは、ショーンがテレビゲームに行き詰まっているのを見て口をつぐみ、手を伸ばしてボタンをふたつ押した。するとホイッスルが三回、ビーという大きな音が二回鳴り、最後に長く低いボンという音がした。

ショーンが椅子の上で跳びはねた。「わぁ！　見て！　パパがゾーを〝脱出不能の森〟の魔法の監獄に追いこんだよ！　ゾーが火あぶりにされてる」

「また逃げるかもしれない。そいつはずる賢いから用心しろよ」サビッチはレイチェルの顔を見ながら言い、声を落として続けた。「ローレルにしろ誰にしろ、明日きみに近づこうとするはずだ。そして、近づけなければ、夜まで待ってきみを狙う。きみがスピーチする前になるかどうかは、わからないが」

「ジミーの銃をバッグにしのばせてってもいい？」

「なんなら、なた《マチエーテ》をしのばせてってくれ」ジャックが言った。「銃があったほうが心強いんなら、入口で持ち物検査があるから、代わりにおれが持ちこむよ」

「よし、それじゃあやってみるとしよう」サビッチが言った。「おれの勘からして、アボット家の人間は行動を起こすような気がするよ、レイチェル」

レイチェルはふたつめのスコーンにかぶりつき、ゾーを沼に沈めてやったと大喜びするショーンの声を聞きながら、火曜日の朝になってもまだ息をしていられることを祈った。

立ちあがって、テーブルに両手をついた。「もうこんな時間だわ。スピーチの原稿を書かなきゃ。それに、大物たちの前で萎縮せずにいられる方法を考えないと」

そのとき、裏口のドアをノックする音がした。

48

ジャックが片手を上げて裏口へ向かった。外を確かめてから、大きくドアを開けた。「やあ、クライブ、なにか収穫はあったかい？」

クライブ・ハワード捜査官は、捜査官歴二十年のベテランにして、トップクラスの科学捜査専門官だった。身長二メートルにして体重八十キロという、まるで細長い窓ガラスのような体に、祖母ゆずりのにこやかな笑顔の持ち主だ。「あったぞ」彼は、レイチェルがこれまで聞いたこともない強烈な南部なまりで答えた。「こいつを見ろ」クライブは、ジャックに縁がぎざぎざになった小さな布切れを手渡した。「やっこさん、あのオークの木にのぼって家に侵入するとき、もっと気をつけないといかんかったな。いまごろは、ジャケットの破れに気づいて処分しとるかもしれんが、そうじゃなけりゃ、あとで犯人の特定に役立つ。軽い素材のジャケットからちぎれた布か？　昨日はあったけえ夜だったから、合点がいく。素材は合成繊維の混紡で、昔ながらのコットン以外ならなんでも入っとる」

「こんなに小さいのに、新素材だってわかるの、クライブ？」シャーロックが訊いた。

「そのへんのひよっこにはむずかしいだろうが、おれを誰と思ってんだ？」にっと歯を見せて笑った。「分析はするが、かなり新しい素材だろうから、たぶんドライクリーニング用のリストにはなかろう。冬に着るもんじゃない、三、四カ月前に出た春の新作だろ」

サビッチはクライブとウーロン茶で乾杯した。「さすがだな、助かったよ、クライブ」

クライブは顔を輝かせた。「やっこさんが男だってこともわかった——靴のサイズは十、かかとにだいぶん体重がかかってるから、体格のいい男で、九十キロはあろう。だが身長はそれほど高くない——いや、これはメンドーサの推測だ。やつには森をのしのし歩きまわるゴリラの足のサイズもわかる」

「森？」ショーンが急に目を輝かせた。「ほかにも〝脱出不能の森〟に閉じこめられてる人がいるの？」

人生、退屈している暇がない。レイチェルはそう考えて笑いだし、サビッチはすかさず、ショーンのテレビゲームの話だとクライブに説明した。「やあ、ショーン」クライブが言った。「うちの娘も『ゾーと脱出不能の森』にはまってるぞ。野菜を食うのにうんざりするたびにゾーをやっつけようとしやがる」

ショーンがため息をつく。「ぼくは、パパに手伝ってもらわないと無理なの」

「おれもときどき娘に手を貸してるぞ」

「ぼくみたいに、まだちっちゃいの？」

「そうだな、おっきくはないな。十八になったばかりだ」

ショーンはくすくすと笑った。

サビッチは立ちあがり、男同士の握手を交わした。「日曜日の朝なのに、来てくれて助かったよ。みんなにありがとうと伝えといてくれ、クライブ」

「来たかいがあったよ」クライブは、その場にいる全員にうなずき、ショーンに声をかけた。「おい、チビすけ、がんばって邪悪なゾーにぎゃふんと言わせろ」そして庭に戻っていった。

「その布切れ」レイチェルが言った。「見せてくれる？」

サビッチが彼女に手渡した。

こげ茶のなめらかな生地。凝った生地だ。レイチェルは言った。「合成繊維の混紡であろうとなかろうと、これを身につけるのは、服装にこだわりを持つ男よ」

サビッチの携帯がハリー・ポッターのテーマを奏でた。「サビッチだ。なに？　わかった、トム、ドクター・マクリーンを部屋に連れて帰り、そこから出さないようにしてくれ。記者を近づけないようにして、おれが行くまで引きとめろ。ああ、わかった。すぐにそちらへ行く」

サビッチは全員を見た。「いまドクター・マクリーンがある記者に向かって、ドローレス・マクマナス議員が夫を殺したと話をしてるそうだ」

49

ワシントン記念病院

ふたりが病院のエレベーターに乗りこんだのは、正午近くだった。途中、ショーンを祖母の家で降ろしてきた。すぐさま教会へ連れていかれることになったショーンは、あとでポテトサラダをつくってあげると祖母から耳もとにささやかれると、輝くような笑顔を見せた。

「おばあちゃんに、ゾーのやっつけ方を教えたげるね。〝脱出不能の森〟に追いつめて、ツル植物で首をぐるぐる巻きにするんだよ」

「すてきな一日になりそうだねえ」

エレベーターに乗っていた六人が、端へよけてふたり分のスペースを空けてくれた。ボタンを押しながら、サビッチが小声で言った。「オリーに言って、ローレルとクインシー、ブレーディ・カリファー、グレッグ・ニコルズ、それに上院議員の元スタッフ三人の購入品を調べさせてる。そのうち、おしゃれな茶色のジャケットが見つかるだろう」

「雇われた殺し屋のジャケットかもよ、ディロン」

目的の階に着いたとき、エレベーターにはまだふたり乗っていた。

シャーロックが言った。「ティモシーにはわたしが話すわ、ディロン。あなたは記者のほうをお願い。いい？　とことん脅してやって」

「任せとけ」

くだんの記者は〈ワシントンポスト〉のジャンボ・ハーディだった。栄養の行き届いたラインバッカーのような体つきをした、頭も口も達者なうぬぼれ屋だ。いつも一週間は寝ていないかのようなどんよりとした目つきで、疲れきったようすをしているけれど、サビッチには彼のことがよくわかっていた。

ジャンボはサビッチを見るとにやりと笑い、目の前で大きな両手を振った。「やあ、すごいネタだ。大物をつかんだぞ」

サビッチはさらりと応じた。「こんなに早く再会するとは驚いたな、ジャンボ。寝てないのか？」

「あんたよりは寝てるさ。あの記者会見をしのぐものはないと思ったが、おれを追っ払うために、こうしてじきじきにお出ましになったとなると――いったいなにが起きてるんだ、サビッチ？」

「ああ、きみが気になったんでね。まだうろついててくれてよかった」

「帰るに帰れなかったのさ。おたくの捜査官に、逮捕してフーバー・ビルの五階にある清掃用具入れに放りこんでやると脅された。そうなったら、来月まで発見されないそうだ」ジャンボはまたもやにやりとした。「おれはただ、マクマナス下院議員について調べてただけなのにさ」ノートパソコンを軽く叩いた。「こいつはＭＡＸじゃないが、たいていのものは見つかるぞ。彼女の夫の死にまつわる詳細な情報とかさ。いま彼女の精神分析医に、彼女がサバナで人を雇って旦那を殺させたのを認めたという話を聞いた。すごいニュースだろ、サビッチ捜査官、ビッグニュースだ」

「どうせ裏が取れるまでは書かないんだろ。裏が取れないのもわかってるはずだ。いいか、ジャンボ、ドクター・マクリーンが前頭葉型認知症を患ってることは、きみも知ってのとおりだ。なんでもかんでも口に出してしまう病気だ、実際には起こらなかったことまでしゃべってしまう。それに、きみは彼が命を狙われたことも知ってる——」

「われわれのような、しがない庶民の代弁者には追いつけないほど頻繁にね」と、ジャンボ。「このあいだの晩の一件は、あんたたちの大失態だった。ＦＢＩ捜査官が首に注射を打たれて、おまけに看護師に窮地を救われるとは。あれはいったいなんだったんだ？」

「そこまでにしとけ、ジャンボ。その件についてはすでに声明を出した」

「国民には知る権利があるんだ、サビッチ、おれが言ってるのは、そういうことだ。彼が病気だってことは噂には聞いたが、誰も確認しちゃいない。じつを言えば、おれがここに居残ったのはそのためなんだ。彼の病が重いことも、彼の言っていることが誹謗中傷かもしれないことも、自制がきかなくなってることも、わかってる。教えてくれ、ここでなにが起きてるのか」

「オフレコにできるか？」

「できると言ったら、いつ公表させてもらえる？」

「すべてが片づいてからだ。わかった、ジャンボ、きみの協力がいる」

ジャンボは口笛を吹いて椅子にかけなおすと、頭の後ろに手をあてがって、脚を組んだ。

「なんだと、おれの協力がいる？　驚いたな。おれの想像を超える、どんなことが起きてるんだ？」

50

シャーロックが訪ねていくと、名医は部屋でふてくされていた。神経科医のドクター・ショックレーが鼻歌まじりに反射神経を調べているのに、そ知らぬ顔。シャーロックが部屋に入ると、不機嫌そうに目を細め、いまにも大声でわめきだしそうだった。

ショックレーが体を起こした。「はい、もう結構ですよ、ドクター・マクリーン。ただし興奮のしすぎには気をつけて」

シャーロックは自己紹介をして待った。ショックレーは最後にマクリーンをじっくり見てから、部屋を出ていった。

マクリーンに機先を制して、シャーロックは話しはじめた。犬のアストロにでも語りかけるように、抑揚をつけて。「悪いワンちゃんね、ドクター・マクリーン、大ワルだわ」

「悪いワンちゃん?」マクリーンがのろのろと言った。「悪いワンちゃんだと? おもしろいことを言うじゃないか、シャーロック捜査官、だが、言いたいのはまさにそれだ。わたしはきみたちの犬じゃない。わたしが記者と話したからといって、FBIにとやかく言われる筋合いはないんだ。たんなるおしゃべりだ。鋭敏な感覚を持つ者同士、ちょっと話をするだけだ――いや待てよ、彼は記者だ。だが、少なくともわたしは鋭敏だった」

「あら、あなたもおもしろいことを言いますね。言いたいことはそれだけ？」彼がなにかを言いかけると、シャーロックは片手を上げて制した。「よくわかってます、ティモシー。でも、とりあえずわたしの言うことを信じてください。あなたはいけないことをしました。患者の秘密をばらしたんですからね。それも新聞記者に。じっくりと冷静に考えてみてください。あなたが誰かに命を狙われてるのは、そのせいじゃありませんか？　ジャンボ・ハーディに話すのが不適切な行為なのは、わかりますか？」

マクリーンが肩をすくめた。ぶすっとしている。

手を変えるしかない。シャーロックは彼の腕をこづいた。「一昨日《おととい》の夜の一件で、奥さまはずいぶん動揺されたそうですね。あなたをひとりにしておけないって」

「ああ、そうだ。まったく、モリーときたら、のべつつきまとって、しょっちゅう脈を見たり、目玉を見たり、脚まで調べる始末だ。なにが足の爪を切らなくちゃね、だ。なんでわたしがそんな目に遭わなくちゃいけないんだ。わたしはなにもしちゃいない、少なくとも、この宇宙においては」

「奥さまに向かって、おまえにはうんざりだからよそで愛人を見つけろと、おっしゃったそうですね」

彼は肩をすくめた。「じつを言うと、あいつは変なにおいがする」

ウサギの穴に落ちたアリスの気分、とシャーロックは思った。「奥さまは、あなたを愛してらっしゃるんです」

彼はしばらく無言でいたが、やがて「いや、そんなことはない」と否定した。

「なにがおっしゃりたいんですか？」

マクリーンは枕に頭をあずけて目を閉じた。「この病気にかかった人間が最後にはどうなるかを知って、あいつはわたしから去っていこうとした。わたしにつきっきりでいるあいつのことを、みんなはまるで聖女のように思っているが、わたしは真実を知っている。あいつは夫婦の共通の口座から吸いあげられるだけの金を吸いあげている。よそに男がいるのもわかっている。ただ問題は、こんな哀れな状態のわたしを見捨ててはいけないことだ。そうだろう？」間をおいて、肩をすくめた。「事件の背後にいるのは、ピエールでもエステルでもない。わたしを殺そうとしているのは、モリーだよ」

なんとまあ。

「いままで聞かされてきたなかでも、いまのが最高にばかげた話だわ、ティム。この二十七年間、あなたのたわごとをいったいどれだけ聞かされてきたと思ってるの！」

入口に立つモリー・マクリーンは、腰に手をあて、怒りで顔を真っ赤にしていた。

「ミセス・マクリーン」シャーロックは彼女にほほ笑みかけた。「ちょっと、わたしといっしょに来ていただけますか?」

「この人と……こんな人間と同じ部屋にいたら、殺してしまいそう」モリーは言い、夫に向かって拳を振った。「さあ、行きましょう、シャーロック捜査官。わたしがいなくなれば、この大ばか者も下劣な嘘をつかずにすむわ」

サビッチは看護師の休憩室にいるシャーロックとモリーを見つけた。モリーは泣いていた。彼が戸口で立ち止まると、シャーロックが目を上げた。「あら、ディロン。少し整理がついてきたところよ。そうですよね、ミセス・マクリーン?」

モリーは指の背で涙をぬぐった。「ええ、わたしもどうにか落ち着きました。すぐに忘れてしまうのよ、主人はわけもわからずに言っているんだって。あの人には自分が人の心をナイフでえぐるような言葉を吐いているのがわかってないんです。言葉にナイフがひそんでいることすら。だから、あなたにわたしのことをあんなふうに言っているのを聞いて——ごめんなさい。ひどい病気ね、主人はまるで別人になってしまったわ。ときどき耐えられなくなるのよ」モリーは両手に顔をうずめて泣きだした。

シャーロックは彼女を立たせて両腕で抱き、あやすように他愛《たわい》のない慰めの言葉をつぶやいた。

モリーが体を離し、洟《はな》をすすりあげて涙をぬぐった。「取り乱してごめんなさい。ブラウスが濡れちゃったわね。情けないわ、つい感情的になってしまって。知っているのに——ちゃんとわかっているのに――主人にはどうすることもできないんだって」

「こんな状況で、驚くほどよくやっておられると思いますよ、ミセス・マクリーン」サビッチは心からねぎらった。

「今日のドクター・マクリーンは興奮してらした。あんなことがあった影響でしょうね。彼は記者を呼びだしたんです。あなたに暴言を吐いたのは、モリー、ディロンとわたしにお楽しみを台なしにされたからかもしれません。ごめんなさいね」シャーロックはモリーを抱きしめた。「あなたは精いっぱいのことをしていらっしゃるわ」

モリーはため息をつくと、ふたりのそばを離れて窓に近づき、自分を抱きしめるようにして言った。「そうね。かわいそうなティム。こんな悪夢にとらえられてしまって、おまけに、自分では悪夢のなかにいることさえわからないことが多いの。デューク大学の主治医と話をして、いただいた資料を読んだけれど、これからたどる経過は、なまやさしいものではないわ」

三十分後、サビッチは病院の駐車場からポルシェを出しながら言った。「ジャンボ・ハーディが、今回の件を表沙汰にしないと約束してくれた。それと、レイチェルの発表を、すぐに〈ワシントンポスト〉に載せるそうだ」

「あなたは彼になにを約束したの?」

サビッチはちらりと笑顔を見せた。「たいしたことじゃない。おれがティモシーの病気の経過を話すと、ジャンボの熱はいっぺんに冷めた。引きあいに出せる情報源がないこともわかってる。だが、ティモシーを殺そうとしているやつをつかまえたら単独取材をさせると約束した。もちろん、ＦＢＩの許可つきで。

それとティモシーの部屋から電話を撤去したよ。二度とこんな面倒を引き起こさないように、これからは、どこへ電話するにも看護師に頼んでダイヤルしてもらう。看護師たちに厳しくしてもらわないとな」

ほかの車を縫うように追い抜きながら、サビッチが言った。「どうだ、マクマナス議員に、すんでのところでとんでもない災難を免れたと教えてやるか？」

「そうすれば、彼女があなたに感謝するとでも？　ありえない」シャーロックは夫の肩に触れた。「もうすぐ終わるわね、ディロン、どちらの事件も。でも、ちょっと試してみたいアイデアがあるの」

「おれに聞かせたいか？」

彼女はゆっくり首を横に振った。

51

レイチェルはそわそわと落ち着かず、本音を言えば、頭がどうにかなりそうなほど怖かった——身も心も衰弱してしまいそうな、いやな気持ちだ。ブラックロック湖に投げこまれてから一週間以上、ずっとこの気持ちを抱えてきた。必死にほどこうとしてもほどけない、固いロープの濡れてごわついた感触がよみがえり、しばらく目を閉じた。さらに悪いのは、この恐怖感に、思わず筋肉が硬直してしまいそうな、頭のなかでうつろに響くハミングのようなものに、しだいに慣れつつあることだった。生き延びたのだから、状況が改善されてもよさそうなものなのに、まるでその兆候がない。深呼吸し、周囲を見まわした。少なくとも、脳が機能停止状態とはいえ、ソファに腰かけて過ごしていたわけではなく、ジャックが住む広々とした角部屋のアパートメントを念入りに掃除した。もっとも、その必要はなかったのだけれど。

ジャックは踊るような足取りで出かけていく前に、ご丁寧にも意見していった。ゆっくりくつろいで適当に音楽でも聴き、あまりにも痩せてきているからしっかり食べて、昼寝でもするといいと言い、そのあとは両手でレイチェルの顔をはさんで素早く大胆なキスをして出ていった。

レイチェルは、薄型テレビをつけてローカルニュースを聞きながら、植物に水をやった。アザレアが五鉢とツタがひと鉢。男性キャスターの話が、明日の晩にジェファーソン・クラブで開かれる故ジョン・ジェームズ・アボット上院議員の追悼ディナーの話題に移ると、ぴたりと手を止めた。テレビをじっと見て、出席予定の上院議員たちがジミーの家族について語り、最後にこう述べるのを聞いた。「もうひとつおもしろい話があってね。レイチェル・ジェーンズ・アボットという、最近アボット議員の娘とわかった女性が、スピーチすることになっているんだよ」

ローカルニュースは天気予報に変わった。例によって、夕立になるという。レイチェルはテレビを消し、すてきなリビングをぶらぶらと見てまわった。アンティーク家具はないけれど、たっぷり詰め物をした、濃いブラウンとゴールドにターコイズブルーの差し色が入った大きな椅子がたくさんあった。デザイナーとしては、ここに明るい色の装飾用クッションを足したい。それがポイントとなって、申し分のない部屋になる。彼は趣味がいい――あとで褒めてあげよう――それに、たいていの人にはない特殊な〝才覚〟があって、とてもキスがうまかった。

ぶらっと広いキッチンに入った。モダンな調度で統一され、電化製品はぴかぴかだった。

それもそのはず、レイチェルが空想の世界をさまよいながら、たっぷり五分もかけて、やわらかい布で磨いたからだ。壁には淡い黄色のペンキが塗られ、木製の戸棚も同じく黄色のため、明るくてぬくもりがある。廊下へ出ると、今回は立ち止まって、ジャックが撮った白黒写真を一枚一枚眺めた。南西部の国立公園の荒涼とした風景写真が数枚、角を突きあわせる二頭の巨大なヘラジカをアップでとらえた写真が一枚。さらに、さまざまな人の写真があった——赤ちゃんから老人まで、皺のある顔、なめらかな顔、ねじれた体、まっすぐな体。レイチェルが気に入ったのは、十代の少女が頭をのけぞらせて長い髪を強風になびかせ、iPodの白いイヤホンを耳に入れて大笑いしている写真と、だぶだぶのツイードの服を着たつるつる頭の老人がベンチに腰かけ、ミートボール入りサンドイッチを片手に、口もとにケチャップをつけたまま、明るい太陽を見あげてにっこり笑っている写真だ。

ジャックの世界は多岐にわたるが、彼らしさがしっかり出ている。トップレベルのFBI捜査官はすぐれた写真家であり、アーティストであり、みずから改修中の家まで持っている。そんな人がどれくらいいるだろう？　レイチェルは愕然とした。これまでにも何度かこんなことがあったけれど、誰かを知っているつもりでいて、じつはほとんどなにも知らなかったということは多い。あのギャンブル好きのろくでなしの元婚約者がいい例だ。彼女は自分の愚かさをあざわらった。ジェロル・スプリンガー。思わず、身震いしてしまう。

あてもなくリビングへ戻り、ふたつある大きな出窓のひとつに近づいた。彼の自宅アパートは一九三〇年代の古い建物ながら、よく手入れが行き届き、それは庭も同じだった。アール・デコ様式の見本のようなみごとな庭園は、趣と優雅さに満ちあふれている。けれど、なによりすばらしいのは窓からの景色ね、とレイチェルは思いながら、リンカーン記念館を眺めた。窓の脇の壁に、その写真が何枚か飾ってある。一枚は冬に撮られたもので、雪の積もったなかを、気合を入れて厚着した観光客がふたり、下を向いて強い逆風と闘いながら、重い足取りで記念館の階段をのぼっていくさまが写されていた。リビングの窓から望遠レンズで撮ったのだろうか？

彼はどこにいるんだろう？

レイチェルはゲストルームにふらりと入った。塵《ちり》ひとつなかったので、この部屋には軽くはたきをかけただけですましました。小ぢんまりとした部屋は整然として無駄がなく、ダブルベッドにはベッドカバーではなく寝袋が広げてあった。レイチェルはふたたびジャックの寝室に戻った。高い天井には、美しいアール・デコ様式の飾り縁が張りめぐらされている。白い壁にかかったダイアン・アーバスとアンセル・アダムスの写真を眺め、彼の尊敬する写真家らしいと察した。

ベッドはきれいに整えられていた。ネイビーブルーと白のキルトでおおわれた大きなキングサイズのベッドで、赤いスパンコールをちりばめた真っ赤な枕がふたつ、ネイビーブルーの枕カバーのうえに無造作に置かれていた。やるわね。枕が絶妙なアクセントになっている。

あれを加えたのは誰？　元恋人？　その人はなぜ、リビングにも同じようにみごとなアクセントを加えなかったのだろう？　そうするほど長いつきあいではなかったってこと？

やめなさい。誰だか知らないけれど、そんな女のことをうだうだ考えてもしかたがない。

レイチェルはベッドの脇に腰をおろして、身震いした。みずからを狂気に追いたてているとわかっているのに、どうすることもできない。溺れかけていたときに引き戻され、頭部が黒い水に浸かり、コンクリートブロックの重みで下へ下へと引っぱられる感覚がよみがえる。やがてロイ・ボブのガレージでの危機一髪の場面に切り替わり、入口に立つ男が自分とロイ・ボブめがけて発砲して、石膏ボード《シートロック》が降りそそいだ。つぎはスリッパー・ホローでの無数の弾丸。目の前に突きつけられる、生々しくも醜い死。ジャックがあれほど優秀でなければ、こうはうまく収束しなかっただろう。だが、ロイ・ボブのガレージでは自力で生き延びたのだから、ただの無力な犠牲者などではないのだと自分に言い聞かせることにした。三度殺されかかり、三度とも切り抜けた。ゆうべの自宅での一件など、たいしたことはないのかもしれない。ブラックロック湖に投げこまれたり、狙撃されたりするほどの恐怖はなかったのだから。それに、いまは危険がない。こちらの居場所を知られていないからだ。それはわかっている。わかっているのに、なぜか納得しきれず、心の底には疑いや恐怖がひしめいていた。

レイチェルの目が、ジャックの整理ダンスの上に飾ってある写真をとらえた。彼の両親と四人の兄弟、それに大勢の子どもたち。彼女はほかに誰もいない部屋で声を出して言った。

「わたしがここにいることは誰も知らない。誰も。あなたたちでさえ」

同じ言葉をくり返す。するとようやく得心がいき、蓄積した疲労が脳にも伝わりだした。

模様のついた青いキルトを持ちあげると、その下には青と白のストライプの羽根布団カバーがあった。しゃれていて、エレガント。玄人《くろうと》はだしの、洗練されたコーディネートだ。元恋人？　それともお母さん？

ジャックはどこにいるんだろう？

レイチェルは横になって目を閉じた。ジレット伯父さんに電話をかけて計画を伝えたとき、伯父さんはあえてなにも言わなかった。そのあと母に電話をして、今度もさらりと嘘をついた。母は父親違いの弟ベンが、きたるべきフットボールシーズンに向けてどれだけ体を鍛えているかを話してくれた。小学校にもフットボールチームがあるとは初耳だ。人生はただ漫然と過ぎていくのではなく、驚いたことに、勢いよく前進していた。彼女に向かってフリスビーを飛ばし、犬といっしょに地面を転げまわっていた八歳のころのベンを思い出す。最後に会ったとき、彼は父親といっしょにラーク・クリーク湖で釣りをしていた。

それにひきかえ、レイチェル自身の人生には勢いがなかった。いまは、はじめてのベッドに横たわっていて、なにも起きず、なにも解決せず、ジャックもいない。目を閉じると、ふたたび脳がめまぐるしく動きだし、記憶がよみがえってきた。

「お父さんがしたことを世間に公表するのはやめたと彼らに宣言したところで、どうにもならないぞ、レイチェル」サビッチは言い、ジャックもそれにうなずいた。「きみが心変わりする可能性はいくらでもあるんだから、彼らは信じない。いずれにせよ、もはや問題はそこにはないようだ。とにかく前へ進むしかない」

前へ進んでいたのに。そう、それ以外に進みようがない。明日の晩、ジェファーソン・クラブですべてに決着がつくかもしれないと思うと、嬉しくてたまらない。そうなることを祈った。

ジャックはどこにいるんだろう？　ついでに言えば、ここはどこ？

さっきグレッグ・ニコルズから携帯に電話があった。

「やあ、レイチェル、どこにいるんだい？　上院議員の家に寄ってみたが誰もいなかった。もっとも、ＦＢＩの連中が何人か裏庭をうろついていたが、なにも教えてくれなかったよ。なにが起きているんだい？　きみも行方をくらましているし。心配してるんだ、居場所を教えてくれ」

「ジェファーソン・クラブで明日の夜スピーチをするから、準備してるの。あなたも来てくれるんでしょう、グレッグ？　父にとってとても意義深い集まりになるはずよ」

「ジャクリーンときみの妹さんたちはどうするって？」

「欠席すると言ってきたそうよ」

一時間後、ジャックが自分のベッドで眠るレイチェルを見つけたとき、彼女は熟睡していた。口もとに笑みを漂わせ、わずかに顔を横に向け、三つ編みが頰に寄り添っている。

ジャックは、彼女の横に腰をおろしてキスをした。

レイチェルはとっさに身を引くようなことはしなかった。彼のほうへ顔を向けてゆっくりと目を開いた。見あげると、すぐそこにのぞきこむジャックの顔があった。「あなたが悪いやつじゃなくて、ほんとによかった」彼女は言い、片手を伸ばして彼の髪をなでた。「そうじゃなかったら、とんでもないことになってたわ」

「ガキのころは」ジャックは、彼女の髪をなでながら言った。「ごっこ遊びをするたび、おれは強盗や大悪党役をやりたがった。でも、兄貴におまえはどなったりはったりをかましたりするのが下手くそだと言われたんで、あきらめて警官で我慢するしかなかった。きっと、それで警官役が板についたんだろう」彼はもう一度キスをした。「だから、きみをとんでもない目には遭わせない」

「いままでどこにいたの？」

「さっき言ったとおり、昔ながらの警察業務をして、何人かから話を聞いてきた。〈フェン・ニアン〉に寄って中華料理を少し買ってきたよ」

ジャックは彼女の目に動揺が走るのを見た。

「きみがおれといっしょにここにいるのは、ほんとうに誰も知らない。尾行されてないかどうか、何度も確認した。きみは安全だ。こんなことは明日の晩で終わる」

ほんとうに？　疑いつつも、レイチェルは彼の手を借りて立ちあがった。すべてがすっきり単純で、計画的だった。だがレイチェルには、ローレルが単純な人間でないことがわかっていた。クインシーとステファノスはさておき。

ジャックがふり向いてベッドカバーの皺を伸ばすのを見て、レイチェルはほほ笑んだ。母もきっと、彼なら気に入るだろう。

「すてきなアパートね」

「ありがとう。インテリア担当はおふくろだよ」

きれいなものを運んでくれるお母さんなら、大歓迎。

「でも、写真を撮ったのはあなたでしょう？」

「ああ」

「大悪党になれるほど、どなったりはったりをかましたりするのが得意とは思えないけど、写真家としてはたいしたもんだわ」

「いや、その、それほどでもない……まあ、ともかく、ありがとう。サビッチの作品も見たほうがいい。彼は彫刻をやるんだ」

レイチェルは箱に入った鶏肉とピーナッツの唐辛子いためはぺろりと平らげたけれど、スピーチ原稿は読みあげなかった。「まだ迷ってて、書きなおしてるところなの」

「そりゃそうだよな。めったにない栄誉だから」

レイチェルはため息をついた。「ええ、そうなのよね」

そのとき、ジャックの携帯電話が鳴った。

52

ジェファーソン・クラブ　ワシントンDC
月曜日の晩

こういうときは、信頼できる優秀な人材を配置して、任務を果たしてくれるものと信じて任せる。それでだめならば、あきらめるしかない。大広間にいる六人の覆面捜査官は、ＦＢＩでも最高の顔ぶれだった。頭脳においても、集中力においても。

サビッチは、レイチェルとミュラー長官がならんで立っているのを見た。ジャックの姿は見あたらない。このイベントのために派遣されたケータリングスタッフを確認しているからだ。今夜のパーティのためにクラブが集めた臨時の接客係に関してはすでに照会を終え、常勤スタッフについても同様だった。

たおやかで落ち着いた森林のような香水に気づいてふり向くと、ローレル・アボット・コスタスが近づいてくるところだった。シャンパンのフルートグラスを手に、値は張るであろうけれど彼女にはなんの効果ももたらしていない黒のドレスをまとっていた。不思議なことに、じかに会うのはこれがはじめてなのに、すでに知っているような感覚があった。

ほかの女たちのように、ロングドレスを着ていない。その代わりに、太い脚にセクシーに見えるはずの黒い網タイツをはいているが、靴はローヒールのパンプスと、まるで釣りあいが取れていなかった。ぱさついたグレーの髪は後ろになでつけ、うなじのところで切りそろえてある。かろうじて口紅は引いているものの、化粧っ気はない。そのくせダイヤモンドだけは、耳、首、手首、指と、ありとあらゆる場所にこれでもかとつけている。まるで展示ケースから根こそぎかっさらってきたようだ。こんな客なら宝飾店に愛される。

夫のステファノスもまた、サビッチからするとキャラクターを知りつくした感のある重要な登場人物のひとりだった。高価なタキシード姿でローレルの隣に立ち、横幅のある浅黒い顔から後ろになでつけた黒髪がてかてかしていた。このハンサムで放埒《ほうらつ》そうな顔を、サビッチは好きにもなれなければ信用もできなかった。ステファノスが目を泳がせて品定めしているのがわかる。退屈そうで、落ち着きがなく、ぴりぴりしている。サビッチが自己紹介をすると、彼は片手に持ったウイスキーを理由にして握手を避けた。

「ミスター・コスタス」サビッチはそれ以上はなにも言わなかった。ローレルから値踏みされているのは百も承知だ。彼女のほうをふり向くと、表情の乏しい冷淡な瞳が興味深げにきらりと光った。いまのはなんだ？

ローレルが尊大な声でなめらかに言った。「あなたのことは知っているわよ。テレビで見たわ、あのばかげた記者会見をしているところをね」

サビッチは彼女にほほ笑んだ。「ディロン・サビッチ捜査官です。ミセス・ローレル・コスタスでいらっしゃいますね？」

彼女はうなずいた。「タキシードを着ているのね、サビッチ捜査官、それも高そうなのを。驚いたわ、警官の分際で」

ステファノスはある女の胸の谷間を見ていた。サビッチから妻へ視線をすべらせると、つくづくうんざりしたように言った。「ウイスキーが水っぽくなってしまった」くるっと向きを変え、人混みを縫ってさっき見ていた女のいるバーのほうへ歩き去った。

ローレルが言った。「あなたがここにいるのは、レイチェルがいるからね。あの女、本気で上院議員がしたことをこの場で発表するつもりじゃないんでしょうね？」

「本人にお尋ねください、ミセス・コスタス。わたしにはわかりかねます」

サビッチは、シャンパングラスを載せた銀のトレイを運んでいるウェイターに合図した。ローレルがうなずくと、サビッチは彼女にグラスをひとつ渡し、空になったグラスを受け取ってトレイに戻した。

「クインシー・アボットはどちらに？」

「副大統領と現在のフランスとドイツの勢力争いについて話していたから、置いてきたわ。目新しくもなんともない話題。だいたい、そのどちらかの国と仲良くしている国なんてあるかしら。わたしが学んだのは、ビジネスの世界も戦争と同じで、両者を戦わせておくのがつねにベストだということ。レイチェルはどこなの？　見あたらないけど。自分の恥をさらしてまで、わたしたち全員を悪意に満ちたゴシップの種にするのをやめにしたのかもしれないわね」

サビッチは冷酷な笑みを浮かべた。シャーロックからは心臓が凍りつきそうだと評されているのだが、ローレルには効き目がないようだ。「左を向かれたら、彼女がマーク・エバンズ上院議員と話をしているのが見えます。土曜の夜、何者かが彼女の家に侵入しました。それがずいぶん不注意な侵入者で、いくつか証拠を残していきましてね」

ローレルが身構えた。冷ややかな目が突然、鋭さを増したので、サビッチには彼女の考えていることが手に取るようにわかった。彼女が強靭《きょうじん》な精神力の持ち主で、容易に取り乱さないのはわかっている。ローレルはうんざりしたような声で言った。「証拠？　まあ、そろそろなにかを見つけてもいいころよね。それで、いったいなにを見つけたの？」

「申し訳ありませんが、お教えできません」

「どうして？　そんなのかまわないでしょう？」サビッチはそのとき、ぶ厚いコートにくるまれるようにして彼女の声に含まれている恐怖を聞き取った。彼女が身を寄せると、ダイヤモンドの輝きが躍り、くるおしいほどに煌めいた。

サビッチも身をかがめ、おのれの直感に従って、発言した。「オークの木をよじのぼって二階の窓から侵入したのが誰だかご存じですか、ミセス・コスタス？　その男は、彼女の悲鳴に驚いて逃げたんでしょうか？　それとも警報音が鳴ったからでしょうか？」

ローレルは一歩後ろに下がって、アリゾナ州選出の上院議員と話をしている夫のほうを向いた。そのあと、軽くふり返って言った。「わたしたちの誰かが木にのぼっているところなど、あなたに想像できて、サビッチ捜査官？　無理でしょうね。でも、どうやらレイチェルの運も尽きかけているようね」

「誰しもそうです」サビッチは言った。「あなたも例外ではない。ああ、シャーロック捜査官と姪御さんが来ましたよ」

「あら、わたしの姪では――」ローレルが口をつぐんだ。シャーロックから見ると、めったなことで黙る女ではないが、開戦前にその場の状況を探るだけの賢さはある。

サビッチはシャーロックを紹介したが、ローレルはそれを無視して、レイチェルをじろじろと見た。

「そうなのね」ローレルはレイチェルの頭のてっぺんからつま先まで見た。「捜査官を張りつけておかなければならなくなったわけね？」

レイチェルが答えた。「ええ。そのほうがいいと思ったので」

クインシーとステファノスがやってきた。たぶんローレルが応援を求めていると思ったのだろう、とサビッチは察した。ローレルは、しぶしぶ彼らを紹介した。

シャーロックは男ふたりと握手し、ステファノスがなかなか手を放そうとしないので、小首をかしげた。彼は熱っぽく誘うように言った。「じつに美しい髪だ、シャーロック捜査官。わたしの母国には、あなたのような色の髪の女性はいません。輝くばかりにお美しい」

あらあら、褒めすぎじゃない？　シャーロックはほほ笑みを返した。

クインシー・アボットは早々に逃げだしたそうだったが、生来の礼儀正しさに屈してサビッチと握手を交わし、レイチェルのかたわらに立つジャックには、少し不機嫌そうに会釈をした。シャーロックと握手したとき、彼の目が熱を帯びた。興味深い反応だ。異性に対する欲望ではなかった。ステファノスが発していたメッセージとは違う。では、なんだろう？　怒り？　女性捜査官に対する嫌悪だろうか？　たしかレイチェルが、彼は女嫌いだと言っていた。シャーロックは夫を見つめた。硬い表情をしている。

「その華麗さ、まるで三〇年代のキャバレー歌手のようだ、シャーロック捜査官」ステファノスが言った。

「ありがとうございます」

サビッチもステファノスと同意見だった。シャーロックは黒のロングスカートに肩が出る黒いトップスを身につけ、髪をおろしていた。夕焼け色の髪はカールし、顔にかからないよう、ふたつの黒い髪留めで後ろに留めている。そんな妻を見て、いい女だ、とサビッチは感想を述べた。そのまま二階へ連れていきたがっているのを、シャーロックはちゃんと知っていた。ショーンまでが、父親の横に立って、じっと母親を見つめていた。「その髪がなかったら、ママだってわかんないかも」

シャーロックは笑い声をあげると、ショーンに熱烈なキスをした。ステファノスには断じてしないだろうが、とサビッチは思った。

ステファノスが言った。「ほんとうにFBI捜査官なんですか？　あなたが？」

「ファッションモデルだとでも？」

「それもさほど的外れではない」

レイチェルが言った。「サビッチ捜査官とシャーロック捜査官はご夫婦で、まだ幼い息子さんがいらっしゃるのよ」

「ええ？」ステファノスが声をあげた。「あなた方がご夫婦？　わたしは、てっきり――」

ローレルが夫の言葉をさえぎった。「夫婦？　夫婦そろってFBIの捜査官なんて聞いたことがないけど、わが国の政府はなんでも容認するのね」

「そういうわけではありません」シャーロックが言った。

「わたしには息子がふたりいるのよ」ローレルが続けた。「上はだいぶ大きいの。ニューヨークで女の子と出会って、いずれその子といっしょになるつもりらしいわ」

「息子さんはおいくつですか？」ジャックは尋ねたが、じつはとっくに知っていた。

「ダミアンは十六よ」

クインシーが言った。「ステファノスはそれが不満なんです。若さゆえに、のぼせあがっているだけだ。そうだろう?」

ステファノスは肩をすくめた。「楽しむのはかまわない。ただ、その女から変な病気をうつされたらことだ」

クインシーが言った。「きみは外国暮らしの外国人嫌いだ、ステファノス——息子はふたりともギリシャの由緒ある家柄の娘と結婚させたいんだろう」

ステファノスは義理の弟に笑顔を見せ、優雅なナマケモノのようにウイスキーをすすった。

ジャックがローレルに訊いた。「FBIの記者会見はいかがでしたか?」

彼女のごつい顔が凍りついた。「感想なら、もう、ばかげた記者会見だったと、サビッチ捜査官に伝えたわよ。陰謀説を唱えているようだったけれど、そういうのはたいていくだらないものよ。ウォーレン委員会が嘘をついていると言っているも同然よ。否定されたらどうやって反証するの?　FBIはこれからもあちこちをつつきまわして、うるさくつきまとうつもりでしょうね。そのうち、うちの弁護士に動きを封じられるでしょうけど」

サビッチが明るく言った。「陰謀説については、わたしもまったくの同感です。しかし、ミセス・コスタス、兄上が一年半もたってから、また酒を飲んでハンドルを握ったと、ほんとうに信じておられるんですか?」

「酒量は減らすつもりだったでしょうし、しばらく運転を控えていた時期もあったかもしれないけど、結局はどちらもやめられなかったようよ。そう考えて間違いなさそうだわ。ステファノス、クインシー、そう思わない？」

ステファノスは退屈そうだった。クインシーはごくさりげなく、かつらを直した。

ローレルが言った。「兄がなんて言ったか知りませんけれど、記者会見を開いて自分の罪を大々的に発表するつもりなどなかったはずよ。もし公表すれば、すべてを失うのはわかっていましたから。上院議員としての名声も権力も富も、そして人から頼りにされ、かぎりない尊敬と崇拝を受けることも」

ジャックが言った。「大事なことが抜けています。公表すれば、おそらく危険運転致死罪と轢き逃げで刑務所に送られていたでしょう」

「ありえないね。上院議員には優秀な弁護士がついていた」ステファノスが言った。「彼が刑務所で過ごすことなど、一日たりとなかったはずだ」

そうでしょうとも、とシャーロックは思った。

「いずれにしろ」と、ローレル。「兄はそういうもののために生きてきて、それを失いたくなかったのよ。亡くなった晩に起きたことは事故です。いろいろ取り沙汰されているけれど、どれを取っても、ばかげているという意味では、陰謀説と似たり寄ったり」

「ジミーはわたしに、公表すると言いました」レイチェルが反論した。「決心がついてなければ、あなたには話さなかったはずよ」ほんとうにそうだろうか？　こうして口に出してみると、単純すぎるように思えてくる。「彼はあなたたち三人のほかに、グレッグ・ニコルズに話をしていた。ジミーが一年半ものあいだ抱えてきた苦しみを打ち明けられても、それでもまだ、あなたたちは疑うんですか？」

クインシーが見くだすような調子で言った。「もう一度言わせてもらうが、それはひとつの見解にすぎない。兄は独善的な人で、物事をとことん突きつめるのが好きだった。ビジネスでも、政治でも、法令でも。彼と対立する上院や下院の議員、気に入らないスタッフをやりこめる方法についても。たしかに、幼い女の子の身に起きたことについては、ひどく気に病んでいたよ。彼にも良心というものがあったからね」

悪意をむきだしにしたローレルは、怒りに満ちた冷たい目つきでレイチェルを見た。「ここにいる三人のＦＢＩ捜査官に、わたしたちが兄を殺したと信じさせたとすれば、あなたは兄にも、ジャクリーンとその娘たちを含めた一族全員にも——そして全国民にも——たいへんな迷惑をかけたことになるのよ。なんて卑劣な人なの、ミス・ジェーンズ。ええ、あなたのことはアボットとは呼ばない、わたしたちは絶対にあなたをアボット家の一員とは認めません」

ローレルはローヒールのパンプスできびすを返して歩きだし、クインシーとステファノスも、最後にもう一度、舐めるようシャーロックを見てから、そのあとに続いた。

「あれほどあけすけに話すとは思わなかった」サビッチは思案顔で言うと、三人が活動をはじめるのを見た。頭脳よりも自意識のほうが大きい長身で体格のいいギリシャ男と、力強くて獰猛《どうもう》な目をし、ダイヤモンドで飾りたてたやぼったい女。そしてクインシーは、王侯に仕える美しく着飾った従者のようだ。

シャーロックが言った。「ねえ、あの三人にはひとつ共通点があるわ。三人がそれぞれに影響力を放ってることよ。見て、ニューハンプシャー選出の上院議員が彼らのほうへ近づいていくわ」

「あの人たちは大物なの」レイチェルが言った。「アメリカにおける王族で、お金を持ってるわ。自信にあふれてて、自分たちの望みが通るのを当然だと思ってる」

サビッチは妻の耳たぶにそっと触れた。「この漆黒のイヤリング、すごく気に入ったよ」

「でしょうね、あなたが買ってくれたんだもの」

妻からエネルギーが放たれているのを感じる。「ああ」サビッチはゆっくりと言った。「そうだったね」

シャーロックはレイチェルに言った。「あなたは文句のつけようがないわ。クラシックな装いに、ほんのちょっぴり華麗さをプラスして——絶妙よ」

ジャックも内心、賛同した。レイチェルも黒のロングドレスを着ている点ではほかの女たちと変わらなかった。ただ、彼女はそれほど肌を露出していないけれど、その分、肌の見せ方が上手だった。美しくて、はかなげで、品がある。

会場にはシャンパンと、それよりもはるかに強い酒が、ふんだんにふるまわれていた。ローレルとステファノスは副大統領を囲み、ふたりがそれぞれに話すのを、副大統領は重々しくうなずきながら聞いている。そして副大統領も、彼らに何度か顔を寄せて話をした。

サビッチはグレッグ・ニコルズが入ってきたのに気づいた。連れの女性三人と男性ふたりは、いずれも元アボット議員のスタッフだ。タキシード姿の彼はさぞかし颯爽として有能そうに見えるだろうと思いきや、さにあらん、どこかおかしかった。どことなくいつもと違い、動きが緩慢でぎこちない。ニコルズが顔を上げたので、部屋の反対側にいるサビッチと目が合った。続いてニコルズはジャックを見つけてゆっくり会釈をした。そのあと、なぜか腹をさすりだした。いったいどうしたんだろう？


グレッグ・ニコルズは腹具合が悪かった。〈タムズ〉という舐めるタイプの胃薬を瓶からもう一錠取りだし、そっと口に含んだ。これで何錠めだろう？　六錠？　七錠か？　ただの神経過敏であってほしい。それなら何度も経験があるから、どうにかなる。だが違う、これは本物かもしれない。かなりやばい状況だ。遅めの昼食に食べた魚貝のシチュー《チョッピーノ》だろうか。あのとき秘書のリンゼーから、間違った選択ですね、と言われた。今夜は大物や有力者たちとにぎやかにやるのに、お腹の調子が悪くなったらどうするんですか、と。わかった、じゃあチョッピーノはやめよう。二、三口食べたあとでその意見を聞き入れ、食べるのをやめたのだ。悔しいが、リンゼーが正しかった。

すでにひどい下痢をして、二度も吐いた。血も少し混じっていたような気がするが、怖かったので、見間違いであることを祈った。

少しは落ち着いてきたかもしれない。いや、便意がある。一瞬、ニコルズはＦＢＩのサビッチ捜査官を見つめ――記者会見をした捜査官だ――急いで〈タムズ〉を嚙んだ。接着剤のようにべったりとレイチェルにくっついている、いまいましいジャック・クラウン捜査官もいた。彼が自分のことを調べているのは、ニコルズにもわかっていた。まだすっかり調べがついていないとしても、そのうちわかるだろう。彼ら全員について、すべてが露見するはずだ。それはまずい、断じてまずい。

あたりを埋めつくす権力者たちと、その腕にぶら下がり、わがもの顔に権力を主張する妻たちを見まわした。この部屋には強大な権力が集中している。テロリストにしたら、バラ色の夢のようだ。長年の経験から、ニコルズにはシークレットサービスの警護官の見分けがついた。彼らはいたるところにいる。ＦＢＩの捜査官もいるはずだが、彼らのほうが周囲にまぎれるのがうまい。

ニコルズは、レイチェルが公表しようとしまいと、もはやどうでもよくなっているのに気づいた。弁護士の資格も持っているので、物事の仕組みはわかっている。アボット上院議員を裏切ることになるが、それは問題ではない。彼はもう死んでいるのだから。ボイシで弁護士事務所を開こう。

状況は悪化の一途をたどり、荒れ狂う嵐に発展しそうだった。早めに手を引いたほうがいい。逃げだすべきときが近づいている。

ローレル・コスタスが、カンザス選出の年老いた上院議員と話しているのが見えた。そのすぐ横にはクインシーがいて、姉の話にときおり相づちを打っている。なんの役にも立たない弱虫野郎——上院議員があいつを容認していたのは、哀れんでいたからだ。

相変わらず腹の具合は悪いが、刺すような痛みは少しおさまった。ニコルズはウェイターのトレイから炭酸水のグラスを取り、少しずつ飲んだ。これで腹が落ち着くかもしれない、母親がよくそう言っていた。上司であるジャンケル上院議員が、好奇心丸だしでもうひとりの上院議員の妻を見ている。ばかなやつだ。

くそ、腹が焼けるように痛くて、なにも考えられない。

53

サビッチは視界の隅にひとりの男の姿をとらえた。小柄な男はウェイターの制服を着て、黒いドレスの女とタキシード姿の男の集団の陰にすっと隠れた。

サビッチは迅速に動きつつ、目立たないよう心がけた。しかし、ジャックのほうがさらに素早かった。ジャックが早くも男の腕をとらえて、厨房《ちゅうぼう》へ引っぱっていこうとしていた。

よし。ジャックならうまくさばいてくれる。

夜のひとときが過ぎていく。太鼓腹をうまく隠してくれるオーダーメイドの黒いタキシードを着た、顔を見たことはあるが誰だかわからない著名人が演壇に上がり、演台の奥に立った。マイクを調整して、ゲストに挨拶すると、ディナーの準備が整ったと告げた。全員がテーブルへ移動し、それから三分ほど、サビッチは雑踏のなかで人を見分けることができなくなった。あそこにミュラー長官がいる。長官はレイチェルの腕を取って前方のテーブルへ導き、彼女の右側に座った。左側にはジャックが座ることになっているが、いまはまだ空席のままだ。

厨房のほうはどうなっているだろう?

サビッチが厨房へ向かいかけたちょうどそのとき、ジャックが黒っぽい羽目板のスイングドアから現われ、タキシードの皺をなでつけながらテーブルに近づいてきた。彼はなにごとかミュラー長官に話しかけてから、レイチェルの隣に腰をおろした。

サビッチとシャーロックは、しばらくドアのそばに立っていた。黒っぽい羽目板におおわれたこの広々とした部屋は、十九世紀の紳士クラブで、一九五〇年代後半に男女共用になった。数十年にわたって吸われてきた無数の葉巻きのにおいが、不思議といまも残っている。アンティークのトランクに納められたレースのように、甘くなつかしいにおいだった。

サビッチは、ローレル、クインシー、ステファノスとともに前方のテーブルにつき、そこから四組のカップルをはさんで、シャーロックはグレッグ・ニコルズとともに後方のテーブルについた。ジミー・メートランド副長官はブレーディ・カリファーとともに全体が見とおせる席についている。

サビッチは周囲で交わされているきわめて政治的な会話を聞きながら、資金集めのパーティにつきものの、ゴムのようなまずいチキンが出てくるのを待っていた。ベジタリアン用の料理だと、なにがどんなふうに〝ゴム化〟するのだろうか。

驚いたことに、サビッチに供されたのはほうれん草のラザニアとトスサラダ、それに小粒タマネギをちりばめたサヤインゲンで、どれもおいしかった。

ベジタリアンでない人たち用には、たっぷりのつけあわせを盛りあわせた感謝祭のディナーのような料理が運ばれてきた。

ひとりの男がマイクの前に立ち、アボット上院議員の大好物は感謝祭の七面鳥だったと告げた。感心したような笑いが起きる。さらに笑いが起きたのは、その男が、二百人を超える客のために用意された洋ナシタルトがまともにフルーツの味がしたためしはないため、デザートにはジェラートが出ると告げたときだった。

四十五分後、副大統領が演台に近づき、マイクを上向きに調節した。彼はジョン・ジェームズ・アボットとの長年にわたる友情、彼が手がけたおもな法案、いずれの党の政権下にあっても両陣営と連携をはかってきた調整能力について語った。その発言をめぐって低いざわめきが起きたあと、副大統領はゴルフがらみの古いジョークを二、三披露すると、ミズーリ州選出の上院議員にマイクをゆずった。そこから順に、何人かがアボット上院議員にまつわる愉快な話や、琴線《きんせん》に触れる逸話を披露した。

強い酒やワインがふんだんに供され、みんながほろ酔い加減になったころ、副大統領が言った。「みなさんにジミーの娘さんを紹介させてもらいます。ご存じのとおり、ジミーは彼女が訪ねていくまで、その存在さえ知らなかったが、人生の最後の六週間、彼は幸福感に光り輝いていた。あの娘を愛してやまない、と言ってね。みなさんの多くが、今夜レイチェルと言葉を交わし、父親ゆずりのやさしさ、ユーモアのセンス、魅力に触れられたことと思います。では、ご紹介します、こちらがミス・レイチェル・アボット」彼は前へ進みでて、壇上のレイチェルを抱きしめた。

わたしはまだ生きている。七面鳥はおいしかったし、クランベリーソースも自家製のいい味だったし、なにより、誰もナイフを持って近づいてこなかった。誰もわたしを男子トイレに引きずりこもうとしなかった。

レイチェルは会場を見渡し、世界を動かしている男女を見つめた。マスカラが少しにじんでいるのが自分でもわかる。父の仲間たちの話を聞いていたら、涙がこぼれてしまった。

年老いた顔、経験が刻まれた顔、知識と秘密を蓄え、いまこの瞬間、あふれんばかりの慈愛をたたえた顔を見つめた。そこには、ありありと充足感が表われていた。それが実体をもって、あたりの空気を満たしていた。

薄暗い明かりのなか、かすかな香水のにおいがこってりとした感謝祭の料理のにおいと混じりあっていた。

グレッグ・ニコルズと目が合ったレイチェルは、軽く会釈し、ためらいがちにほほ笑んだ。どうしたんだろう、血の気が引いたような顔をしている。それよりなにより——どこかおかしい。

彼女はマイクに向かって語った。「わたしは、亡くなる前の六週間しか父を知りません。ご存じのように、当初父の死は事故と断定されましたが、いまその点に深刻な疑いが生じています。しかし、今夜わたしたちがこうして集まったのは、父の人生について語るためです」続く長い沈黙に、参加者がわずかにとまどっている。

ニコルズは炭酸水をもうひと口飲み、ほぼ空っぽになった〈タムズ〉の瓶を見た。スタッフ仲間たちは全員、ニコルズがいつ倒れるかと、はらはらしながら見守っていた。長いディナーのあいだも、シャーロック捜査官から、大丈夫ですかと何度も尋ねられた。腹具合が悪いんです、と彼は答えた。たいしたことはないんです、なにか悪いものを食べて腹を壊しただけで、と。そして弱々しい笑顔を見せ、だいぶよくなってきましたと言った。

そろそろよくなってもいいんじゃないか？　食あたりが続くのは、せいぜい二、三時間だろう？　十代のころに食べたポテトサラダを思い出した。あのときはバスルームの床でうめきながら、八時間も吐きつづけた。だが、そのあとはおさまった。これもまもなくおさまるのだろうか？　くそ、あのチョッピーノめ、たいして食べていないのに。また激痛が走り、腹を抱えた。あまりの痛さに息が止まりそうだ。痛みはしだいに強まり、死ぬのではないかと思った。どうすることもできない。声は聞こえても、あまりの痛みで言葉を聞き分けることができなかった。合衆国の上院議員たちの前で嘔吐《おうと》するわけにはいかない。ニコルズはよろよろと立ちあがると、身をかがめてうめきながら、ドアに向かって駆けだした。

「ミスター・ニコルズ、待って！」

シャーロック捜査官から呼び止められたが、返事をしなかった。いや、できなかった。腹をかき乱す激痛に全神経を奪われていた。

レイチェルが大きな声で話しているのがわかるが、なぜか遠く深く、壁の奥から聞こえてくるようだ。「ロバートソン上院議員によれば、彼には反対派をひと押しして譲歩させる能力や、裏で流血沙汰を招くことなく説得する能力が……」

人びとが集まってくる。黒いスーツ姿の男たち、FBI、シークレットサービス、友人たち……だが、そんなことはどうでもいい。このままでは吐いてしまう、このままでは――

まわりの明かりが薄れ、広大な部屋が穴倉のように真っ暗になった。

ニコルズはつまずいて倒れた。

人びとが自分をのぞきこみ、体に触れ、話しかけているのがわかる。苦痛に襲われてなにも言えず、ただうめくことしかできなかった。顔を涙が流れ落ち、体から血が流れでている。それに暗い、真っ暗だった。暗いのは屋内なのか、それとも外なのか？　なぜみんな叫んでいるのだろう？

よろよろと立ちあがると、ゆがんだ口から血が噴きだし、目から流れでる涙は赤く染まり、鼻から二匹の血のヘビが流れでた。

シャーロックが叫ぶ。「ディロン、こっちへ来て！」

サビッチが見ると、シークレットサービスの警護官たちが副大統領を取り囲み、壁際へ駆りたてていた。四人のFBI捜査官が、演壇にいるレイチェルのまわりに集まる。さらに何人かの捜査官がいて、十数人の人びとがひと塊になっていた。異様な雰囲気だった。サビッチが人混みをかき分けて進み、下を見ると、グレッグ・ニコルズが横倒しになって開いた口から血を流していた。そこらじゅうが血だらけで、彼は血にまみれている。その横にシャーロックがひざまずいている。

「もうすぐ救急隊が来るはずよ。容体はかなり悪いわ、ディロン。この血を見て。ようすがおかしいのはわかってた、わかってたんだけど」

「彼がなにかをたくらんでいるのかと思ったんです」シークレットサービスの警護官のひとりが、すっくと立ってニコルズを見おろしながら言った。「そうじゃなくて、この男は重病だったんですね」

「毒だろう」サビッチが言った。「血だらけになってる。毒じゃなければ、なんだ?」

シークレットサービスの警護官が言った。「たしかに、おっしゃるとおり、殺鼠剤《さっそざい》のクマリンのようですね」

「ああ、おそらく」サビッチはニコルズの脈を取った。

シャーロックは立ちあがり、ニコルズの秘書のリンゼー・カリーを見た。彼女は両手を握りしめ、顔はサビッチの顔と同じくらい白かった。「わたし、チョッピーノは食べないほうがいいって言ったんです、今夜はご馳走だからって。でも、ほんの少しですけど、彼は食べてしまって。きっと、あれが悪かったんだわ。ほんとに、ちょっとだったんですよ。もう大丈夫だって何度も言うから、よくなったと思ってたのに」

そして彼女は泣きだした。シャーロックはその肩をそっと叩いて、アボット上院議員の元秘書グレース・ガービーに向かってうなずきかけた。グレースが話しだした。「彼が具合が悪いなんて知らなかったわ。今夜のことを話したとき、わたしは彼に言ったんです。すてきな会になりそうですね、アボット上院議員のためにみなさんがこんな会を開いてくださって、なんて嬉しいんでしょうって。彼とアボット上院議員はとても親しかったから」彼女はリンゼーの肩に腕をまわした。

サビッチが言った。「脈が弱い。ほとんど触れないくらいだ」その場にしゃがんだ。ニコルズが命を取りとめるとは思えなかった。

シークレットサービスの警護官がドアを開け、医療用具の入った鞄や担架を持った救命士たちが駆けこんできた。サビッチは、かがみこんで処置をする彼らにシャーロックが症状を説明するのを聞いていた。年配の男が、だしぬけに「あの血を見てくれ！」と叫ぶ声が聞こえた。

救命士たちはニコルズを手早く担架に乗せ、血だらけの服の上から白い布をかぶせた。

ＦＢＩ捜査官がふたり同行した。「連絡してくれ」そう伝えて、サビッチがふり向くと、副大統領が人びとの頭越しに彼を見てうなずいた。

それから三分後、上院議員たちはあらためて、壇上のレイチェルを見た。

副大統領がレイチェルにうなずきかけた。「ご覧のとおり、病人が出てしまった。アボット上院議員の元首席補佐官のグレッグ・ニコルズです。いま処置を受けているので、よくなってくれるでしょう。ミス・アボット、多少騒がしいことになったが、続きを話しますか？」

レイチェルはうなずき、演台に進みでてマイクを調節した。グレッグ、いったいなにがあったの？

54

レイチェルは会衆を見渡し、ローレルの冷たく悪意のこもった目に気づいて、たじろぎそうになった。ローレルがせせら笑った。あのうっすらとした自己満足の笑みは、せせら笑いとしか言いようがない。あれが父の妹だなんて、そんなことがありうるだろうか？

会場全体を見まわし、咳払いをして、語りだした。「父の首席補佐官だったグレッグ・ニコルズが体調を崩して、とても残念です。彼の快復を祈っています。では、手短にお話しさせていただきます。

父はわが国の首都を愛していました。そして、美しい御影石《みかげいし》の建物や丹精された広大な公園やそびえたつモニュメントと隣りあわせに、みすぼらしさや貧困が存在することに困惑を覚えていました。それは、いつはじまったのか誰も覚えていないほど根深い問題であり、父はそのことに、怒りと恥辱を感じていました。

そこでわたしは父の栄誉を称《たた》え、ジョン・ジェームズ・アボット基金を創設したいと思います。この基金はわたしたち住民が抱える問題を最優先課題として取り組みます。みなさんはわが国の立法者であり、国を動かす推進者です。みなさんの経験とお力を、ぜひともお貸しください。父の名のもとに、力を合わせて社会を変えましょう。わたしたちにはそれができます」

レイチェルは水の入ったグラスを手に取った。「思いやりにあふれた人物であり、すばらしい父親でもあった、ジョン・ジェームズ・アボット上院議員に乾杯したいと思います」彼女がグラスを高々と掲げると、部屋にいる全員が急いでそれにならった。「社会の変革のために、乾杯！」

酒に口をつけるあいだ室内が静かになり、そのあと徐々に上院議員たちが立ちあがって、拍手をしながらレイチェルを見つめてうなずいた。

彼女がテーブルに戻ると、ジャックが言った。「なにを話すかと思ったら、基金とは名案だよ、レイチェル」

レイチェルは彼の手を取って小声で言った。「やっぱり、わたしにはできなかった。ずいぶん悩んだのよ、ジャック。でも、最後にあなたの言うとおりだと思ったの。父ならどうしたかなんて、彼が死んだ瞬間に無意味になった。あれは父の、父だけの決断で、ほかの誰のものでもない。歴史が彼に与える評価を、わたしが変えてはいけない。わたしにはその権利もないし、そうする義務もない。それは彼だけのものだもの」

55

ワシントン記念病院
月曜日の夜

緊急《E》治療《R》室のドクター・フレデリック・ベントリーは、疲れた目で待合室の壁の時計を見あげた。いまだ血まみれのグリーンのシャツ姿のまま、周囲に立つ人びとに対してというより、独り言のように言った。「不思議じゃないか？　十時だ、十時ちょうどだ。なぜかいつも十時ちょうどに貨物列車がやってくる。午前零時だと思うだろう、魔の時間になると汽車ぽっぽがやってくると。だが違う。たしかに、グレッグ・ニコルズはまだ生きているが、もう長くはないだろう。

血液、血漿《けっしょう》、それにありとあらゆる液体を注ぎこんで蘇生《そせい》を試みた。彼のＰＴは――プロトロンビン時間という意味だが――極端に長くなっている。つまり血液が凝固せず、それにヘマトクリット値も生存適正値に達していない。

まだ意識が戻っていない。挿管、つまり鼻から気管に管を通して人工呼吸装置につないでいる。これから集中治療室に移動する。

なぜ血液が凝固しないのかはっきりしないが、毒か薬の過剰服用だろう。いちばん可能性が高いのはクマリン、あるいはそれと化学成分が類似した、殺鼠剤として使われるスーパーマルファリンなど。かなり大量に摂取したようだ。

胃液と血液のサンプルを採ったから、摂取された薬物の種類と、そしてどれくらい前に摂取したかもわかるかもしれない。だが、結果が出るにはしばらくかかる。

はっきり言って、彼がまだ生きているのは驚きだ。意識を取り戻しても、話はできないかもしれない。酸欠状態で脳に損傷がないとはとても思えない。どなたか彼に会いたい方は？」

サビッチがドクター・ベントリーについてスクリーンで仕切られた一角に入った。

「あなたがボスですか？」

「特権はすべてわたしが独り占めです」

「幸運を祈ります」

ニコルズはぽつんとひとり横たわり、身動きもせず、顔は聖人君子のように真っ白だった。乾いた血と吐瀉物《としゃぶつ》のかすが口の横についている。目は閉じられ、まぶたは誰かに殴られて痣《あざ》ができたような状態だった。点滴の管が二本、手首に固定されている。不快な人工呼吸装置の音が、その部屋で聞こえる唯一の音だった。

サビッチは顔を近づけた。「ミスター・ニコルズ」

ニコルズが目を開けたとき、ベントリーが背後で息を吞むのが聞こえた。サビッチは、彼の目にうっすらと死の膜が張りはじめているのに気づいた。だめだ、ニコルズは生き延びられない。

「誰に毒を盛られたかわかりますか、ミスター・ニコルズ？」

この男はまもなく逝く。光を失った目を、死の膜がベールのようにおおっていく。サビッチの声にあせりがにじんだ。「誰なんです、ミスター・ニコルズ？」

ニコルズが苦しげにあえぐが、声にならない。

そこで目が凍りついた。逝った。

ニコルズが死んだ。サビッチは絶叫したくなった。アラームが鳴り、心電図のラインが平らになった。

看護師がふたり、パーティションのなかにいるベントリーに加わった。サビッチは外へ出て、狭い待合室へ戻った。さっきはいなかった年配の黒人夫婦がいて、ショックで青ざめながら抱きあっていた。

「いっしょに来てくれ」サビッチはジャックとレイチェルに言った。彼はシャーロックの手を取り、ERと気が滅入《めい》りそうなほど静かな待合室を離れ、誰もいない長い廊下へ出た。

「死んだよ。意識が戻ったんだが、ほんの一瞬だった」

「彼らが殺したのね、ディロン」

「そうだ、レイチェル、連中のしわざだろう。しかもドラマチックに、自分たちの虚栄心を満たすやり方で」

「でも、なぜ？」

サビッチはしばらく無言だった。シャーロックはため息をついた。「残念だけど、レイチェル、たぶんグレッグ・ニコルズは彼らと手を組んでいて、あなたとジャックが会いにいったあと、彼らと話したのよ。そのときの話から、彼らはニコルズから崩れると察して、彼を消すことにした。ニコルズのスタッフから話を聞けば、彼がどんなふうにやられたかわかるはずよ」

サビッチの携帯が『雨にぬれても』を奏でた。相手を確かめ、顔をしかめた。「はい、サビッチ」

話しながら首を振っている。「いや、嘘だろう、まさか。嘘だろう。ああ、すぐに行く。こっちはいまERにいる」

通話を終え、ぼんやりと彼らを見た。「トムリン捜査官からだ。これからドクター・マクリーンの部屋へ行かなきゃならない」

声は平坂だが、目はショックに見ひらかれていた。シャーロックは心底怖くなって、彼の腕を揺さぶった。「ディロン、今度はいったいなにがあったの？　誰かがまたドクター・マクリーンを殺そうとしたの？」

彼はシャーロックを通り越して彼方《かなた》に目をやった。「ティモシー・マクリーンが亡くなった。ここの二フロア上で」

56

混沌としていた――医療スタッフはとくに目的もなさそうなのに歩きまわり、廊下は病院の警備員でごった返していた。そこにいくらか秩序をもたらそうと、トムリン捜査官が怒りを含んだ野太い声を轟《とどろ》かせている。顔を上げてサビッチの姿を見つけた彼は、ほっとしすぎていまにも叫びだしそうだった。

シャーロックが彼の腕をつかんだ。「なにがあったの、トムリン？」

「ドクター・マクリーンが銃を持ってたらしくて、こめかみにあてて引き金を引いたんです。警備主任のヘイワードが医療スタッフといっしょになかへ入って、なんでこんなことになったのか調べてます」トムリンは口ごもった。「奥さんが帰られてすぐのことでした。彼女はまた戻ってきました、なぜだかわかりませんが」

ジャックが言った。「レイチェル、きみはそこにいてくれ。なかに入るな、いいね？」

レイチェルはうなずき、モリー・マクリーンのほうを見た。ナースステーションの向かいの壁にもたれ、両手で顔をおおって泣いていた。

「モリー？」

モリーが顔を上げ、涙のカーテン越しにこちらを見て、レイチェルだと気づいた。

「ほんとうにお気の毒です」レイチェルは言い、彼女を抱き寄せた。モリーの悲しみがどっと押し寄せ、父の死以来ずっと耐えつづけてきた悲しみの泉に引きずりこまれた。人間が耐え忍ばなければならないもっともつらい試練だ。レイチェルの場合、父と過ごした時間は短く、長い人生のなかのほんの一瞬にすぎないにもかかわらず、悲しみは絶えることなく、いまなお鼓動のように体内で脈打っている。対するモリーの悲しみはいかばかりか。モリーは二十五年以上もご主人と生きてきた。人生という布地にしっかりと織りこまれた相手を失ったのだ。

ジャックが近づいてきたとき、レイチェルには彼が自分の悲しみを棚上げにしようと必死になっているのがわかった。警官としての自分を優先して冷静さを保とうとする姿に、胸が熱くなった。彼はレイチェルにうなずきかけてから、やさしくモリーの肩に触れた。「モリー？　ジャックだ。たいへんだったね」レイチェルが腕をほどくと、モリーはふり向いて倒れこむようにジャックに抱きついた。彼の背中に腕をまわしてしがみつき、首に顔を押しつけて泣いた。ジャックは彼女を抱きしめ、慰めたい一心でなにやらつぶやいたけれど、それが叶うとは思えなかった。なにをもってしても、死の悲しみを魔法のように癒すことなどできない。彼はモリーの髪に口をあてて言った。「モリー、待合室へ行こう」

思っていたとおり、待合室には誰もいなかった。廊下の喧騒から離れ、なかは比較的静かだった。ジャックはドアを閉め、レイチェルに腰かけるよう手で示し、モリーを小さなソファに導いた。彼もならんで腰かけ、肩を抱いて背中をなでながら、そっと言葉をかける。

彼女がしゃくりあげると、ジャックはもう一度きつく抱きしめ、サイドテーブルに置かれたクリネックスの箱からティッシュを一枚取って渡した。レイチェルは、部屋の角にある冷水機から水を一杯くんで手渡した。モリーが落ち着くまで、ふたりは黙って待った。

モリーが顔を上げ、まっすぐにジャックを見た。「なにがあったのか、わたしに訊かなきゃいけないんでしょう?」彼女がぎゅっと目をつむると、またもや涙がこぼれた。目を開け、片方の手で頬をぬぐった。それから大きく息を吸いこみ、そのまま止める。「さあ、いいわ。今日の午後、病室に入っていくとすぐ、ティムに銃を持ってきてくれと言われたの。何年も前から、ベッドの横のテーブルに銃が置いてあったのよ。ありがたいことに、一度も使わずにすんでいたけれど。なにを言いだすのかと怖くなって彼の顔をまじまじと見て、理由を尋ねた。ばかじゃないのかと言わんばかりの目で見られたわ。つい最近も誰かに殺されそうになって、ルイーズ看護師がいなかったら、自分はいまごろきれいな銀の骨壺に入っていただろうって。自分の身は自分で守りたい、もし大切に思っているのなら、銃を持ってきてくれるはずだって。わたしがそれでも渋っていると、彼は肩をすくめてそっぽを向き、もう一度、あの男が挑戦しにきてくれたほうがいいかもしれないと言いだした。このままいけばどうせ寝たきりになるんだから、そのほうが屈辱を味わわずにすむ、あいつがまた来たら歓迎して、頭のどのへんを狙えばいいか教えてやろう、どのみち結果は同じなんだからって。

わたしは彼の腕をぴしゃりと叩いて、ばかってどなってやった。わからないのよ、いつ新しい薬が開発されて助かるようになるかわからないのよって。彼は黙って聞いていたわ。少なくとも、わたしには聞いているように思えた。そのうち、わたしを見あげて言ったわ。〝銃を持ってきてくれ、モリー、自分の身は自分で守りたい。無力感を味わいたくない〟

わたしはとうとう折れ、いったん家に帰って、一時間後にまた戻ってきた。主人は銃を確認して、それから枕の下に入れると、にっこり笑って〝ありがとう、これでひと安心だ〟と言ったわ。しばらく黙っていたけど、それから語りだしたの。わたしたち一家のこと、彼の両親のこと、子どもたちのこと、それに患者さんのこと——いやなこと、つらいこと、ほかにもいろいろ。わたしが帰るころには、いつもよりも落ち着いた感じで、以前のティムみたいに明るくて楽しい人になっていた」

彼女は荒っぽく涙をぬぐった。「ああ、ジャック、誰も彼に手出しできなかった、誰も殺せなかった。彼は自分でやったの。わたしが銃を持ってきて、そうさせてしまったのよ」

その言葉が部屋の空気をずっしりと重くした。

ようやくジャックが言った。「モリー、さっきの話だが、彼はもとどおりの、以前のティムに戻ってたと言ったね。彼が自殺するきっかけに、なにか思いあたるふしはないかな？」

モリーが青ざめた顔を上げると、涙が筋になって頬を流れた。「あるわ、それはわたしよ。わたしが追いこんでしまったのよ、ジャック」目をうるませ、声を詰まらせる。「わたしがあんなふうに追いこんでしまった」

「話してくれ」ジャックはうながした。

いつしかサビッチとシャーロックが部屋に入ってきていた。ふたりはなにも言わず、壁にもたれて立っていた。モリーが言った。「ティムは自分の患者の話をはじめたわ。アーサー・ドーランにべらべらしゃべってしまったのと同じ、例の三人の患者の話。ほら、彼の友だちにしてテニス仲間だったアーサーよ。ニュージャージーで何者かに殺されてしまった、気の毒な人」

「ああ、わかるよ」

「ティムはこう言ったの。〝モリー、わたしは自分がまずいことを話しているとすら気づいていなかったんだよ。全部この口からぽんぽん飛びだしたんだ、口外してはならない醜悪な話が、なにもかも。わたしはそれをヒバリのように嬉々として吹聴《ふいちよう》し、わが職業人生で守りとおしてきた倫理規範をことごとく破り、患者から受けた信頼を投げ捨ててしまった。ジャン・デビッドの身になにが起きたと思う？　ピエールは息子を愛していたんだよ、モリー、彼もエステルも、ジャン・デビッドを誇りに思っていた。ふたりにとってはひとり息子だった。彼のためなら喜んで自分の命を投げだしただろう。それをわたしは、アーサーに

──あのバーテンダーも聞いていたが──ジャン・デビッドがしたことを楽しげに話してしまった。

そのジャン・デビッドは溺死し、ピエールは悲しみと嘆きとわたしへの憎悪で正気を失っている。わたしを殺そうとしているのがピエールなら、成功させてやりたい。わたしが彼にそうさせたんだからね。この悲劇を招いたのはわたしなんだよ、モリー。ほかの誰でもなく〟

彼はそこまで言うと、ぼんやりと虚空を見つめていたわ。ひとりぼっちで、なにもかもどうでもよくなったみたいに」

モリーはうつむき、からめあわせた手をさらに強く握りあわせた。ジャックはその手に自分の手を重ねた。しばらくすると、モリーが続きを語りだした。「ティムに言ったのよ、あなたは自分の国を裏切ったわけではないのよって。そしたら彼がかぶりを振って、言ったの。どこか達観した声で、〝ああ、モリー、たしかにそうだが、問題はそんなことじゃない。この病気、こいつがどんどん悪くなるのは、きみもわかっているね。だが、わたし自身は最悪の事態を免れるだろう。現実がなにで、それがどんな感触なのかも、人とつながっている感覚も、忘れてしまうからだ。わが子もわからなくなり、きみのことも、きみが長年連れ添った妻だということも、愛する者たちのことも、あらゆる経験も、苦しみも、喜びも──その意味すらわからなくなってしまう。

それがわたしの未来だと思うと耐えがたいんだよ、モリー。いまはまだ頭がはっきりしているだけに。いずれ精神のバランスを失い、自分がうっかり漏らす言葉が誰かを破滅に追いやりかねないことすらわからなくなってしまうのかと思うとね〟

彼はいわく言いがたい顔をしていた。そして言ったの。〝じつは、ここの医者のひとりに、きみが何年か前にアーサーと不倫したと話したんだ。そんな話をした覚えはないんだが、医者がわたしが話した内容を教えてくれた。

神さまに感謝したよ。わたしがこれまで与えた損害を思い出して、どう片をつけるか決められるように、正常な精神でいられるひとときを残しておいてくれたんだからな〟」

モリーはむせながら笑い、ジャックに言った。「じつはね、何度かアーサーと寝たことがあるの。もう何年も前に。ティムが知っているなんて考えたこともなかった。わたしは話していないもの。皮肉なことに、アーサーもわたしも愚かなことだと悟ったの。結局、わたしたち三人は友だち、とてもいい友だちで、二十年以上もずっと変わらずそうだったのよ。

でも、ティムはそれを口外したこと、自分たちの私生活の秘密まで他人に漏らしてしまったことを究極の裏切りだと感じたのね。

わたしは彼の枕の下にある銃のことしか考えられなくなった。どうするつもりなのか尋ねて、びくびくしながら答えを待った。だけど、彼は以前と変わらないティム・スマイルを見せて、考えてみるよ、これからどんな展開になって、どんな結果になるか、じっくり考えてみる、と答えた。その能力が逃げていってしまうまで考えてみる、あと三十分くらいはあるんじゃないかなって。

わたしが部屋を出る二、三分前に、看護師が彼の好物のピスタチオのアイスクリームを持ってきてくれた。ティムはわたしに笑顔を見せて、スプーンで口に運んだわ。穏やかなようすだった。愛しているよと言って、笑いながら、アイスクリームをひと口分けてくれたの。わたしがほんのちょっとだけ食べると、からかって、もうひと口食べていいって。ふたりで大笑いして、わたしが彼の腕をつねって、これからもずっといっしょにいるのよ、道の向こうからなにがやってこようと、受け入れるのがいちばんだって言うと、そうだな、いまの言葉は気に入ったよって」

モリーはジャックを見あげた。「キスしてくれたのよ、ジャック、とびきり甘いキスを。いまでも、彼の唇についていたピスタチオ・アイスの味がする」しばらく黙りこみ、からめた両手を見おろしていた。

それからサビッチとシャーロックに向かってうなずいて、レイチェルにほほ笑みかけた。「一階までおりてから、明日はケリーの誕生日だと伝えるのを忘れたのに気づいたの。あの子になにをプレゼントするかを教えておこうと思って。そうしたら、あの子が見舞いにきたときに思い出すかもしれないでしょ？　エレベーターからおりたら、悲鳴が聞こえた」言葉を切り、壁にかかったモネの『睡蓮《すいれん》』を見つめた。「それでわかったのよ、ジャック。すぐにわかった、彼がなにをしたのか、わたしがなにをさせてしまったのか」両手で顔をおおって泣いた。部屋はしんとして、聞こえるのはモリーが激しく泣きじゃくる声だけだった。彼女が顔を上げた。「いつものように、バースデーカードはふたりの連名にしたわ。おもしろいカードなのよ――テディベアはぼろぼろになったから、新しいベッドのお相手が必要ね、って書いてあるの」

ジャックは指先で彼女の顔にそっと触れた。これでよかったのかもしれないと言いたかったけれど、心がそれを拒否していた。

モリーが言った。「ティモシーを殺そうとしていた人。その人はもうなにもしなくてもいいわね」

ジャックが言った。「そいつがアーサーを殺したのなら、償いをさせなきゃな、モリー。そいつはティムを殺そうとした。いままで何回だ？　四回か？　その償いもだ」

モリーがはっきりと言った。「わたしはどうなるの、ジャック？　わたしは彼の言葉を信じたかった。銃が護身用だと信じたがっていたのを、彼も知っていたわ。彼はわたしに逃げ道をくれたのよ」彼女は口ごもり、ジャックはその悲しみと重い罪悪感をずっしりと感じた。モリーは自分の胸に手をあてた。「でも、心のなかでは彼が自殺するとわかっていた。わかっていたの。彼を死なせた張本人はこのわたしなの、どこかのおかしい人じゃなくて」

サビッチは彼女に歩み寄って横に腰をおろし、手を取った。「モリー、心のなかでわかってることは、心のなかに留めておくもんだよ。そのことで家族を苦しめるのはいいことじゃない」

彼は立ちあがった。「ほんとのとこは、あなたにもわかりようがなかった。ティモシーがしたことは、彼が自分で決めたことで、あなたはそれをしやすくしただけのことだ。おれがこのドアから出ていったら、ドクター・ティモシー・マクリーンの死に関する捜査はおしまいだ」

57

火曜日の午後

レイチェルはジミーの書斎に入り、部屋の中央に立った。豪華な茶色のカーテンが部分的に引かれ、午後の日差しを薄く囲う額縁のようだった。部屋はまだジミーのにおいがした。彼が吸っていた芳醇《ほうじゅん》なトルコ煙草の香りだ。ワインカラーの革製のソファに腰を沈め、背もたれに頭をあずけて、机の後ろの本棚を見つめた。書物にほこりが積もりはじめていた。ほこりははたきで払えばいいが、本を古びさせることなく生かすには、つねに本のそばで暮らさなければならない。

腕時計に視線を落とす。もうすぐ四時。ジャックは六時までには帰ってくると言っていた。レイチェルをひとり残していくことを渋っていた。たとえ、明るい太陽が注ぐ暑い午後のまっさかりでも。

もう一度ジミーの机を見ると、二、三枚の書類が几帳面《きちょうめん》に重ねられ、コンピュータの画面は暗く静かだった。深呼吸し、背もたれが高くとびきり座り心地のいいワインカラーの革張りの椅子に、思いきって腰をおろしてみた。机を前にして座り、ぴんと背筋を伸ばす。

時間はたっぷりある。いつかはしなければならないことだった。レイチェルは最上段の引き出しを開け、書類の整理をはじめた。ジミーの遺書が正式に認められたら処理しなければならない書類を、分類して重ねていく。支払わなければならない請求書、注文するつもりで印をつけたとおぼしきカタログ。

机にある大半の書類を整理し終え、いちばん下の引き出しを開けたとき、美しい手彫りのブビンガ材のペンケースを見つけた。そっと手に取ってみると、思ったとおり、なかにはペンが十数本入っていた。そのうちの何本かはよその国々からの贈り物、旅行で訪れた国の大使からもらったものだった。箱の底から一枚の紙片が出てきて、三組の数字が書いてある。金庫のダイヤル錠の数字とわかった。

レイチェルは金庫のことなど考えたこともなかった。まわりを見まわしてみたけれど、それらしきものはなかった。もし自分が金庫を持っていたら、もっとも長時間過ごす部屋に置くだろう。本棚を探り、カーペットの下を調べたあと、アイルランドの田園風景を描いた絵を持ちあげたとき、壁に埋めこまれた金庫が見つかった。数字を合わせると簡単に開いた。

なかにはアコーディオンファイルがあり、保険の書類と、前年一年分の全スケジュールが書きこまれた日誌が入っていた。そして日誌の裏表紙の内側に、〝ジョン・ジェームズ・アボットの遺書〟と表書きされた一通の封筒があった。

遺書。いまになってこんなものが出てくるとは、考えてもみなかった。ジミーからは、レイチェルが財産の三分の一を、残りの三分の二は妹たちが相続し、そこには彼が所有するアボット一族の会社の株式も含まれると聞かされていた。そういえば、いつだったか、公職についているあいだは金銭的利害から遠ざかるよう、上院議員になったときに議決権付株式の代理権をローレルに移したと言っていた。レイチェルは遺書を読みはじめた。

二度、三度、目を通した。

ジミーのローロデックスからブレーディ・カリファーの電話番号を探して、電話をかけた。電話に出た弁護士は、ちょうど裁判所から戻ったところだった。

「ブレーディ、いまジミーの遺書を読んでるんだけど、ずいぶん内容が違うの」

一時間後、ドライブウェイに車が入ってくる音がした。ジャックではない――早すぎる。カリファーだった。彼は敷石の道を足早にやってきた。

レイチェルは玄関まで出迎えた。

「レイチェル、電話をもらったときは驚いたよ。きっとたぶん古い遺書だろうから、比べてみよう、いいね？　ジャックはまだ帰っていないのかい？」

「まもなく帰るわ。まだFBIで例のミーティング中なの」

レイチェルは発見した遺書をジミーの机に広げ、カリファーがその横に持参したものをならべた。「さあ、見くらべてみよう」彼は言い、ふたりはかがんで書類に目を凝らした。

「レイチェル？　どこにいるの？」

レイチェルは体を起こし、ほほ笑んだ。「ここよ、シャーロック。入って」書斎のドアまで歩いた。「こんなところでなにしてるの？」

「ジャックにあなたを見てきてくれと頼まれたのよ。なにかあったの？　あら、こんにちは、ミスター・カリファー」

「シャーロック捜査官ですね？」

シャーロックはにっこり笑ってうなずいた。

レイチェルはシャーロックの腕をつかんだ。「ジミーの遺書を見つけたんだけど、記述が違うの。それでブレーディに電話して、比較のために原本を持ってきてもらったのよ」

「偽造文書ですか、ミスター・カリファー？」

「さあ、どうかな、シャーロック捜査官。まだ見はじめたばかりなのでね」

三人そろって机にかがみこみ、二通の遺書を見くらべた。

最初のページを読んだシャーロックがふたりを見た。「これは古い遺書ね、ミスター・カリファー」首を振った。

カリファーの落ち着いた平板な声からなにかを察するべきだったのだ。だが、耳もとで感じの悪い声がしてはじめて、シャーロックは身構えた。「いつも天使が味方してくれるとはかぎらないものだな。きみが現われるとは、まったく予想外だったよ、捜査官」最後の言葉がシャーロックの脳に届いた瞬間、銃底で強く殴られた。

レイチェルの悲鳴を聞きながら、シャーロックは床に倒れた。

「ステファノス！　いったい――」

ステファノスはレイチェルに一撃を加え、彼女の目が衝撃で大きく見ひらかれ、苦痛でぼやけ、やがて閉じるのを平然と見ていた。シャーロックの横に倒れたレイチェルの頰から、ひと筋の血が流れ落ちた。

58

フーバー・ビル

サビッチは顔をしかめ、携帯電話を指先で小刻みに叩いた。

「どうかしたのか?」ジャックが顔を寄せると、ディッキー・フランクス連邦検察官の甘美な声をいったん遮断して、小声で尋ねた。

「シャーロックが電話に出ない。妻とわたしには決め事があって、シャワーを浴びていようと、走っていようと、お互いの電話にはかならず出る約束なんだ。電源は入ってるから、出るはずなんだが。かけるのは、これで二度めなんだ」

いまにも爆発しかけたとき、フェイス・ヒルが歌う『ザ・ウェイ・ユー・ラブ・ミー』が流れだした。「シャーロックか? そろそろだ、どこに——ドクター・ベントリーですか?」

会議用テーブルにいる全員の目がサビッチに集まった。

電話を切ると、サビッチは言った。「ドクター・ベントリーでした。グレッグ・ニコルズはスーパーマルファリン、つまり殺鼠剤の大量摂取による中毒だったそうです。内臓にまだかなりの量が残ってるので、最近の食事に盛られた可能性が高いだろうと。おそらく、同僚たちが言っていたチョッピーノでしょう。ジャックとわたしは、これから昨日の昼に誰が彼に料理を出したか調べてきます」

三人の連邦検察官は、あらためて今後の方針を議論しはじめた。ディッキーが意見を述べた。「ぼくが思うに、そろそろアボット一族を引っぱってきてもいいんじゃないか。弁護士ぐらいどうとでもなる」

三人のなかでいちばんの古株であるジャニス・アーデンが言った。「誰がニコルズに毒を盛ったのか、サビッチが証拠をつかむまで待ってもいいと思うが」

だが、サビッチには聞こえていなかった。心配でそれどころではなかったのだ。「ジャック、レイチェルの携帯にかけてみてくれ」

「もうかけたが、出ないんだ」

「自宅の電話を試してみろ」

サビッチも黙って自宅に電話をかけた。

やはり出ない。「帰りは遅くなるかもしれないと連絡したとき、シャーロックはレイチェルのようすを見てくるかもしれないと言ってた。たとえ昼間でもひとりで置いておくのは好ましくないから、シャーロックがレイチェルをうちに連れて帰ってくれればいいと思ってたんだが……」彼は指で会議用テーブルをコツコツと叩いた。「どうやら、それはなさそうだ」

59

　シャーロックは目を開けたくなかった。もし開けたら、吐きたくなるか、激痛のあまり気絶するか、もしくはその両方だとわかっていたからだ。さすがね、優秀な弁護士と遺書ビジネスで業務提携するなんて。民間人、いいえ民間人よりたちが悪い——弁護士なのだから。でも、わたしを殴ったのは誰だろう？　ステファノス、それともクインシー？　ステファノス・コスタスの顔が浮かんでくる。なぜか彼の声がこだまして、彼だとわかる。前にも頭を殴られたことはある。ずいぶん昔の話だけれど、痛みにはなじみがあった。まるで昔の敵のように。すぐにあの痛みだとわかって、いやな気持ちになった。まだよ、まだ目を開けてはだめ。もう少し闇のなかにいたほうがいい。目を開けないで。

「シャーロック？」

　遠くでレイチェルの声がする——ぼやけた、かすかな声。よかった、生きていたのね。彼女の声を聞いたことを忘れようとしたら、またかすかな声が聞こえてきた。今度は恐怖を含んでいる。「シャーロック、お願い、目を覚まして。声を聞かせて」

片目だけ開け、痛みにおののいた。

「ごめんなさい、でも、ずいぶん長いあいだ気を失ってたのよ。お願いだから目を覚まして、お願い、起きて」

「そう、わかったわ」シャーロックはささやいて、両方の目を開いた。頭に鋭い痛みが走り、込みあげてきた苦いもので喉が塞がれる。ぐっと呑みこむと、また吐きそうになり、もう一度呑みこんだ。

レイチェルが言った。「わたしも吐き気がしたけど、ほとんどおさまった。少なくとも、我慢できる程度には。あなたもそうなると思う」

「レイチェルなの？」あれは彼女の声だったの？　あの糸のようにか細い声が？

「そうよ、あなたの横にいるわ。わたしは五分くらい前に目覚めたの。大丈夫？」

悪い冗談のようだ。「ええ、でも、少しだけ待って」

「わたしたち、ふたりとも縛られてる」

「そうね」シャーロックは手首に食いこむロープを感じた。足首も縛られているが、パンツの上からなので手首ほどは痛くない。「ブレーディ・カリファー――たいした役者ね。あなたのお父さんの遺書のことで、あんなに心配してみせてたくせに。プロ級の演技に、ころりと騙されてしまった。ごめんなさい、レイチェル、どちらの身も守れなかった」

「あなたを殴ったのは、ステファノス・コスタスよ」

「わかってる。間に合わなかったの」

「わたしには人を見る目がないのね。ブレーディ・カリファーを頭から信用してた」レイチェルが言った。「最初からわたしに好意的だったし、彼は二十年以上もジミーの弁護士をつとめてきたのよ。ジミーは彼を信頼してたし、完璧に忠実な人だと思ってた」

彼女はため息をついた。「彼がかかわってたなんて、これっぽっちも疑ってなかった。すごく安心できて、とても思いやり深くて、大好きだったのに。なんだか、ジミーが紹介してくれた人たちはひとり残らず今回の件にからんでるみたい。しかも、ブレーディ・カリファーがその中心にいたなんて。彼にはジャックも騙されたのよ」

「そうね、わたしたち全員が騙された。ここはどこかしら？」

「途中で少し目が覚めたの。そのあとまた気を失ったんだけど、その前に、車で運ばれてるのがわかったわ。トランクに詰めこまれたんだと思う。この部屋は暗すぎてほとんどなにも見えないから、どこなのかわからないけど。ブレーディが自分のオフィスに運んだの？　それとも自宅へ？」

声を聞きつけて、シャーロックが言った。「黙って。死んだふりをするのよ」

ドアが開き、闇のなかに鋭い光が差しこんだ。

「まだ意識は戻っていないようだ」ステファノスは床に膝をつき、ふたりの首に二本の指をあてて脈をとった。「脈は確かだ。死んじゃいない」

ローレルが言った。「よかった。ふたりとも生きていて、銃創も怪我もないなら、打ちあわせどおりでいける。交通事故よ。それにしても、このいまいましいFBI捜査官まで始末しなきゃいけないなんて、厄介だこと」

ステファノスが言った。「ほかに選択肢がなかった。だが、どうということはないさ。ジミーのときにニコルズとわたしがやったのと同じ要領でやればいい」

「わたしは人殺しじゃない」カリファーの声が急にこわばった。「ふたりを殴ったのはステファノスだ。わたしはきみに頼まれたとおり、彼女たちをここへ運ぶのを手伝っただけだ。あとはきみたちが好きにすればいい」

ローレルが笑った。「レイチェルのワインにバルビツールを入れるところまでで線引きするつもり？　彼女が死ぬとは思わなかった？　この件にはわたしたち全員がかかわっているのよ、ブレーディ、忘れないで。あの遺書に上院議員のほんとうの遺志が書いてあるのは確かなのね？」

「ああ、すべてしかるべき体裁で書かれている」

「理想的とは言えないけど、少なくとも、交通事故で死んだレイチェルと捜査官が発見されたとき、FBIに動かぬ証拠をつかまれる心配はないわ」

クインシーが言った。「新しい遺書をあそこに残してくることになるとは、いまだに信じられないよ。あの遺書が実行されたら、われわれには誇示できるものがなにひとつなくなる。

過半数支配も、会計監査を免れるすべも。やっぱり、こちらで用意したほうを置いてくるべきじゃないか？　あやしまれるだろうし、ジミーが養子にした娘になにも遺さなかったのを不審がられるだろうが、疑わせておけばいいさ」

「ここまで順調にきた」カリファーが言った。「わたしは言葉遣いに細心の注意を払って、全株式が子どもたちの手に留まることが、彼の父親の心からの願いだったと強調しておいた。だがいま――」

ローレルがもどかしそうに言った。「だけどいま、わたしたちの用意した遺書の内容がばれたら、FBIに白旗を振って罪を告白するようなものよ。いい、クインシー、株式はすべて、ふたりの姪とレイチェルの家族に渡るの。もちろん、あんな人たちと取引きしなきゃいけないのはとてつもない悲劇だけれど、株なら買い戻せるかもしれない。そりゃあ、お金はかかるでしょうけれど、少なくともFBIに遺書の偽造を疑われずにすむわ。彼らはジミーに関してなにひとつ立証できない。グレッグ・ニコルズについてもなにも立証できない。レイチェルの件では、わたしたちはすごく幸運だった。だいぶ悩まされるでしょうけど、彼らにわたしたちを起訴できるとは思えない。今回もまた、窮地を切り抜けられる。レイチェルがすばらしいチャンスを与えてくれたのよ。それを利用しましょう。悪夢を忘れて、また本来の生活に戻れるわ」

父の告白とはなんの関係もなかった。シャーロックが言ったとおり、いつだって問題は金。

金と会社を掌握する権力。けれど、残念ながら、わたしは死んでいない。わたしがＦＢＩ捜査官といっしょに姿を現わしたとき、彼らは厄介な状況に追いこまれことに気づいた。

レイチェルは、誰かにあばらを蹴とばされても、どうにか身動きせずにいた。上のほうからクインシーの声が聞こえた。「こいつが生きていたとは、信じられないよ。正直言って、ＦＢＩを連れて現われたときは、一巻の終わりかと思った」

だめ、いまは出ないで。だが、レイチェルの願いもむなしく、くしゃみが出てしまった。

「おやおや、寝たふりをしていたのは誰かな？」クインシーが言った。「おまえもいい子のふりか？」そして、シャーロックの脇腹を蹴った。鋭い一撃に、彼女は音をたてて息をついた。「さあ、シャーロック捜査官、元気にお目覚めの時間ですよ。子守りによくそう言われて起こされたもんだよ」彼はふたたび足を後ろへ引いた。

「彼女に乱暴しないで」レイチェルは叫ぶと、必死に起きあがった。「やめて、クインシー」

ローレルがレイチェルを見おろした。「溺れ死ななかったのね。パーキーがあの丈夫なロープとコンクリートブロックを見せてくれたのよ。でも、あなたはどうにかロープをほどいた。バルビツールまでたっぷり飲んでたのに。ぬかりがないかどうか確認しにジミーの家へ行ったときの、クインシーの驚きを想像してちょうだい。かわいそうに、車で走り去るあなたを追いかける暇さえなかったのよ」

「あなた方とパーキーは大あわてしたでしょうね——彼女といっしょにブラックロック湖に

いた、あなたたちのうちの誰かは。でも、たいした問題じゃなかったんでしょう?」レイチェルは言った。「すぐにわたしを見つけたもの」

ローレルが答えた。「ちょっと調べたらすぐに、あのパーロウという辺鄙な町が見つかったのよ。でも、あなたはそこでも生き延びた」

なごやかな態度で接するのはむずかしかった。いや、不可能だった。レイチェルはあふれんばかりの嫌悪感に襲われた。ローレルを見あげると、ごわついた髪の周囲に光の輪ができていた。「グレッグ・ニコルズは生き延びなかった。毒を盛るのがうまくなったみたいね」

クインシーにあばらを蹴られた。

レイチェルはカリファーが後ろへさがって戸口に立つのを見た。自分がしたことに怯えているのだろうか?

ローレルはレイチェルの横に膝をつくと、長い髪をつかんで拳に巻きつけ、ぐいと頭を引きあげた。「どうやってブラックロック湖から脱出したの? みんな驚いたのよ。なかでもステファノスとパーキーは。ふたりとも、あなたは死んだと信じて疑っていなかった」

教えてやろうか? 話しても支障はない。「ステファノスとパーキーは、わたしの手首を縛らずに胸のまわりにロープを巻いただけだったのよ、ローレル。それに、ふたりはわたしを調べもしなかった。意識は戻ってたの。それにわたしはかなり長い時間、息を止めていられるし」

ローレルが少し身を反らすと、ひと筋の髪が頬の横に垂れた。彼女はそれを後ろへ払いのけて首を振った。「運の問題よ。たんに運が悪かっただけ」

「わたしにさし向けた殺し屋たちの一部が死に、一部が病院から出てそのまま刑務所に直行したのも、運が悪かったからでしょうね。わたしなら、あなたには雇われたくないわ、ローレル。どんなにいい生命保険を用意してもらってもよ」

ローレルに口もとを殴られた。レイチェルは唇が切れ、血が出てきて、顎に流れ落ちるのを感じた。

ローレルが金切り声をあげた。「黙れ！　さあ、わたしを見るがいいわ、哀れな小娘。なんとまあ、ジミーにそっくりじゃないの。彼はそのばかげた三つ編みが大のお気に入りだったけど、そんな三つ編みを垂らしてると十代の売春婦みたい」レイチェルを仰向けに突き飛ばして立ちあがった。

ステファノスがローレルの肩をつかみ、声をやわらげて言った。「気にするな、ローレル。大丈夫だ。この娘のことはもう心配しなくていいんだ。この女の運もついに尽きた」

シャーロックの上着のポケットで携帯電話が振動した。緊張したが、どうにか身動きはしなかった。いまはどうすることもできない。まだ無理だ。ディロンからだろうか？　意識を失っているあいだも、かけてきたのだろうか？　もしそうなら、心配しているはずだ。

「リビングへ引きずっていったほうがいいわ、ステフ、出かける準備をして。クインシー、窓が閉まっているのを確認して、カーテンを引いてちょうだい」

クインシーが蔑むような声で尋ねた。「なあ、ステファノス、きみがこの秘密の売春宿を最後に使ったのはいつなんだい？」

ステファノスがおもしろがっているような口調で答える。「もう一週間も前だよ、クインシー。この装飾はきみ好みだろう？　いまさら、恥ずかしがる必要はないさ」

リビングまで十メートルほどあった。引きずられていくのはつらかったけれど、生きていればこそ、もうひとつの選択肢よりはましだ。クインシーに蹴られた腹部が痛んだ。シャーロックのほうを見ると、彼女は目を閉じて仰向けに横たわり、レイチェルにはやっと息をしているように見えた。やがてシャーロックが目を開け、まぶしい光に目をしばたたいた。ふたりがいるのはカリファーのオフィスでも彼の自宅でもなかった。そこはバンガローで、クインシーが言ったように、まるで売春宿だ。ステファノス・コスタスが数多い愛人たちとの密会に使っている場所なの？

リビングの壁は、毛羽立った赤いベルベットの壁紙でおおわれ、窓には金色のブロケードのカーテンがかかっている。ふたりはペルシャ絨毯の上で四台の長椅子と大きな安楽椅子の脇に横たわっていた。

やぼったい部屋。レイチェルは思いつつ、声を張りあげた。「喉がからからなの。水を少し飲ませてくれない？」

無視された。

シャーロックが言った。「あなたがグレッグ・ニコルズに毒を盛ったのね？　彼が信用できなくなったの？」

ステファノスは頭をのけぞらせて笑った。「わたしたちが話しているあいだ、ずっと目を覚ましていたんだな？　まあ、べつにかまわないが。じつは、上司の殺害計画を立てたのはニコルズでね。彼のほうから上院議員の件で接触してきて、喜んでわれわれの仲間に入った。上院議員といっしょに刑務所に入って人生を棒に振りたくなかったんだろう。事故に見せかけるにはどうすればいいか、ニコルズが心得ていたから、その計画に乗っかった。ところがあの腑抜けは、きみとクラウン捜査官が会いにいくと、すっかり怖気《おじけ》づいてしまったんだよ、レイチェル。きみたちがよほど怖がらせたんだろう。なにもかもが崩壊し、われわれはみんな刑務所送りになると泣きながら訴えてきた。彼は街から姿を消したいからと、信じられないことに、金を要求してきた。結局、首尾よく姿を消せたわけだが」

ローレルが夫に歩み寄り、両腕をまわして頬にキスをした。「上手に片づけてくれたわ、ステフ」

ステフ？　あのローレルが、女遊びばかりしている夫をステフと呼んだ？

ステファノスは妻に腕をまわし、「なにも心配いらないよ、ハニー《マティア・モウ》」と、髪にキスをした。「わたしは始末のいい男だからね」

「ほんとね」ローレルは言うと、シャーロックとレイチェルを順繰りに見た。「そう思わない？　ＦＢＩ捜査官を行方不明にするわけにはいかないわ。サビッチ捜査官が絶対にあきらめないからよ。レイチェルが行方不明になっただけでも苦労しそうだもの。となると、残された唯一の方法は交通事故。うってつけじゃないかしら。とくにレイチェルには」

クインシーがうなずく。

ステファノスは妻から一歩離れ、上着のポケットからずんぐりした三八口径の拳銃を取りだした。「お嬢さん方、足をほどいてやろう。立ったら、外へ出てシャーロック捜査官の車に乗るんだ。ほかはなにも気にするな」妻を見て、言った。「レイチェルの父親が死んだ崖のあたりを通ってもいいな。この時間でも、あのへんなら交通量が多くない」

「ええ、それがいいわね。ブレーディに手伝わせましょう」ローレルが言った。

クインシーが言った。「ブレーディなら、こっそり出ていったよ。腹黒い小心者め」

「まあ、いいさ」ステファノスは言い、レイチェルとシャーロックにほほ笑んだ。「ブレーディのことは心配しなくていい。自衛本能の高い男だからな」

60

サビッチはMAXを閉じて立ちあがった。「申し訳ないが、クラウン捜査官とわたしは出かけなければなりません。トラブル発生です」

会議室のドアへ向かうサビッチとジャックに、メートランドが声をかけた。「で、どこへ行くんだ？　なにがあった？」

「シャーロックがトラブルに巻きこまれました」サビッチは歩調をゆるめず肩越しに答えた。「MAXが彼女の携帯のGPS座標を突きとめました」

「しかし、彼女がトラブルに巻きこまれているとなぜわかる？」

返事はなく、サビッチとジャックはすでに去っていた。サビッチのポルシェは轟音とともにフーバー・ビルのガレージを飛びだしたが、ペンシルベニア・アベニューで午後の渋滞に巻きこまれた。ポルシェにしてみたら空を飛びたいところだっただろうが、サビッチにはほんのわずかな隙間をすり抜け、車と車のあいだをかすめていく技術もあった。人が多すぎる、とサビッチは思い、セブンス・ストリートへ折れ、いくらかスピードを上げて国立公園《ナショナル・モール》を通過した。それからまたペンシルベニア・アベニューへ戻ってポトマック川のほうへ向かい、のろのろとジョン・フィリップ・スーザ・ブリッジを渡ったが、まもなくスピードを上げて二九五号線、すなわちまだ交通量の少ないボルチモア‐ワシントン・パークウェイを北上した。「どうやらヘイルストーンへ向かっているようだ」サビッチが言った。「このまま道が混まず、警官にも出くわさなければ、あと十八分だ」

「彼女とレイチェルがステファノス邸にいるとは信じられないよ。なぜだ？　レイチェルの家からメリーランド州のヘイルストーンまで、ふたりはどうやって行ったんだろう？」

「まもなくわかる。ジャック、誰かをレイチェルの家にやって、彼女のチャージャーとシャーロックのボルボがあるか見てもらってくれ。シートベルトは締めてるか？」車の流れが途絶えると、サビッチはポルシェが時速百六十キロですするとなめらかに走るのにまかせた。

ジャックはうなずき、携帯電話を使った。

前方には車一台いなかった。サビッチはアクセルを踏んだ。ポルシェは百八十キロまで加速し、やはり疾走しているキャデラックを追い抜いた。男の白い顔が視界の隅をよぎった。

黒いフェラーリが数キロにわたって勝負を挑んできたが、やがて道をゆずってくれたので、すべるように前に出た。ドライバーはサビッチに感嘆のまなざしを向け、親指を立てた。

しだいに道が混んできて、ポルシェは不満そうに百キロに戻った。「なあサビッチ、きみも承知のとおり、連中はレイチェルとシャーロックの両方をとらえてる。だが、どうやったんだ？　シークレットサービスよりも用心深い、あのシャーロックまで」ふたりになにをするつもりだろう？　だが、その問いを放つまいと、固く口を閉ざした。「なぜ、いまなんだ？　こんな昼の日なかに？　リスクが高すぎる。彼らはなぜ、いまごろ動きだしたんだろう？」

ポルシェは目的地までの距離を詰めていた。サビッチが言った。「おれが思うに、ジャック、ローレル・コスタスのような人間は、激情に駆られて人を殺すような真似はしない。すべてが急展開だったんで、ここまでじっくり考えてみる時間がなかったが、おれは上院議員が罪を告白しようとしていたから殺されたという説を信じてない。もっと信じられないのは、彼らがレイチェルを殺そうとしているのは、彼女が父親に代わって告白しようとしているからだという説だ。それじゃあ動機として弱すぎる。それに、彼女がおれたちといっしょにいるようになって、おれたちもすべて把握しているとわかったあとも、彼らはまだレイチェルを狙い、家に侵入した。理屈に合わない」

ジャックがゆっくりと言った。「もし、侵入した男の目的が彼女の殺害じゃないとしたら、いったいなんのためだ？」

「金だ」と、サビッチ。

ジャックは前方のハイウェイと、ぼんやりとかすんで見える車を見据えながら言った。

「そうか、金がらみか。だとしたら、どんな？」

「まもなくわかる。おそらく」

ポルシェのGPSが、セクシーな女性の声でヘイルストーンはこの先五キロですと告げた。

「よし、いいぞ」サビッチは呪文のようにくり返した。「もうすぐだ。あと二、三分で着く」

サビッチはきっちり急カーブを切ってハイウェイを降りた。そのあともう一度右折してナイミア・アベニューに出ると、ヘイルストーンの町へ向かった。「レイチェルは父親が家と会社の株式も含めた財産の三分の一を遺してくれたと言ってた」サビッチはハンドルに手のひらを打ちつけた。「それが彼らにとってそれほど重大事なのか？」

「たぶん、アボット帝国を支配する権力の問題なんだろう」ジャックが言った。

ポルシェはバターを塗るようになめらかに六十度の角度で左折し、クラプトン・ロードに入った。

ジャックが言った。「おい、コスタス邸は右手の奥だぞ。どこへ行くんだ？」

GPSが目的地まで八百メートルですと告げた。

「わからない」と、サビッチ。

そのとき古いグレーのクライスラーが、ポルシェのすぐ前に飛びだしてきた。

61

ローレルが言った。「ちょっと待って、ステフ」彼女はレイチェルを見おろした。「ゆうべはせっかくのチャンスだったのに、なぜ兄に代わって重大な告白をしなかったの?」

クインシーが言った。「決まってるじゃないか、ローレル、彼女もようやく気づいたんだよ。世間から父親に対する裏切り者と思われて、彼女が運営したがっているあのくだらない基金のアイデアが潰されてしまうってことに」

このまま話をさせておくのよ。シャーロックが目でそう訴えるのを見て、レイチェルは言った。「いいえ、違うわ。ああいう広範囲に影響を及ぼしかねない事実は、ジミーにしか公表できないと思ったからよ。ほかの誰でもなく、彼が決めるべきことだって」

「ほんとなのか?」クインシーが訊いた。

「あなたたちの足もとに転がされてるのに、いまさら嘘なんかつくと思う?」

突然、ローレルの目に涙が浮かんだ。冷酷な婦人看守が、実の兄を殺したことで自責の念に駆られたのか。涙? レイチェルはまじまじと彼女を見た。いったいなにが起きるの?

ローレルが言った。「つまり、わたしの負けではなかったのね。わたしがすでに負けを認めていたのを知っていた？　あなたが憎くてしかたがなかったのよ、レイチェル。あなたが公表していたら、パパは絶対にわたしを許さなかったでしょう。絶対によ。パパはどんな言い訳も許さない人だったから」

パパ？　彼女の父親のこと？　母から父を奪い取った、あの下劣な老人のこと？　だが、その老人にしてもすでに死んでいる。何カ月も前、彼らがジミーを殺す前に。パパ？

「あの老いぼれじじい」クインシーが言った。「そもそもあいつは、ジミーがしたことをどうやって知ったんだ？　ジミーが話してくれるまで、わたしはこれっぽっちも知らなかった」クインシーが手のひらに拳を打ちつける。

「くそっ、わたしにも話してくれるべきだったんだ。わたしは忠実な息子だった。わたしはおとなしく家に留まり、くそいまいましい上院なんぞに逃げこまなかった。よく言うことを聞く、素直な息子だった。あの老いぼれじじいめ」

レイチェルとシャーロックは息をすることすら忘れそうになっていた。

「落ち着きなさい、クインシー。どうしてわかったのか、パパはわたしにもけっして教えてくれなかったわ」ローレルが言った。「たまにジミーを尾行させたり、探偵に調べさせたりしていたのは知ってるけど。彼はチェス盤のどこになんの駒があるか、あまさず把握しておきたかったのよ――ほら、いつもそうだったでしょう？　それに、自分が提案した新しい法律をジミーがことごとくはねつけるといって、すっかりお冠だった」

「すねるのはよせ、クインシー」ステファノスが言った。「みっともないだけだ。それに、きみの高貴なイメージにちっとも似合わない」

「黙れ、おべっか使いめ――」

ステファノスは笑った。「それは、やっかみか？」

クインシーが声を荒らげる。「なにをやっかむんだ？　おやじが自分の目的のために、思いどおりにきみのイメージを創りあげて、きみがその言うなりになってきたことをか？」

ステファノスが言った。「わたしは常々、きみのお父さんのあのアイデアはなかなかのものだと思っていたよ」

シャーロックは手首のロープと格闘していた。彼らがこのまましゃべりつづけて、とことん議論して、互いに喉を切り裂きあってくれますように。彼らがどうなろうと知ったことではない。あと三分、それだけあればなんとかなる。手首が傷つこうが、刺すような痛みがあろうが、血で濡れようが、かまわなかった。足首のホルスターは見つかったので、コルトは取りあげられてしまったけれど、ジャケットの内ポケットは調べられず、そこにティッシュとスイスアーミーナイフが入っていた。

クインシーが言った。「ああ、そうだろうとも、十五年間もローレルをこけにしてきたんだからな！　わたしはずっといやだった。みんなが陰できみのことをどう言っているか知っていたから。ところが、おやじときたら、きみの愛人たちやバー通い、姉と暮らしている家から五分と離れていない、このつまらないバンガローで、きみが売春婦とのパーティをしているというゴシップを耳にするたび、笑っていた。きみもいっしょに笑っていたのか、ローレル？」

彼女は明るい声で言った。「わたしは昔からお芝居が大好きなのよ」

シャーロックは、また携帯が振動するのを感じた。間違いない、ディロンだ。彼は来る、かならず来てくれる。

ステファノスはレイチェルのほうを向き、上から笑いかけた。「彼がなにを言っているのかわからないだろう？」

「あなたが軽薄な女好きだっていうことだけはわかるわ」

ローレルが言った。「でも、みんなはそう思いこまされているだけなのよ。ステファノスは女好きだという評判――それは父のアイデアだったの。父はわたしのステフにそういう評判を立てて、それをすごく楽しんでいたわ」

ステファノスが話を継ぐ。「その評判はおおいに役立ってくれたよ。ビジネス仲間たちは、わたしは彼がローレルに買い与えた無邪気なプレイボーイだと信じきっていたからね。まぬけな連中が大勢、わたしを週末用の隠れ家に招待してくれて、愛人を見せびらかしたり、関係を持った女の話、ビジネスの拡張や合併の話をあけすけに語ってくれたりした。わたしが彼らにとって脅威になるとは想像もつかなかったのさ。酒、セックス、ばかげた計画。わたしはすべて録音したし、まぬけどもがわたしのこのささやかな城に来れば、ビデオにおさめることもあった。みんなこの赤いベルベットが大好きだった。誰もカメラには気づかない。義父《ちち》は大喜びだった。わたしが撮ったビデオを楽しそうに見ていたよ」

ローレルがほくそ笑みながら言った。「それで業績は急上昇よ」

「義父が亡くなってからは、そういうこともあまりしなくなったがね」と、ステファノス。

「それに、正直言って飽きあきしてきた」

ローレルが言った。「病がいよいよ重くなる前に、パパはジミーがなにをしたかわたしに話して聞かせ、このことを絶対に誰にも嗅ぎつけられないようにすると約束させたの。パパは言っていたわ。ジミーは女の子みたいに心やさしいから心配だって。長男のことをそんなふうに言いたくはないが、事実は曲げられないって。ジミーはパパの子なのに、精神的に弱かった。母親の弱いところを丸ごと受け継いでいて、それがパパには不満だった」

「ひどい話さ、ローレル、おやじは頭がおかしかったんだ。この話は知っているかい？　たぶんおやじはジミーが自分にそむいて上院議員選挙に出馬したときから、むかついていたんだろうな。どうしてだかわかるか？　それは、ジミーがおやじの意向じゃなくて、自分の考えで立候補したからだ。ジミーが意にそむいて、自分の言いなりにならないのがいやだったんだ」

「どうでもいいことよ」ローレルは言った。「いまさら。死が迫ったとき、パパにもう一度、おまえが責任持って引き受けるようにと約束させられたわ。わたしは言いつけを守った」

クインシーが言った。「その結果がこれだ。ジミーが死に、グレッグ・ニコルズが死に、この二匹の雌犬どももまもなく死に、われわれは現世をがむしゃらに生き抜く」

あなたのまわりには累々《るいるい》と死体が積み重なっているのね、ローレル。レイチェルは内心そう思いつつ、じっと息をひそめていた。

ステファノスが妻の青ざめた顔を見た。「おまえがお義父《とう》さんと交わした約束は、賞賛に値するものだよ、ローレル。お義父さんの人柄など、おまえの言うとおり、いまとなってはどうでもいいことだ。あとに残されたわれわれは、生き延びるのに必要なことをするしかない。勝ち抜くために」

ローレルが熱のこもった声で言った。「パパは大切な人だった。誰よりも大切だった」彼女はレイチェルに近づき、かたわらに膝をついた。「パパが死んだあと、あなたの母親はついに金儲けができると思って行動を起こした。あなたをジミーのもとへ送りこみ、あのとんでもないお人好《ひとよ》しのおばかさんは、あなたを神さまからの贈り物だと思いこんだ」

「彼は雌犬を養子にした」クインシーが続けた。「まったく信じられなかったよ。それもあれよあれよという間に」

「でも、たしかにジミーは、お金には頓着《とんちゃく》がなかったわよね」ローレルは弟を見あげた。

「そして結局、家族にも頓着がなかった。そんな彼がわたしたちには脅威になった」指でレイチェルの頬に触れた。「あなたはこれから交通事故で死ぬのよ。彼と同じように。そしてわたしたちは生き延びる」

ローレルはゆっくり立ちあがり、暖炉の横に立つステファノスのほうへすたすたと歩いていった。靴をはいていないと、ずんぐりむっくりしていて、やぼったい看守のようだ。疲れのにじむ、老けた印象で、ごわごわした棘《とげ》のような髪が頬の両脇に垂れさがっていた。

ステファノスは妻の手を取って口づけし、彼女の眉を両手の親指でなでた。「万事うまくいくよ、ハニー《マティア・モウ》。クインシーとわたしとでレディたちを捜査官の車に乗せて、最後の旅に送りだす。ＦＢＩは嚙みつき、大騒ぎするだろうが、彼らにできることなどあるだろうか？　われわれを逮捕できる証拠はない。あるのは憶測と、欲しいもののリストだけで、われわれの弁護士が困るようなものはなにもない」

ステファノスはふり向き、レイチェルとシャーロックを見た。「さあ、お嬢さんたち、あの世があるかどうか確かめてきておくれ」彼は黒い眉を吊りあげ、三八口径の拳銃を構えた。

62

　クライスラーの運転席にあわや突っこみかけたとき、サビッチは死人のように青ざめた女の顔を見た。ポルシェのハンドルを大きく左へ切って、ブレーキを踏んで少しガスを入れると、華麗なマシンは完璧な反応を示したが、いかんせん道幅が足りなかった。

　ポルシェは止まった――側溝に前輪を落として。

　年季の入ったクライスラーは、ふたたびゆっくりと前進をはじめた。サビッチが顔を上げると、運転席の女が中指を突き立てるのが見えた。彼はたまらずに笑いだした。

　ジャックは悪態をつきながらドアを開けて、外を見た。「溝の深さは二十センチもない。さっさとポルシェを救出するぞ、サビッチ」

　サビッチは注意深く運転席側のドアを開け、外に出た。「そこにいてくれ、ジャック、少し不安定だ」９１１にダイヤルし、緊急支援を要請した。電話を切り、シャーロックの携帯の番号を打ちこむ。やはり出ない。あたりを見まわすと、少なくとも六台の車が通過し、みんなこっちを見ていたが、一台として止まってくれなかった。サビッチは顔を上げた。「こんなときにかぎって、警官はどこに行った?」

時間がない、とジャックは思った。時間切れになる。サビッチはもう一度シャーロックの携帯にかけた。

やはり応答はなかった。

63

レイチェルが言った。「まだ理解できないことがある。あなたがわたしの家に侵入したのは、わたしを殺すためじゃなかったんでしょう？　だって、もう殺す理由などなかったから。それなのに大きなリスクを冒した」

ステファノスが答えた。「古い遺書を回収しなければならなかった。きみがブラックロック湖で死んでくれていれば、もっとずっと単純だったんだが。だが生きていた以上、われわれはできるかぎりの財産を救いだし、自分たちを守らなければならなかった。だが、うまくいかなかった。あのとき、きみはなぜ叫んだんだ？　わたしはきみの近くにすらいなかったのに」

「ありがたいことに、溺れる夢を見たのよ」レイチェルは教えた。

シャーロックの手首に巻かれたロープが切れた。手首が痛み、両手が痺れている。

レイチェルのほうは見なかった。ほかの誰でもない、すべては自分ひとりにかかっていた。

「さて、おしゃべりはこれくらいにしよう。クインシー、さっさと始末しよう。ふたりを車から降ろして。動くな、捜査官。動けばこの場で死んでもらう」ステファノスは三八口径を構えた。

ステファノスがシャーロックの足を持ちあげようとかがみこんだときだった。シャーロックはその胸を思いきり蹴りあげた。彼は叫ぶことも、息をすることもできなかった。胸をつかんで後ろに倒れ、手から銃が飛んだ。シャーロックはスイスアーミーナイフをさっと開き、足首のロープをいっきに切り裂いた。

銃が落ちる音がしたけれど、どこに落ちたかはわからない。確かめる暇などなかった。クインシーが襲いかかってきて、怒声とともに拳を突きだし、両手を首にまわしてくる。シャーロックは手の甲で彼の喉仏を突いた。クインシーは後ろに倒れ、息を詰まらせて、首を押さえた。

シャーロックは一回転してレイチェルのそばへ寄ると、足首を縛りつけているロープの上でナイフを動かし、続いて手首のロープに刃をあてた。

ローレルが素早く動いたけれど、シャーロックは止めなかった。止められなかったのだ。

「そこまでよ」

レイチェルはようやく自由になった。ふたりが見ると、ローレルはステファノスの拳銃を手にしていた。シャーロックはレイチェルをまっすぐ見て言った。「いますぐここを出て」

転がって立ちあがると、ローレルめがけてナイフを投げつけた。

ナイフは肩にぐさりと突き刺さり、ローレルは悲鳴をあげた。

「よくも」流れ落ちる涙が頬を濡らし、血で胸が赤く染まる。ローレルが奇声をあげながら引き金を引いた。

シャーロックは銃弾の衝撃を感じた。ローレルの肩からナイフを引き抜いて、真っ黒な心臓に突き立ててやりたかった。けれど、もはやそれは叶わない。膝をつき、もう立ちあがれそうになかった。じっとローレルを見つめ、それから横向きに倒れた。

わめいているのはレイチェルなの？　ローレルに向かって？

「このクソ女！　もう我慢できない、見てらっしゃい！」

遠くでドアがばたんと閉まる音がした。速い足音、揉みあう音、そしてレイチェルが張りあげる声。「銃はこっちよ！　クインシー、ステファノス、ふたりとも動かないで！　いいえ、やっぱり動いて――あんたたちをこの世から追放してやりたいから！　この人殺し、よくも父を殺したわね！」

身動きこそできなかったが、シャーロックは男たちの声と、それに続くクインシーの叫びを聞いていた。なぜ叫んでるの？　レイチェルから身を守るため？

シャーロックは頬をほころばせた。声の主のひとりがディロンだったからだ。だいぶ時間がかかったけれど、彼は来てくれた。やっと来てくれた。レイチェルの怒声が聞こえる、ディロンの声が聞こえる、静かな声が、すぐそばに。もう心配いらない。

ふいに寒くなった。でも、もういい。あとはディロンがうまくやってくれる。シャーロックは目を閉じ、そのまま脳のスイッチが切れるにまかせた。

64

　サビッチは彼女の手のひらをそっとなでていた。美しい手から力が抜け、ぐにゃりとしているのを見るのはいやだった。それでも、クリームを塗ってやっているので、肌はやわらかい。これで二日。彼女があの壊れた女に撃たれてから、丸二日になる。二日たって、少なくともまだ彼女は生きている。サビッチがあまりにしょっちゅう祈るもんだから、神さまはきっと電話の交換台を閉鎖してしまったのだろう。彼女にはローレルに殺されかけたことが、わかっているんだろうか？　ジャックが脇腹をきつく圧迫してくれて、まだその痣が残っている。

　サビッチが顔を上げると、メートランド副長官が黙って入口のところに立っていた。

「痛みがかなりひどかったんで、モルヒネを少し追加してもらったんです」サビッチは言った。「意識を失ってます。目を閉じる前に、ちゃんとステファノスのあばらをへし折ってやれたかしらと訊くんで、肋骨が三本折れて、やつはひどく痛がってると教えてやりました。スイスアーミーナイフの狙いが〝どんぴしゃり〟じゃなかったと悔やんでた。投てき用にはできてないんで、それも不思議はないんですが。わたしは、ローレルのほうも調子がよくないから、裁判にかけられてすべてを失ったほうがまだましだったんじゃないかと、言ってやりました。

そしたら、彼女の脾臓《ひぞう》なんか絶対にほしくないと言うんです。そりゃそうですよね。この世のあらゆる問題を前に、脾臓のひとつやふたつどうってことないと言ってやると、彼女は笑いもしないうちに、また気を失ってしまった」

ふたりはしばらく考えこんでいた。

メートランドが言った。「ブレーディ・カリファーは、おしゃれなオレンジ色のジャンプスーツを着て、すてきな独房に入っているよ。司法取引を要求していて、自分は誰も殺していないから、クインシー、ステファノス、ローレルに罪を押しつける準備はできているそうだ。検察官側は――とくにディッキーだが――彼らからなにかを持ちかけられる前に、たっぷり冷や汗をかかせてやりたがっている」

沈黙をはさんで、サビッチは言った。「ジョージタウンの〈バーンズ・アンド・ノーブル〉で銃撃戦があったときのことです。わたしがあわやパーキーに殺されかけたというんで、シャーロックは猛然と怒り、結婚生活を続けるために、わたしはジムで気持ちよく投げられてやりました」サビッチはため息をついた。「いま、仰向けに横たわって、脾臓まで失ってしまった彼女を見てると、わたしまでぼろぼろになりそうです」

「もう終わりだ。みんな生きていて、きみの部下たちは、きみたちの分もカバーしようと昼夜兼行で働いている。会計検査官が〈アボット・エンタープライゼズ〉のすべての帳簿を調べているから、なにが出てくるか、楽しみにしていてくれ」

サビッチは一瞬考えてから切りだした。「上院議員に関して、ご報告しておかなければならないことがあります」一年半前の出来事をことこまかに語った。

「話してくれてよかった、サビッチ」メートランドはため息をついた。「われわれの誰も望まないのはわかるが、いずれ裁判になれば明らかになる。ひどい話だ。残念でならない」

ドアを軽くノックする音がして、看護師が顔をのぞかせた。「サビッチ捜査官ですか？　奥さまのお母さまが、娘の顔を見たいからあなたをここから引っぱりだせとおっしゃってるんですが」

サビッチはシャーロックの唇にキスをして、体を起こした。「わかったよ。五分だけ」

看護師は笑みを返した。

メートランドが言った。「みなさんおそろいだな——きみのおふくろさん、ショーン、妹さん、サンフランシスコからやってきたシャーロックの家族、それに同じ課の同僚の半分は来ている。近々ミュラー長官も現われるだろう。報道陣までいるぞ。いや、心配するな。しかるべきときが来たら、こちらで対処する」

メートランドは大きな手でサビッチの肩をつかんだ。「シャーロックが目覚めたら、ショーンをここに連れてきて会わせてやらないとな。怖がってるが、あの子なら大丈夫だろう」

彼はふり返ってシャーロックを見つめた。みごとな赤毛が白い枕カバーに広がっているが、顔はあいかわらず真っ青だった。異様なほど青白い。

サビッチはいつ彼女に告げるつもりだろう、とメートランドは思った。テリアのアストロが、彼女のいちばん上等なハイヒールを嚙んでぼろぼろにしてしまったことを。シャーロックはジェファーソン・クラブにはいていったあの一足しか、ハイヒールを持っていないというのに。

65

ジャマイカ
四日後

サビッチとジャックが石灰岩の崖に沿って狭い岬のほうへ歩いていくと、だぶだぶの半ズボンにスニーカーをはき、レッドスキンズのTシャツを着た青年がひとり、マンゴーの木のそばに腰をおろし、膝を抱えて海の彼方を見つめていた。

この土地は、最寄りの町ネグリルのように文明化も観光地化も進んでいない。空気は大自然の香りがして、風は強く、地面は焼けるように熱く乾燥し、真っ青な水の上には高さ二十メートルはある崖がそびえたっている。波が崖の底の黒い岩を叩き、白い泡を噴きあげ、心地よい音を奏でていた。

青年は動かず、なにも言わず、サビッチが横に腰をおろし、ジャックが反対側のアキーの木のそばに座っても、知らないふりをしていた。だがふたりとも、自分たちが崖のほうまで続く粗石だらけの道を通ってやってくる音を、この青年が聞いていたのを知っていた。

彼は言った。「いつ現われるだろうと思ってた。あなた方はＣＩＡかなにかですか？」

「わたしはＦＢＩのサビッチ特別捜査官、こちらはジャック・クラウン特別捜査官だ」

青年はまだ動かない。「観光客はネグリルの崖からはダイブするけど、ここではしない。下は岩だらけで、尖った岩が黒い牙みたいに突きでていて、水面下にもたくさん隠れてるんだ。あれじゃ肉が骨から引きはがされてしまう。たとえほかの災難は免れたとしても」

サビッチは青年の横顔を見た。浅黒い肌、豊かなストレートの黒髪。父親似の健全そうな好青年だが、まだ正面から見ていないので断言はできなかった。

サビッチが言った。「ご両親には、きみが生きていて、ジャマイカで元気に暮らしていることはまだ伝えていないよ」

ジャン・デビッド・バーボーはようやく顔を向けた。たしかに父親と瓜二つだが、父親と違って、悲しみに青ざめてはおらず、黒い瞳はわびしげでもうつろでもなかった。冷淡なほど落ち着いていて、ふたりなどどうでもよく、すべてが終わったような顔をしている。「どうやってぼくの居場所を突きとめたんです？」

ジャックが答えた。「きみの死体がいっこうに発見されないんで、きみとお父さんが乗ってた船に衝突したパワーボートのことが気になりだした。そもそも、その船はなぜそこにいたのか？　報告書によると、船の名前は〈リバー・ビースト〉。調べてみると、船のオーナーには甥がいて、きみとハーバードの同窓だったことがわかった。彼があっさりきみを裏切ったなどと思うなよ。若き証券アナリストのタイラー・ベンソンをＦＢＩ本部ビルの五階へ連れていってさんざん脅しつけると、彼はついに、きみの自殺を偽装するのに手を貸したと認めた」

ジャン・デビッドが言った。「タイがゆうべ電話してきて、両親ともどもあなたたちに徹底的に脅されて、しかたなく白状したと言って、すまながってた」

「だろうな」ジャックが言った。「彼に電話を渡した」

その言葉にジャン・デビッドはさっと顔を上げた。「なぜ？」

サビッチが答える。「三角法できみの居場所を突き止めるためだ。ベンソンが語った場所にたしかにきみがいるかどうか確認したかった」

ジャックが言った。「きみが母親の旧姓を使ってパスポートを取得したことがわかった。きみはそのパスポートでここへやってきた、ワシントン記念病院でドクター・マクリーンを殺そうとした翌日に」

「その件では、父が疑われてたんですよね？」

「犯人像と合致しなかった」と、サビッチ。「きみは若いから、動きも若々しい。だが、お父さんは若者ではないから、病院の防犯カメラの映像に映っていたきみのような動きはできない。しばらくは無駄な捜査をさせられたが。そういえば、戦略クラスの優等生というのはきみのことかな、ジャン・デビッド？」

彼は皮肉っぽく笑った。「ええ、ぼくです。戦略が専攻だった。昔から頭の回転が速くて、学校でもＣＩＡでも、よくそう言われました。その頭脳を買われて上司たちに念入りに仕込まれたけど、じつは自分にとって真に重要なこととなると、ぼくの脳みそはちっとも役に立たない」

「アナ・ラドクリフのことかい？」サビッチは尋ねた。

「そう、アナの」

「彼女の本名はハリマー・ラーマン、アナじゃない」サビッチが言った。

「いや、彼女の名前はアナです。マクリーンのやつが名前を教えたんですね？　それであなた方は彼女をつかまえた」

サビッチが言った。「ドクター・マクリーンは、きみのお父さんからアナという女の話を聞いたと言ってた。彼女と、半ダースものテロ仲間を見つけるのはむずかしくなかったよ」

ジャン・デビッドの声が少し震えた。「彼女がぼくの話に耳を傾けてくれてさえいたら。ぼくは、ドクター・マクリーンがぼくたちのことをべらべらしゃべってると教えて、国を離れたほうがいいと忠告したんです。ぼくもかならず合流すると約束したのに、彼女は出国しなかった」

彼は遠くを見つめていたが、ジャックにはカリブ海を愛《め》でているようには見えなかった。ジャン・デビッドが言った。「ぼくは、いまだに彼女のことはアナだと思ってる。ケンブリッジの喫茶店で、彼女はぼくにそう名乗った」引きつった笑い声をあげ、水面に急降下してきた一羽のウミツバメを指さした。「本名がハリマーなのは知ってるけど、ぼくにとってはこれからもずっとアナなんだ。彼女はぼくを信頼し、崇拝し、ぼくに興味を持ち、ぼくの思想に興味を持ってくれた。それに、とびきりきれいなんです。ぼくは彼女に恋をして、すっかりのめりこんだ。セックスもすばらしかったけど、彼女はぼくに語りかけ、ぼくの話を聞き、いっしょに笑い、ぼくが言うことすべてに感動してくれた。ぼくは彼女に夢中だった」

彼はふり向き、ウミツバメから二メートルと離れていない場所に現われた巨大な鵜を見つめた。鵜は水面から三メートルほどの高さに浮かび、のんびり昼食を探していたが、水面に浮かんできた魚を見つけると、一直線に水に飛びこんだ。「あの鳥は前にも見たことがある」ジャン・デビッドが言った。「魚をつかまえるのがすごく上手でね。頭がいいんだな。ほら、いまつかまえた魚はベラだ。一発でしとめるんです」

「ご両親は打撃を受けておられる」サビッチが言った。「クラウン捜査官が言ったように、きみが生きてることは、まだご両親には伝えてない」

「まあ、なんというか、ぼくは自分にできることをしたんですよね。そうでしょう？　父はぼくをどこかに潜伏させるつもりだった。どこだか知りませんが。父はぼくのために弁解ばかりして、息子が悪いんじゃない、あのいまわしい女のせいだ、アメリカの諜報部員がちょっとしくじったくらいどうってことないだろう、わたしはフランス人だ、知るものかって、そんな具合でした。

でも、ぼくは両親がどういう人間かわかってる。とくに母親は、こんな不面目には耐えられる人じゃない。ぼくだって、とても対処できなかった」彼は肩をすくめた。

ジャックが言った。「つまりきみは、アナのことを口外されないように、ドクター・マクリーンを殺そうとしたのか?」

ジャン・デビッドは笑った。「ほら、やっぱり、すっかり誤解してる。二度の轢き逃げ未遂も、飛行機に爆弾をしかけたのも、ぼくじゃありませんよ。ぼくにそんな方法がわかるわけないでしょう? アナの同胞です、彼女がそう呼んでた。さっきも言ったように、アナは出国しろという忠告に応じませんでした。彼女と仲間たちはこの国でうまくやってたんです。彼らは予想外の悪影響を封じられると信じて、手はじめにドクター・マクリーンの友人を殺した。彼らはすでにドクター・マクリーンを追ってて、その友人のことを嗅ぎつけたんです」

「アナから聞いたのか?」サビッチが訊いた。

「彼女はなんでも話してくれました。ところがあなたたちに逮捕されて、永遠にいなくなってしまった。ぼくは頭がおかしくなったのかもな。あの連中はマクリーンを殺すチャンスが三回もあったのに、失敗した。ぼくはけりをつけるつもりだった。ところが失敗した。あの看護師が撃ってくるなんて、信じられなかった。

もちろん、そのころにはすでにぼくは〝自殺〟してたんですが。CIAの問題と、両親の問題と、ぼく自身の問題を解決するために。それでみんながハッピーになるはずだったんです。タイのパワーボートを使う点が計画の唯一の弱点だったけど、ほかに方法がなくて。警察が事故の内容に疑問を抱いて深く掘りさげないことを祈るしかありませんでした。彼らは疑問を抱かなかった。でも、あなたたちが抱いた」

サビッチが言った。「お父さんに自殺すると告げたあたりは、じつに感動的だった。きみは親の名誉を守るためにこの世を去ると言った」

ジャン・デビッドの顔に驚きの表情が浮かんだ。「ぼくが自殺したと、父に認めさせたの？　父は墓場までその秘密を抱えていくと思ってました」

サビッチはうなずいた。「彼は打ちのめされて、投げやりになってた。なにしろ、たったひとりの息子が死んでしまったんだからね。もはや隠しだてする理由はないと思ったんだろう。だが、きみのお母さんは話をされたくなさそうだった」

ジャン・デビッドは肩をすくめた。「売国奴として裁判にかけられるくらいなら、ぼくは死んだほうがましだった。それはほんとうです。アナを奪われてしまった以上、ぼくの人生は終わったも同然なんです。彼女はぼくが愛した、たったひとりの女性だった。彼女はいまごろ刑務所に入れられて、テロリストとしてグアンタナモかどこかで尋問されてるんでしょう」

「彼女はテロリストだ」ジャックが言った。「ありがたいことに、彼女といっしょに組織を丸ごと逮捕できた」

「そう、ぼくは彼女を愛してる。とにかく、こんな事態を招いた張本人の男を殺せればそれでよかった。なのに、それさえ失敗してしまった。自分は救えたのに、彼女を救えなかった」ジャン・デビッドは押し黙り、鵜のあとを追いかけていく二羽のペリカンを見つめていた。彼がついに口を開いた。「クラウン捜査官、あなたさえいなかったら、マクリーンはとっくに死んで、アパラチア山脈に散らばってたでしょうね」

「おそらく、おれもいっしょにな」ジャックが言った。

ジャン・デビッドは、彼のほうにくるりと向きなおった。「よりによって、ぼくの両親は彼の友だちだった！　彼はわが家の全員を裏切ったんだ」彼は耳ざわりな声をあげて笑い、崖の上から小石を投げた。「この手で殺してやりたかったな。アナに彼を殺したいと言ったら、訓練を受けていないからきっと失敗すると言われました。彼女の仲間が試したとき、訓練が役に立ったわけでもないのにね。

でも、彼女の言うとおりでした。それで結局どうなったか——あいつは自殺した。皮肉な展開だと気づいたんだろうか。結局、彼はぼくが自殺したと思いこんでたんですよね」

ジャン・デビッドは足もとの岩に唾を吐いた。「彼はぼくを子どものころからずっと見てきた。ぼくはあんなやつが好きだったんだ。大学一年のとき、彼は大学まで会いにきてくれた。どうしているか見にきたと言って」彼は太腿に拳を打ちつけた。「彼は死んでよかったんです、死ぬべきだったんです。彼を殺しに病院へ向かう途中、ぼくにはそれがまともなことじゃないのがわかっていた。いざ足を運んで、階段をのぼって病室へ向かうまでのあいだですら、こんなことはやめろと自分に言い聞かせていた。でも、頭のなかにはいつもアナの顔があって、やるしかないとわかっていたんです」彼は岩を蹴った。「結局、復讐心というのは唐突に生まれるものじゃないんです」

サビッチが言った。「ドクター・マクリーンがなぜ自殺したかわかるか?」

ジャン・デビッドは小石を拾いあげ、左右の手のあいだで行き来させた。さらに数羽の鵜が飛んできて、昼食を求めて水に急降下した。彼はぼんやりと言った。「この鳥はフエダイなんかの大きい魚が好きなんです。だけどつかまえるのはベラだ。ドクター・マクリーンが自殺したのは、自分のせいでとんでもないことになったとようやく気づき、生きる資格がないと悟ったからじゃないですか」

いい線だ、とジャックは思った。マクリーンから本来の彼らしさを奪った病気について、わざわざ説明する必要はないだろう。ジャン・デビッドがすでに知っているのは間違いない。ただ、信じていないか、気にかけていないだけだ。サビッチは手を伸ばし、ジャン・デビッドの腕をつかんだ。

彼はたじろいだ。サビッチは腕を放した。「感染したが、もうだいぶよくなったようだね。きみはモンテゴ湾のドクター・ロドリゴの診察を受けた。手遅れになる一歩手前まで放っておいたそうじゃないか」

「ええ、だいぶよくなりましたが、どうでもいいことです」

ジャックが言った。「ドクター・マクリーンは、うちの家族にとっても長年の友人だった」

ジャン・デビッドが言った。「あなたとご家族まで破滅させようとしたんじゃないでしょうね？」

「まあ、おれは自分の国を裏切ったことも、その責任を免れようとしたこともないからね」

ジャン・デビッドは身をひねって彼の顔を見た。「ぼくのことを利己的なやつだと思っているのはわかっています。ドクター・マクリーンを気の毒だとは思いませんが、機密情報をアナに流してしまったことは心底後悔しています。そのせいで、彼女はあんなことをしてしまった。それが残念です。しかし、やったのはぼくです。だから、ぼくがなにを言っても、それは哀れな言い訳、自分勝手で、相手にとって意味のない言葉になってしまう」

ジャックが感情のこもらない声で言った。「どうやら、きみはどれだけの人命を犠牲にしてもかまわないと思っていたようだな。きみが恋人に渡した情報のせいで、ほかに何人のCIA諜報部員が死に、いまなお命を脅かされていることか。

きみが愛してるという女——その女はテロリストなんだぞ。彼女は人殺しだ。彼女の名前はアナじゃない、ハリマーといって、シリアの原理主義者なんだ。若い男を誘惑して利用するよう訓練されていた。彼女はきみを利用し、いいようにもてあそんだんだ。彼女がきみに与えたものは幻想なのに、きみはそれを真に受けた。愛？　そいつは愛なんかじゃない、いいかげん気づいたらどうだ。

きみはたんなるまぬけ野郎じゃない、ジャン・デビッド。とてつもない愚か者だ。ペニスに縄をつけられて、女に引っぱりまわされてるようなものだ。いいかげんに目を覚ませ」

気詰まりな沈黙をはさんで、サビッチは言った。「きみの両親はこの先ずっときみに苦しめられることになったんだぞ、ジャン・デビッド。彼らが愛してやまなかった大切な息子は、女に騙されて、判断を誤ってしまった。あの人たちが、息子のせいで罪のない人たちが大勢亡くなったことをいつか受け入れられるとは思えない」

ジャン・デビッドが言った。「父がぼくのためにひねりだしてくれた言い逃れのひとつに、ぼくにはこの国の裏切り者になれないというのがあった。たまたまここで生まれただけで、母国はフランスなのだから、フランスに忠誠を捧げればそれでいいという理屈です。

でも、父は大きな勘違いをしてる。ほら、ぼくはワシントン・レッドスキンズのファンで、アメリカがぼくの国だ。今回しでかしてしまったようなことも、故意には絶対しない」ため息をついた。「そんなこと、いまさらどうでもいいですよね。あなたたちはぼくを連れ戻したいんでしょう？」

「ああ」ジャックは言った。「そうだよ」

ジャン・デビッドは素早かった。サビッチはどうにかレッドスキンズのシャツをつかんだものの、古かったために、破れて脱げてしまった。ジャマイカの西の最果てにある、石灰岩の高い岸壁から飛びおりたジャン・デビッド・バーボーの腕には、白い包帯が巻かれていた。彼は声ひとつあげなかった。

彼を取り逃してしまったショックと腹立ちとで、サビッチの呼吸は荒くなっていた。ジャックとともに岸壁の端に立った。二十メートルほど下の海面にうつぶせのジャン・デビッドが浮かんでいた。

「海中の岩にぶつかってるだろうか？」

サビッチは言った。「もはや、そういう問題じゃないだろうな」

「やりきれない」ジャックは言った。「両親はもう一度、打撃を受けなきゃならない」

「それも、この件がわかったらの話だ。彼の死体を回収したら、なんとかジャマイカに埋葬させ、ここでの出来事が両親の耳に入らないように手を尽くしてみよう」

大きな鳴き声がした。見ると、ジャン・デビッドの死体から十五メートルほど上空に海鳥が集まっている。しばらくうろついていたが、やがて翼を傾けてカリブ海へと飛び去った。

サビッチはジャックを見た。「おかしいと思わないか？　どちらの事件にも、家族の名誉や恥辱に対する強いこだわりがからんでる。避けられない悲劇じゃない」

「いや、今回の場合は無理だよ」ジャックはゆっくりと言い、ジャン・デビッドの死体を見おろした。波に押されて、黒い岩場にぶつかっている。そのうち傷だらけになるだろうが、知ったことか。「今回の事件は、甘やかされて育った若者が、思っていたほど自分が利口でないことに気づいたってだけの話だ」

「そうだな。とにかく、片付けるとするか」サビッチは携帯を取りだし、所轄署の警部に電話をかけた。

エピローグ

スリッパー・ホローは晴天だった。頭数にすると、ケンタッキー州パーロウの住民の半数近くが、ほんの数カ月前まではほとんど知る人もいなかった場所まで八キロの道のりを旅してきた。

もはや秘境の面影はなかった。二十台以上の車が隊列を組んで二車線道路を走ってきた。道は曲がりくねり、折り重なるようにして続き、両側には森が迫り、山々がそびえていた。そして突如として、右手に広い脇道が現われ、そこからさらに、細いながらきれいに舗装されて両側を低木や花に縁取られた道に入る。それは美しい窪地へと続く、かなり広めのドライブウェイだった。そして窪地の中央には、ジレット・ジェーンズがほぼ自力でつくりあげた豪華な家が立っている。

晴れた暖かい秋の日に、町の住人の半分がここへやってきたのは、結婚を祝うためではなく、この場所に携帯電話の中継局が新設されたからだ。いまでは誰もが携帯電話を持ち、ありがたいことに、二十四時間いつでも使えた。創設されたばかりの〈アボット財団〉と携帯電話会社とのあいだで取引きが行なわれたのを、ドーギー・ホリーフィールドは知っていた。

九月なかばの、青空のまぶしい日だった。木々の葉は色づきはじめ、金色とオレンジ色が、まだ残る緑色と渾然一体《こんぜんいったい》となって、思わず涙がこぼれそうなほどの美しさだった。

ホリーフィールド保安官は、レイチェルとジャック・クラウンが婚約していることも知っていた。ふたりは見るからに婚約者同士らしく、つねに寄り添い、つねに触れあっていた。訪れた人びとに応対するときもいっしょで、ふたりで挨拶をして、ふたりで屋根だけのふたつの大きなテントに案内した。テントのなかには料理を載せたテーブルがならび、円テーブルと椅子が用意してあって、雇われたウェイターたちがシャンパンとビールをふるまっている。バンドも入り、ベニヤ板でこしらえたダンスフロアまであった。

ディロン・サビッチ捜査官は、妻のシャーロック捜査官といっしょだった。撃たれた彼女は、脾臓を失ったと、前日にホリーフィールド保安官から尋ねられて白状した。それでも、いまは元気そうにしている。彼らの息子のショーンは、五、六人の子といっしょに、テントの外の草原でフットボールを投げあっている。

婚約したカップルについて言えば、ふたりはクリスマスにここスリッパー・ホローで結婚式を挙げると発表し、みんなを招待した。ホリーフィールドには、きれいに電飾をほどこされたホワイトハウスほどもあるクリスマスツリーが窪地の中央に立つさまが目に浮かぶようだった。少し雪が積もったら、ますますきれいだろう。

ホリーフィールドは、いつもの習慣で、しっかりと両目を開けて人びとを監視し、フリスビーを追いかけて走る小さな女の子がつまずくと、すぐに駆け寄った。その素早さは、母親をもしのぐほどだった。顔を上げると、ジレット・ジェーンズがジャック・クラウンの姉と話していた。黒髪で、弟同様長身ですらりと脚の長い彼女は、弁護士とのことだった。どうやらお互いにおおいに興味を抱いたようだ。

ホリーフィールドはこの家が銃弾でそうとう激しくやられたことや、レイチェルに加えてジャック・クラウンとジレット・ジェーンズまで殺そうとした連中の後始末をしなければならなかったことを思い出した。あのときはほんとうに大混乱だった。しかし、ここもずいぶん様変わりしたようだ。そのきっかけとなったのが、ジレットがスリッパー・ホローを周辺の住民たちに公開してから二週間後に着手した一大建設プロジェクトだった。

ホリーフィールドの携帯電話が『野生のエルザ』のテーマ曲を大音量で奏でた。前の日に、サビッチ捜査官が特別に設定してくれたものだ。電話に出たホリーフィールドは、保安官助手のはっきりくっきりした声を聞いて、相好《そうごう》を崩した。「なんだって？　ミセス・ミックの車が故障して、たったひとりで産気づいてる？　だったら、なんでポスト先生に電話しなかったんだ？　彼の携帯の番号を知らない？」ホリーフィールドは番号を教えた。「いいか、先生はここにいるから、お楽しみはおしまいだとわたしから伝えておく。病院でおまえとミセス・ミックが待ってるってな」

携帯電話をぱたんと閉じ、通りかかったウェイターから極上のシャンパンを受け取ると、〈モンクス・カフェ〉のスゼットの話に大笑いしているドクター・ポストのほうへ歩いていった。

人生、なにがあるかわからない。そう思いながらポストに手を振ると、ふり向いた医師の顔から笑みが消えた。

中継局のパーティは深夜まで続いた。わずか一メートルしか離れていなくても、みんながみんなに電話をかけ、互いに番号を交換した。

輝きに満ちた夜だった。空には半月がかかり、ゆったりと夢見るような音楽が流れ、カップルたちが踊っている。

スリッパー・ホローにはもはや一滴のシャンパンも残ってはいまい、とドーギー・ホリーフィールドは思った。

訳者あとがき

サビッチ&シャーロックが活躍するFBIシリーズの第九弾、『眩暈（原題 *Tail Spin*）』をお届けします。前作の『幻影』からおよそ一年、また新たな一冊をお送りすることができます。こうして長く続けてこられたのも、このシリーズを支えてくださるファンのみなさんのおかげです。ありがとうございます。

さて、すっかり安定感が増した感のあるこのシリーズ、今回はいまは亡き上院議員の娘がヒロインです。

彼女の名はレイチェル・ジェーンズ・アボット、二十八歳。レイチェルは父親を知らずに育ちました。幼いころは母と、母の兄のジレット伯父さんとともにケンタッキー州パーロウ近郊にあるスリッパー・ホローという人里離れた場所で、十二歳以降はバージニア州リッチモンドで暮らしました。デザイン学校を卒業したあとは、社会に出てインテリアデザイナーとして働き、着々とキャリアを重ねていました。そんなある日、母から思わぬ事実を打ち明けられます。メリーランド州選出のジェームズ・アボット上院議員があなたの実の父親だ、と。母に背中を押されて父に会いにいくと、父はまったく疑うことなく、諸手を挙げてレイチェルを受け入れてくれました。そんな父と暮らすこと六週間、幸せな時間は長く続かず、父は交通事故で死んでしまいます。

けれど、ほんとうに事故なのか？　レイチェルは疑問に思います。父には世間に公表したがっていた秘密があり、それを公表されると困る人たちに殺されたのではないか？　案の定、父の思いを汲んで父の代わりに世間に秘密を公表する意志を明らかにすると、レイチェルにも敵の手は伸びてきました。何者かに毒を盛られ、湖に投げ入れられたのです。その危機をかろうじて切り抜けたレイチェルは、落ち着いて今後の計画を練るため、身を隠す場所を求めて移動します。向かうはスリッパー・ホロー。幼いころいっしょに過ごしたジレット伯父さんなら、元海兵隊員なので、頼りになる……。

だがスリッパー・ホローまであと数キロの場所まで来て、これまで無理を聞いてくれていた愛車がエンストを起こします。こうなったら、徒歩でもよりの町パーロウを訪れ、車を修理してくれる業者を探すしかない。そう決意した矢先、レイチェルは航空機が不時着するのを目撃します。

この飛行機を操縦していたのが、ジャック・クラウン特別捜査官。この作品のヒーローとなる男性です。飛行機は爆発、炎上しますが、ジャックは軽傷ですみ、同乗者のドクター・

ティモシー・マクリーンも深手を負いつつも命を取り留めました。

偶然その場に居合わせたレイチェルは、ジャックに手を貸して、パーロウまで助けを呼びに行きます。けれど、レイチェル自身、人目を避けたい身。一刻でも早くスリッパー・ホローに行きたいところですが、そこへジャックの友人であり、同僚でもあるサビッチとシャーロックが乗りこんできます。レイチェルは気を揉みます。疑っている相手は社会的に影響力のある人物ですから、どこでFBIにつながっているかわかりません。

そしてそんなレイチェルをあざ笑うように、敵はふたたび攻撃をしかけてきました。こうなったら、もはやサビッチたちを信頼して、秘密を明かすしかない……。レイチェルの命を狙っているのは誰なのか？　その動機はなんなのか？

このシリーズでは定番化しているとおり、今回もふたつの事件が並行して扱われます。逃げる女レイチェルが、ジャックを信頼して身の上を打ち明け、FBIの協力のもと、自分を殺そうとしている者たち――それは父を殺したであろう人たちでもある――を、追っていきます。アボット一族を支配してきた強引な祖父、その祖父に反抗して政治家となった父、祖父の言いなりになってきた父の弟と妹、そしてその妹の夫。愛憎渦巻く家族模様は、コールターの十八番。

そして、もうひとつ、ドクター・マクリーン殺害未遂事件のほうも、これだけで一冊になりそうな濃密さです。マクリーンは若くして認知症を発症した精神科医として登場しますが、奥さんのモリーともども、ひじょうにいい味を出していて、こちらの話のほうに引かれる読者もかなりおられるのではないかと思います。マクリーンの患者として登場する女性政治家や、裕福なフランス人家族など、華やかであくの強い人物が次々と現われて、わたしたちを楽しませてくれます。

このシリーズのあとがきを書くのも、これで九度め。毎回、作品のなかから気になる部分をピックアップして書いてきたのですが、今回はコールターについて改めて触れてみたいと思います。というのも、いまさらながら、驚愕の事実に気づいてしまったものですから。

原書の裏表紙にはブロンドのショートへアーのコールターの顔写真が大きく載っておりまして、訳しているあいだ、わたくしは毎日コールターに華やかな顔立ちをしたコールターと会い、なんとなく五十代の前半だろうと想像しておりました。それがふと目にしたプロフィールによると、一九四二年生まれではありませんか。それでこの仕事ぶり、華やかさ！　テキサス州に生まれ、三十七歳で亡くなった祖母は作家、父親は画家にして歌手、母親は元ピアニストというクリエイティブな環境で育ちました。テキサス大学で修士課程までおさめたのち、ボストン大学に入り、十九世紀前期のヨーロッパ史で博士号を取得しているのだとか。コールターからお嬢さまっぽさは感じておりましたが、ここまで高学歴だったとは……。

ヒストリカルとコンテンポラリー作品をバランスよく、そしてハイペースで世に出しつづけるコールターですが、インタビューを読むと、六時半にメールのチェックをしたあと執筆をはじめ、お昼前に切り上げるのだとか。それでこの作品数ですから、たいへんな集中力です。そして、インタビュアーから作家になりたい人にアドバイスをと言われたコールターは、こう応じています。

いいわ、よく聞いて。毎日、同じ時間に椅子にかけて書くことよ。自分を律して、絶対に先延ばしにしないこと。むさぼるように本を読み、全国規模の同人会に入ること。そして、肝心なのは、おもしろがって、泣き言を言わないこと。

ああ、耳が痛い。このシリーズも本国より何冊か遅れをとっているので、コールターの仕事ぶりにならって、早く追いつきたいと思います。

というわけで、つぎにお届けする作品は*Knock Out*。サビッチに母親を殺されて復讐を誓う十六歳のリッシーと、サビッチに助けを求めてくる七歳のオータムという、ふたりの少女が登場。かたや十六歳にして快楽殺人犯、かたやカルト教団にさらわれそうになっている七歳の超能力者と、またもや個性的な登場人物たち。サビッチとシャーロックはリッシーと戦うとともに、バージニア州のイーサン・メリウェザー保安官と協力してカルト教団に立ち向かいます。どうぞ、お楽しみに！

二〇一二年十月

23 ザ・ミステリ・コレクション

眩暈《めまい》

著者　キャサリン・コールター

訳者　林《はやし》 啓恵《ひろえ》

発行所　株式会社 二見書房
東京都千代田区三崎町2-18-11
電話 03(3515)2311［営業］
03(3515)2313［編集］
振替 00170-4-2639

印刷　株式会社 堀内印刷所
製本　株式会社 村上製本所

落丁・乱丁本はお取り替えいたします。
定価は、カバーに表示してあります。

ISBN978-4-576-12137-6
http://www.futami.co.jp/

迷路
キャサリン・コールター
林 啓恵［訳］

未解決の猟奇連続殺人を追う女性FBI捜査官。畳みかける謎、背筋つたう戦慄……最後に明かされる衝撃の事実とは!? 全米ベストセラーの傑作ラブサスペンス

袋小路
キャサリン・コールター
林 啓恵［訳］

全米震撼の連続誘拐殺人を解決した直後、サビッチのもとに妹の自殺未遂の報せが入る…。『迷路』の名コンビが夫婦となって大活躍！ 絶賛FBIシリーズ！

土壇場
キャサリン・コールター
林 啓恵［訳］

深夜の教会で司祭が殺された。被害者は新任捜査官デーンの双子の兄。やがて事件があるTVドラマを模した連続殺人と判明し…待望のFBIシリーズ続刊！

死角
キャサリン・コールター
林 啓恵［訳］

あどけない少年に執拗に忍び寄る魔手！ 事件の裏に隠された驚くべき真相とは？ 謎めく誘拐事件に夫婦FBI捜査官S&Sコンビも真相究明に乗りだすが……

追憶
キャサリン・コールター
林 啓恵［訳］

首都ワシントンを震撼させた最高裁判所判事の殺害事件 殺人者の魔手はふたりの身辺にも！ 夫婦FBI捜査官サビッチ&シャーロックが難事件に挑む！ FBIシリーズ

失踪
キャサリン・コールター
林 啓恵［訳］

FBI女性捜査官ルースは洞窟で突然倒れ記憶を失ってしまう。一方、サビッチ行きつけの店の芸人が何者かに誘拐され、サビッチを名指しした脅迫電話が…！

幻影

キャサリン・コールター

林 啓恵［訳］

有名霊媒師の夫を殺されたジュリア。何者かに命を狙われFBI捜査官チェイニーに救われる。犯人捜しに協力する同僚のサビッチは驚愕の情報を入手していた…！

旅路

キャサリン・コールター

林 啓恵［訳］

老人ばかりの町にやってきたサリーとクインラン。町に隠された秘密とは一体…？ スリリングなラブロマンス！ クインランの同僚サビッチも登場。FBIシリーズ

カリブより愛をこめて

キャサリン・コールター

林 啓恵［訳］

灼熱のカリブ海に浮かぶ特権階級のリゾート。美しき事件記者ラファエラはある復讐を胸に秘め、甘く危険な世界へと潜入する…ラブサスペンスの最高峰！

エデンの彼方に

キャサリン・コールター

林 啓恵［訳］

FBI捜査官ルースは洞窟で襲われ記憶を失ってしまう一方、サビッチ行きつけの店の芸人が何者かに誘拐されサビッチを名指しした脅迫状が…！ シリーズ最新刊

真珠の涙にくちづけて

キャサリン・コールター

栗木さつき［訳］

衝突しながらも激しく惹かれあう勇み肌の伯爵と気高き〃妃殿下〃。彼らの運命を翻弄する伯爵家の秘宝とは……ヒストリカル三部作、レガシーシリーズ第一弾！

月夜の館でささやく愛

キャサリン・コールター

山田香里［訳］

卑劣な求婚者から逃れるため、故郷を飛び出したキャサリン。彼女を救ったのは、秘密を抱えた独身貴族で!? 謎めく館で夜ごと深まっていくふたりの愛のゆくえは……